HET WEB

Van dezelfde auteur:

Domein van de beul*
Het scherp van de snede*
Doodgezwegen*
Oog in oog*
Duivelsdans*
Gesmoord*
Breekpunt*
Noodgreep*
Het web*
De kliniek*
Bloedband*
Handicap*
Billy Straight*
Boze tongen*
Engel des doods*
Vlees en bloed*
Moordboek*
Lege plek
Dubbele doodslag

* In POEMA - POCKET verschenen

JONATHAN
KELLERMAN
HET WEB

Derde druk
© 1995 Jonathan Kellerman
All rights reserved
Published by agreement with Lennart Sane Agency, AB
© 1996, 2006 Nederlandse vertaling
Uitgeverij Luitingh ~ Sijthoff B.V., Amsterdam
Alle rechten voorbehouden
Oorspronkelijke titel: *The Web*
Vertaling: Hugo en Nienke Kuipers
Omslagontwerp: Pete Teboskins
Omslagfotografie: Alexander Murphy/Trevillion Images

ISBN 90 245 5452 7 / 9789024554522

www.boekenwereld.com

Voor mijn dochter Aliza,
Wat een pit, wat een intelligentie,
Stralende ogen en een lach om de nacht te verlichten.
Geweldige dingen komen in het klein.

De haai op de steiger was geen monster. Niet langer dan een meter twintig, waarschijnlijk een aaseter van het rif. Maar van zijn dode ogen ging nog wel dreiging uit en in zijn kaken stonden zulke indrukwekkende tanden dat de twee mannen met hun bebloede handen alle reden hadden om trots te zijn.

Het waren blanken, met ontblote bovenlijven, gebruind en gespierd maar een beetje te dik. De ene hield het kadaver bij de kieuwspleten vast terwijl de andere het mes hanteerde. De grauwe houten planken van de steiger waren bedekt met een laagje slijm. Toen de *Madeleine* de haven binnengevaren was en Robin het bloederige tafereel gezien had, had ze zich meteen afgewend.

Ik hield Spikes riem vast.

Spike is een Franse buldog, dertien kilo zwart gevlekte spiermassa met vleermuisoren en een snuit zo plat dat zwemmen een heel probleem is. Als puppy heeft hij geleerd zich verre van water te houden en hij heeft er nog steeds een hekel aan. Daarom hadden Robin en ik erg opgezien tegen de zes uur varen vanaf Saipan. Maar hij had eerder zeebenen gekregen dan wij. Nadat hij het teakhouten dek van het oude jacht had verkend, was hij rustig gaan slapen in de zon, die haar milde stralen over de Stille Oceaan liet schijnen.

Tijdens de reis hadden we ons vooral druk gemaakt om zijn welbevinden. Toen we van Los Angeles naar Honolulu vlogen, had hij zes uur in een transportkooi in het bagageruim gezeten. Hij was er nogal aangeslagen uit te voorschijn gekomen, maar een paar opmonterende woorden en een portie vlees hadden hem er enigszins bovenop geholpen en in het appartement waar we ruim een dag hadden moeten wachten was hij geleidelijk aan weer helemaal de oude geworden. Daarna hadden we weer bijna acht uur in het vliegtuig naar Guam gezeten, waar we een uur op het vliegveld hadden doorgebracht, in een drukke mensenmassa van soldaten en matrozen en lagere ambtenaren in *guayaberas*, en tenslotte was het nog veertig minuten varen geweest naar Saipan. Daar had Alwyn Brady ons bij de haven afgehaald en ons met zijn bevoorradingsboot naar Aruk gebracht, onze eindbestemming.

Brady had de twintig meter lange boot door de opening in het barrièrerif gemanoeuvreerd met als gevolg dat de rubber stootranden nu zacht tegen de palen botsten. In de verte had het water een diepblauwe glans, die dichter bij het roomwitte zand in een zilverig groen overging. Het groen deed me aan iets denken: in de jaren vijftig kon je een Cadillac met precies diezelfde kleur krijgen. Van bovenaf gezien waren de richels van het barrièrerif gitzwart. Kleurrijke visjes schoten er als nerveuze vogels tussendoor. Op het strand groeiden alleen wat kokospalmen. Lege kokosdoppen lagen als spikkels op het witte kiezelzand.

Brady zette de motoren af. Ik keek over de haven naar spitse, zwarte toppen in de verte: vulkanische bergen die duidelijk maakten hoe het eiland was ontstaan. Dichterbij verhieven zich glooiende bruine hellingen boven kleine witgekalkte huizen, met smalle wegen die lussen maakten als slappe schoenveters. Meer naar het noorden vormden een paar houten winkeltjes en een benzinestation met één pomp het commerciële hart van het eiland. De daken glansden in het middaglicht. Op het enige bord dat ik kon zien, stond de tekst TANTE MAE'S HANDELSPOST. Erboven zag ik een gammele schotelantenne.

Robin legde haar hoofd op mijn schouder. Haar haar rook naar shampoo en zeelucht.

Een van Brady's matrozen, een magere zwartharige jongen, maakte de boot vast. 'We zijn er,' zei hij.

Brady kwam enkele ogenblikken later aan dek. Hij schoof zijn pet achter op zijn hoofd en schreeuwde zijn bemanningsleden toe dat ze moesten beginnen met uitladen. Hij was vijftig, kort en gedrongen, en zijn gezicht was bijna net zo stomp als dat van Spike. Hij ging er prat op dat hij half Iers, half inheems was, en hij was zo spraakzaam als een discjockey. Onderweg had hij het stuurwiel een paar keer aan een van zijn bemanningsleden overgedragen en was hij aan dek gekomen om ons een lezing te geven over Yeats, Joyce, vitaminen, navigatie zonder instrumenten, sportvissen, de werkelijke diepte van de Marianen-trog, geopolitiek, eilandgeschiedenis. En over dokter Moreland.

'Eén heilige. Zorgde voor schoon drinkwater, entte de kinderen in. Net als die Duitse dokter, die Schweitzer. Alleen speelt dokter Bill niet op een orgel of dat soort onzin. Hij heeft alleen maar tijd voor het goede werk dat hij doet.'

Nu rekte Brady zich uit. Hij keek grijnzend op naar de zon en we zagen de weinige gele tanden die hij nog had.

'Schitterend, hè? Gods eigen geschenkverpakking. Voorzichtig daarmee, Orson! Dat is kwetsbaar. En laad de spullen van meneer- en mevrouw uit!'

Hij wierp een blik op Spike.

'Weet je, toen ik die snuit voor het eerst zag, moest ik aan een bepaalde vis denken, een zeeduivel. Maar hij is een echte zeebonk, nietwaar? Hij begint al op Errol Flynn te lijken.' Hij lachte. 'Als je te lang op het water bent, verandert een zeekoe in een meermin. Zo, daar zijn uw spullen. Voorzichtig daarmee, Orson, doe alsof het je meisje is. Blijf daar maar, mensen, we laden het wel voor jullie uit. Ieder moment kan er iemand komen om jullie op te halen. Hé, daar zal je hem hebben.'

Hij wees naar een zwarte Jeep die de helling af kwam. De Jeep stopte bij de strandweg, liet een vrouw passeren en kwam toen recht op ons af en stopte dicht bij de plaats waar die twee mannen de haai aan het slachten waren. Wat er nog over was van de vis, zag er erbarmelijk uit.

De man met het mes bekeek de tanden. Hij was achter in de twintig en hij had een groot, rond hoofd met fijne gelaatstrekken, sluik blond haar dat over zijn voorhoofd viel en armen vol tatoeages. Terwijl hij met zijn vinger over het tandvlees van de haai streek, gaf hij het mes aan de andere man, die kleiner en een beetje ouder was, met zware baardstoppels, wild donkerblond haar en krullend lichaamshaar in dezelfde kleur. Met een onbewogen gezicht begon hij aan de rugvin te werken.

Brady stapte van de boot en stond op de kade. Het water was glad, de *Madeleine* ging nauwelijks op en neer.

Hij hielp Robin uit de boot, en pakte Spike op. Toen de hond eenmaal vaste grond onder zijn voeten had, hield hij zijn kop schuin, schudde zich, snoof en begon tegen de Jeep te blaffen.

Er stapte een man uit, met iets donkers en harigs op zijn schouder. Spike was op slag woedend. Hij rukte aan zijn riem. Het harige ding ontblootte zijn tanden en graaide door de lucht: een kleine aap. De man leek onaangedaan. Nadat hij Brady de hand had geschud, kwam hij naar ons toe en gaf eerst Robin en toen ook mij een hand.

'Ben Romero. Welkom op Aruk.' Dertig tot vijfendertig, een meter vijfenzestig, vijfenzestig kilo, glad gebruind gezicht en kort, sluik zwart haar met een rechte scheiding. Pilotenbril op een kleine neus.

Zijn ogen waren amandelbruin. Hij droeg een gestreken blauwe katoenen broek en een smetteloos wit overhemd. Op de een of andere manier was het zelfs niet vuil geworden van de poten van de aap. De aap was aan het kwetteren en wijzen. 'Rustig, KiKo, het is maar een hond.' Romero glimlachte. 'Denk ik.'

'Wij zijn er zelf ook niet zeker van,' zei Robin.

Romero pakte de aap van zijn schouders, hield hem tegen zijn wang en aaide hem. 'Jij houdt van honden, KiKo, hè? Hoe heet hij?'

'Spike.'

'Hij heet Spike, KiKo. Dokter Moreland heeft me verteld dat hij niet goed tegen de warmte kan. Daarom hebben we een draagbare airconditioner in jullie kamers neergezet. Maar die zullen jullie wel niet nodig hebben. Januari is een van onze beste maanden. We krijgen wat regenbuien en de temperatuur blijft op een graad of vijfentwintig.'

'Het is hier nu mooi,' zei Robin.

'Dat is het altijd. Aan de benedenwindse kant van het eiland. Laat me jullie spullen halen.'

Brady en zijn mannen brachten onze bagage naar de Jeep. Romero en ik laadden alles in. Toen we klaar waren, stond de aap op de grond Spikes kop te aaien en opgewekt te kwetteren. Spike onderging die aandacht met gekwetste waardigheid.

'Braaf zo,' zei Robin, die naast hem neerknielde.

Op dat moment hoorden we gelach. We draaiden ons om. De mannen die de haai aan het slachten waren, keken onze kant op. Ze knipoogden en wuifden. De kleinste stond met zijn handen in zijn zij. Hij had het mes in zijn riem en veegde al knipogend zijn roze handen af aan zijn broek met afgeknipte pijpen. De langere man lachte weer.

Spike spitste zijn vleermuisoren en de aap siste. Romero zette hem weer op zijn schouder en fronste zijn wenkbrauwen. 'Laten we gaan. Jullie zullen wel doodmoe zijn.'

We stapten in de Jeep en Romero reed met een wijde boog de strandweg op. Front Street, stond er op een houten bordje. Toen we de helling opreden, keek ik achterom. De oceaan was onmetelijk, het eiland leek erg klein. De bemanning van de *Madeleine* stond op de kade en de mannen met de bebloede handen gingen naar het dorp. Ze hadden hun buit in een roestige kruiwagen liggen. Het enige dat van de haai was overgebleven, was een vlek.

2

'Laat me jullie echt welkom heten,' zei Romero. '*Ahuma na ahap.* Dat is oud pidgin voor: doe alsof je thuis bent.'

Hij nam dezelfde weg terug, maar nu omhoog. Die weg, bochtig en zonder naambordje, was amper één auto breed, met aan weerskanten muurtjes van opgestapelde rotsblokken. De helling was steiler dan vanaf de kade te zien was geweest. Ben speelde met de versnellingsbak van de Jeep om genoeg grip op de weg te houden. Telkens wanneer de Jeep slingerde, begon KiKo te kwetteren en verstrakte hij zijn spinachtige greep op Romero's overhemd. Spike zat met zijn kop uit het raam en keek schuin omhoog naar de onbewolkte lucht.

Terwijl we daar omhoog reden, keek ik achterom. Nu kon ik het zakencentrum van voren zien. De meeste winkels waren dicht, het benzinestation ook. Romero reed langs de kleine, witte huizen. Van dichtbij zagen de gebouwen er minder florissant uit. Het stucwerk was gebarsten en soms afgebladderd en de zinken daken zaten vol deuken en waren begroeid met mos. Wasgoed hing aan slap hangende lijnen. Naakte en halfnaakte kinderen speelden in het zand. Een paar tuinen waren afgezet met kippegaas, maar de meeste lagen open. Sommige huizen zagen er onbewoond uit. Een paar magere honden schooiden lui door het zand en keken niet eens op toen Spike blaffend voorbijkwam.

Dit was Amerikaans grondgebied, maar het had een willekeurige plek in de Derde Wereld kunnen zijn. De ellende werd enigszins verzacht door de plantengroei: philodendrons met brede bladeren, bromelia's, bloeiende koraalbomen, palmen. Veel huizen stonden midden in het weelderig groen, als kalkwitte eieren in smaragdgroene nesten.

'Hoe was de reis?' vroeg Romero.

'Vermoeiend maar goed,' zei Robin. Haar vingers waren verstrengeld met de mijne en ze had haar bruine ogen wijd open. De lucht die door de open ramen van de Jeep naar binnen kwam bracht haar krullen in beweging en liet haar linnen shirt opgolven.

'Dokter Bill wilde jullie persoonlijk begroeten, maar hij werd net weggeroepen. Kinderen die op het North Beach aan het duiken waren, zijn door kwallen gebeten.'

'Arme stakkers. Ik hoop dat het niet ernstig is.'

'Nee. Maar je hebt er wel veel last van.'

'Is hij de enige arts op het eiland?' zei ik.

'We hebben een kliniek bij de kerk. Ik ben gediplomeerd verpleegkundige. Spoedgevallen werden altijd overgevlogen naar Guam of Saipan, totdat... hoe dan ook, de kliniek kan de meeste van onze problemen wel aan. Ik ben altijd oproepbaar.'

'Woon je hier al lang?'

'Mijn hele leven al, afgezien van een korte periode bij de kustwacht en op de opleiding voor verpleegkundigen in Hawaï. Daar heb ik mijn vrouw ontmoet. Ze is Chinese. We hebben vier kinderen.'

Naarmate we hoger op de helling kwamen, maakten de vervallen huizen plaats voor lege velden van rode klei. De haven werd erg klein. Toch kwamen de vulkanische toppen niet dichterbij. Het leek wel of ze voor ons wegvluchtten.

Rechts van ons stond een bosje asgrauwe bomen met diep doorgroefde stammen en bochtige, knobbelige takken die naar de hemel leken te graaien. Luchtwortels dropen als smeltend kaarsvet van de takken en groeven zich in de aarde.

'*Banyans*?' zei ik.

'Ja. Wurgbomen. Ze schieten omhoog langs alles wat de pech heeft in hun buurt te staan en knijpen er dan het leven uit weg. Er zitten kleine haakjes onder de scheuten, een soort klitteband, en ze graven zich gewoon in. We zouden ze liever kwijt zijn, maar in de jungle wemelt het ervan. Deze zijn een jaar of tien oud. Ik denk dat een vogel wat zaadjes heeft laten vallen.'

'Waar is de jungle?'

Hij lachte. 'Nou, zo kun je het eigenlijk niet noemen. Ik bedoel, er zijn geen wilde dieren of zo, afgezien van die wurgbomen dan.'

Hij wees naar de bergtoppen. 'Ten oosten van het midden van het eiland. Het huis van dokter Bill staat aan de rand ervan. Aan de andere kant ligt Stanton, de marinebasis.' Hij schakelde terug om de Jeep over een steil gedeelte te krijgen en reed toen door een groot houten hek, dat openstond.

De weg aan de andere kant van het hek had kort geleden een nieuwe asfaltlaag gekregen. Na iedere drie meter stond er een kokospalm van vier verdiepingen hoog. De opeengestapelde rotsen waren vervangen door een schutting van dennestammetjes in Japanse stijl en rijen clivia's met bloemen als oranje vlammen. Naar alle kanten strekten zich fluweelzachte gazons uit en in de verte zag ik de toppen van het banyanwoud als een grijze omzoming.

Toen bewoog er iets. Een kleine kudde zwartstaartherten was links van ons aan het grazen. Ik wees Robin erop en ze glimlachte en kuste mijn knokkels. Een paar zeevogels zeilden over ons heen. Verder was de hemel leeg.

Na nog eens honderd palmen kwamen we op een groot erf dat met grind was bedekt, in de schaduw van rode ceders, aleppo-dennen, mango's en avocado's. In het midden spoot een met algen begroeide kalkstenen fontein in een stenen bassin vol hyacinten. Daarachter verhief zich een groot huis met lichtbruin pleisterwerk, afgewerkt met vurehout. Het had balkons en een pagodedak met glanzende groene pannen. Sommige dakpannen aan de rand hadden gargouille-gezichten.

Romero zette de motor af en KiKo klauterde van zijn schouder, rende de brede stenen trap op en begon op de voordeur te kloppen.

Spike sprong uit de Jeep en volgde de aap. Hij krabde met zijn voorpoten over het hout.

Robin stapte uit om hem tegen te houden.

'Maak je geen zorgen,' zei Romero. 'Dat is ijzerhout, honderden jaren oud. Dit is een oerdegelijk huis. Het is in 1919 door het Japanse leger gebouwd, toen de Volkenbond de Marianen van Duitsland afnam en aan de Japanners gaf. Dit was hun officiële hoofdkwartier.'

KiKo hing aan de deurknop te zwaaien en Spike blafte hem aanmoedigend toe. Romero zei: 'Zo te zien zijn ze al goede maatjes. Maak je maar niet druk om jullie spullen, die breng ik later wel naar binnen.'

Hij duwde de deur open terwijl de aap er nog aan hing. Het was lang geleden dat ik in Los Angeles voor het laatst de deur was uitgegaan zonder hem op slot te doen.

Een ronde hal met witte vloertegels leidde naar een grote voorkamer met een glanzende grenehouten vloer die met Chinese kleden was bedekt. De hoge muren waren wit bepleisterd, het teakhouten plafond was voorzien van beeldsnijwerk en er stond veel oud, comfortabel meubilair. Aan de muren hingen aquarellen in pasteltinten. Orchideeën in porseleinen bloembakken zorgden voor diepere kleuren. Aan weerskanten leidden boogpoorten naar lange gangen. Voor de rechtergang bevond zich een opmerkelijke trap met een rode loper en een glanzende houten leuning. Met niets dan hoeken, -geen bochten,- klom hij naar de eerste verdieping en verdween daar uit het zicht.

Recht voor ons omlijstte een wand met grote ramen een vergezicht als uit een toeristenfolder: velden die terrasgewijs afdaalden naar een hartverscheurend blauwe oceaan. Het barrièrerif was een kleine donkere komma, met als inkeping de kleine haven, en de westelijke punt van het eiland was een scherpe mespunt die in de lagune sneed. Het grootste deel van Aruk Village ging nu schuil achter boomtoppen. De weinige huizen die ik kon zien, lagen als suiker op de helling gestrooid.

'Hoeveel hectare hebben jullie hier?'

'Bijna driehonderd.'

Drie vierkante kilometer. Dat was een redelijk groot stuk van het eiland, dat elf bij anderhalve kilometer groot was.

'Toen dokter Bill het van de overheid kocht, was het verwaarloosd,' zei Romero. 'Hij bracht het weer tot leven. Willen jullie iets drinken?'

Hij kwam terug met een dienblad vol blikjes cola, citroenschijfjes, glazen en een bakje water voor Spike. Achter hem aan kwamen twee kleine vrouwen in gebloemde sarongs en op rubber sandalen, de een in de zestig, de ander half zo oud. Ze hadden allebei een breed, hartelijk gezicht. Dat van de oudere vrouw was pokdalig.

'Alexander Delaware en mevrouw Robin Castagna,' zei Romero. Hij zette het dienblad op een bamboetafeltje en het bakje water op de vloer.

Spike ging er meteen op af en begon te drinken. KiKo keek onderzoekend toe, zich op zijn kleine hoofdje krabbend.

'Dit is Gladys Medina,' zei Romero, 'gourmet-kokkin en hoofd van de huishouding. En dit is Cheryl, oudste dochter van Gladys en plaatsvervangend hoofd van de huishouding.'

'Aangenaam,' zei Gladys met een handgebaar. 'Wij koken en maken schoon. Aangenaam kennis met u te maken.' Ze boog en haar dochter imiteerde haar.

'Valse bescheidenheid,' zei Romero, terwijl hij Robin haar blikje cola gaf.

'Waar ben jij op uit, Benjamin? Een gemberkoekje? Ik heb nog niets gebakken, dus je kunt je de moeite besparen. Dat is een erg... leuke hond. Ik heb met de vorige boot wat brokken voor hem laten komen en ze zijn droog gebleven.' Ze noemde het merk waaraan Spike gewend was.

'Perfect,' zei Robin.'Dank u.'

'Wanneer KiKo hier eet, doet hij dat in de bijkeuken. Misschien willen ze elkaar gezelschap houden?'

Spike lag op zijn buik. Zijn kin lag op de plavuizen en zijn oogleden waren dichtgevallen.

'Zo te zien wil hij eerst een dutje doen,' zei Romero.

'Zoals hij wil,' zei Gladys. 'Als u iets nodig hebt, komt u maar naar de keuken om het me te laten weten.' Beide vrouwen gingen weg. Cheryl had geen woord gezegd.

'Gladys is al bij dokter Bill sinds hij bij de marine weg is,' zei Romeo. 'Ze werkte vroeger als kokkin voor de commandant van de basis in Stanton. Ze kreeg tyfus, maar dokter Bill sleepte haar erdoorheen. Toen ze weer beter was, ontsloegen ze haar. En toen nam dokter Bill haar in dienst. Haar man is een paar jaar geleden gestorven. Cheryl woont bij haar. Ze is een beetje traag.'

Onze kamers bevonden zich in het midden van de eerste verdieping: zitkamer met kleine koelkast, slaapkamer en wit betegelde badkamer. De bruine wollen vloerbedekking was oud maar van goede kwaliteit. De muren waren bedekt met teakhout en bepleistering. Fauteuils met gebloemde stof, nog meer bamboetafels. De badkuip was van oud gietijzer en smetteloos schoon, met zeep en lotions en sponzen nog in de verpakking op een marmeren plank. In alle drie kamers hielden ventilators de lucht in beweging, maar evengoed hing er een vage lucht van insekticiden.

Het bed was een mahoniehouten hemelbed van rond de eeuwwisseling, opgemaakt met fris wit linnen en een gele sprei van zijde. Op een van de nachtkastjes stond een matglazen vaas met amaryllissen. Een gevouwen wit kaartje vormde een miniatuurtent op het kussen. Veel ramen, zijden gordijnen die opzij getrokken waren. Veel hemel.

'Moet je dat uitzicht zien,' zei Robin.

'De Japanse militaire gouverneur wilde koning van de berg zijn,' zei Romero. 'Het hoogste punt van het eiland is eigenlijk die top daar.' Hij wees naar de hoogste van de zwarte rotsmassa's. 'Maar die is te dicht bij de bovenwindse kant. Het stormt daar het hele jaar door

en in de vochtigheid rot alles weg. Dit was de op één na beste plaats.'
Hij liep naar een raam. 'De Japanners dachten dat de bergen een natuurlijke barrière vormden tegen een aanval over land. De Duitse gouverneur had hier ook zijn huis gebouwd, om dezelfde reden. De Japanners hebben het gesloopt. Ze hebben echt hun best gedaan er een Japans eiland van te maken. Lieten geisha's overkomen, bouwden theehuizen, badhuizen, zelfs een bioscoop waar nu de handelspost is. De slavenbarakken stonden in het veld waar we op weg hierheen langskwamen, waar die banyans stonden. Toen generaal MacArthur het eiland aanviel, kwamen de slaven uit de barakken en keerden zich tegen de Japanners. Daardoor en ook door de bombardementen zijn er tweeduizend Japanners omgekomen. Soms vind je in de heuvels nog oude botten en schedels.'
Hij ging naar de badkamer en probeerde de kraan.
'Het water is drinkbaar. Dokter Bill heeft actieve-koolfilters op alle waterreservoirs van het eiland laten installeren en we testen het water regelmatig. Vroeger hadden we hier veel cholera en tyfus. Je moet wel uitkijken met de plaatselijke schaaldieren. Daar zitten nog wel eens toxinen in en je kunt er longwormziekte van krijgen. Maar groente en fruit zijn geen probleem. Alles hier bij het huis is geen probleem. Dokter Bill verbouwt het allemaal zelf. Als je buiten de deur wilt eten, kun je beter niet naar *Slim's* gaan, maar *Chop Suey Palace* is beter dan het klinkt. In ieder geval heeft mijn Chinese vrouw er geen bezwaar tegen. Soms maakt Jacqui, de eigenares, iets bijzonders klaar, zoals vogelnestjessoep. Dat hangt van het aanbod af.'
'Ging die haaievin daar ook naartoe?' vroeg ik.
'Pardon?'
'Die twee kerels in de haven. Was dat voor het restaurant?'
Hij schoof zijn bril over zijn neus omhoog. 'O, die. Nee, dat denk ik niet.'

Een man met grijs haar en een grijze baard bracht onze bagage naar binnen. 'Dank je, Carl,' zei Romero, maar hij stelde hem niet aan ons voor.
Toen Carl weg was, zei Romero: 'Kan ik verder nog iets voor jullie doen?'
'Ik geloof dat we alles wel hebben.'

'Goed, dan geef ik jullie nu de sleutel. We eten om zes uur. Trek iets gemakkelijks aan.'

Hij ging weg. Spike was in de zitkamer in slaap gevallen. Robin en ik gingen naar de slaapkamer en ik deed de deur dicht om Spikes gesnurk niet meer te horen.

'Wel,' zei ze. Ze haalde diep adem en glimlachte.

Ik kuste haar. Ze kuste me heftig terug, maar begon toen opeens te geeuwen en maakte zich lachend van me los.

'Ik ook,' zei ik. 'Tijd voor een dutje?'

'Eerst me wat opknappen.' Ze wreef over haar armen. 'Ik ben bedekt met een laagje zout.'

'O, jij gepekelde vrouw!' Ik pakte haar vast en likte aan haar huid. Ze lachte, duwde me weg en begon een weekendtas uit te pakken.

Ik pakte het gevouwen kaartje op dat op het bed lag. Er zat een met de hand geschreven briefje in:

thuis is de zeeman, thuis van de zee,
En de jager thuis uit het woud.
R. L. Stevenson
Doe maar of mijn huis van jullie is.
WWM

'Robert Louis Stevenson,' zei Robin. 'Misschien wordt dit ons Schateiland.'

'Wil je mijn houten been zien?'

Ze lachte en ik ging naar de badkamer. Ik liet het water in het bad lopen en zag dat het kristalhelder was. De handdoeken waren gloednieuw en zo dik als bont.

Toen ik terugkwam, lag ze boven op het dekbed, naakt, haar handen achter haar hoofd, haar kastanjebruine haar uitgewaaierd over het kussen, haar tepels bruin en stijf. Ik zag haar buik op en neer gaan. Haar glimlach. Die grote bovensnijtanden waar ik jaren geleden voor bezweken was.

De ramen stonden nog wijd open.

'Maak je geen zorgen,' zei ze zachtjes. 'Ik ben het nagegaan. Niemand kan naar binnen kijken. We zitten te hoog.'

'God, wat ben je mooi.'

'Ik hou van je,' zei ze. 'Dit wordt geweldig.'

3

Ik werd wakker van een schurend geluid. Er krabde iets aan een van de horren.
Ik ging vlug rechtop zitten en zag wat het was.
Een kleine hagedis die met zijn voorpoten over het gaas wreef.
Ik kwam uit bed en bekeek hem van dichtbij.
Hij bleef daar zitten. Lichtbruin lichaam met zwarte spikkels. Magere kop en onbeweeglijke ogen.
Hij staarde me aan. Ik wuifde. Het maakte geen diepe indruk. Het beest begon weer te krabben en tenslotte rende hij weg.
Vijf uur 's middags. Ik had twee uur geslapen. Robin lag nog behaaglijk opgerold onder de lakens.
Ik schoot mijn broek aan en liep op mijn tenen naar de zitkamer. Spike begroette me door te hijgen en zich om te rollen. Ik wreef over zijn buik, vulde zijn waterbakje bij, schonk mezelf een tonic met ijs in en ging bij het grootste raam zitten. De zon leek wel een grote rode kers, de oceaan ging over in zilver.
Ik voelde me gelukkig, maar ook wat ontheemd, ver van alles wat me vertrouwd was.
Ik zocht in mijn aktentas en vond Morelands brief. Dik wit papier met een fraai watermerk. Bovenaan stond in zwarte reliëfdruk:

ARUK HOUSE, ARUK

Geachte heer Delaware,
Ik ben arts en woon op het eiland Aruk in het noordelijk deel van Micronesië. Aruk heeft de bijnaam 'Mes-eiland', omdat het zo langwerpig is, en het maakt officieel deel uit van de Marianen, een trustgebied van de Verenigde Staten, maar het is relatief onbekend en staat niet in de toeristengidsen. Ik woon hier sinds 1961 en vind het een geweldig, fascinerend eiland – een stukje paradijs, zo u wilt.
Ik stuitte toevallig op een artikel dat u in *Het Tijdschrift voor Kinderontwikkeling en Klinische Praktijk* publiceerde, een artikel over stress bij kinderen en groepstrauma's. Ik was vooral onder de indruk van uw opmerkingen over de psychologische gevolgen van geweldsmisdrijven voor kinderen

en hun gezinnen. Ik heb daarna al uw andere publikaties gelezen en vind dat u over een goede combinatie van deskundigheid en gezond verstand beschikt.

Ik zeg dit alles om u een interessant voorstel te doen.

In de afgelopen dertig jaar heb ik, naast onderzoek naar natuurlijke historie en voeding, een enorme hoeveelheid klinische en deels unieke gegevens uit mijn praktijk verzameld. Omdat het behandelen van patiënten altijd het grootste deel van mijn tijd in beslag heeft genomen, heb ik nooit de tijd gevonden om die informatie goed te ordenen. Nu ik ouder word en dichter bij mijn pensionering kom, realiseer ik me dat als die gegevens niet in een publikatie worden verwerkt, een grote hoeveelheid kennis verloren gaat. Eerst dacht ik erover de hulp van een antropoloog in te roepen, maar ik vind nu dat iemand met klinische ervaring, bij voorkeur op het terrein van de geestelijke gezondheidszorg, beter op die taak berekend is. Uw schrijftalent en interesses geven me het gevoel dat ik erg goed met u zou kunnen samenwerken.

U zult het wel vreemd vinden om dit te lezen, maar ik heb goed over mijn aanbod nagedacht. Hoewel het levenstempo op Aruk waarschijnlijk veel langzamer is dan wat u gewend bent, zou dat op zichzelf aantrekkelijk voor u kunnen zijn. Voelt u er misschien iets voor mij te helpen? Ik schat dat er in de eerste ordening twee of drie maanden gaan zitten, en daarna kunnen we onderzoeken of we een boek, een monografie, of een aantal artikelen gaan schrijven. Ik zou me zelf willen concentreren op de biologische aspecten en de psychologische aspecten aan u willen overlaten. Wat mij voor ogen staat, is samenwerking op basis van gelijkheid en gemeenschappelijk auteurschap.

Ik ben bereid u gedurende vier maanden een vergoeding van zesduizend dollar per maand te geven, naast een business-class-ticket en volledige kost en inwoning. Er zijn geen hotels op Aruk, maar mijn eigen huis is gerieflijk en u zult het er vast wel naar uw zin hebben. Als u getrouwd bent, ben ik bereid ook de reis van uw vrouw te bekostigen, al heb ik geen betaald werk voor haar. Als u kinderen hebt, kunnen ze de plaatselijke katholieke school bezoeken, die klein maar goed is, of anders kan ik ervoor zorgen dat ze privé-onderwijs voor een redelijke prijs krijgen.

Als dit u interesseert, kunt u me schrijven of me met een collect-call op (607) 555-3334 bereiken. Er is geen formeel tijdschema, maar ik zou graag zo spoedig mogelijk aan het werk gaan.

Ik dank u voor de tijd die u aan deze aangelegenheid hebt besteed.

Met vriendelijke groeten,
Woodrow Wilson Moreland, arts.

Een langzaam levenstempo – en nergens in de brief las ik iets dat op een interessante inhoudelijke uitdaging wees. Onder andere omstandigheden zou ik het aanbod met een beleefd briefje van de hand hebben gewezen. Ik deed al jaren geen lange-termijntherapie meer, maar had het wel druk met forensische opdrachten, en Robin had zoveel werk met het bouwen van snaarinstrumenten dat ze weinig tijd voor vakantie had, laat staan voor een idylle van vier maanden. Toch hadden we het er half voor de grap over gehad: dat we wilden ontsnappen naar een onbewoond eiland.

Een jaar eerder had een psychopaat ons huis in brand gestoken en geprobeerd ons te vermoorden. Na enige tijd waren we aan de herbouw begonnen. We hadden tijdelijk onderdak gevonden in een strandhuis aan het westelijk eind van Malibu.

Nadat onze aannemer ons in de steek had gelaten, hield Robin zelf toezicht op de bouw. Alles ging goed, maar op een gegeven moment deed zich een flinke vertraging voor, zoals wel vaker gebeurt in de bouw. Het zou nog maanden duren voor ons nieuwe huis klaar was en de dubbele werklast werd Robin te veel. Ze nam een collega-luitbouwer in de arm die een zware allergie voor houtstof had opgelopen. Hij hield toezicht op de laatste stadia van de bouw en Robin ging naar haar werkplaats terug.

Toen liet haar rechterpols het afweten: ernstige tendinitis. De artsen zeiden dat er maar één remedie was: een polsband dragen en het gewricht een hele tijd rust geven. Ze werd er depressief van en zat de hele dag op het strand. Toch verwachtte ze dat ze geleidelijk aan die nieuwe manier van leven zou wennen.

Tot mijn verbazing wende ze er inderdaad vlug aan. Ze ging iedere morgen meteen naar het strand, zelfs toen de herfst inviel, met bijtende stormwinden en ijzergrauwe luchten. In haar eentje maakte ze lange wandelingen naar de getijdeplassen, of ze keek vanaf een hoge rots naar de pelikanen die vis aan het vangen waren.

'Ik weet het, ik weet het,' zei ze tenslotte. 'Ik verbaas me er zelf ook over. Maar nu vind ik het idioot dat ik het niet eerder heb gedaan.'

In november liep het huurcontract van ons strandhuis af. De eigenaar vertelde ons dat hij het aan zijn zoon – een mislukte scenarioschrijver – wilde geven om hem weer aan het schrijven te krijgen. Een opzegtermijn van dertig dagen.

Morelands brief kwam kort daarna. Ik liet hem aan Robin zien en verwachtte dat ze hem zou weghonen.

Ze zei: 'Noem mij maar Robin Crusoe.'

4

Ze werd wakker van het geluid van andere mensen.

Mensen die ruzie maakten in de kamer naast die van hen. Een man en een vrouw. Hun stemmen werden gedempt door de dikke muren, maar de toon was onmiskenbaar. Ze gingen tegen elkaar in met een onstuitbare meedogenloosheid waaraan te horen was dat ze al jarenlang hadden geoefend.

Robin ging rechtop zitten, streek haar haren uit haar gezicht weg en spitste haar oren.

De stemmen zakten weg en kwamen terug.

'Hoe laat is het, Alex?'

'Twintig voor zes.'

Ze haalde diep adem. Ik ging op het bed zitten en sloeg mijn armen om haar heen. Haar lichaam was vochtig. Haar zweet rook naar gember.

'Avondeten over twintig minuten,' zei ze. 'Het bad zal wel koud zijn.'

'Dan laat ik het bad opnieuw vollopen.'

'Wanneer ben jij opgestaan?'

'Om vijf uur.' Ik vertelde haar over de hagedis. 'Dus schrik niet als het nog een keer gebeurt.'

'Zag hij er leuk uit?'

'Wie zegt dat het een "hij" was?'

'Meisjes gluren niet door de ramen van andere mensen.'

'Nu ik erover nadenk, geloof ik inderdaad dat hij naar jou zat te kijken.' Ik kneep mijn oogleden enigszins samen en liet mijn tong even uit mijn mond schieten.

Ze lachte en kwam uit bed. Ze trok een ochtendjas aan, liep wat rond, bewoog haar pols.

'Hoe voelt het?'

'Beter. Door al die warme lucht.'

'En door het niets doen.'

'Ja,' zei ze. 'De kracht van het positieve niets.'

Ze schoot een mouwloze witte jurk aan die haar olijfbruine huid tot zijn recht liet komen. Toen we naar de trap liepen, werden we geroepen: 'Hallo daar.'

Uit de kamer naast ons was een echtpaar gekomen. De vrouw deed de deur op slot. De man herhaalde zijn groet.

Ze waren allebei lang en in de veertig, en ze droegen kaki tropenpakken met korte mouwen en epauletten. Dat van hem zag er versleten uit, maar dat van haar kwam zo uit de verpakking.

Hij had een rode, schilferende neus, een bril met een zwaar montuur en een lange, grijzende baard die tot het midden van zijn borst reikte. Zijn hoofdhaar was donkerder, uitgedund en opzij gekamd. Zijn vestzakjes puilden uit. Zij had een zware boezem en brede heupen, en haar bruine haar was van haar ronde gezicht weggetrokken. Ze liepen hand in hand naar ons toe. Een halfuur eerder hadden ze nog hevige ruzie gehad.

'De heer en mevrouw Delaware, neem ik aan?' Zijn stem was laag en rauw. Cocktail-adem. Van dichtbij bleek hij een pokdalige huid te hebben. Zijn neus was niet rood van de zon, maar omdat er adertjes gesprongen waren.

'Robin Castagna en Alex Delaware,' zei ik.

'Jo Picker, Lyman Picker. *Doctor* Jo Picker en Lyman Picker.'

De vrouw zei: 'Eigenlijk is het ook *doctor* Lyman Picker, maar wat doet het ertoe?' Ze had een stem die nog lager was dan een alt. Als ze kinderen hadden, klonken die waarschijnlijk als misthoorns.

Ze keek Robin met een brede, taxerende glimlach aan. Lichtbruine ogen, een gelijkmatige neus, lippen een beetje te dun. Haar teint was even fris als haar tropenpak, nog roze langs de randen.

'Ik hoorde dat je op een ambachtelijke manier dingen maakt,' zei ze. 'Dat lijkt me fascinerend.'

'We keken uit naar jullie komst,' zei Picker. 'Nu is de eettafel compleet, al is de gastheer er niet.'

'Is de gastheer vaak afwezig?' vroeg ik.

'Altijd maar werken, nooit vrije tijd. Ik vraag me af wanneer de man slaapt. Zijn jullie vegetariërs, zoals hij? Wij niet. In mijn werk eet je wat je kunt krijgen, anders kom je om van de honger.'

Omdat ik wist dat het van me werd verwacht, vroeg ik: 'Wat voor werk is dat dan?'

'Epifytologie. Dat is botanie. Tropische sporeplanten.'

'Doe je onderzoek met dokter Moreland?'

Hij liet een schamper lachje horen. 'Nee, ik waag me zelden ver van de evenaar. Voor mij is het hier eigenlijk te koud.' Hij sloeg zijn arm om de schouders van zijn vrouw. 'Ik hou mijn eega gezelschap. Doctor Jo hier is een vooraanstaand meteorologe. Fluctuaties in luchtstromen. De Amerikaanse overheid is erg van haar onder de indruk en beloont haar rijkelijk.'

Jo glimlachte een beetje verlegen. 'Ik bestudeer de wind. Hebben jullie een goede reis gehad?'

'Lang maar rustig,' zei Robin.

'Met de bevoorradingsboot gekomen?' vroeg Picker.

'Ja.'

'Van Saipan of van Rota?'

'Saipan.'

'Wij ook. Saaie overtocht. Geef mij maar een vliegtuig. Zelfs het grootste oceaanschip is als een duimnagel in een zwembad. Belachelijk, hè, een groot vliegveld op Stanton en we mogen het van de marine niet gebruiken.'

'Dokter Moreland schreef dat het vliegveld daar gesloten was,' zei ik.

'Niet als de marine het nodig heeft. Die vervloekte boten.'

'O, zo erg was het niet, Lyman,' zei Jo. 'Weet je nog, die vliegende vissen? Dat was mooi.'

We begonnen met zijn vieren naar de trap te lopen.

'Zo zie je maar weer hoe stom de overheid kan zijn,' zei Picker. 'Al dat land en niemand die er iets mee doet. Het zal wel het resultaat van een of andere subcommissie zijn. Denk je ook niet, lieve? Jij begrijpt hoe de overheid werkt.'

Jo glimlachte een beetje gespannen. 'Ik wou dat het zo was.'

'Zijn jullie nog een tijdje op Guam geweest?' vroeg haar man. 'Hebben jullie die toeristenfolders gelezen die ze overal hebben? Dat de eilanden in de Stille Oceaan tot ontwikkeling worden gebracht, met gebruikmaking van de talenten van de plaatselijke bevolking? En wat doen die militairen met een eiland als dit? Ze blokkeren de enige verbinding tussen de basis en de rest van het eiland.'

'Welke verbinding is dat dan?' vroeg ik.

'De zuidelijke kustweg. De benedenwindse kant is vanuit het noorden niet te benaderen, want daar heb je steile rotswanden, vanaf de punt van North Beach tot aan die dode vulkanen. Vanuit het noorden kun je er dus op maar twee manieren komen en dat is via de zuidelijke strandweg en door het banyanwoud. De marine heeft vorig jaar de weg afgesloten. Dat betekent dat er geen contact meer is tussen de militairen en het dorp. Ze kunnen daar niets meer kopen. De paar winkels die er waren, zijn niet meer te bereiken.'

'En door het bos?'

'Ze zeggen dat de Japanners daar duizenden mijnen hebben achtergelaten, al weet je op zo'n eiland nooit wat waarheid en wat mythe is.'

Zijn vrouw maakte zich van hem los. 'Wat voor dingen maak je, Robin?'

'Muziekinstrumenten.'

'Aha... trommels en zo?'

'Gitaren en mandolines.'

'Lyman speelt gitaar.'

Picker krabde over zijn baard. 'Ik nam een gitaar mee naar de *hoyos* van midden-Ecuador. Dat was me nog eens een land: ocelots, tapirs, rolstaartberen. De enige inheemse beestjes die je hier hebt, hebben geen ruggegraat, en mijn vrouw heeft de pest aan dingen zonder ruggegraat, nietwaar?'

'Hij speelt tamelijk goed,' zei Jo.

'Een echte Segovia.' Picker deed een gitaarklank na. 'Dan zit je met de Auca-indianen om het kampvuur en probeer je ze over te halen je naar een rijke vindplaats van *Cordyceps militaris* te brengen, een schimmelparasiet die op insektenpoppen groeit, ze vreten het als popcorn. Door de vochtigheid ging de lijm van het ding los, en toen ik de volgende morgen wakker werd, had ik alleen nog een hoopje natte planken.' Hij lachte. 'Ik gebruikte de snaren om mijn avondeten te wurgen, en van de rest maakte ik tandenstokers.'

We kwamen onder aan de trap. Pickers neusgaten gingen wijd open en hij wreef zijn handen over elkaar. 'Ik ruik iets goeds.'

We roken iets geweldigs. Gebraden vlees, knoflook, saffraan.

Ben Romero zat in de voorkamer met KiKo op zijn schouder. Picker keek argwanend naar het dier. 'Die heb ik ook gegeten. Typische wildsmaak. Je kunt ze niet zindelijk krijgen, wist je dat?'

'Goedenavond, Ben,' zei Jo. 'In de openlucht, zoals gewoonlijk?'

Ben knikte. 'Dokter Bill komt wat later.'

'Verrassing, verrassing,' zei Picker.

We liepen door de rechter gang. Aan de wanden van ruwe zijde hingen nog meer aquarellen. Landschapjes, vakkundig gemaakt. En allemaal met dezelfde signatuur: B. Moreland. Ook een van de talenten van de dokter?

Ben leidde ons door een grote, gele zitkamer: een kalkstenen open haard, banken met een brokaten bekleding, chinoiserie-tafels, lampen van Imari-porselein met perkamenten kappen. Een olieportret van een zwartharige vrouw nam bijna de hele ruimte boven de schoorsteenmantel in beslag. Haar hooghartige schoonheid deed aan het werk van de Amerikaanse schilder Sargent denken.

De kamer kwam uit op een groot terras, met een kalkstenen vloer en een stevige reling. Een eettafel was gedekt met een lichtblauw tafellaken. Bijpassende servetjes, zilveren bestek, porseleinen serviesgoed. Er was gedekt voor zeven personen. Het licht van ijzeren hanglampen werd opgeslokt door de nog heldere avond.

De zon raakte de horizon en wierp haar vuurrode stralen over het water, als een prachtige wond. In het dorp glinsterden de zinken daken als muntjes door de boomtoppen. De weg die naar de villa leidde, leek een slapende grijze slang, waarvan de kop op het grote toegangshek rustte. Ik dacht aan de slaven die de villa vanaf de barakken hadden bestormd, en aan een Japanse generaal die hulpeloos had toegekeken, wetend hoe het zou aflopen.

Lyman Picker tikte tegen zijn keel en knipoogde naar Ben.

'Bourbon,' zei Ben, nogal kortaf. 'Puur.'

'Goed onthouden, vriend.'

'En voor u, mevrouw Picker?'

'Limonade, als het niet te veel moeite is.'

'Helemaal geen moeite.' Ben keek ons aan. 'Mevrouw Castagna? Meneer Delaware?'

'Nee, ik wil niets,' zei ik.

Robin keek mij aan. 'Ik ook niet.'

'Zeker weten?'

'Ja.'

Hij ging weg.

'Nauwgezet mannetje,' zei Picker.

Jo begon het bestek te bestuderen. Robin en ik liepen naar de reling. Picker volgde ons en leunde tegen het hout, met zijn ellebogen op de bovenrand.

'Dus je gaat hier met de ouwe samenwerken. Een lui leventje in de zon, misschien een stuk of wat publikaties. Aan de andere kant mag hij blij zijn dat hij je heeft. Je moet hier lang zoeken voor je een serieuze wetenschapper vindt.'

Ik lachte.

'Dat is niet beledigend bedoeld,' zei hij, alsof hij zichzelf beledigd voelde. 'Als ik serieus zeg, bedoel ik ons theoretische onderzoekers, altijd bezig met irrelevante zaken. Bietsers met een doctorstitel, rammelend met ons centenbakje en belust op subsidiegeld. Als je in dit deel van de wereld subsidie wilt, ga je niet naar een eiland als dit, maar ga je naar Melanesië, Polynesië. Grote, vette, vruchtbare eilanden, vol flora, fauna, sympathieke kleurrijke inheemse stammen, schitterende mythologie voor liefhebbers van folklore.'

'En Aruk heeft niets van dat alles?'

Hij hoestte zonder zijn hand voor zijn mond te doen. 'Micronesië, mijn vriend, bestaat uit tweeduizend eiland-spikkeltjes in acht miljoen vierkante kilometer water. Dat zijn voor het merendeel onbewoonde koraalbulten. Deze bult is een van de meest obscure. Wist je dat er hier geen mensen waren totdat de Spanjaarden ze hierheen brachten om suikerriet te verbouwen? De oogst mislukte en de Spanjaarden gingen weg en lieten de arbeiders achter. De meesten zijn verhongerd. Toen kwamen de Duitsers, die ondanks al hun autoritaire gedoe geen flauw benul van koloniseren hadden. Ze zaten de hele dag Goethe te lezen. Daarna probeerden de Japanners het ook nog eens met suikerriet. Ze gebruikten daar slaven voor.'

Hij lachte. 'En wat leverde dat alles op? MacArthur gooit een regen van bommen op hun kop en de slaven nemen wraak. De nacht van de lange messen.' Hij bewoog zijn vinger over zijn baard.

Jo kwam naar ons toe. 'Vertelt hij weer verhalen over zijn avonturen in de wildernis?'

'Nee,' zei Picker nors. 'Ik had het over de plaatselijke geschiedenis.' Hij kuchte weer. 'Droge keel. Waar blijft mijn bourbon?'

'Straks, Ly. Nou, hoe ben jij eigenlijk in je vak terechtgekomen, Robin?'

'Ik hou van muziek en ik mag graag met mijn handen werken. Vertel ons eens over jóuw onderzoekswerk, Jo.'

'Dat is niet erg opwindend. Ik ben erop uitgestuurd om windonderzoek te doen op een aantal eilanden van de Marianen. Aruk is mijn laatste eiland. We huurden een heel klein huisje in het dorp, maar toen was Bill zo sympathiek ons hier uit te nodigen. We gaan volgende week weg.'

'Nu lijkt het net of je voor de weerberichten werkt, schat,' zei Picker. 'Het ministerie van defensie betaalt haar rekeningen. Ze is van groot belang voor de staatsveiligheid. Trouw met zo iemand en je mag gratis op vakantie. Het probleem is dat ik me dood verveel.'

Hij gaf zijn vrouw een niet al te zacht schouderklopje. Ze verstijfde maar glimlachte.

'Wonen jullie in Washington?' vroeg Robin.

'We hebben een huis in Georgetown,' antwoordde Jo, 'maar meestal zijn we allebei weg.'

Ze deinsde terug. Een hagedis zoals ik er een voor het raam had gezien, rende over de bovenrand van de reling. Haar man knipte met zijn vingers naar het reptiel en lachte toen het achter de reling verdween.

'Nog schrikachtig?' verweet hij haar. 'Ik heb je toch gezegd dat hij onschuldig is? *Hemidactylus frenatus*. De tjitjak, half gedomesticeerd. De mensen geven ze te eten bij hun huis, en dan blijven ze rondhangen en vreten allerlei klein ongedierte op. Maar je hebt pas wat aan ze als ze uitgehongerd zijn.'

Hij hield zijn vrouw een vermanende vinger voor. Op de lagere school was hij er waarschijnlijk zo eentje geweest die aan de paardestaarten van de meisjes trok.

Ze probeerde te glimlachen. 'Nou, ik blijf het een raar gezicht vin-

den dat ze push-ups doen voor mijn raam.'
'Bangelijk uitgevallen,' zei Picker tegen ons. 'Jullie snappen wel dat ik mijn werk niet mee naar huis kan nemen.'
Jo kreeg een kleur onder haar bruine teint.
De jonge huishoudster, Cheryl, kwam met een dienblad naar buiten. Op het blad stonden de drankjes die de Pickers hadden besteld en mineraalwater met een schijfje citroen voor Robin en mij.
'Ze is niet al te vlug,' zei Picker toen ze weg was. Hij tikte tegen zijn slaap. Toen hief hij zijn glas. 'Op dingen zonder ruggegraat.'
Het rode licht schitterde op de oceaan en legde een waas van bloed op zijn baard.
Zijn vrouw wendde haar ogen af en nam een slokje.
Robin nam me even apart.
'Leuk stel, hè?' zei ik.
'Alex, waarom wilde je zo beslist niets te drinken?'
'Omdat Ben zijn tanden op elkaar klemde toen Picker iets bestelde. Hij is verpleegkundige en wil niet voor butler spelen. Daarom zal hij Cheryl ook wel met het dienblad hebben gestuurd.'
'O,' zei ze. 'Mijn psycholoog.' Ze schoof haar hand om mijn middel en liet haar hoofd tegen mijn schouder zakken.
'Liefdesgeheimen?' riep Picker uit. Zijn glas was leeg.
'Laat ze toch met rust, Ly,' zei Jo.
'Zo te zien is dat precies wat ze willen.'
'Welkom in het paradijs,' mompelde ik.
Robin onderdrukte een lach. Het kwam er als een hik uit.
'Te diep in het glaasje gekeken, meid?' fluisterde ik. 'Foei, foei. Je moet altijd maat houden.'
'Hou op,' zei ze, bijtend op haar lip.
Ik boog me dicht naar haar toe. 'Wat zullen we een pret hebben, schat. Gebraden vlees en spiritualia, en na het eten zal hij ons vergasten op verhalen over de Matahuaxl-stam, je weet wel, met die kolossale penissen. Menselijke driepoten, als het ware. Erg viriel.'
Ze likte over haar lippen en fluisterde terug: 'Nou en of. En hoe ze struikelen over de wortels van het gevlekte kruiskruid. Want eerlijk is eerlijk, als het op inboorlingen aankomt: hoe groter, hoe beter.'
'Ah, de liefde…' riep Picker vanaf de andere kant van het terras. 'Ik moet nog wat te drinken hebben.'

Maar hij maakte geen aanstalten om iets te halen en zijn vrouw deed dat ook niet. Enkele ogenblikken hing er een welkome stilte in de lucht, en toen klonken er lichte voetstappen achter ons. Ik draaide me om en zag een knappe blonde vrouw naar ons toe lopen.

Ze was achter in de twintig of begin dertig, erg slank met een normaal postuur en een smalle taille, jongensachtige heupen, kleine borsten, lange benen. Ze droeg een abrikooskleurige zijden blouse en een broek van zwarte crêpe. Haar recht afgeknipte haar reikte tot haar schouders en werd op zijn plaats gehouden door een zwarte band. Haar honingbruine teint leek echt en haar mooie gezicht zag er schoongeboend uit. Ze had fijne, volmaakte gelaatstrekken: zachte, brede mond, strakke kin, delicate oren. Blauwe ogen die een beetje schuin stonden, waardoor ze iets verdrietigs uitstraalden.

Afgezien van haar teint had ze de vrouw van het schilderij kunnen zijn.

'Meneer Delaware en mevrouw Castagna? Ik ben Pam, de dochter van dokter Moreland.' Een zachte, muzikale, enigszins terughoudende stem. Ze had een innemende glimlach, maar wendde haar ogen af toen ze haar hand uitstak. Ik had patiënten gehad die dat ook deden, en die waren allemaal zo verlegen als kinderen geweest.

'Zelf ook dokter,' corrigeerde Picker. 'Al die succesvolle vrouwen doen zich zo bescheiden voor.'

Pam Moreland keek hem met een meewarig glimlachje aan. 'Goedenavond, Lyman. Jo. Sorry dat ik zo laat ben. Pa kan er ieder moment zijn. Zo niet, dan beginnen we zonder hem. Gladys heeft een prima kip-Kiev klaargemaakt. Pa is vegetariër, maar hij tolereert ons barbaren.'

Ze had een erg mooie glimlach, maar haar ogen bleven droevig, en ik vroeg me af of dat alleen door de aangeboren stand van die ogen kwam.

Picker zei: 'Ik heb onze nieuwe maatjes net een geschiedenisles gegeven, dokter Dochter. Ik heb hun verteld dat wetenschappers niks van dit schitterende stukje onroerend goed moeten hebben omdat Margaret Mead heeft laten zien dat je alleen een hele grote kunt worden als je je richt op toverdokters, puberteitsriten en donkere meisjes met blote borsten.' Hij liet zijn blik naar Pams decolleté afzakken.

Ze bleef glimlachen. 'Interessante theorie. Zal ik wat koffie voor je halen?'

'Nee, dank je. Maar nog een beetje van dit spul zou geen kwaad kunnen.'

'Ly,' zei Jo. Ze stond nog steeds in dezelfde hoek.

Picker bleef met zijn rug naar haar toe staan. 'Ja, lieve?'

'Kom eens hier. Moet je die zonsondergang zien.'

Hij beet even op zijn snor. 'Altijd zorgen voor afleiding, hè? Maak je je zorgen over mijn lever?'

'Ik wou alleen...'

Hij draaide zich met een ruk naar haar om. 'Als *Entamoeba histolytica* en *Fasciola hepatica* het niet klaarspeelden, zou je dan echt denken dat het een beetje Wild Turkey wel lukt, Josephine?'

Jo zei niets.

'Ik heb maanden op metronodizole en bithionol geleefd,' zei Picker tegen Pam. 'Ik had allang voor een check-up naar de dokter gemoeten. Kun je me verwijzen?'

'Niet tenzij je naar Philadelphia gaat.'

'Aha, de stad van de broederlijke liefde,' zei Picker. 'Ik heb geen broer. Zou ik van hem houden als ik er een had?'

Daarover peinzend liep hij weg.

'Ik wil inderdaad nog wel een slokje, dokter Pam,' riep hij over zijn schouder.

'Je hebt gasten en gasten,' zei Pam erg zachtjes. 'Neem me niet kwalijk. Ik zal hem zijn drank verstrekken.'

Ze kwam terug met een fles Wild Turkey die voor een kwart gevuld was, stak hem de verraste Picker toe en kwam naar ons terug. 'Pa vindt het jammer dat hij jullie niet op gepaste wijze kan begroeten.'

'De kwallen,' zei ik.

Ze knikte. 'Die arme kinderen.' Een blik op een Lady Rolex. 'Dan moeten we maar beginnen.'

Ze zette Robin en mij zo neer dat we de zonsondergang konden zien. De Pickers zaten aan de andere kant en zelf ging ze in het midden zitten. Er bleven twee lege stoelen over en even later kwam Romero naar buiten en nam op een daarvan plaats. Hij had een lichtbruin katoenen colbertje aangetrokken.

'Meestal ga ik om zes uur naar huis,' zei hij, terwijl hij zijn servet uitvouwde. 'Maar mijn vrouw heeft een kaartavondje, de baby slaapt en de oudere kinderen zijn uitbesteed.'

'De volgende keer vragen we Claire ook,' zei Pam. 'Ze is een geweldige violiste. En de kinderen.'

Ben lachte. 'Dat zal echt ontspannend zijn.'

'Je hebt fantastische kinderen, Ben.'

Het eten kwam. Schalen vol.

Waterkerssalade met avocado-dressing, wortelpuree, fricassee van wilde paddestoelen en walnoten en waternoten. En toen de kip, sissend en mals.

Een fles witte bourgogne bleef onaangeraakt. Picker schonk zich de rest van de bourbon in. Zijn vrouw keek een andere kant op en at met graagte.

'Gladys heeft vast niet zo leren koken op de marinebasis,' zei Robin.

'Toch wel, hoe ongelooflijk het ook is,' zei Pam. 'De commandant vond zichzelf nogal een fijnproever. Daar komt bij dat ze erg creatief is. Pa mag daar blij om zijn.'

'Is hij altijd vegetariër geweest?'

'Sinds de oorlog in Korea. Na wat hij daar had gezien wilde hij nooit meer iets doden.'

Picker bromde iets.

'Maar hij is altijd tolerant geweest,' zei Pam. 'Liet vlees voor me overkomen toen ik hier aankwam.'

'Je woont hier niet?' zei Robin.

'Nee, ik ben hier in oktober aangekomen.' Pam glimlachte. 'Eigenlijk was ik onderweg naar een medisch congres in Hongkong.' Haar glimlach leek nu onecht, in tegenspraak met het verdriet in haar ogen.

'Wat is je specialisme?' vroeg ik.

'Interne geneeskunde en volksgezondheid. Ik werk voor de Temple University, in het gezondheidscentrum voor studenten.' Ze zweeg even. 'Eigenlijk maakte ik de reis ook om even op adem te komen. Ik ben net gescheiden.'

Ze vulde haar waterglas en haalde haar schouders op.

'Nou ja,' zei ze.

'Ben je hier opgegroeid?' vroeg Robin.

'Niet echt. Klaar voor het dessert?'

Picker keek haar na toen ze wegliep. 'Een of andere idioot in Philadelphia grijpt ernaast.'

Ben keek hem nors aan. 'Nog een fles, meneer Picker?'

Picker keek strak terug. 'Nee, dank je, amigo. Ik moet bij mijn positieven blijven. Morgen ga ik vliegen.'

Jo legde haar vork neer. Picker grijnsde naar haar.

'Ja, ik heb besloten het toch te doen. Ik ga het grote blauwe luchtruim in.'

'Met welk toestel?' vroeg Ben.

'Een oud beestje, maar goed onderhouden. Eigendom van een zekere Amalfi.'

'Harry Amalfi? Een van die sproeivliegtuigen? Die hebben in geen jaren gevlogen.'

'Ze doen het nog goed, vriend. Ik heb ze zelf onderzocht. Ze hebben vijftien jaar over de jungle gevlogen en ik ga morgen ook over jullie jungletje van niks vliegen, ik en doctor Mevrouw. Ik ga wat luchtfoto's maken om de jongens op het instituut te bewijzen dat ik hier geweest ben en dat er niks op te graven viel.'

Jo's vingers graaiden het tafelkleed bijeen. 'Ly...'

Ben zei: 'Het is niet zo'n goed idee, meneer Picker.'

Picker keek hem met een ijzige glimlach aan. 'We stellen je bijdrage erg op prijs, vriend.'

'Dat bos is van de marine. Wie daar wil vliegen, moet officiële toestemming hebben.'

'Mis,' zei Picker. 'Alleen het oostelijk deel is van de marine. De westelijke helft is openbaar. Dat gebied is nooit formeel door de marine opgeëist. Tenminste, dat heeft doctor Echtgenote op haar kaarten gezien.'

'Dat klopt, Ly,' zei Jo, 'maar evengoed...'

'Zoef,' zei Picker. 'Hoog boven de wereld... Of heb je liever dat ik me dood zit te vervelen?'

'Het hele bos is anderhalve kilometer breed,' zei Ben. 'Daar boven is het erg moeilijk te zien...'

'Maak je je zorgen om mij, amigo?' zei Picker op scherpe toon. Hij pakte de bourbonfles op alsof hij hem wilde breken. Toen zette hij hem zorgvuldig weer neer en stond op.

'Iedereen maakt zich zoveel zorgen om mij. Wat ontroerend.' Zijn baard zat vol kruimels. 'In mijn gezicht een en al menselijke vriendelijkheid, maar achter mijn *rug*: de zatladder. Nietwaar, vriend?'

Ben zei niets.

Picker richtte zijn aandacht op zijn vrouw. Hij keek haar kwaad aan en grijnsde tegelijk. 'Ga je mee, engel?'

Haar lip trilde. 'Je weet hoe ik over kleine vliegtuigjes denk, Ly...'

'Nee, dat niet. Nu. Ga je mee, nu?'

Zonder zijn ogen van haar af te houden, pakte hij een stukje kip en beet erin. Kauwend met zijn mond open, wierp hij Romero weer een scherpe blik toe. 'Het is een metafoor, vriend.'

'Wat?' vroeg Ben.

'Dit eiland. En al die andere kloterige bulten in de oceaan. Vulkanen die ejaculeren en dan dood neervallen. Veroveraars die met hooggestemde verwachtingen komen aanzeilen en dan wegkwijnen of sterven, en dan nemen die vervloekte koraalparasieten het over, en dan zakt dat ook weg. Alles zinkt weg. Entropie.'

Jo legde haar vork neer. 'Jullie willen ons wel verontschuldigen.'

Picker wierp de drumstick op een schaal en pakte ruw haar arm vast.

'Alles zinkt weg,' zei hij, en trok haar mee.

5

Pam kwam terug met een grote schaal fruit. Ze keek naar de lege stoelen.

'Die doen hun schoonheidsslaapje,' zei Ben. 'Morgenvroeg huren ze een van Harry's sproeivliegtuigjes om ermee over de jungle te vliegen.'

'In een van die wrakken? Is dat wel veilig?'

'Wie zal het zeggen? Ik heb geprobeerd hem op andere gedachten te brengen. Hij is een ontdekkingsreiziger van wereldklasse.' Ben trok zijn wenkbrauwen op.

Ze zette de schaal neer en ging zitten. 'Ik vind dat meneer Picker soms een beetje... moeilijk is.'

'Het is sympathiek van je vader dat hij ze zolang tijd in huis neemt,' zei ik.

Zij en Ben wisselden een blik.

'In feite hebben ze zichzelf uitgenodigd,' zei ze. 'Pa is soms gemakkelijk over te halen. Het schijnt dat zij een vooraanstaand geleerde is.'

'En hij?'

'Hij werkt part-time voor een of andere kleine organisatie die zich met natuurbescherming bezighoudt. Hij bestudeert schimmels of zoiets. Ik heb de indruk dat hij moeite heeft met het lospeuteren van subsidies. Het zal ook wel lastig zijn... Pa kan er nu ieder moment zijn.'

Ze gaf de schaal door.

'Is het waar,' zei ik, 'dat de marine het contact met het dorp volledig heeft afgesneden?'

Ze knikte.

'Waarom?'

'Zo zijn die militairen,' zei Ben. 'Ze leven in hun eigen wereldje.'

'Pa is ermee bezig,' zei Pam. 'Hij heeft senator Hoffman geschreven. Die kent hij al jaren. En Hoffman kent Aruk uit eigen ervaring. In de tijd van de Koreaanse oorlog was hij commandant van Stanton.'

'De fijnproever?'

'Hij kwam hier vroeger vaak met zijn vrouw. Dan zaten ze op dit terras te bridgen.'

'Lijkt me een nuttige relatie,' zei ik. De fotogenieke en gematigde senator uit Oregon werd genoemd als presidentskandidaat.

Ben legde zijn servet neer en stond op. 'Sorry, ik moet de kinderen ophalen. Heb je nog iets nodig voor morgen, Pam?'

'Alleen wat wegwerpnaalden. En vaccin, als daar niet veel meer van is.'

'Dat is er al,' zei Ben. 'Ik heb het vanmiddag klaargelegd.'

Hij schudde ons de hand en ging vlug weg.

'Hij is geweldig,' zei Pam. 'Weet echt wat hij doet. Hij vond KiKo in de haven, toen hij lag dood te gaan aan een infectie, en hielp hem erbovenop.' Ze glimlachte. 'KiKo is een afkorting van King Kong. Hij slaapt in een wiegje in Bens huis.'

'Meneer Picker zei dat je apen niet zindelijk kunt maken.'

'Ik ben geen primatoloog, maar soms heb ik het gevoel dat dieren veel handelbaarder zijn dan mensen.'

Ik hoorde een auto en keek naar de weg. Het begon al donker te worden en details waren moeilijk te onderscheiden, maar ik zag koplampen naderen.

'... een van de evenwichtigste mensen die je ooit zult ontmoeten. Pa zou graag zien dat hij medicijnen ging studeren. Het eiland zou wel een jongere dokter kunnen gebruiken. Maar daar heeft Ben geen tijd voor. Hij heeft een groot gezin te onderhouden.'

'In zijn brief aan mij,' zei ik, 'schreef je vader dat hij met pensioen wilde gaan.'

34

Ze glimlachte. 'Ik denk niet dat hij ooit helemaal met pensioen zal gaan, maar er wonen drieduizend mensen op dit eiland, dus hij zou wel wat hulp kunnen gebruiken. Ik spring wel eens bij, maar...' Ze legde haar lepel neer. 'Je vroeg daarstraks of ik op Aruk was opgegroeid, en ik zei, niet echt. Ik ben hier geboren, maar ik ben erg jong naar een internaat gegaan. Ik studeerde medicijnen aan de Temple University en bleef in Philadelphia. Ik dacht altijd dat ik hier terug zou komen, maar ik ben een stadsmeisje geworden. Ik heb ontdekt dat ik echt van de stad hou.'

'Ik weet wat je bedoelt,' zei Robin. 'Kleine plaatsen zijn in theorie geweldig, maar ze leggen je beperkingen op.'

'Ja, Aruk is prachtig. Jullie zullen je hier erg goed amuseren. Maar om er altijd te wonen is het... hoe zal ik het zeggen? Ik wil niet snobistisch overkomen, maar... het is gewoon erg klein. En dan al dat water eromheen. Je wordt hier de hele tijd aan je eigen onbeduidendheid herinnerd.'

'We hebben het afgelopen jaar op het strand gewoond,' zei Robin. 'Soms gaf de oceaan me het gevoel dat ik onzichtbaar was.'

'Precies.' Aan Pams stem was te horen dat het haar goed deed iemand te hebben gevonden die het begreep. 'Je draait je om en daar is de zee. Altijd. Soms is de zee net een grote blauwe klap in je gezicht.'

Ze at wat fruit. 'En dan is er het tempo. Steek de datumgrens over en om de een of andere reden gaat alles opeens zo lang-zaam, en ik loop nou niet bepaald over van geduld.' Ze lachte zachtjes. 'Ga maar eens scheiden, dan leer je veel over jezelf.'

Ze klonk opeens een beetje gekwetst.

'Maar hoe dan ook, het is hier wel mooi,' zei ze.

Gladys en Cheryl brachten een serveerwagen met koffie. Ze ruimden de tafel af en schonken de koffie in.

'Alles was heerlijk, Gladys,' zei Pam.

'Zeg tegen je vader dat hij op tijd moet komen voor het eten. Hij moet zichzelf niet zo verwaarlozen.'

'Dat zeg ik al tegen hem sinds ik hier ben, Gladys.'

'En ik heb dat in de wind geslagen, koppig als ik ben,' klonk een stem uit het huis.

In de dubbele deuropening stond een erg lange, lelijke man, krom, broodmager, gladgeschoren en kaal, afgezien van een paar witte pluizebolletjes boven zijn oren. Hij had een smalle mond, bijna zonder lippen, een dikke vlezige neus en een langgerekt gezicht met een misvormde, verfrommelde kin die me aan een kameel deed denken. Zijn wangen waren slap en ingevallen, zijn oogkassen diep en gezwollen. Zijn droevige blauwe ogen waren de enige trek die zijn dochter van hem had geërfd.

Hij droeg een goedkoop wit overhemd, een wijde bruine broek, witte sokken en sandalen. Zijn borst leek ingezakt en zijn vlees hing los aan zijn dunne botten. Zijn armen waren lang en slungelig en gevlekt door de zon. Aan een ketting hing een plastic bril en zijn borstzakje puilde uit van de pennen, een klein zaklantaarntje zoals artsen hebben, een zonnebril en een kleine witte plastic liniaal. Hij had een oud, zwart leren dokterskoffertje bij zich.

Toen ik opstond, wuifde hij en kwam naar me toe. Hij liep nogal vreemd, met zijn hoofd ver naar voren.

Niet als een kameel. Als een flamingo.

Hij drukte zijn lippen even op Pams wang en zei: 'Goeienavond, katje.'

'Dag pa.'

Zijn smalle mond werd een millimeter breder en hij glimlachte.

'Mevrouw Castagna. Het is me een genoegen.' Hij nam Robins vingertoppen even in zijn beide handen en pakte toen mijn hand vast. Hij deed dat met een zucht, alsof hij er lang op had gewacht om dat te kunnen doen.

'Meneer Delaware.'

Zijn hand was droog en slap, maar niet onaangenaam. Hij oefende er een lichte druk mee uit en liet hem toen als een door de wind weggeblazen blad van mijn hand afglijden.

'Ik zal u eten brengen,' zei Gladys. 'En geen smoesjes meer dat u in het dorp al wat hebt gegeten.'

'Nee,' zei Moreland, en hij drukte zijn handpalmen tegen elkaar. 'Ik beloof het, Gladys.'

Hij ging zitten en bekeek zijn servetje voordat hij het openvouwde. 'Ik neem aan dat er goed voor jullie is gezorgd. Onderweg nog zeeziek geweest?'

We schudden ons hoofd.

'Mooi. De *Madeleine* is een goede boot en Alwyn is de beste van de bevoorradingskapiteins. De boot was vroeger van een sportzeiler uit

Hawaï. Doet het prima met zeilen, maar Alwyn heeft er nieuwe motoren ingezet en haalt nu een goede snelheid. Hij vertroetelt die boot.'
'Hoeveel boten komen hierheen?' zei ik.
'Afhankelijk van de omstandigheden varen drie tot zes boten tussen de kleinere eilanden heen en weer. Gemiddeld krijgen we een of twee ladingen per maand.'
'Dat moet wel duur zijn.'
'De prijzen worden er niet lager door.'
Cheryl bracht twee borden met alles wat wij ook hadden gegeten, behalve de kip. Aan de rijst waren bonen toegevoegd. Ze zette het eten voor Moreland neer en hij keek glimlachend naar haar op.
'Dank je, Cheryl. Hopelijk verwacht je moeder niet dat ik dit allemaal opeet.'
Cheryl giechelde en liep haastig weg.
Moreland haalde diep adem en pakte een vork. 'Hoe gaat het met jullie kleine buldog?'
'Die rust nog uit van de overtocht,' antwoordde ik.
'Nu we het toch over hem hebben, ga ik even bij hem kijken,' zei Robin. 'Als u me wilt verontschuldigen...'
Ik liep met haar mee naar de trap. Toen ik terugkwam, zat Moreland nog steeds naar zijn eten te kijken. Hij had er nog niets van aangeraakt.
Moreland richtte zijn blik nu op de zwarte hemel. Een ogenblik leek het of er een waas voor zijn ogen hing. Toen knipperde hij en waren ze weer helder. Pam speelde met haar servetring.
Ze keken allebei naar me op.
'Mooie avond, nietwaar?' zei Moreland.
'Ik denk dat ik een eindje ga wandelen.' Pam stond op.
'Goedenavond, katje.'
'Ik vond het prettig je te ontmoeten, Alex.'
'Dat is wederzijds.'
Vader en dochter gaven elkaar een kus en toen was ze weg. Moreland nam een vork vol rijst en kauwde langzaam, spoelde het weg met water. 'Ik ben erg blij u eindelijk te ontmoeten.'
'Insgelijks, dokter.'
'Noem me toch Bill. Mag ik je Alex noemen?'
'Natuurlijk.'
'Hoe bevalt jullie onderkomen?'

'Prima. Bedankt voor alles.'

'Wat vond je van mijn Stevenson-citaat?'

Die vraag verraste me een beetje. 'Mooie woorden. Groot schrijver.' 'Thuis is de zeeman,' zei hij. 'Dit is mijn huis en het is me een genoegen jullie hier te gast te hebben. Stevenson is nooit op de noordelijke Marianen geweest, maar hij voelde het eilandleven goed aan. Niet alleen een groot schrijver, maar ook een groot denker. De grote denkers hebben veel te bieden... Ik heb hoge verwachtingen van ons project, Alex. Wie weet welke patronen naar voren komen als we ons echt in de gegevens verdiepen.'

Hij legde zijn vork neer.

'Zoals ik al zei, ben ik vooral geïnteresseerd in psychische aandoeningen, omdat die ons altijd voor de grootste raadsels stellen. En ik heb een paar fascinerende gevallen meegemaakt.'

Hij richtte zijn gezwollen ogen op mij. 'Zo stuitte ik jaren geleden op een geval van... Je zou het misschien lycanthropie kunnen noemen, alleen was het eigenlijk geen klassieke lycanthropie.'

'Een wolfmens?'

'Een katvrouw. Heb je dat wel eens meegemaakt?'

'In mijn opleiding heb ik schizofrenen meegemaakt die incidenteel hallucineerden dat ze een dier waren.'

'Dit was meer dan incidenteel. Een dertigjarige vrouw, aantrekkelijk, vriendelijk karakter. Kort na haar eenendertigste verjaardag begon ze zich van haar gezin terug te trekken en liep ze rond te dwalen en keek ze naar katten. Toen werden de symptomen erger: ze joeg op muizen, al kreeg ze er nooit een te pakken. Ze miauwde, belikte zichzelf, at rauw vlees. Daardoor kwam ze uiteindelijk bij mij terecht: maag- en darmklachten. Ze was haar man erg tot last. Woekerende darmparasieten als gevolg van haar voedingsgewoonten.'

'Was het een constante waan?'

'Nee, het was eerder een serie aanvallen, acute aanvallen, maar ze duurden steeds langer. En toen ze bij mij kwam, was ze tussen de aanvallen in ook lang niet in orde. Eetlustverlies, concentratiestoornissen, huilbuien. Als je dat tegen een psychiater zegt, stelt hij waarschijnlijk de diagnose van psychotische depressie of bipolaire stoornis. Een antropoloog daarentegen zou meteen aan tribale rituelen of een door planten opgewekte religieuze hallucinose denken. Het probleem is: er zijn geen inheemse hallucinogene planten op Aruk en er is ook geen stevig verankerde voorchristelijke sjamanistische cultuur.'

Hij at nog wat rijst, maar scheen er niets van te proeven. 'Een interessant diagnostisch probleem, nietwaar?'

'Dronk de vrouw veel?' vroeg ik.

'Nee. En ze had ook geen gebrek aan vitamine B, dus het was geen idiopathisch syndroom van Korsakov.'

'En die parasieten? Waren die in haar hersenen binnengedrongen?'

'Goede vraag. Dat heb ik me ook afgevraagd, maar haar symptomen maakten zelfs een globaal neurologisch onderzoek onmogelijk. Ze was erg agressief geworden. Ze snauwde en beet en krabde zo erg dat haar man haar vastbond in haar kamer.'

'Dat lijkt me nogal drastisch.'

Hij keek me gekweld aan. 'Trouwens, de symptomen wezen niet op enige parasitaire aandoening die ik ooit had meegemaakt, en ik kon haar darmproblemen vrij gemakkelijk behandelen. Na haar dood weigerde haar man een sectie en noemde ik hartstilstand als doodsoorzaak.'

'Hoe is ze gestorven?'

Hij legde zijn vork neer. 'Op een avond gaf ze een schreeuw, een echte katteschreeuw. Harder dan anders, dus haar man ging kijken. Hij trof haar met open ogen op het bed aan. Ze was dood.'

'Geen sporen van vergiftiging?'

'Mijn laboratorium was in die tijd nogal primitief, maar ik kon haar bloed op de gebruikelijke dingen onderzoeken en ik heb niets gevonden.'

'Hoe was haar relatie met haar man?'

Hij keek me aan. 'Heb je een bepaalde reden om dat te vragen?'

'Ik ben psycholoog.'

Hij glimlachte.

'En verder,' zei ik, 'zei je dat ze haar man erg tot last was. En dat hij alleen naar haar toe ging omdat haar kattekreet harder was dan anders. Blijkbaar trok hij zich verder niet veel van haar aan. Het komt niet op mij over als een staaltje van echtelijke toewijding.'

Hij keek langs de tafel in de huiskamer, alsof hij zeker wilde weten dat niemand ons kon horen.

'Kort na haar dood,' zei hij, 'vond haar man een andere vrouw. Ze gingen van het eiland weg. Jaren later ontdekte ik dat hij nogal een

Don Juan was geweest.' Hij sloeg zijn blik neer, keek naar zijn bord. 'Ik moet me hier maar eens doorheen werken, anders geeft Gladys me de wind van voren.'

Hij at een paar happen groente en zei: 'Ik heb tegen haar gejokt. Ik heb wat *chow mein* naar de kliniek laten brengen. Een noodgeval, een plotselinge kwallenplaag op het North Beach.'

'Pam heeft het me verteld. Hoe gaat het met de kinderen?'

'Hevige pijn en dikke bulten, en ze hebben er niets van geleerd... Nog meer ideeën over die katvrouw?'

'Was ze vroeger vaak flauwgevallen of waren er andere tekenen van syncope?'

'Een hartritmestoornis om haar plotselinge dood te verklaren? Heb ik niets van gemerkt. En er kwamen in haar familie ook niet veel hartziekten voor. Maar de manier waarop ze stierf, zo plotseling... Haar hart hield er opeens mee op. Ik noemde het hartstilstand.'

'Allergieën?'

Hij schudde zijn hoofd.

'Geen buitensporig alcoholgebruik,' zei ik. 'En drugs?'

'Ze leidde een erg gezond leven, Alex. In feite was het een heel aardige vrouw. Totdat ze veranderde.'

'Hoe was ze vastgebonden als ze sliep?'

'Aan handen en voeten.'

'Dat gaat nogal ver.'

'Ze werd als gevaarlijk beschouwd.'

'En op de avond dat ze stierf, was ze ook vastgebonden?'

'Ja.'

'Misschien was er iets dat haar bang maakte,' zei ik. 'Of dat haar zo van streek maakte dat haar hart bleef staan.'

'Zoals?'

'Een buitengewoon ernstige hallucinatie. Of een nachtmerrie.'

Hij antwoordde niet en ik vond dat hij een beetje kwaad uit zijn ogen keek.

'Of,' zei ik, 'iets reëels. Misschien deed haar echtgenoot, die Don Juan, iets dat haar van streek maakte.'

Hij deed zijn ogen dicht.

'Misschien,' ging ik verder, 'deed hij het vóór haar dood met een andere vrouw.'

Hij knikte langzaam. Zijn ogen bleven dicht.

"'s Nachts vastgebonden,' zei ik. 'Maar haar man en zijn vriendin zijn in de kamer ernaast. Sliepen ze met elkaar waar zij bij was?' Zijn ogen gingen open. 'Allemachtig. Jij bent een schrandere jongeman.'

'Ik raad maar wat.'

Hij glimlachte. 'Tja.' Weer een lange stilte. 'Zoals ik al zei, ik ontdekte pas jaren later wat voor iemand hij was, en dan nog alleen omdat ik een neef van hem behandelde, die op een ander eiland woonde en naar me toe was gekomen om zich voor gordelroos te laten behandelen. Ik gaf hem acyclovir en dat verlichtte zijn pijn. Ik denk dat hij uit dankbaarheid iets terug wilde doen. In ieder geval vertelde hij me dat de man van de katvrouw kort daarvoor was gestorven en het op zijn sterfbed over mij had gehad. Hij was inmiddels nog drie keer getrouwd geweest.'

'Nog meer mysterieuze sterfgevallen?'

'Nee, drie scheidingen, al zou je dat in zekere zin ook sterfgevallen kunnen noemen. En dat alleen omdat hij een onverbeterlijke rokkenjager was. Maar toen hij aan longkanker lag te creperen, zijn borst helemaal kapot, bekende hij dat hij zijn eerste vrouw had gekweld. Van het begin af. Op de dag na hun trouwdag zag ze hem een kat doden die in hun tuin was gekomen en een kip had opgevreten. Hij wurgde het dier, hakte het de kop af en gooide haar lachend het karkas toe. Kort daarna hoorde ze van zijn ontrouw. Toen ze klaagde, noemde hij haar een katwijf en dwong hij haar het kippenhok uit te mesten. Dat werd een vast patroon wanneer ze ruzie hadden. Pas jaren later begonnen haar symptomen. Hoe erger gestoord ze werd, des te minder deed hij zijn best om zijn buitenechtelijke verhoudingen te verbergen. In de laatste maanden van haar leven woonde zijn vriendin zelfs bij hen in, officieel als huishoudster. Klein huis, flinterdunne scheidingswanden. Op de avond van haar dood waren haar man en zijn vriendin luidruchtig aan het vrijen. De vrouw gaf een schreeuw van protest en ze lachten haar uit. Ze gingen nog een tijdje door, en toen werd ze weer een kat en begon ze te miauwen. En te sissen. En te krijsen.' Hij streek over zijn gezicht. Zijn wang trilde. 'Ze kwamen haar kamer binnen en gingen door met... in haar bijzijn. Gillend rukte ze aan haar touwen. Ik weet zeker dat haar bloeddruk een recordhoogte bereikte. Tenslotte gaf ze die laatste schreeuw.'

41

Hij schoof zijn bord weg.

'Een bekentenis op het doodsbed,' zei hij. 'Schuldgevoel kan een krachtige drijfveer zijn.'

'Ontrouw,' zei ik. 'De geile kater.'

Hij zweeg even en zei toen: 'Zo zou je het kunnen zeggen.' Maar hij klonk nogal somber. 'Nou, wat voor diagnose zou je kunnen stellen? Depressie, teweeggebracht door acute stress en gekenmerkt door een primitieve identificatie met katten? Of een volslagen psychose?'

'Het kan allebei zijn. Of een hevige stressreactie. Waren er familieleden met psychiatrische aandoeningen?'

'Haar moeder was... somber.' Hij boog zich dichter naar me toe. Zijn kale schedel glom als een struisvogelei. 'Om op die manier aan je eind te komen... Kwam het door angst? Door schaamte? Kan iemand echt sterven van frustratie? Of leed ze aan een fysieke stoornis die ik niet kon vinden? Dat bedoel ik nou met raadsels. We zullen dat geval beschrijven.'

'Fascinerend,' zei ik. De geuren van het eiland vermengden zich met afschuwelijke gedachten aan de doodsnood van die katvrouw.

'Ik heb er nog veel meer, jonge vriend. Veel, veel meer.' Hij begon zijn hand uit te steken. Even dacht ik dat hij hem op de mijne zou leggen, maar hij legde hem op de tafel, en daar bleef hij liggen, licht bevend.

'Ik ben zo blij dat je me komt helpen.'

'Ik ben blij dat ik hier ben.'

Toen hoorden we geblaf en keken allebei om. Robin kwam terug, met Spike aan zijn lijn.

Moreland begon te stralen. 'O, moet je hem toch eens zien!'

Hij ging naar Spike toe en hurkte met uitgestoken hand, de palm omlaag, bij hem neer.

Spike hijgde en sprong en besnuffelde het kruis van de oude man.

'Wel, wel,' zei Moreland lachend, en hij stond op. 'Jij bent een vriendelijk beestje... Heeft hij zijn avondeten al gehad?'

'Daar is hij net mee klaar,' zei Robin, 'en toen hebben we een wandelingetje gemaakt. We kwamen Pam tegen en liepen een eind met haar mee.'

'Prachtig,' zei Moreland peinzend. 'Zeg, hebben jullie al plannen voor morgen? Als jullie zin hebben, kunnen jullie gaan snorkelen op South Beach. De riffen zijn erg mooi en de vissen zwemmen zo de ondiepten in, dus je hebt geen zuurstofcilinders nodig. Ik heb een extra Jeep die jullie kunnen gebruiken.'

Hij viste in zijn zak, haalde er een paar sleutels uit en gaf ze aan mij.

'Dank je,' zei ik. 'Wanneer wil je dat we beginnen met werken?'

Hij glimlachte. 'We zijn al begonnen.'

6

We liepen door de met zijdepapier behangen gang terug. Moreland bewoog zich ondanks zijn grote stappen nogal stijf, en Robin en ik moesten de pas inhouden om bij hem te blijven.

'Ik vind uw schilderijen mooi,' zei ik.

Hij keek me verbaasd aan. 'O, die. Die zijn door wijlen mijn vrouw gemaakt.'

Hij zei verder niets, tot we in de hal kwamen en er boven, in de buurt van de kamers van de Pickers, een deur dichtviel.

'Ik hoorde over zijn gedrag onder het eten,' zei Moreland, die bleef staan. 'Mijn verontschuldigingen.'

'Het was niet zo erg.'

'Ze blijven hier nog maar een week of zo. Ze is net klaar met het onderzoek waarvoor ze hier kwam. Hij heeft helemaal niets te doen, en dat is een deel van het probleem. Hij loopt zich te verbijten omdat hier niet veel exotische schimmels en walgelijke planten zijn.'

'Misschien hoopt hij er nog een paar te vinden,' zei ik. 'Ze gaan morgenvroeg over het banyanwoud vliegen.'

Zijn mond viel open en hij sloeg zijn dunne armen over elkaar.

'Morgen?'

'Dat zei hij.'

'Waarmee gaan ze vliegen?'

'Een toestel van een zekere Harry Amalfi.'

'Grote goden. Dat zijn wrakken. Harry heeft ze jaren geleden op een dumpveiling gekocht. Hij verwachtte dat ik hem zou inhuren om land te besproeien. Ik besloot alleen met organische ongediertebestrijding te werken en probeerde hem dat uit te leggen. Ook toen ik hem zijn kosten had vergoed, overtuigde hij zichzelf ervan dat ik hem had geruïneerd.'

'Je hebt evengoed voor die vliegtuigen betaald?' vroeg Robin.

'Ik gaf hem iets omdat hij een initiatief had genomen. Ik stelde hem voor om met het geld een garagebedrijf te openen. Hij en zijn zoon hebben verstand van auto's. In plaats daarvan heeft hij alles uitgegeven en sindsdien geen enkel initiatief meer genomen. Het is erg onverstandig om met die oude rammelkasten te gaan vliegen. Wat verwachten ze eigenlijk te zien?'

'Het bos.'

'Er is daar beneden helemaal niets. Het terrein is voor het grootste deel van de marine, en de rest is openbaar en had al lang geleden gekapt moeten worden, maar het is er niet veilig. De Japanners hebben er landmijnen achtergelaten. En wie gaat erin vliegen? Harry is in geen jaren opgestegen. En hij drinkt.'

'Picker heeft een brevet.'

Hij schudde zijn hoofd. 'Ik moet met ze praten. Als hij probeert te landen, vormen die landmijnen een groot gevaar. Ik heb prikkeldraad langs de oostgrens van mijn terrein laten spannen om er zeker van te zijn dat niemand daar het bos ingaat. Ik denk dat ik nu maar even met ze ga praten.'

'Ik weet niet of hij zal luisteren,' zei ik.

'O... ja, je hebt waarschijnlijk gelijk. Morgenvroeg dan... Nu, wat de ontspanning hier in huis betreft. We hebben hier geen televisie-ontvangst, maar de radio in jullie kamer moet het doen. Er is ook een kleine bibliotheek aan de andere kant van de eetkamer.' Hij haalde even zijn schouders op. 'Vroeger was dat de zilverkamer. Veel bijzonders zul je er niet aantreffen. Vooral ingekorte boeken en biografieën. Er zijn veel meer boeken in jouw werkkamer, en in de mijne. Tijdschriften komen met de boten mee. Als je iets specifieks wilt lezen, zal ik mijn best doen het voor je te vinden.'

Hij boog zich langzaam naar Spike toe en aaide hem. 'Nou, dan laat ik jullie nu alleen. Hebben jullie verder nog iets nodig?'

Robin zei: 'Het is buiten zo mooi dat ik wel iets voor nog een wandeling voel.'

Moreland knikte tevreden. 'Heb je gemerkt hoe het buiten ruikt? Met het oog op de geuren heb ik bepaalde bloemen bij het huis geplant. Frangipangi, melati, oude rozen, allerlei bloemen.'

'Picker zei dat de bodem niet goed is,' zei ik.

'Daar heeft hij gelijk in. Resten van vulkanische as zijn over de jungle uitgewaaid en de rest van het eiland heeft te veel zout en silica. Op sommige plaatsen is de bovenlaag maar een meter diep en dan stuit je al op koraal. Met uitzondering van een paar naaldbomen die door de Japanners zijn geplant, was alles hier bruin toen ik het kocht. Ik heb bootladingen teelaarde en meststoffen laten komen. Het heeft jaren geduurd, maar het is vrij goed gelukt. Willen jullie zien hoe... o, sorry, jullie wilden gaan wandelen.'

'We zouden het graag willen zien,' zei Robin.

Hij knipperde met zijn ogen. 'Ik denk dat jullie mij, oude zeur, alleen maar een plezier willen doen. Maar op mijn leeftijd neem je wat je kunt krijgen. Laten we gaan, hondje.'

Achter het huis bevond zich een tuin met rozenperken en zorgvuldig bijgehouden bloembedden, omheind door ligusterhagen. Grote naaldbomen, sommige op Japanse wijze gesnoeid, zorgden voor veel schaduw. Daarachter waren losse beplantingen met palmen en varens en wandelpaden van vergruisde rots, omzoomd met laag groeiende lelies. Kunstig aangebrachte spotlights gaven juist genoeg licht om er veilig te kunnen lopen. Het rook hier zoet: plantengeuren in vreemde combinaties. Soms was het resultaat aangenaam, soms weeïg.

'Het gaat nog een heel eind door,' zei Moreland, wijzend naar een houten prieel aan de achterkant van een gazon van wel tweeduizend vierkante meter. Daarnaast wierpen felle schijnwerpers hun licht op een tennisbaan van gras zonder net, en daarachter was nog meer gras. Links stond een groepje gebouwen met platte daken: een ervan was zo groot als een hangar, daarnaast waren er nog wat kleinere schuren. Moreland leidde ons daarheen en zei: 'Het is te donker om iets te zien, maar ik heb achter het prieel nog allerlei dingen. Citrusvruchten, pruimen, perziken, tafeldruiven, bananen, groenten. Ga daar morgen gerust plukken. Alles wat daar groeit, is veilig om te eten.'

'Voorzien jullie in je eigen behoefte?' vroeg ik.

'Voor het grootste deel. Ik koop vlees en vis en zuivelprodukten voor het personeel en gasten. Vroeger had ik een kudde geiten voor de melk, maar we dronken er niet genoeg van. Zoals ik je al schreef, doe ik voedingsonderzoek. Soms is er wat over voor het dorp.'

'Verbouwen de mensen in het dorp ook iets?'

45

'Een beetje,' zei hij. 'Het is geen agrarische cultuur.'

Toen we dichter bij de gebouwen kwamen, zei hij: 'Dat zijn mijn kantoren en laboratoria en opslagruimten. Jouw werkkamer is in het dichtstbijzijnde gebouw en voor jou heb ik ook wat atelierruimte gereserveerd, Robin, naast Alex' werkkamer. Een mooie kamer op het noorden met een dakraam. Mijn vrouw heeft daar vroeger geschilderd. Hoe gaat het met je pols?'

'Beter.'

Hij bleef weer staan. 'Mag ik?' Hij tilde haar arm op en liet het gewricht heel voorzichtig bewegen. 'Geen crepitatie. Blijkbaar is het aan het genezen, al is er nog wat ontsteking van zacht weefsel. IJs voor acute ontsteking en daarna warmte tegen de pijn. Hou het gewicht ontspannen en het komt vanzelf wel goed. De lagune in het zuiden heeft het hele jaar een prettige temperatuur. Zwemmen is een lichamelijke beweging met weinig weerstand. Je spieren worden er sterker van zonder dat het gewricht te veel onder druk komt te staan.'

Hij liet haar arm los en keek in de duisternis.

'Misschien zou ik een deel van al dat gras moeten omspitten. Het is belachelijk arbeidsintensief en ook nog nutteloos, maar ik ben opgegroeid op een ranch en de geur van vers gras doet me aan mijn kinderjaren denken.'

'Waar was die ranch?' zei ik.

'In Sonoma, Californië. Mijn vader verbouwde Sante Rosa-pruimen en pinot-noirdruiven.'

We liepen door.

'Ontvang je hier patiënten?' vroeg ik.

'Dat doe ik meestal in de kliniek in het dorp. Daar heb ik mijn röntgenapparatuur en het is veel handiger voor de dorpelingen.'

'Wat heb je hier dan voor laboratoria?'

'Onderzoek. Ik heb me altijd al geïnteresseerd voor alternatieve bestrijdingsmiddelen. Zijn jullie bang uitgevallen?'

'Waarvoor?' zei Robin.

'Natuurlijke roofvijanden.' Hij knipperde met zijn ogen. 'Wezens zonder ruggegraat.'

'Als ze over me heen kruipen, ben ik wel bang.'

Hij lachte. 'Nou, dat zou ik echt vervelend vinden. Als jullie ze ooit willen bekijken, heb ik wel een paar erg interessante exemplaren.'

'Je hebt hier levende exemplaren?'

Hij draaide zich om en gaf een klopje op haar schouder. 'Achter slot en grendel in dat grote gebouw daar. Het spijt me, Robin. Ik had het je moeten vertellen. Soms vergeet ik hoe mensen zijn.'

'Nee, het geeft niet,' zei ze. 'Als kind had ik een vogelspin als huisdier.'

'Dat wist ik niet,' zei ik.

Ze lachte. 'Mijn ouders ook niet. Ik kreeg hem van een vriendin toen die hem van haar moeder moest wegdoen. Ik heb hem wekenlang in een schoenendoos in mijn kast verborgen gehouden. Toen ontdekte mijn moeder hem. Een van de gebeurtenissen uit mijn jeugd die me altijd zijn bijgebleven.'

'Ik heb vogelspinnen,' zei Moreland. In zijn stem klonk opwinding door. 'Het zijn eigenlijk heel mooie beestjes, als je ze enigszins leert kennen.'

'De mijne was niet zo groot, misschien drie centimeter lang. Ik geloof dat hij uit Italië kwam.'

'Het zal wel een Apulische tarantula zijn geweest. *Lycosa tarantula*. En dit zal jóu interesseren, Alex: vroeger dachten ze dat de beet van de Apulische tarantula waanzin kon veroorzaken, je weet wel, huilen en springen en dansen. Zo is de tarantula aan zijn naam gekomen. Natuurlijk is het onzin. Het beestje doet geen kwaad.'

'Ik wou dat je er toen bij was geweest, dan had je mijn moeder misschien kunnen overtuigen,' zei Robin. 'Ze heeft hem doorgespoeld.'

Moreland huiverde. 'Als je er nog eentje wilt zien, kan ik je wel van dienst zijn.'

'Goed,' zei ze. 'Als jij geen bezwaar hebt, Alex.'

Ik keek haar aan. Thuis haalde ze mij erbij als er muggen en vliegen doodgeslagen moesten worden.

'Ik zou ze graag willen zien,' zei ik, macho die ik ben.

'Maar ik ben bang dat jullie hem beter buiten kunnen laten,' zei Moreland met een blik op Spike. 'Honden zijn in feite wolven, en wolven zijn roofdieren met alle hormonale afscheidingen van dien. Kleine ritselende dingetjes kunnen hem agressief maken. Ik wil hem niet van streek maken. Of de spinnen.'

'Mensen zijn ook roofdieren,' zei ik.

'Absoluut,' zei Moreland. 'Maar wij schijnen van nature bang voor ze te zijn. Daarom hebben ze niet zoveel moeite met ons.'

We bonden Spike aan een boom, gaven hem een hondekoekje met kaassmaak en zeiden tegen hem dat we gauw terug zouden zijn. Moreland bracht ons naar het hangar-achtige gebouw. De ingang was een grijze metalen deur.

'Het badhuis van de Japanse officieren,' zei hij, terwijl hij de deur van het slot haalde. 'Ze hadden hier gekruide modderbaden, sauna's, zoetwaterbaden en zoutwaterbaden. Het zoute water werd met vrachtwagens van het strand gehaald.'

Hij haalde een schakelaar over en de raamloze ruimte baadde in het licht. Alle oppervlakken waren wit betegeld. De ruimte was leeg. We liepen naar een andere grijze deur, die dicht was. Niet op slot.

'Voorzichtig,' zei hij. 'Ik kan hier niet te veel licht maken. Het zijn dertien treden omlaag.'

Toen hij de tweede deur had opengemaakt, haalde hij een serie schakelaars over. Er hing nu een zwak, vaalblauw schijnsel in de ruimte.

'Dertien treden,' herhaalde hij, en hij telde ze hardop, terwijl we achter hem aan een stenen trap afgingen. We hielden ons vast aan metalen leuningen.

Het vertrek waarin we ons nu bevonden, was veel koeler dan de rest van het gebouw. Beneden was er een verzonken ruimte van zo'n twintig meter lang. Muren en vloeren waren van beton. In de vloeren stonden rechthoeken afgetekend, randen waarbinnen beton was gegoten om de baden op te vullen.

Smalle ramen, zo hoog dat ze bijna het plafond raakten, lieten zwak maanlicht binnen. Doorschijnend draadglas. Het blauwe licht kwam van een paar tl-buizen die verticaal op de muren waren aangebracht. Toen mijn ogen aan het halfduister gewend waren, zag ik aan het eind nog een trap. Ik zag ook een verhoogde werkruimte: bureau en stoel, kasten, laboratoriumtafels.

Door het midden van het verzonken gedeelte liep een breed gangpad met aan weerskanten tien rijen stalen tafels die aan het beton zaten vastgeschroefd.

Op de tafels stonden tientallen grote aquaria, afgedekt met fijn gaas. Sommige aquaria waren helemaal donker. Andere hadden een roze, grijze, lavendelkleurige of blauwe gloed.

Er waren allerlei willekeurige geluiden te horen: fladderen en krassen, plotselinge bonkgeluiden, het tinkelen van iets hards tegen glas.

De paniek van vergeefse ontsnappingspogingen.

Een vreemde mengeling van geuren drong tot me door. Rottende planten, uitwerpselen, veenmos. Nat graan, gekookt vlees. En iets zoets: fruit dat op het punt stond te gaan rotten.

Robins hand in de mijne was zo koud als de trapleuningen.

'Welkom in mijn kleine dierentuin,' zei Moreland.

7

Moreland leidde ons langs de eerste twee rijen en bleef bij de derde staan. 'Het zou handig zijn als er meer systeem in zat, maar ik weet waar ze allemaal zijn en ik ben degene die hun te eten geeft.'

Hij sloeg linksaf en stopte bij een donker terrarium. De bodem was bedekt met mul en bladeren, met daarboven een wirwar van kale takken. Verder kon ik niets zien.

Hij haalde iets uit zijn zak en hield het tussen zijn vingers. Een korreltje, het leek wel wat op Spikes hondebrokken.

Het gaasdeksel zat vastgeklemd. Hij trok het los en maakte een hoekje vrij, stak twee vingers in het terrarium en liet de korrel los.

Eerst gebeurde er niets. Toen kwam de mul in beweging, veel sneller dan ik voor mogelijk zou hebben gehouden, alsof er een kleine aardbeving doorheen ging, en er schoot iets omhoog.

Een seconde later was het voedsel weg.

Robin drukte zich tegen me aan.

Moreland had niet bewogen. Wat het ook was geweest dat de korrel had opgegeten, het was nu verdwenen.

'Australische tuinwolfsspin,' zei Moreland, terwijl hij het deksel weer vastmaakte. 'Familie van je Italiaanse vriend. Net als *tarantula* graven ze zich in en wachten op een prooi.'

'Blijkbaar weet je wat hij lekker vindt,' zei Robin. Ik hoorde het verschil in haar stem, maar een vreemde zou het waarschijnlijk niet horen.

'Wat zíj lekker vindt – dit is een echte dame – is dierlijke proteïne. Bij voorkeur vloeibaar. Spinnen maken hun voedsel altijd vloeibaar. Ik combineer insekten, wormen, muizen, wat dan ook, en maak er een soort bouillon van die ik invries en ontdooi. Dit is hetzelfde spul, maar dan gecomprimeerd en gevriesdroogd. Ik deed dat om te

49

kijken of ze zich bij vaste voeding aanpassen. Gelukkig pasten een heleboel zich inderdaad aan.'

Hij glimlachte: 'Een vreemde hobby voor een vegetariër, nietwaar? Maar wat kan ik anders doen? Ze is mijn verantwoordelijkheid... Kom mee, misschien kunnen we wat herinneringen tot leven wekken.'

Hij maakte een ander terrarium open aan het eind van de rij, en ditmaal stak hij zijn arm erin. Hij haalde er iets uit en zette dat op zijn onderarm. Een van de verticale tl-buizen was zo dichtbij dat we het ding op zijn bleke huid konden zien zitten. Een spin, donker, harig, zo'n drie centimeter lang. Hij kroop langzaam naar zijn schouder.

'Is dit de spin die je moeder vond, Robin?'

Robin likte over haar lippen. 'Ja.'

'Ze heet Gina.' En tegen de spin, die nu bij zijn kraag was, zei hij: 'Goedenavond, *señora*.' En weer tegen Robin: 'Wil je haar even vasthouden?'

'Nou, vooruit dan maar.'

'Een nieuwe vriendin, Gina.' Alsof de spin het begreep, bleef ze staan. Moreland pakte haar voorzichtig op en zette haar op Robins handpalm.

De spin bewoog niet, maar bracht toen haar kop omhoog. Het leek wel of ze Robin bestudeerde. Haar mond ging open en dicht, het zag eruit alsof ze nagesynchroniseerd werd.

'Je bent lief, Gina.'

'We kunnen er precies zo eentje naar je moeder sturen,' zei ik. 'Omwille van de goeie ouwe tijd.'

Ze lachte en de spin bleef weer staan. Toen liep het beestje met mechanische precisie naar de rand van Robins handpalm en tuurde eroverheen.

'Beneden is alleen maar vloer,' zei Robin. 'Ga maar weer terug naar papa.'

Moreland pakte de spin op, streelde haar buik, zette haar in haar bak terug en liep door.

Nadat hij zijn zaklantaarntje te voorschijn had gehaald, richtte hij dat op verscheidene andere exemplaren om ons de details ervan te laten zien.

Kleurloze spinnen ter grootte van mieren. Spinnen die op mieren leken. Een delicaat groen ding met doorschijnende groene poten. Een

Australische *hygropoda*, net een stokje ('Een wonder van energiebe-houd. Door die slanke bouw kan hij nooit oververhit raken.'), een spin met grote scharen en een baksteenrode rug en citroengele on-derbuik, zo fel gekleurd dat het namaakjuwelen leken. Het was een Borneospringer, met grote zwarte ogen en een harig gezicht waar-door hij er als een wijze oude man uit zag.

'Kijk hier eens,' zei hij. 'Zo'n web heb je vast nog nooit gezien.'

Hij wees naar een zigzagconstructie, als geplooid papier.

'*Argiope*, een wielspin. Het perfecte web om de bijen aan te trekken die hij graag eet. Die x in het midden reflecteert ultraviolet licht op een zodanige manier dat de bijen erop afkomen. Alle webben zijn op maat gemaakt, met een ongelooflijke spankracht. Veel spinnen gebruiken verschillende soorten spinrag, gepigmenteerd met het oog op een bepaalde prooi. De meeste webben worden dagelijks veran-derd, aan de wisselende omstandigheden aangepast. Sommige wor-den gebruikt om erop te paren. Al met al zijn het schitterende lok-middelen.'

Zijn handen bewogen zich snel en zijn hoofd ging op en neer. Met iedere zin die hij uitsprak, werd hij levendiger. Ik weet dat je niet zomaar menselijke eigenschappen aan dieren moet toeschrijven, maar het leek wel of de spinnen ook opgewonden werden. Ze bewogen meer, kwamen uit de schaduw om zich te laten zien, wriemelden en... wuifden?

Niet de paniek die ik eerder had gehoord. Soepele, bijna ontspan-nen bewegingen. Een dans van wederzijdse belangstelling?

'... de reden waarom ik me op roofspinnen concentreer,' hoorde ik Moreland zeggen. 'Waarom ik zo mijn best doe ze goed te voeden en fit te houden.'

Op zijn benige hand zat een felroze, krabachtig ding. 'Uiteraard is toepassing van natuurlijk roofgedrag niets nieuws. In 1925 bedreig-den *levuana*-motten de hele kokosnootoogst op Fiji. Er werden sluip-vliegen uitgezet om ze te vernietigen en die hebben geweldig goed werk geleverd. Het volgend jaar werd een bijzonder vraatzuchtig volk van bladluizen vernietigd door lieveheersbeestjes. En jullie weten vast wel dat mensen met een tuin ook vaak lieveheersbeestjes gebruiken om bladluizen te bestrijden. Ik kweek ze trouwens om mijn citrus-bomen te beschermen.' Hij wees naar een terrarium waar het leek of er een rood tapijt op de bodem lag. Duizenden miniatuur-

Volkswagentjes, een verkeersopstopping van lieveheersbeestjes. 'Zo simpel, zo praktisch. Maar het gaat erom dat ze goed te eten krijgen en daardoor krachtig blijven.'

We liepen door en hij bleef staan en haalde diep adem. 'Als de mensen niet zoveel vooroordelen hadden, zou je deze schoonheid en haar soortgenoten kunnen trainen om ratten uit de huizen te houden.'

Hij scheen met zijn zaklantaarntje in een donker terrarium en we zagen iets dat half door bladeren werd bedekt.

Het kroop langzaam te voorschijn en mijn maag dreigde meteen in opstand te komen.

Acht centimeter breed en meer dan twee keer zo lang, poten zo dik als potloden, haren zo grof als van een wild zwijn. Het beest bleef stil zitten terwijl het schijnsel over hem heen ging. Toen deed het zijn bek wijd open – was dat geeuwen? – en streek met klauwachtige scharen over die opening.

Terwijl Moreland het gaasdeksel losmaakte, deed ik onwillekeurig een stap achteruit. Zijn hand ging naar binnen, weer met zo'n korrel.

In tegenstelling tot de Australische wolfsspin nam deze spin het voedsel loom, bijna schuchter aan.

'Dit is Emma en ze is verwend.' Een van de poten van de spin kwam tegen zijn vinger, wreef erover. 'Dit is de tarantula uit de B-films, maar in werkelijkheid is ze een *Grammostola* uit het Amazonegebied. In haar natuurlijke leefmilieu eet ze kleine vogels, hagedissen, muizen, zelfs gifslangen, die ze verlamt en daarna verbrijzelt. Zien jullie de voordelen voor de ongediertebestrijding?'

'Waarom gebruikt ze haar gif niet?' zei ik.

'Het meeste spinnegif kan geen kwaad, behalve voor erg kleine prooidieren. Reken maar dat die verwende Madame Emma niet het geduld zou hebben om te wachten tot het gif begon te werken. Ze mag dan een luie indruk maken, in werkelijkheid kan ze erg ongeduldig worden als ze honger heeft. Dat geldt voor alle wolfsspinnen. Ze hebben die naam omdat ze hun prooi opjagen. Ik moet bekennen dat het mijn favoriete spinnen zijn. Zo intelligent. Ze herkennen mensen. En ze reageren op vriendelijkheid. Dat kun je van alle tarantula's zeggen. Daarom was jouw kleine *Lycosa* zo'n prettig huisdier, Robin.'

Robins ogen bleven op het monster gericht.

'Ze vindt je aardig,' zei Moreland.

'Laten we het hopen.'

'O ja, vast en zeker. Als ze niets van iemand moet hebben, wendt ze als een nuffig dametje haar hoofd af. Niet dat ik hier vaak mensen heen breng. De bewoners hebben rust nodig.'

Hij aaide de kolossale spin, nam zijn hand weg en dekte het terrarium weer af. 'Insekten en spinnen zijn schitterende wezens, zowel wat hun bouw als hun functies betreft. Jullie hebben vast wel eens het cliché gehoord dat ze met ons wedijveren en ons uiteindelijk zullen laten uitsterven. Dat is onzin. Sommige soorten worden erg succesvol, maar veel andere balanceren op het randje van uitsterven, èn veel soorten zijn zo kwetsbaar dat ze zich niet kunnen handhaven. De entomologen proberen er al heel lang achter te komen waarom sommige soorten succes hebben en andere niet. Het wetenschappelijke schoolvoorbeeld is *Monomorium pharaonis*, de faraomier. Veel wetenschappers danken hun vaste aanstelling aan onderzoeken naar het functioneren van *Monomorium*. Vanouds werd gezegd dat er drie belangrijke criteria waren: weerstand tegen uitdroging, coöperatieve kolonies met verscheidene vruchtbare koninginnen, en het vermogen om de kolonie snel en efficiënt te verplaatsen. Maar er zijn insekten met precies dezelfde eigenschappen die het toch niet redden, en andere, zoals de houtmier, die het heel goed doen, al hebben ze geen van die eigenschappen.'

Hij haalde zijn schouders op.

'Een raadsel. Eén van de redenen waarom ze zo interessant zijn.'

Hij ging verder met de rondleiding, wees ons op wandelende takken, bidsprinkhanen met gekartelde kaken, gigantische sissende Madagaskar-kakkerlakken met chitinebepantsering, mestkevers die hun stinkende schatten als gigantische oefenballen voor zich uit rolden, stevige zwarte aaskevers met een bijzondere voorkeur voor dood vlees ('Stel je voor hoe ze de afvalproblemen kunnen oplossen die jullie op het vasteland hebben'). Het ene na het andere terrarium vol kruipende, klimmende, springende, krakende, ritselende dingen.

'Ik hou me niet bezig met vlinders en motten. Die leven te kort, en ze moeten veel ruimte hebben om echt gelukkig te zijn. Al mijn gasten passen zich goed bij hun beperkte leefruimte aan en velen bereiken een verbazingwekkend hoge leeftijd. Mijn *Lycosa* is tien jaar oud en sommige spinnen leven twee of drie keer zo lang... Verveel ik jullie?'

'Nee,' zei Robin. Ze had haar ogen wijd open, maar leek niet bang te zijn. 'Ze zijn allemaal indrukwekkend, maar Emma... ze is zo groot.'

'Ja... dat is ze. Hier, moet je hier eens kijken.'

Hij liep vlug naar een terrarium in de laatste rij. Dat was veel groter dan de andere, met een inhoud van minstens honderd liter. Er zaten rotsen in die een grot boven een bodem van houtsnippers vormden.

'Mijn brontosaurus,' zei hij. 'Zijn voorouders hebben waarschijnlijk nog met de dinosaurus samengeleefd.'

Hij wees naar iets dat op een verlengstuk van de rots leek.

Ik kwam er niet al te dichtbij en bereidde me voor op weer zo'n huiveringwekkende beweging.

Niets.

Toen was het er. Zonder te bewegen. Ik zag het een vorm aannemen:

Wat ik voor rots had aangezien, was organisch. Het stak uit de grot. Een plat lichaam, gesegmenteerd. Als een gevlochten bruine leren zweep.

Vijftien, twintig centimeter lang.

Poten aan ieder segment.

Voelsprieten zo dik als cellosnaren.

Trillende voelsprieten.

Ik ging nog wat verder terug, en wachtte af of Moreland het spel met de korrel weer zou spelen.

Hij drukte zijn gezicht tegen het glas.

Er gleed nog meer uit de grot.

Minstens dertig centimeter lang. Aan het eind van de staart trilden stekels.

Moreland tikte tegen het glas en verscheidene voorpoten van het wezen graaiden door de lucht.

Een flitsende beweging, een geluid als van iemand die met zijn vingers knipt.

'Wat... is dat?' vroeg Robin.

'Een gigantische duizendpoot uit Oost-Azië. Deze kwam vorig jaar als verstekeling op een van de bevoorradingsboten mee, de boot van Brady. Op die manier ben ik aan veel van mijn exemplaren gekomen.'

Ik dacht aan onze overtocht met de *Madeleine*, waarop we benedendeks hadden geslapen, met alleen onze zwemkleding aan.

'Hij is veel giftiger dan de meeste spinnen,' zei hij. 'En ik heb hem nog geen naam gegeven. Ik heb hem trouwens ook nog niet geleerd van me te houden.'

'Hoe giftig is hij dan?' vroeg ik.

'Er is maar één sterfgeval bekend. Een zevenjarige jongen op de Filippijnen, waarschijnlijk een anafylactische reactie. Het meest voorkomende probleem is secundaire ontsteking, gangreen. Dat kan tot het verlies van een arm of been leiden.'

'Ben je zelf ooit gebeten?' vroeg ik.

'Vaak.' Hij glimlachte. 'Maar alleen door menselijke kinderen die niet ingeënt wilden worden.'

'Erg indrukwekkend,' zei ik, in de hoop dat we klaar waren. Maar Moreland had weer zo'n korrel tussen zijn vingers, en voordat ik het wist, had hij weer een hoek van het gaasdeksel weggetrokken.

Ditmaal stak hij zijn hand niet in de kooi maar liet hij de korrel meteen vallen.

Het dier reageerde niet.

'Zelf weten,' zei Moreland, en hij maakte het deksel weer vast.

Hij liep door het middenpad en we volgden hem op de voet.

'Dat was het. Ik hoop dat jullie er niet van walgen.'

'Dus je voedingsonderzoek heeft met deze dieren te maken?' vroeg ik.

'In eerste instantie. We kunnen veel van ze leren. Ik bestudeer ook webpatronen, onder andere.'

'Fascinerend,' zei Robin.

Ik keek haar aan. Ze glimlachte vaag. Haar hand was warm geworden. Haar vingers begonnen mijn handpalm te kriebelen en kropen toen over de binnenkant van mijn pols.

Ik probeerde me los te trekken, maar ze hield me vast. Glimlachte nu breeduit.

'Ik ben blij dat je er zo over denkt, Robin,' zei Moreland. 'Sommige mensen vinden ze weerzinwekkend. Echt waar.'

Later, op onze kamer, probeerde ik wraak te nemen door haar van achteren te besluipen toen ze haar make-up zat te verwijderen. Ik kriebelde zachtjes in haar nek.

Ze slaakte een gilletje en sprong overeind, graaide naar me, en we kwamen samen op de vloer terecht.

Ik zat boven op haar en kietelde haar nog een keer. 'Fascinerend? Ga ik plotseling met een spinnevrouw door het leven? Zullen we met een nieuwe hobby beginnen als we terug zijn?'

Ze lachte. 'Dan moeten we eerst het recept van die korrels hebben... Trouwens, ik vond het echt fascinerend, Alex. Al begin ik, nu ik daar weg ben, weer de kriebels te krijgen.'

'Zo gróót als sommige waren,' zei ik. 'Mooie vakantie.'

'Het was geen doorsnee-avond. Dat staat vast.'

'Wat vind je van onze gastheer?'

'Een beetje excentriek. Maar aardig. Sympathiek.'

'Meer dan een beetje excentriek, schat.'

'Ik vind dat bij hem niet zo erg. Hij behoort tot een andere generatie. En ondanks zijn leeftijd kan hij nog warm lopen voor dingen. Ik hou van passie in een man.'

Ze maakte haar arm los en liet hem over de mijne omhoog kruipen. 'Kiele kiele!'

Ik drukte haar tegen de vloer. 'Aan het werk, mijn kleine *Lycosa*, ik heb ook passie!'

Ze sloeg haar armen om me heen. 'Het schijnt van wel.'

Ik ontblootte mijn tanden. 'Hou me vast en verpletter me, Arachnodella. Maak me vloeibaar!'

'Spot er maar mee,' zei ze, 'maar bedenk eens wat ik kon doen als ik er zes handen bij had.'

8

De volgende morgen lagen zwemvliezen, snorkels, handdoeken en duikmaskers op de ontbijttafel op ons te wachten.

'De Jeep staat voor,' zei Gladys.

We aten vlug en troffen de Jeep bij de fontein aan. Het was een van die eenvoudige modellen met een canvasdak waar jongelui in Beverly Hills en San Marino zo graag in rijden als ze ruig willen doen. Deze was helemaal authentiek: wazige plastic ruiten, slordige witte verf, geen dure stereo-installatie.

Net toen ik de motor startte, kwamen de Pickers zwaaiend naar buiten gedraafd.

'Een lift naar het dorp?' riep Lyman. Ze droegen weer kaki, met junglehoeden. Aan zijn hals had hij een verrekijker hangen en toen hij glimlachte, blikkerden zijn gele tanden tussen zijn baard door. 'Omdat dit vroeger onze geleende auto was, kun je eigenlijk niet weigeren.'

'Zou ik ook nooit doen,' zei ik.

Ze gingen achterin zitten.

'Dank je,' zei Jo. Haar ogen waren bloeddoorlopen en haar lippen waren op elkaar geperst.

Spike, op Robins schoot, begon te grommen.

'Over brachycefalie gesproken,' zei Picker. 'Kan hij wel ademhalen?'

'Blijkbaar,' zei Robin.

'Waar zal ik jullie afzetten?' zei ik.

'Ik wijs je de weg wel. Dit ding heeft geen vering, dus let op de kuilen in de weg. Ze hebben op deze molshoop geen nieren beschikbaar voor transplantatie.'

Ik ging de nieuwe asfaltweg op. De Jeep reed soepel en met hoge snelheid over de weg met palmen. Algauw kwam de oceaan in zicht, zo blauw als maar kon, zonder één schuimkop. Toen we de haven naderden, kwam het water snel op ons af. Het was of we in een doos met saffieren tuimelden. Ik herinnerde me Pams opmerking over een grote blauwe klap in je gezicht. Het was allemaal maar net hoe je het bekeek...

Picker zei: 'Hebben jullie die draaischijftelefoons in het huis gezien? We mogen nog blij zijn dat het niet twee blikjes met een koord zijn.'

Robin legde haar hand op mijn been en draaide zich glimlachend naar hem om. 'Als het je hier niet bevalt, waarom blijf je dan?'

'Het bevalt ons wel,' zei Jo vlug.

'Uitstekende vraag, mevrouw Luitmaakster,' zei haar man. 'Als het aan mij lag, bleven we hier niet. Als het aan mij lag, zaten we hier minstens duizend kilometer vandaan. Maar het onderzoek van doctor Echtgenote is dringend en ik ben liever ergens waar de dingen zonder ruggegraat netjes opgesloten zitten. Ik hoorde dat jullie gisteravond de dierentuin hebben bezichtigd.'

Niemand van ons gaf antwoord.

Picker ging verder: 'De rijkemansversie van glimwormpjes in een jampot. Geen systematisering. Wetenschappelijk gezien is het tijdverspilling.'

Spike stak zijn kop omhoog en staarde hem aan. Picker probeerde hem te aaien, maar de hond trok zich terug en liet zich weer op Robins schoot zakken.

'Mannelijke honden,' zei Picker, 'kiezen altijd voor vrouwen.'

'Dat is niet waar, Ly,' zei zijn vrouw. 'Toen ik nog klein was, hadden we een miniatuur-schnauzer en die hield het meest van mijn vader.'

'Dat, mijn liefste, kwam doordat hij je moeder had leren kennen.' Hij vond het niet erg om in zijn eentje te lachen. 'Hormonen. Honden gaan achter vrouwen aan, mannen gaan achter teven aan.'

Hij begon te neuriën. Spike gromde.

'Geen muziekliefhebber,' zei Picker.

'Integendeel,' zei Robin. 'Hij houdt van leuke deuntjes, maar valse noten maken hem kwaad.'

In Front Street zei Picker: 'Rechtsaf.'

Ik reed naar het noorden, evenwijdig met de waterkant. Er lagen geen boten in de haven en het benzinestation was nog dicht, met het schema van de brandstofrantsoenering op de pomp geplakt. Een paar kinderen fietsten langs het water, een vrouw liep met een kinderwagen. Mannen zaten met hun voeten in het water en er lag iemand languit te slapen.

'Waar is het vliegveld?'

'Gewoon rechtdoor. Ik wijs het wel.'

We reden langs de winkels. De lucht rook zilt en de temperatuur van zevenentwintig graden deed behaaglijk aan. De etalages van Tante Mae's Handelspost lagen vol met verbleekte T-shirts en souvenirs en boven de deur hingen borden waarop de snacks en postale diensten werden opgesomd. Daarnaast bevond zich de markt van Aruk: twee kramen met groente en fruit, een paar vrouwen die de koopwaar in hun tassen propten. Toen we voorbijreden, glimlachten enkelen van hen.

Het aangrenzende gebouw was wit en van luiken voorzien. Het had een Budweiser-bord waarvan de neonbuizen allang defect waren: SLIM'S ORCHID BAR. Haveloze types hingen er rond met flesjes bier in hun hand. De façade van het Chop Suey Palace was voorzien van rood-met-gouden letters en de deur werd bewaakt door stenen Fuhonden. Er stonden drie terrastafels voor. Een donkerharige man zat aan een van die tafeltjes een biertje te drinken. Hij had ook een bord voor zich staan waarin hij met eetstokjes aan het porren was. Hij keek op maar glimlachte niet.

Er kwamen nog meer winkels, allemaal leeg, sommige dichtgespijkerd, en toen kwam er een blinkend witgeverfd gebouw waar een aantal auto's voor stond. Er was ook een bord: GEMEENTEHUIS. North Beach begon als voortzetting van het barrièrerif met palmen, duinen met hier en daar bosjes wit bloeiende struiken. Rechts kronkelde een verharde weg de helling op. De witte huizen op de top leken door de ochtendzon in marsepein te zijn veranderd. Ik zag de spits van een kerktoren en daaronder een koperen dak.

'Is daar de kliniek?'

'Ja,' zei Picker. 'Doorrijden.'

We bleven langs de kust rijden en er kwamen geen zijwegen meer. Aan de noordkant was geen haven, en de zee was hier ook wat woeliger. Hier en daar bewogen zwemmers zich loom door het water. Zonnebaders lagen als porties koekjesbeslag op het strand, maar de mensen werden in aantal verreweg overtroffen door de vogels, die in zwermen langs de waterkant naar hun ontbijt zochten.

Front Street kwam uit op een parkeerterrein voor zes auto's. Aan de oostkant was er een vier meter hoge afscheiding van ruwe bamboe. Op met de hand geschilderde borden stond PRIVÉ-TERREIN en EINDE WEG – GEEN AFSLAG.

Picker boog zich naar voren en wees over mijn schouder naar een opening in het bamboe. 'Daarin.'

Ik sloeg een onverhard weggetje in dat zo smal was dat het bamboe over de zijkanten van de Jeep streek. Na honderd meter rijden kregen we een huis in zicht.

Het leek hier meer op Cape Cod dan op Tahiti. De versplinterde planken van het huis waren in geen jaren geverfd en de veranda stond vol met rommel. Door het dak van teerpapier stak een kachelpijp.

Het was een breed en vlak terrein, zo'n zes hectare rood zand, omheind met bamboe. De hoge planten langs de achtergrens vielen in het niet bij de zes meter hoge rotswand: de westelijke rand van het vulkanisch gebergte. De bergen wierpen zulke scherpe, donkere schaduwen dat ze op verfvlekken leken.

Vijftien meter achter het eerste huis stond een kleiner huis. Het had dezelfde bouw en verkeerde in dezelfde conditie, en had bovendien een nogal vreemde deuropening: een te groot opzichtig lijstwerk. Tussen de twee gebouwen stond de halve romp van een propeller-vliegtuig, waarvan de randen van plaatmetaal recht waren afgezaagd. De rest van het terrein leek op een beeldentuin van roestige moderne sculpturen: vliegtuigkarkassen, bergen onderdelen en een paar toestellen die nog intact waren.

Toen ik stopte, kwam uit het grootste huis een man die alleen een vuile spijkerbroek met afgeknipte pijpen droeg. Hij wreef met zijn knokkels over zijn ogen en veegde zijn sluike blonde haar uit zijn gezicht. De jongste van de haaieslachters die we de vorige dag hadden gezien. Hij keek nogal verbaasd.

Picker trok de plastic raamflap van de Jeep opzij. 'Waar is je vader, Skip?'

De man wreef weer over zijn ogen. 'Binnen.' Zijn stem klonk schor en chagrijnig.

'We huren vanmorgen een vliegtuig van hem.'

Skip dacht daarover na. Tenslotte zei hij: 'Ja.'

'Waar is de startbaan, Ly?' vroeg Jo.

'Overal waar we willen. Het zijn geen jumbo-jets. Laten we gaan.'

Ze klommen uit de Jeep en Picker liep naar Skip toe en begon te praten. Jo bleef achter. Haar mond bewoog de hele tijd en ze plukte nerveus aan haar vest.

'Arme stumper,' zei Robin. 'Ze is doodsbang.'

Toen ik de Jeep begon te keren, kwam er een andere man met ontbloot bovenlijf uit het huis. Hij droeg gebloemde boxershorts en had hetzelfde brede gezicht als Skip, maar dan dertig jaar ouder. Afhangende schouders en een monumentale buik. Het haar dat hij nog had, was bruingrijs. Een baard van twee weken bedekte een gezicht dat iedere politieagent argwanend zou doen opkijken.

Hij wees naar ons en liep naar de Jeep toe.

'U bent de nieuwe gasten van de dokter?' Een zware stem, net als die van zijn zoon, maar niet zo slaperig. 'Amalfi.' Zijn kleine blauwe oogjes waren bloeddoorlopen maar levendig en zijn neus was zo plat dat zijn gezicht bijna één vlak vormde. Zijn baard was haveloos en onregelmatig. De huid die niet was begroeid, was een maanlandschap van bultjes en putjes.

'Wat hebben jullie daar?'

'Franse buldog.'

'Nooit zo'n beest in Frankrijk gezien.'

Robin aaide Spike en Harry Amalfi keek naar haar op. 'U amuseert zich hier, mevrouw?'

'Nou en of.'

'De dokter behandelt u goed?'

Ze knikte.

'Nou, reken daar maar niet op.' Hij likte over zijn vinger en stak hem in de wind. 'Willen jullie ook de lucht in?'

'Nee, dank u.'

Hij lachte, begon te hoesten en spuwde op de grond. 'Bang?'

'Misschien een andere keer.'

'Maakt u zich geen zorgen, mevrouw. Mijn vliegtuigen zijn perfect onderhouden. Wie hier op het eiland wil vliegen, kan alleen bij mij terecht.'

'Bedankt voor het aanbod,' zei ik, en ik ging verder met keren. Amalfi zette zijn handen op zijn heupen en keek ons na terwijl hij zijn broek ophees. De Pickers waren met Skip het huis ingegaan.

Toen ik wegreed, keek ik nog eens goed naar het kleinste huis. Het witte lijstwerk van de deur was een ring van haaietanden.

Ik draaide Front Street weer op en reed terug naar South Beach. De man met de eetstokjes zat nog voor het Palace, en ditmaal stond hij op toen we er aankwamen. Hij zwaaide met zijn armen alsof hij een taxi aanhield.

Ik stopte en hij kwam naar ons toe. Hij was een jaar of veertig, zo'n een meter tachtig en nogal smal van postuur, met zwart haar dat over zijn voorhoofd was gekamd en een zwart snorretje dat zo dun was dat je het van een afstand niet kon zien. De rest van zijn gezicht was vaalgeel en glad, bijna haarloos. Hij droeg een brede, zwarte Porsche-zonnebril, een blauw overhemd met korte mouwen, een seersucker broek en canvas schoenen met rubberzolen. Op zijn tafel lagen een volle Filofax naast een bord met bami en drie lege Sapporo's.

Hij stelde zich voor als Tom Creedman. Op een toon alsof we die naam waarschijnlijk wel zouden kennen. Toen dat niet het geval bleek te zijn, glimlachte hij verongelijkt en klakte met zijn tong. 'Uit Los Angeles, nietwaar?'

'Ja.'

'New York,' zei hij, wijzend op zijn borst. 'Daarvoor Washington. Werkte vroeger in de journalistiek.' Hij zweeg even en liet toen de namen van een televisienetwerk en twee grote kranten vallen.

'Aha,' zei ik, alsof nu alles duidelijk was. Zijn glimlach werd warmer.

'Biertje met me drinken?'

Ik keek Robin aan. Ze knikte.

We stapten uit en gingen naar zijn tafel, gevolgd door Spike. Hij keek naar de hond maar zei niets. Toen stak hij zijn hoofd in de deuropening van het restaurant. 'Jacqui!'

Er kwam een statige vrouw naar buiten, een vaatdoek samengebald in één hand. Haar donkere haar was dicht en golvend, met zilverdraden, en ze had een goudbruin gezicht met dikke lippen. Een paar rimpels, maar een jonge huid. Haar leeftijd was moeilijk te schatten, ergens tussen de vijfentwintig en vijfenveertig.

'De nieuwe gasten in het messenkasteel,' zei Creedman tegen haar. 'Een rondje voor iedereen.'

Jacqui glimlachte naar ons. 'Welkom op Aruk.'

'Iets eten?' zei Creedman. 'Ik weet dat het vroeg is, maar ik heb gemerkt dat Chinees eten als ontbijt een geweldige opkikker is. Dat zal wel door al die ketjap komen, daar gaat je bloeddruk van omhoog.'

'Nee, dank je.'

'Goed,' zei Creedman tegen Jacqui. 'Alleen bier.'

Ze ging weg.

'Messenkasteel?' zei Robin.

'De plaatselijke bijnaam van jullie onderkomen. Wist je dat niet? De Japanners hebben dit eiland bezet gehouden. Morelands huis was hun hoofdkwartier. Ze gebruikten de plaatselijke bevolking als slaven voor hun vuile werk, en importeerden nog meer mensen. Toen besloot MacArthur het hele gebied van Hawaï tot Tokio over te nemen. Hij bombardeerde de Jappen tot ze niet meer wisten hoe ze het hadden. Toen de overlevende Japanse soldaten zich probeerden te verschansen, grepen de slaven alle scherpe dingen die ze konden vinden. Ze verlieten hun barakken en maakten het karwei af. Meseiland.'

'Dokter Moreland zei dat het vanwege de vorm was.'

Creedman lachte.

'Zo te horen heb je wat research gedaan,' zei ik.

Hij lachte zonder zijn mond open te doen. 'Oude gewoonte.'

Jacqui bracht het bier en hij gooide haar een dollar fooi toe. Ze keek geërgerd en liep vlug weg.

Creedman bracht een fles omhoog, maar in plaats van te drinken wreef hij met de rug van zijn hand over het glas.

'Wat voert jou hierheen?' vroeg ik.

'Een korte vlucht uit de realiteit. Als je te lang met de kopstukken van de *Beltway* meeloopt, ga je hun stank ruiken.'

'Je schreef over politiek?'

'Met alle hoogverheven smerigheid van dien.' Hij hief zijn bierfles. 'Op de stilte van de eilanden.'

Het bier was ijskoud en smaakte fantastisch.

Robin pakte mijn hand vast. Creedman streek nog een paar keer over de fles en toen over de Filofax. 'Ik werk aan een boek. Een roman uit de werkelijkheid: veranderingen in het leven, isolement, inwendige revolutie. De eilandmystiek in relatie tot de tijdgeest aan het eind van de eeuw.' Hij glimlachte. 'Meer kan ik er echt niet over zeggen.'

'Klinkt interessant,' zei ik.

'Mijn uitgever hoopt het.' Hij liet weer een naam vallen. 'Ik heb ze zoveel laten betalen dat ze zich het vuur uit de sloffen moeten lopen om mijn boek te promoten.'

'Is Aruk je enige onderwerp of ben je ook op andere eilanden geweest?'

'Ik ben al meer dan een jaar op reis. Tahiti, Fiji, Tonga, de Marshalls, Guam, de rest van de Marianen. Ik ben hier vorig jaar gekomen om met schrijven te beginnen, want dit eiland is helemaal dood. Er is hier geen enkele afleiding.'

Hij nam een grote slok en liet toen weer een van zijn glimlachjes met gesloten mond zien. 'Hoe lang blijven jullie hier?'

'Waarschijnlijk een paar maanden,' zei ik.

'Wat komen jullie hier precies doen?'

'Ik help dokter Moreland met het ordenen van zijn gegevens.'

'Medische gegevens?'

'Alles wat hij heeft.'

'Zijn er nog specifieke ziekten waarop jullie je concentreren?'

'Nee, gewoon een algeheel overzicht.'

'Voor een boek?'

'Als er een boek in zit.'

'Jij bent psycholoog, hè?'

'Ja.'

'Dus hij wil dat je zijn patiënten psychologisch analyseert?'

'We hebben de details nog niet uitgewerkt.'

Hij glimlachte. 'Wat is dat, jouw versie of geen commentaar?'

Ik glimlachte terug. 'Mijn versie van: we hebben de details nog niet uitgewerkt.'

Hij wendde zich tot Robin. 'En jij, Robin? Wat doe jij hier?'

'Ik ben op vakantie.'

'Geluk gewenst.' Hij keek mij weer aan. 'Nog een biertje?'

'Nee, dank je.'

'Goed spul, nietwaar? De meeste verpakte goederen die je hier kunt krijgen, komen uit Japan. Met een winstmarge van twee-, driehonderd procent: de ultieme wraak.'

Hij dronk zijn flesje leeg en zette het neer. 'Jullie moeten eens bij me komen eten.'

'Waar woon je?' vroeg ik.

'Daarboven.' Hij wees met zijn hoofd naar de helling. 'Ik heb een paar dagen bij Moreland gelogeerd, maar ik hield het niet meer uit. Te intens. Hij is bijzonder, nietwaar?'

'Hij lijkt me erg toegewijd.'

'Het is niet moeilijk om toegewijd te zijn als je stinkend rijk bent. Wisten jullie dat zijn vader een grote financier in San Francisco was?'

Ik schudde mijn hoofd.

'Die barstte van de dollars. Miljoenen. Hij bezat een effectenhuis, een paar banken, land in de hele wijnstreek. Moreland was enig kind en erfde de hele zwik. Hoe zou hij dit alles anders in stand kunnen houden? Niet dat het iets zal uitmaken. Het is een verloren zaak.'

'Wat is een verloren zaak?' vroeg Robin.

'Het redden van dit eiland. Ik wil het hier niet voor jullie bederven, maar Aruk heeft geen toekomst. Geen natuurlijke hulpbronnen, geen nijverheid. Geen werklust. Over lijntrekkers gesproken: moet je eens naar dat strand kijken. Ze hebben niet eens de energie om te zwemmen. De pientersten gaan weg. Het is alleen maar een kwestie van tijd voordat het er hier uit ziet als zo'n onbewoond eiland in een tekenfilm, met een sukkelige schipbreukeling onder een palmboom.'

'Ik hoop van niet,' zei Robin. 'Het is zo mooi.'

Creedman kwam wat dichter bij haar zitten. 'Misschien wel, Robin, maar laten we het onder ogen zien: eb en vloed maken hier deel uit van het levensritme. Dat is het thema van mijn boek.'

'In hoeverre is het verval van het eiland te wijten aan het feit dat de marine de zuidelijke weg heeft afgesloten?' vroeg ik.

Hij glimlachte. 'Ooit op de basis Stanton geweest?'

'Nee.'

'Als dat een basis is, ben ik een zeeanemoon. Er komen daar alleen vliegtuigen om voedsel en kleding te brengen voor de anderhalve man en paardekop die de zaak beheren. En dan kunnen ze wel een paar matrozen naar het dorp sturen om zich te bezatten en een nummertje te maken, maar daarmee krijg je nog geen bloeiende economie.'

'Wat gebeurt er met Stanton als het eiland wordt ontruimd?'

'Wie zal het zeggen? Misschien verkoopt de marine de boel. Of misschien laten ze alles gewoon zoals het is.'

'De basis heeft geen strategische waarde?'

'Niet sinds de Koude Oorlog is afgelopen. Waar het om gaat, is dat je hier geen kiesdistrict hebt. Meeuwen stemmen niet.'

'Dus je denkt niet dat de marine het eiland met opzet afsluit?'

'Wie heeft je dat verteld?'

'Een gast in het huis van dokter Moreland.'

'Meneer Picker.' Hij grinnikte. 'Nogal een klootzak, hè? Nog een paar weken in de zon en hij ziet Amelia Earhart naakt in zee zwemmen met rechter Crater. Weet je zeker dat je er niet nog een wilt?'

Ik schudde mijn hoofd.

'Eigenlijk,' zei Robin, terwijl ze Spike aaide, 'wilden we wat gaan snorkelen.'

We stonden op en ik probeerde geld op de tafel te leggen.

'Geen denken aan,' zei Creedman. 'Hoe vaak gebeurt het dat ik hier een intelligent gesprek voer? En Fikkie mag ik ook wel. Hij piste niet op me.'

Hij liep met ons mee naar de Jeep.

'Ik mag graag koken. Kom eens bij me eten.'

We stapten in de auto. Hij boog zich naar Robins raam en zette zijn zonnebril af. Zijn ogen waren klein, donker en nogal indringend.

'Als je het mij vraagt, was er een goede reden om de zuidelijke weg af te sluiten,' zei hij . 'De openbare veiligheid.'

'Ziektebestrijding?' zei ik.

'Als je moord een ziekte noemt. Het gebeurde een halfjaar geleden. Een meisje uit het dorp werd op het strand gevonden, ongeveer waar jullie nu heen gaan. Verkracht en lelijk toegetakeld. De details zijn nooit bekend geworden. Moreland kan het je wel vertellen. Hij heeft namelijk de sectie verricht. De dorpelingen waren er zeker van dat een of andere matroos het had gedaan, want dat soort dingen gebeurt hier gewoon nooit, begrijp je? Tenminste niet sinds ze die Jappen hebben uitgemoord.' Hij grinnikte. 'Sommige jongens raakten zo opgefokt dat ze naar Stanton wilden lopen voor een tête-à-tête met kapitein Ewing. Ze werden door bewakers van de marine tegengehouden en dat leidde tot wat relletjes. Kort daarna sloot de marine de weg af.'

Hij haalde zijn schouders op. 'Sorry dat ik niets vrolijkers te vertellen heb, maar één ding heb ik geleerd: de enige echte ontsnapping die mogelijk is, zit in je hoofd.'

Hij zette zijn zonnebril weer op, liep naar zijn tafel terug, pakte zijn Filofax op en ging het restaurant in.

Ik startte de Jeep, zette hem in de eerste versnelling en reed weg. Net toen ik hem in zijn twee zette, hoorden we het geluid: een gigantische papieren zak die plofte. Meteen daarna steeg er achter de vulkaantoppen een kolkende zwarte rookpluim op. De rook ging veel hoger dan de toppen en maakte de blauwe hemel inktzwart.

9

Spikes nek was zo strak als een gespannen boog. Hij gromde en snoof en begon te blaffen. De mensen op de kade wezen naar de explosie.

Robins hand zat om mijn pols geklemd.

'Marineoefeningen?' zei ik.

'Op een basis die buiten gebruik is gesteld?'

Ik zette de Jeep vlug in zijn achteruit. Toen ik langs het Chop Suey Palace reed, kwam Jacqui naar buiten. Ze had haar vaatdoek nog in haar hand. Terwijl ik met grote snelheid naar het vliegveld terugreed, zag ik haar nieuwsgierige, angstige gezicht nog voor me.

Harry Amalfi stond met een geschrokken gezicht bij zijn huis. Hij tuurde naar de zwarte rook alsof die een boodschap bevatte.

We stopten achter hem en stapten uit, maar hij kwam niet in beweging. Toen we geschreeuw hoorden, draaiden we ons alle drie om. Skip, Amalfi en de andere haaieslachter renden naar ons toe. De oudere man droeg een zwembroek die te lang was voor zijn benen.

'Het is een goed toestel,' zei Harry Amalfi.

'Was,' zei Skip Amalfi's metgezel. Zijn stem was zacht en zijn ogen waren regenwatergrijs en stonden erg dicht bij elkaar.

Skip zei: 'Misschien ging hij in de fout. Misschien heeft hij de motor laten verzuipen of zoiets, pa.'

Amalfi keek weer naar de lucht. De opkringelende rook was dunner geworden. 'Zo te zien is hij recht boven Stanton neergestort.'

'Waarschijnlijk,' zei Skip. 'Waarschijnlijk recht op dat vervloekte beton.'

Zijn vader wilde iets zeggen, maar schuifelde toen naar zijn veranda terug.

'Moet ik ze bellen?' vroeg Skip. 'Vragen of hij daar is neergestort?'

Amalfi gaf geen antwoord. Hij haalde een zakdoek uit zijn zak, veegde over zijn gezicht en sjokte door.

'Shit,' zei Skips metgezel. Zijn grijze ogen gingen over Robin heen en richtten zich daarna meteen op mij, om te zien of ik keek. We hadden oogcontact. Hij knikte.

'Grote shit,' zei Skip.

'Hij heeft natuurlijk de motor verzopen.'

Skip keek ons aan. 'Die kerel zei dat hij kon vliegen. Dat is toch zo?'

'Wij hebben hem gisteren pas ontmoet,' zei ik.

Hij schudde vol walging met zijn hoofd.

'Hij heeft hem natuurlijk meteen na het opstijgen laten verzuipen,' zei de man met de grijze ogen. Hij streek met zijn hand door zijn wilde krulhaar.

'Die arme vrouw van hem,' zei Robin. 'Ze wilde niet mee.'

'Die klootzak zei dat hij wist wat hij deed,' zei Skip. 'Zijn jullie teruggekomen omdat jullie iets nodig hebben?'

We stapten weer in de Jeep en ik reed naar de omheining van bamboe. Ik wilde het onverharde weggetje oprijden toen Jo Picker zonder hoed kwam aanrennen. Haar grote handtas zwaaide tegen haar dij.

Ze had haar mond open en staarde ons aan. Ze bleef maar naar ons toe rennen en ik moest op de rem trappen. Zodra ze bij ons was, sloeg ze met haar handen op de motorkap van de Jeep en keek ons met een wilde blik door de voorruit aan.

Robin sprong uit de Jeep en sloeg haar armen om haar heen. Spike wilde er ook uit springen, maar ik hield hem tegen. Hij was nog niet van de explosie bekomen.

In de lucht hingen alleen nog wat dunne grauwe rookslierten.

Jo zei: 'God, nee!' Ze trok zich van Robin los en ik zag dat haar mond helemaal scheef ging staan.

In de verte keken Skip en de man met de grijze ogen toe.

Uiteindelijk kregen we haar in de Jeep. Ze bleef zachtjes huilen tot we het grote, open hek voorbij waren en dicht bij het huis kwamen. Toen zei ze: 'We hadden... Ik wou weggaan!'

Ben stond al buiten met KiKo op zijn schouder, samen met Gladys en een stel mannen in werkkleren. Omdat we dichterbij waren gekomen, kon ik nog flarden van rook zien. De knal moest hier harder zijn geweest.

Jo was opgehouden met huilen en keek verbijsterd. Robin hielp haar uit de Jeep, en leidde haar samen met Gladys het huis in.

Ben zei: 'Dus het was hem inderdaad. Ik wist het niet zeker. Hij kan niet lang in de lucht zijn geweest.'

'Erg kort.'

'Hebben jullie het vliegtuig gezien?'

'We zagen een stuk of wat vliegtuigen staan toen we hem daar afzetten.'

'Oud roest,' zei hij. 'Het was een krankzinnig idee. Zo zinloos.'

'Amalfi's zoon zei dat hij misschien op de basis is neergekomen.'

'Of in de buurt daarvan.'

'In de jungle?'

'Als dat zo is, kunnen ze het lichaam nooit bergen. Natuurlijk krijgen ze in het andere geval met de marine te maken. Ik weet niet wat erger is.'

Hij draaide zich om naar het huis. 'Waarom is ze niet met hem meegegaan? Durfde ze niet?'

Ik knikte.

'Nou, dat was dan heel verstandig van haar,' zei hij. 'Wat een ellende. Je probeert mensen duidelijk te maken... Dokter Bill heeft vanmorgen nog met hem gesproken. Picker werd alleen maar onbeschoft.'

'Weet dokter Bill het al?' vroeg Robin.

Hij knikte. 'Hij is op weg erheen.'

'Ik dacht eerst dat het een militaire manoeuvre was,' zei ik. 'Heeft de marine ooit geschoten op iets dat door de lucht vloog?'

'De enige dingen die hier vliegen, zijn grote transportvliegtuigen. Als daar eentje van neerstortte, zou je denken dat de vulkaan tot een uitbarsting kwam.'

Een kleine witte auto kwam met grote snelheid aanrijden en stopte zo abrupt dat het grind van de banden spoot. Op het portier stond met blauwe letters het woord POLITIE. Pam Moreland zat op de voorbank. Achter het stuur zat een man.

Ze stapten allebei uit. Pam was zo te zien nogal geschokt. De man zag er goed uit. Hij was achter in de twintig en erg groot: een meter negentig, meer dan honderd kilo, met vierkante schouders en enorme handen. Hij had een gebronsde huid en inheemse trekken, maar zijn haar was donkerblond en zijn ogen lichtbruin.

Hij droeg een hemelsblauw overhemd met korte mouwen, een blauwe broek met een vlijmscherpe vouw en hoge militaire schoenen. Op zijn borstzakje zat een zilveren insigne gespeld, maar hij had geen pistool of gummiknuppel. Pam liep vlug met hem mee.

'Dit is verschrikkelijk,' zei ze.

De grote man omvatte Bens hand. 'Hallo,' zei hij met een diepe stem.

'Hallo, Dennis,' zei Ben. 'Het ziet er niet best uit. Mensen, dit is Dennis Laurent, onze politiecommandant.'

Laurent schudde ons de hand, zag Spike en onderdrukte een glimlach. Hij had indringende ogen.

'Weet iemand hoeveel mensen er in dat vliegtuig zaten?' zei hij.

'Alleen Lyman Picker,' zei ik. 'Zijn vrouw zou ook meegaan, maar veranderde van gedachten. Ze is in het huis.'

Hij schudde zijn hoofd. 'Ik kan me niet herinneren dat er ooit zoiets is gebeurd.'

'Het is nooit gebeurd,' zei Ben. 'Want niemand gaat de lucht in met een van Harry's roestbakken. Denk je dat hij op Stanton is neergekomen?'

'Ja, of anders dicht bij de oostelijke begrenzing. Ik heb Ewing gebeld, maar ik werd niet doorverbonden. Tenslotte zei zijn adjudant dat hij het druk heeft en dat hij terugbelt.'

'Druk,' zei Ben smalend.

'Zijn vrouw zal wel bijzonderheden willen weten,' zei Laurent. Hij zette een zonnebril met gespiegelde glazen op en keek nog eens om zich heen. 'Ze is er zeker nog slecht aan toe.'

'Ze is diep geschokt,' zei Robin.

'Ja,' zei Laurent. 'Geef me een seintje als ze met me wil praten of als ik iets anders voor haar kan doen. Waren ze niet van plan om binnenkort te vertrekken?'

'Over een week of zo,' zei Pam. 'Ze is bijna klaar met haar werk.' Laurent knikte. 'Klimaatonderzoek. Ze kwam een paar weken geleden met een laptop naar het politiebureau, wilde weten of we stormgegevens bijhielden. Ik heb haar verteld dat we hier nooit de grote stormen krijgen en dus ook niets bijhouden. Enig idee waarom haar man is gaan vliegen?'

'Om foto's van de jungle te maken,' zei Ben. 'Om zijn collega's te bewijzen dat hij hier is geweest.'

'Hij was ook wetenschapper, nietwaar?'

'Botanist.'

'Waar hield hij zich dan mee bezig? Met de banyans?'

'Hij werkte niet echt,' zei Pam. 'Hij zei tegen ons dat hij zich verveelde. Hij was met haar meegekomen en voelde zich blijkbaar overbodig. Misschien wilde hij alleen maar een eindje vliegen.'

Laurent dacht daar even over na. 'Nou, dan heeft hij het verkeerde moment en de verkeerde plaats uitgekozen... We hadden Harry's bedrijf misschien allang moeten sluiten, maar zoals je al zei: niemand maakte ooit gebruik van hem. Ik hoop dat zijn vrouw niet verwacht dat we nu een groot technisch onderzoek gaan doen, in de trant van de FAA. En als hij op Stanton is neergestort, mogen we blij zijn als we het lichaam krijgen.'

Hij schudde weer met zijn hoofd. 'Tragisch.' Pam had in de buurt gestaan en kwam nu dichterbij. Laurent keek haar even aan, stak toen zijn handen in zijn zakken en spande de stof met zijn vuisten. Toen keek hij naar de Jeep. Er lagen duikspullen op de achterbank. 'Iemand die ging snorkelen?'

'We waren net op weg toen het gebeurde,' zei Robin.

'Dat dit net moet gebeuren nu jullie hier pas zijn aangekomen,' zei Pam.

'Hoe reageerden de kinderen in de kliniek op het ongeluk?' vroeg ik.

'Ze weten nog niet precies wat er gebeurd is,' zei ze. 'Sommige kinderen keken op toen ze de klap hoorden, maar een heleboel reageerden niet. Die werden helemaal door hun inentingen in beslag genomen. Pa deed zijn best om ze af te leiden.. We gingen een tijdje door en hielden toen pauze.'

'Hoeveel inentingen hebben jullie gedaan?' vroeg Ben.

'Ongeveer de helft. We wilden het vanmiddag afmaken, maar dat zal wel niet meer lukken.'

'Zijn jullie van plan om in de lagune van South Beach te duiken?' vroeg Laurent ons.

'Ja,' zei Robin.

'Daar is het mooi,' zei hij. 'Probeer het nog maar een keer, als jullie er klaar voor zijn. Het leven verloopt hier meestal erg soepel.'

Pam liep met hem mee naar zijn auto en bleef nog even met hem praten toen hij achter het stuur zat.

Ben riep KiKo's naam en de aap en Spike gingen met ons mee naar binnen. Cheryl was de grote ramen van de voorkamer aan het wassen en draaide zich niet naar ons om. Afgezien van het sissen van de spuitbus met glazenreiniger was er geen enkel geluid te horen.

'Ik ga even naar boven om te kijken hoe het met haar gaat,' zei Robin.

Ze ging vlug de trap op.

'Iets drinken?' zei Ben.

'Nee, dank je. We hebben in het dorp een paar biertjes gedronken. Een zekere Creedman trakteerde.'

'O?' Hij keek recht voor zich uit. 'Waar heeft hij jullie gestrikt, op het terras van het Palace?'

'Maakt hij er een gewoonte van om daar mensen te strikken?'

'Dat is zijn stek. Ik dacht wel dat hij op jullie af zou komen, omdat jullie van buiten komen en zo. Hij heeft hier een tijdje gelogeerd.'

'Dat vertelde hij.'

'Heeft hij ook verteld dat hem is verzocht te vertrekken?'

'Nee. Hij zei dat de sfeer te intens voor hem was.'

'Intens? Ja, dat kun je wel zeggen.'

Hij draaide zich om en keek me aan. 'Wat je goed moet begrijpen, is dat je nooit iemand zult ontmoeten die zo gastvrij is als dokter Bill. Iedereen die op het eiland komt, krijgt een uitnodiging. Zo zijn de Pickers hier ook terechtgekomen. Je hebt ze ontmoet en begrijpt dus hoe tolerant dokter Bill is. Creedman genoot hier ook gastvrijheid. Hij was hier nog maar drie dagen toen we hem op rondsnuffelen betrapten.'

'Waar snuffelde hij rond?'

'In het kantoor van dokter Bill. Ik betrapte hem op heterdaad. Niet dat daar iets te verbergen is, maar patiënteninformatie is vertrouwelijk. Behalve natuurlijk als het om iets wetenschappelijks gaat, zoals wat jij en dokter Bill doen. Mooie manier om iemand voor zijn gastvrijheid te bedanken, hè?'

'Had hij een excuus?'

'Nee.' Ben verstrakte, zoals hij ook had gedaan toen Picker hem had gevraagd drankjes te brengen, en hij schoof zijn vliegeniersbril wat hoger op zijn neus. 'Hij probeerde het met een grapje af te doen. Zei dat hij een eindje ging wandelen en naar binnen was gelopen om te kijken of er wat te lezen was. Maar de boeken stonden in de achterkamer en hij was in de voorkamer, dus daar trapten we niet in. Ik zei dat tegen hem en hij zei tegen mij dat ik kon doodvallen. Toen klaagde hij bij dokter Bill dat ik hem had lastiggevallen. Dokter Bill zou hem dat rondsnuffelen misschien wel hebben vergeven, maar niet dat hij mij ging belasteren. Heeft Creedman nog lelijke dingen over ons gezegd?'

'Niet echt,' zei ik. 'Hij zei wel dat de zuidelijke weg was afgesloten omdat daar een halfjaar geleden een moord was gepleegd. Een meisje uit het dorp was op het strand om het leven gebracht en toen was iedereen woedend op de marine.'

'Onzin,' zei Ben, plotseling opgewonden. 'Die vent doet alsof hij een topjournalist is. Hij heeft jullie zeker ook verteld dat hij een mediaster is? In werkelijkheid was hij een tweederangs figuur. En hou hem bij Robin vandaan. Hij denkt dat hij een godsgeschenk voor vrouwen is.'

'Dat heb ik gemerkt. Maar ze kan op zichzelf passen.'

'Mijn vrouw kan dat ook, maar hij viel haar toch lastig. Meteen na-

dat ik hem eruit had geschopt. Hij kwam op de markt naar haar toe, maakte een praatje met haar, bood aan haar tassen te dragen. Heel subtiel. Maar wat kun je doen? Dit is een klein eiland.'
Hij schoof zijn bril weer omhoog. 'Heb je de eigenares van het Palace ontmoet, een lange, goed uitziende vrouw die Jacqui heet?'
Ik knikte.
'Hij probeerde háár ook te versieren, tot hij ontdekte dat ze de moeder van politiecommandant Laurent is.'
'Daar lijkt ze me veel te jong voor.'
'Ze is in de veertig. Ze kreeg Dennis toen ze nog een tiener was. Zij en Dennis zijn beste mensen. Ik ben met hem opgegroeid: hij zat een paar klassen lager dan ik. Jacqui is half inheems, half Europees. Ze komt oorspronkelijk van Saipan. Dennis' vader was een Franse scheepskapitein. Hij voer met bevoorradingsboten tussen de grotere eilanden. Kort voor Dennis' geboorte is hij op zee gestorven. Ze heeft hem goed opgevoed. Hoe dan ook, doe wat je wilt, maar naar mijn bescheiden mening kun je Creedman beter uit de weg gaan. Hij heeft geen enkele reden om hier te zijn, hangt de hele dag maar wat rond, gedraagt zich arrogant.'
'Hij zei tegen ons dat hij aan een boek werkte.'
'Misschien een boek over bier.' Zijn lach was genadeloos.
'Over ongewenste aandacht gesproken,' zei ik. 'De kerel die met Skip Amalfi aan die haai werkte, had ook nogal wat aandacht voor Robin. Zoals je zei, het is een klein eiland. Zijn er van die kant problemen te verwachten?'
'Dat is Anders Haygood. Niet echt een hoogstaand type, maar tot nu toe hebben we nooit problemen met hem gehad. Hij is ruim een jaar geleden op het eiland aangekomen en leeft nogal op zichzelf. Hij woont achter Harry's huis.'
'Werkt hij voor Harry?'
'Klusjes en karweitjes. Soms brengt iemand hem een apparaat om te repareren of een auto voor een onderhoudsbeurt. In feite zijn hij en Skip strandschooiers. Harry is een oude schobbejak.'
Hij lachte weer. 'Mooie Kamer van Koophandel ben ik. Inmiddels zul je wel denken dat er op Aruk alleen maar nietsnutten rondlopen. Maar met Skip en Harry en Haygood en Creedman is de lijst wel zo ongeveer compleet. Alle andere mensen zijn geweldig. Jullie zullen hier de tijd van je leven hebben.'

73

10

'Echt sympathiek kon je hem niet noemen,' zei Robin, 'maar om nou op die manier aan je eind te komen...'
We zaten in onze zitkamer. Er drongen geen geluiden uit Jo Pickers kamer tot ons door.
Robin was er een tijdje geweest en was doodmoe teruggekomen.
'Ze besloot zijn familie te bellen. Toen ik wegging, probeerde ze verbinding te krijgen... Ik weet dat het banaal is, maar het ene moment sta je met iemand te praten en het volgende moment is hij dood.'
Ze legde haar hoofd tegen mijn borst en ik streek over haar wang.
'Hoe gaat het?' zei ik.
'Waarmee?'
'Je vakantie.'
Ze lachte. 'Is het vakantie? Nee, echt, ik voel me prima, Alex. Laten we maar aannemen dat we alle vervelende dingen meteen in het begin hebben gehad en dat ons nu alleen nog maar leuke dingen te wachten staan.'
'Ben heeft me verzekerd dat we nu inderdaad alle nietsnutten van het eiland hebben ontmoet.'
Ik vertelde haar over Creedmans rondsnuffelen en zijn pogingen Jacqui en Claire Romero te verleiden.
'Dat verbaast me niet,' zei ze. 'Toen we daar zaten, legde hij zijn hand op mijn knie.'
Ik voelde dat ik een kleur kreeg. 'Wat!'
'Rustig maar, schat, ik heb het afgehandeld.'
'Ik heb niks gezien!'
'Helemaal in het begin. Toen Jacqui onze bestelling kwam opnemen. Jij keek even op en toen kwam hij in actie. Het stelde niets voor. Ik heb er een eind aan gemaakt.'
'Hoe?'
'Ik kneep in de rug van zijn hand.' Ze grinnikte. 'Hard. Met mijn nagels.'
'Hij reageerde niet,' zei ik.
'Nee, hij praatte gewoon door en liet zijn hand afkoelen aan zijn bierflesje.'
'Dat kan ik me vaag herinneren. De schoft.'

'Het is geen probleem, Alex. Ik ken het type. Hij probeert het geen tweede keer.'

'Iemand anders had ook aandacht voor je,' zei ik. 'Op het vliegveld. Skip Amalfi's vriendje, die jongen met die wilde bos haar. Ben zei dat hij Haygood heet. Nu ik erover nadenk, loerden hij en Skip al naar je toen we van de boot af kwamen.'

'Ze hebben hier zeker een tekort aan vrouwen.'

'Er is altijd een tekort aan vrouwen als jij.'

Ze kuste mijn hand. 'Maak je geen zorgen, ik blijf dicht bij huis. Om het knijpen te oefenen.'

'Vind je niet dat Creedmans gedrag nogal riskant is op zo'n klein eiland? Je had Bens gezicht moeten zien toen hij vertelde dat Creedman het met zijn vrouw probeerde aan te leggen.'

'Misschien krijgt hij daar juist een kick van,' zei ze. 'Misschien geniet hij van de jacht. Of misschien weet Creedman dat Ben niet gewelddadig is. Ben deed er niets aan. Misschien is Aruk zo'n vreedzaam eiland dat de mensen alleen maar om hem kunnen lachen.'

'Het is hier in ieder geval niet vergeven van de misdaad. De politiecommandant is niet eens gewapend.'

'Dat is mij ook opgevallen. Misschien wist iedereen daarom ook zo zeker dat de moordenaar een matroos was.'

'Zit die moord je dwars?'

'Ik hoor zoiets niet graag, maar één moord per jaar is een paradijs in vergelijking met Los Angeles, nietwaar?'

'Ik heb Ben ernaar gevraagd. Volgens hem was dat niet de reden voor het afsluiten van die weg.'

'Wat was dan wel de reden?'

Ik dacht na. 'Dat heeft hij niet gezegd.'

'Hij is een interessante man,' zei ze.

'In welk opzicht?'

'Aardig, maar een beetje... hard. Neem bijvoorbeeld zijn reactie op het ongeluk. Hij was kwaad op Picker, maar had helemaal geen medelijden.'

'Picker heeft hem erg slecht behandeld,' zei ik. 'Maar je hebt gelijk, hij kwam nogal koud over. Misschien komt dat doordat hij verpleegkundige is. Je doet je uiterste best om mensen in leven te houden en ziet dan opeens hoe iemand een stompzinnig risico neemt. Of misschien is hij gewoon zo'n perfectionist dat hij niet tegen stommelingen kan. Hij is afschuwelijk nauwgezet. En hij voelt zich ook erg nauw met Moreland en Aruk verbonden. En omdat Moreland oud wordt en het niet goed met Aruk gaat, is hij gestresst.'

'Zou kunnen,' zei ze. 'Het gaat inderdaad niet goed met Aruk. Al die winkels die zijn dichtgetimmerd – en heb je dat bord met benzinerantsoenen gezien? Waar denk je dat de mensen hier van leven?'

'In zijn brieven had Moreland het over vissen en een beetje nijverheid. Maar daar heb ik niet veel van gezien. Ben is goed opgeleid. Hij zou overal kunnen wonen. Misschien blijft hij hier alleen omdat hij zich op de een of andere manier met het eiland verbonden voelt.'

'Ja, het zal niet makkelijk voor hem zijn. Maar moet je ons eens zien: half de aardbol rond voor instant-psychoanalyse.' Ze drukte zich wat dichter tegen me aan. 'Maar mooi is het hier wel. Die bergen.'

'Wil je morgen proberen te duiken?'

'Misschien.' Ze deed haar ogen dicht en haar lippen vormden een zachte, mooie glimlach.

'Als je het niet meteen kunt...' zei ik.

'Wat is er, Alex?'

'Ik wil alleen maar dat je het hier prettig hebt.'

'Maak je geen zorgen. Ik amuseer me wel.'

'Hoe is het met je pols?'

Ze lachte. 'Veel beter. En ik beloof je dat ik op tijd naar bed ga en mijn melk drink.'

'Ik weet het, ik weet het.'

'Het is al goed, schat. Jij mag graag voor me zorgen.'

'Dat is het niet alleen. Om de een of andere reden heb ik er na al die jaren nog steeds behoefte aan om je het hof te maken.'

'Dat weet ik ook,' zei ze zachtjes, en ze schoof haar hand onder mijn overhemd.

We werden wakker van de telefoon.

Moreland zei: 'O... sliepen jullie? Dat spijt me verschrikkelijk.'

'Geen probleem,' zei ik. 'Wat is er?'

'Pickers ongeluk... Ik wilde alleen even zeker weten dat alles goed met jullie is.'

'Het was een schok, maar met ons is alles goed.'

'Ik heb hem nog zo gewaarschuwd... Jullie moeten weten dat zoiets hier bijna nooit voorkomt. Het laatste vliegtuigongeluk dat we hier hebben gehad, was in 1963, toen een militair transportvliegtuig boven water neerstortte. Daarna is er nooit meer zoiets gebeurd. Ik vind het heel erg dat jullie meteen al met zoiets worden geconfronteerd.'

'Maak je geen zorgen, Bill.'

'Ik ben even bij mevrouw Picker langs geweest, heb haar wat cognac gegeven. Ze ligt nu rustig te slapen.'

'Goed.'

'Nou, Alex, het spijt me dat ik jullie heb wakker gemaakt.' Hij zweeg even. 'We kunnen met werken beginnen wanneer je daar klaar voor bent. Bel me dan maar beneden.'

Robin ging rechtop zitten en geeuwde.

Ik was klaarwakker.

'Wie is het?'

Ik hield mijn hand over het mondstuk. 'Bill. Vind je het erg als ik een beetje ga werken?'

Ze schudde haar hoofd. 'Ik ga ook opstaan.'

'Ik heb nu wel tijd,' zei ik tegen hem.

'Goed,' zei hij. 'Ik kan je je werkkamer laten zien. En die van Robin ook. Wat je maar wilt. Kom maar als jullie klaar zijn. Ik wacht op jullie.'

We troffen hem in een fauteuil bij een groot raam aan. Hij zat sinaasappelsap te drinken. Zijn benen waren zo mager dat het leek of hij ze had opgevouwen in plaats van over elkaar geslagen. Hij droeg hetzelfde soort effen wit overhemd, maar ditmaal was de wijde broek grijs. De bril, die aan een kettinkje hing, zat laag op zijn neus. Toen hij ons zag, stond hij op, sloot zijn boek en legde het neer. Het was een in leer gebonden exemplaar van Flauberts *L'Education sentimentale*.

'Heb je hem gelezen, jonge vriend?'

'Alleen *Madame Bovary*, jaren geleden.'

'Een groot realist,' zei hij. 'Een grote realistische roman. Flaubert kreeg de wind van voren omdat hij realistisch was.' Hij bukte zich langzaam en aaide Spike. 'Ik heb een kleine ren voor dit beestje gemaakt, op een plek met veel schaduw achter de rozentuin. Dat wil zeggen, als jullie er geen bezwaar tegen hebben hem alleen te laten.'

'Is het een probleem als hij meegaat?'

'Helemaal niet. Geen dierentuin vanmorgen. Kom, dan laat ik jullie de kleinste bibliotheek zien.'

Hij leidde ons door de eetkamer, lichtblauw met Chippendale-meubilair.

'We eten hier bijna nooit,' zei hij. 'Als het enigszins kan, eten we buiten.'

De voormalige zilverkamer bevond zich aan de andere kant van een mahoniehouten deur. Hij zette die deur half open. Wanden die met zalmkleurige moiré waren bespannen, twee donkere boekenkasten, beeldsnijwerk, kristallen lampen. Droogbloemen, nog net niet uiteengevallen, in een kolossale vaas van famille verte.

Hij sloot de deur. 'Zoals ik al zei, jullie zullen er waarschijnlijk weinig gebruik van maken.'

We liepen door een blankhouten ontbijtkamer, een gele bijkeuken en een bedrijfskeuken met grote vrieskasten, en gingen toen de achterdeur uit. We kwamen uit op een van de rotspaden. De dichtstbijzijnde bungalow had dezelfde lichtbruine kleur als het grote huis, alleen had hij asfalt-*shingles* in plaats van dakpannen.

In de bungalow bevond zich een kleine, koele kamer met schitterende wanden van roodgouden *koa*. Er stond een walnoothouten bureau, oud maar in perfecte staat, met daarop een leren vloeiblad, een massief zilveren inktpot en een elektrische schrijfmachine.

Ook hier draaide een plafondventilator onregelmatig rond. Bij de muur tegenover ons stonden een bruine sofa en een bijpassende fauteuil, en verder wat tafeltjes en lampen die op overtollige exemplaren van hoge kwaliteit leken. Langs de bovenrand van de betimmering was een motief van Japans beeldsnijwerk te zien. Op hoge planken lagen schelpen en stukjes koraal. Daaronder hingen nog meer aquarellen van mevrouw Moreland.

Twee kleine, open ramen lieten een frisse bries binnen en boden uitzicht op de ingang van het landgoed. Het water van de fontein fonkelde als lichtjes op de kermis. Tussen Spikes moeizame ademtochten door heerste ook hier een bedwelmende stilte.

'Erg mooi,' zei ik.

Achter het bureau bevond zich een deur. Moreland maakte hem open en we kwamen in een veel grotere kamer, waarvan alle vier de wanden van vloer tot plafond met boekenkasten waren bedekt. Op de vloer stonden hoge stapels dozen, bruine zuilen die bijna tot het plafond reikten.

Honderden dozen. Ze vulden de kamer bijna helemaal op en waren van elkaar gescheiden door onregelmatige looppaden.

Moreland haalde verontschuldigend zijn schouders op. 'Zoals je kunt zien, heb ik lang gewacht tot er iemand als jij zou komen.'

Ik lachte zowel om zijn stuntelige manier van doen als om de enorme taak die me te wachten stond.

'Ik schaam me diep, Alex. Ik zal je niet beledigen door me te verontschuldigen. Ik kan je niet vertellen hoe vaak ik heb geprobeerd een systematisering van al die gegevens uit te denken, maar het werd me gewoon te veel en ik heb het opgegeven.'

'Ligt het op alfabet?'

Hij wreef met zijn sandaal tegen zijn scheenbeen, een eigenaardig jongensachtig gebaar. 'Toen ik hier een paar jaar had gewerkt, heb ik de afgewerkte dossiers eruitgezift en alfabetisch opgeborgen. Dat deed ik elke paar jaar. Maar dan wel een beetje... lukraak. Al met al zijn er waarschijnlijk een stuk of tien gealfabetiseerde series.' Hij maakte een wanhopig gebaar. 'Waarom zou ik het mooier voorstellen dan het is? Het is zo goed als willekeurig. Maar in ieder geval heb ik voor een arts geen slecht handschrift.'

Robin grinnikte. Ik wist dat ze aan mijn eigen gekrabbel dacht.

'Ik verwacht geen wonderen,' zei Moreland. 'Alleen begeleiding. Sorteer, bestudeer, zie maar wat je doet. En vertel het me als iets je opvalt. Ik heb altijd geprobeerd psychologische en sociale gegevens op te nemen... En dan zal ik je nu jouw atelier laten zien, Robin.'

De bungalow ernaast was precies hetzelfde, alleen waren de binnenmuren wit geverfd. Ook hier stond oud maar goed onderhouden meubilair. Er waren een tekentafel met kruk, schildersezels, een opbergkast. Op die kast lagen wegwerppaletten met het plastic er nog omheen, en bakjes met olieverftubes, acrylverf en waterverf. Ook waren er inktflesjes, pennen, houtskoolstaven en penselen in alle vormen en grootten. Alles was gloednieuw. Het prijskaartje van een penseel was afkomstig uit een winkel in Honolulu.

Er was ook een tafel met glimmende voorwerpen.

'Schelpen,' zei Moreland. 'Kauri, zeeoor, parelmoer. Ook wat hardhouten restanten. En gereedschap voor houtbewerking. Ik heb het gekocht van een oude man die gespecialiseerd was in marine-insig-

79

nes en opspringende dolfijnen. Toen hadden we hier nog souvenirwinkels.'

Robin pakte een kleine handzaag op. 'Goed spul.'

'Barbara, mijn vrouw, was vaak in deze kamer aan het werk. Ik weet dat je momenteel niet werkt, maar Alex zei dat je erg getalenteerd bent, dus ik dacht dat je misschien...'

Zijn stem stierf weg en hij wreef zijn handen over elkaar.

'Ik zou het graag willen,' zei Robin. 'Uiteindelijk.'

'Natuurlijk alleen wanneer het niet te belastend is voor je hand. Jammer dat jullie niet de kans kregen om te zwemmen.'

'We proberen het nog wel een keer.'

'Goed, goed... Wil je hier blijven om wat om je heen te kijken, Robin? Of ben je er liever bij als Alex ontdekt hoe chaotisch ik ben?'

Dat was een erg tactvolle manier om haar te vragen ons alleen te laten.

'Er is hier genoeg om me bezig te houden, Bill. Kom me maar halen als je klaar bent, Alex.'

'En jij?' zei Moreland tegen Spike.

'Hij heeft zijn keuze al gemaakt,' zei ik. 'Kijk maar.' Ik liep naar de deur en zei: 'Kom, Spike.' De hond rende meteen naar Robin toe en ging aan haar voeten liggen.

Moreland lachte. 'Erg goede smaak.'

Toen we buiten waren, zei hij: 'Wat een mooie vrouw. Je mag je erg gelukkig prijzen, maar dat zul je de hele tijd wel te horen krijgen. Het doet me goed dat er na al die jaren iemand in Barbara's atelier is.'

We begonnen te lopen. 'Hoe lang is het geleden?'

'Dit voorjaar dertig jaar.'

Een paar stappen later: 'Ze is verdronken. Niet hier. In Hawaï. Ze was daar een weekend. Ik had het druk met mijn patiënten. Ze ging 's morgens in alle vroegte zwemmen op het Waikiki-strand. Ze kon goed zwemmen, maar ze kwam in een onverwacht sterke stroming terecht.'

Hij bleef staan, viste in zijn zak, haalde een gehavende portefeuille van palingleer te voorschijn en nam daar een kleine foto uit.

De zwartharige vrouw van het portret boven de schoorsteenmantel stond alleen op het strand. Ze droeg een zwart badpak. Haar haar was korter dan op het schilderij en vormde een streng knotje achter op haar hoofd. Ze leek niet ouder dan dertig. Dertig jaar geleden was Moreland veertig.

De foto was verbleekt: grijs zand, de lucht vaalblauw, de huid van de vrouw bijna lijkwit. De oceaan die haar had verslonden, was een dunne streep schuim.

Ze had een mooi figuur en glimlachte innemend, maar haar houding – benen bij elkaar, armen langs haar zij – had iets vermoeids, bijna iets gelatens. Er was nog iets anders dat haar stemming verried: haar ogen. Triest, als die van Pam.

Moreland knipperde een paar keer met zijn ogen.

Ik gaf hem de foto terug.

'Als we nu eens gewoon van boven naar beneden werken,' zei hij. Hij pakte de bovenste doos van een van de buitenste zuilen, droeg hem naar de werkkamer en zette hem tussen de sofa en de fauteuil op de vloer. Hij hijgde ervan.

De doos was dichtgeplakt. Hij sneed het plakband met een padvindersmes door en haalde een stuk of wat blauwe mappen te voorschijn. Vervolgens zette hij zijn bril op en begon in een van de mappen te lezen.

'Interessant... uitgerekend dit.'

Hij gaf me de map en zei: 'Deze is niet van Aruk, maar het was wel een patiënt van me.'

In de map zaten stijve, vergeelde papieren met hetzelfde elegante vulpenhandschrift als op het kaartje dat hij op ons bed had gelegd. Eenenveertig jaar oude medische gegevens van een zekere 'Samuel H.'.

'Je noemt de volledige achternamen niet?' zei ik.

'Meestal wel, maar dit was... bijzonder.'

Ik las het. Samuel H. was met maagklachten en schildklierproblemen naar het spreekuur gekomen. Moreland had hem elf maanden met synthetische hormonen en geruststellende woorden behandeld. Toen werden er kleine goedaardige zenuwgezwellen ontdekt en bracht Moreland de mogelijkheid van onderzoek en behandeling op Guam ter sprake. Samuel H. twijfelde, en voordat hij een beslissing kon nemen, ging zijn gezondheid nog meer achteruit: vermoeidheid, kneuzingen, haaruitval, bloedende lippen, bloedend tandvlees. Uit bloedonderzoek bleek dat het aantal rode bloedlichaampjes enorm was gedaald, terwijl het aantal witte bloedlichaampjes juist enorm was toegenomen. Leukemie. De patiënt stierf zeven maanden later. Moreland tekende de overlijdensverklaring en stuurde het stoffelijk overschot naar een mortuarium in een plaats die Rongelap heette. Ik vroeg hem waar dat was.

'De Marshall-eilanden.'

'Dat is hier ver vandaan.'

'Ik was daar gestationeerd toen de oorlog in Korea was afgelopen. De marine stuurde me van hot naar her.'

Ik sloot de map.

'Ideeën?' zei hij.

'Al die symptomen kunnen op straling wijzen. Is Rongelap dicht bij het atol Bikini?'

'Dus je weet van Bikini?' Dat deed hem blijkbaar goed.

'In grote lijnen,' zei ik. 'De Amerikaanse overheid heeft daar na de Tweede Wereldoorlog kernproeven gedaan. Toen de wind draaide, raakten een paar naburige eilanden besmet.'

'Drieëntwintig explosies,' zei hij. 'Van 1946 tot 1958. Voor honderd miljard dollar aan tests. In het begin gooiden ze atoombommen op oude marineschepen die ze op de Japanners hadden buitgemaakt. Toen kregen ze meer zelfvertrouwen en begonnen ze dingen onder water tot ontploffing te brengen. De grootste explosie was Bravo in 1954. De eerste waterstofbom ter wereld, maar de gemiddelde Amerikaan heeft er nooit van gehoord. Is dat niet verbazingwekkend?'

Ik knikte, helemaal niet verbaasd.

'De dag begon met een paddestoelwolk van twintigduizend meter hoog, jonge vriend. Het stof daalde neer op andere atollen, Kongerik en Utirik en Rongelap. De kinderen vonden het prachtig, een nieuw soort regen. Ze speelden met het stof, proefden ervan.'

Hij stond op, liep naar het raam en steunde op de vensterbank.

'De wind die omsloeg,' zei hij. 'Dat geloofde ik ook. Ik was een loyale marineofficier. Pas jaren later kwam de waarheid aan het licht. De wind was al dagen voor de test uit het oosten gekomen. Regelmatig en voorspelbaar. Er was niets verrassends gebeurd. De luchtmacht had haar eigen mensen laten evacueren, maar niet de eilanders. Menselijke proefkonijnen.'

Zijn handen waren tot vuisten gebald en hij ontspande ze.

'Algauw kwamen de problemen. Leukemie, lymfomen, schildklieraandoeningen, auto-immuunziekten. En natuurlijke geboortedefecten: achterlijkheid, anencefalie, baby's zonder armen of benen. De hele genetische code was in de war, denk ik.'

Hij ging zitten en liet een verschrikkelijk lachje horen. 'Natuurlijk hebben we die arme stumpers een schadeloosstelling gegeven. Maximaal vijfentwintigduizend dollar per slachtoffer. Zo hoog had een of andere overheidsboekhouder de waarde van het leven getaxeerd. Honderdachtenveertig cheques met een totale waarde van een miljoen tweehonderdzevenendertigduizend dollar. Een honderdduizendste van de kosten van de explosie.'

Hij leunde achterover en legde zijn handen op zijn knokige knieën. Zijn hoge voorhoofd was zo wit en vochtig als een pas gekookt ei. 'Ik heb aan dat uitdelen van die schadeloosstellingen meegewerkt. Iemand met een hoge functie vond dat ze daar wel een arts bij konden gebruiken. We deden het 's nachts. We gingen met kleine motorboten van eiland tot eiland, trokken de boot op het strand, riepen de mensen met megafoons bij elkaar, gaven ze de cheques en gingen de zee weer op.'

Hij schudde zijn hoofd. 'Vijfentwintigduizend dollar per mensenleven. Een actuariële triomf.' Hij zette zijn bril af en wreef over zijn ogen. 'Toen ik begreep wat die explosie had aangericht, vroeg ik langdurig verlof aan en probeerde ik zo veel mogelijk voor de mensen te doen. En dat was niet veel... Samuel was een aardige man. Een erg goede timmerman.'

'Wat vonden de mensen ervan dat ze betaald werden?' vroeg ik.

'De verstandigsten waren kwaad en bang tegelijk. Maar veel mensen waren dankbaar. De Verenigde Staten die een helpende hand uitstaken.'

Hij zette zijn bril weer op.

'Nou, laten we nog een doos openmaken. Hopelijk zitten daar meer gewone gevallen in.' Hij maakte weer een map open.

'In ieder geval heb je geprobeerd ze te helpen,' zei ik.

'Dat ik daar bleef rondhangen, heeft mij waarschijnlijk meer geholpen dan hen, jonge vriend. Tot dan toe dacht ik dat geneeskunde een kwestie van diagnoses, doseringen en incisies was. Toen ik met mijn machteloosheid werd geconfronteerd, besefte ik dat het veel meer was. En tegelijk minder. Jij hebt ervaring met pediatrische oncologie, jij begrijpt dat.'

'Toen ik me daarmee ging bezighouden, was kanker geen doodvonnis meer. Ik zag genoeg kinderen genezen om niet het gevoel te krijgen dat ik een doodgraver was.'

'Ja,' zei hij. 'Dat is geweldig. Toch heb je de ellende gezien. Je artikelen over pijnbestrijding – wetenschappelijk en toch niet zonder mededogen. Ik heb ze allemaal gelezen. Ook tussen de regels. Dat is een van de redenen waarom ik het gevoel had dat jij het zou begrijpen.'

'Dat ik wat zou begrijpen, Bill?'

'Waarom een gekke oude man plotseling zijn leven anders wil inrichten.'

De andere dossiers bevatten routinegevallen. Ik kon merken dat Moreland moe werd. Toen ik de gegevens van een vrouw met diabetes doornam, zei hij: 'Ik laat je nu alleen. Probeer niet te veel te doen. Geniet van de rest van de dag.'

Hij stond op en begon naar de deur te lopen.

'Ik wilde je iets vragen, Bill.'

'Ja?'

'Vanmorgen heb ik in het dorp Tom Creedman ontmoet. Hij had het over een moord van een halfjaar geleden, en over onlusten die tot de afsluiting van de weg hebben geleid.'

Hij leunde tegen de deurpost. 'Wat had hij nog meer te zeggen?'

'Dat was het wel zo ongeveer.'

'Meneer Creedman.'

'Ben heeft me verteld dat hij hier heeft gelogeerd en dat hij zich toen niet goed heeft gedragen.'

'Dat kun je wel zeggen.'

Ik wees naar de opslagruimte aan de achterkant. 'Heeft Ben hem daar op snuffelen betrapt?'

'Nee,' zei hij. 'Dat was in mijn werkkamer. Twee bungalows verder. Hij beweerde dat hij min of meer bij toeval naar binnen was geslenterd en op het punt stond weer naar buiten te gaan toen Ben hem vond. Ik had dat misschien wel door de vingers gezien, maar toen begon hij Ben te beledigen. Sarcastisch, uit de hoogte, met een duidelijk racistische ondertoon. Dat soort dingen wordt hier niet getolereerd. Ik heb hem uit mijn huis weggestuurd. Sindsdien mag hij graag negatieve dingen vertellen over mij en Aruk.'

'Hij noemde dit huis het Messenkasteel.'

'En hij zal je ook wel dat apocriefe verhaal hebben verteld over die dwangarbeiders die alle Japanners hebben afgeslacht.'

'Dat is niet gebeurd?'

'De overgrote meerderheid van de Japanners is omgekomen door geallieerde bommen. Drie dagen van bombardementen. Op de derde avond maakten de Amerikanen over de radio hun overwinning bekend en kwamen een stuk of wat dwangarbeiders uit hun barakken hierheen om te plunderen. Dat was begrijpelijk, na wat ze hadden doorgemaakt. Ze stuitten op een paar overlevenden en er waren wat gevechten van man tegen man. De Japanners waren in de minderheid. Meneer Creedman noemt zich journalist, maar hij schijnt meer belangstelling te hebben voor verzonnen verhalen – maar ja, misschien is er tegenwoordig niet veel verschil meer tussen journalistiek en fantasie.'

'Hij zei ook dat jij sectie hebt verricht op het moordslachtoffer. Ben je het eens met de theorie dat de dader iemand van de marine was?'

Hij hield zijn adem in. 'Ik begin me een beetje zorgen te maken, Alex.'

'Waarover?'

'Pickers ongeluk, en nu dit. Je zult wel denken dat Aruk een verschrikkelijk oord is, maar toch is het dat niet. Ja, die moord was verschrikkelijk, maar het was de eerste moord die we hier in vele jaren hadden. En de enige moord uit die categorie die zich, voor zover ik me kan herinneren, in dertig jaar heeft voorgedaan.'

'Van welke categorie?'

Hij drukte zijn handen tegen elkaar, klapte geluidloos en keek op naar de plafondventilator alsof hij het aantal wendingen telde.

Plotseling deed hij de deur open en ging naar buiten. 'Ik ben zo terug.'

I I

De map waarmee hij terugkwam, was bruin en had een wit etiket.

POLITIE ARUK

OND.: D. LAURENT.

ZAAK NR. 00345

De eerste vier pagina's bestonden uit een getypt rapport, opgesteld door de politiecommandant. Het was geschreven in een stijl die niet veel helderder was dan wat bij de politie gebruikelijk is.

Het lichaam van Anne-Marie Valdos, een vierentwintigjarige vrouw, was om drie uur 's nachts door twee krabvissers op South Beach aangetroffen. Het was bekneld geraakt tussen een paar rotsen boven een getijdepoel. De hoeveelheid bloed wees erop dat het misdrijf op die plaats was gepleegd.

Andere vissers waren om negen uur 's avonds op precies dezelfde plaats geweest, zodat Laurent een indicatie had van de tijd die het lichaam daar had gelegen.

In die tijd hadden vogels en aaseters hun werk gedaan, maar Laurent had, verwijzend naar een onderhoud met 'de medicus W. W. Moreland', onderscheid kunnen maken tussen 'enerzijds de uitwendige scheuringen en merendeels oppervlakkige rijtwonden en anderzijds verscheidene diepe steekwonden die tot doodbloeden hebben geleid.'

Het slachtoffer had twee jaar op Aruk gewoond. Ze was van Saipan gekomen om als serveerster bij Slim's te werken, maar was na drie maanden ontslagen wegens chronisch alcoholgebruik en veelvuldig verzuim. Ze had een kamer in het dorp en was twee maanden achter met de huur. Het scheen dat ze veel met marinemannen omging. Het enige familielid dat ze nog had, was een alcoholische moeder op Guam die geen geld had om te reizen of om de begrafenis te betalen.

Ondervraging van de dorpelingen leverde geen getuigen of aanwijzingen op. Wel werd alom beweerd dat alleen iemand van de marine zo'n wrede misdaad kon hebben gepleegd.

Laurents laatste alinea luidde: *De opsporingsambtenaar heeft herhaaldelijk gepoogd in contact te komen met kapitein-ter-zee E. Ewing, commandant van de Amerikaanse marinebasis Stanton, om marinepersoneel inzake dit misdrijf te ondervragen, maar kon niet met hem in verbinding komen.*

Ik wilde de pagina omslaan.

'Misschien kun je dat beter niet doen,' zei Moreland. 'Foto's.'

Ik dacht even na en sloeg toen toch om.

De opnamen waren niet veel erger dan de foto's die Milo me had laten zien. Ze vormden dus een aanvulling op mijn nachtmerrie-archief.

Ik sloeg ze om en begon aan Morelands rapport.

Hij had grondig werk geleverd. Iedere wond was onderzocht en ontleed.

Er waren minstens drieënvijftig wonden geweest, terwijl er waarschijnlijk ook nog wonden door beten van aasdieren waren uitgewist.

De fatale verwonding was een steek in de hals.

In tegenstelling tot wat Creedman had gezegd was er geen seksuele penetratie geweest.

Alle wonden waren vermoedelijk toegebracht met hetzelfde wapen, een lang, spits toelopend mes zonder kartels.

De volgende pagina was met Morelands fraaie handschrift gevuld:

Dennis: Wellicht is het beter dit voor ons te houden. WWM

Verminking geconstateerd bij lijkschouwing

A. Het linkerbeen is bij de knieschijf volledig doorgehakt.

B. Het linker dijbeen is op drie verschillende plaatsen gebroken, waarbij een aanzienlijke hoeveelheid beenmerg is verwijderd.

C. Een diepe, zesentwintig centimeter lange, overlangse, opwaartse snijwond die zich uitstrekt van schaamstreek tot borstbeen.

D. De dikke en dunne darm zijn verwijderd en over beide borsten heen gelegd. De borsten zijn intact. (Wel zijn deze weefsels in hoge mate aangetast door schaaldieren.)

E. Zowel de nieren als de lever zijn verwijderd en verdwenen.

F. Het slachtoffer is tussen de derde en vierde halswervel onthoofd. Het hoofd is ter linkerzijde van het lichaam aangetroffen, op een afstand van elf centimeter.

G. Zowel boven als onder de onthoofdingslijn is een diepe, dwars verlopende halswond zichtbaar. Een neerwaartse snijwond vanaf het linkeroor over de hals wijst waarschijnlijk op een rechtshandig persoon die zich achter het slachtoffer heeft bevonden. De luchtpijp en halsader zijn doorgesneden.

H. Er is een aanzienlijke vergroting van het achterhoofdsgat veroorzaakt, mogelijk met een of ander grijpend/plettend

instrument. Delen van de achterhoofdsschedel zijn
verbrijzeld, waarschijnlijk met een stomp voorwerp.
I. Beide hersenhelften zijn verwijderd, waarbij de kleine
hersenen en de hersenstam intact zijn gebleven.

Ik sloot de map en haalde langzaam adem om mijn maag tot rust
te laten komen.
'Het spijt me,' zei Moreland, 'maar ik wil niet dat je denkt dat ik
iets voor je verborgen houd.'
'De moordenaar is nooit gevonden?'
'Jammer genoeg niet.'
'En die theorie dat het een marineman was?'
Hij knipperde met zijn ogen en zette zijn bril recht. 'In alle jaren
dat ik hier ben hebben de eilanders zich nooit schuldig gemaakt aan
ernstige gewelddaden, laat staan zoiets als dit. Het kan een matroos
van een vrachtschip zijn geweest, maar ik ken de meeste van hen
wel en het zijn fatsoenlijke kerels. En Dennis heeft ze ondervraagd.
In tegenstelling tot de mannen van de marine.'
Ik dacht aan Laurents opmerking dat zijn telefoontje naar de basis
Stanton niet was beantwoord, en zei: 'Hij is nooit met de basis in
contact gekomen?'
'Nee, dat is hem niet gelukt.'
'Waarom heb je het dossier nog? Is het onderzoek nog gaande?'
'Dennis dacht dat ik misschien iets zou bedenken als ik het een tijd-
je bestudeerde. Maar ik heb niets ontdekt. Heb jij ideeën?'
'Het is geen gebruikelijke sadistische moord,' zei ik. 'Geen ver-
krachting, al zei Creedman van wel.'
'Zie je wel?' zei hij. 'Hij praat maar wat.'
'Het lichaam is ook niet op een bepaalde plaats of in een bepaalde
houding gelegd. Het hoofd, de rug en de benen waren verminkt,
maar niet van de geslachtsdelen of de borsten. En dan zijn er orga-
nen verdwenen: het dijbeen is ingesneden om merg te verwijderen.
Het komt allemaal erg macaber over, het lijkt bijna een rituele
moord.'
Hij glimlachte wrang. 'Iets wat een primitieve inboorling zou doen?'
'Ik dacht meer aan een satanisch ritueel... Zijn er satanische symbolen achtergelaten?'
'Hebben wij niet aangetroffen.'

'Vertoont de moord kenmerken van een of ander ritueel?'
Hij wreef over zijn kale hoofd, nam een dikke zwarte vulpen uit zijn zak, schroefde de dop eraf en bekeek de punt.
'Wat weet je van kannibalisme, Alex?'
'Gelukkig niet veel.'
'Toen ik met die sectie bezig was, dacht ik aan dingen die ik had gehoord toen ik in de jaren vijftig in Melanesië was gestationeerd.'
Hij legde de pen weer neer, haalde zijn benen van elkaar en wreef over zijn knokige knie.
'De trieste waarheid, Alex, is dat het in historisch perspectief helemaal geen culturele afwijking is om mensenvlees te eten. Integendeel, het is cultureel verankerd. En nu heb ik het niet alleen over de zogenaamde primitieve delen van de wereld. De oude Germanen hadden hun *Menschenfressers*. Er is een grot in Chavaux in Frankrijk, op de oever van de Maas, waar archeologen stapels uitgeholde menselijke botten van armen en benen hebben gevonden – de Fransen waren blijkbaar ook toen al fijnproevers. De oude Romeinen en Grieken en Egyptenaren consumeerden elkaar met graagte, en sommige Caledonische stammen zwierven eeuwenlang door Schotland en maakten schaapherders tot wildbraad.'
Hij leunde achterover en trok opeens een grimas.
'Voel je je wel goed?' vroeg ik.
'Prima, prima.' Hij streek over zijn hals. 'Een stijve nek, in een verkeerde houding geslapen... Waar was ik... O ja, indicaties van antropofagie. Het meest voorkomende motief is, of je het nu gelooft of niet, de behoefte aan eiwitrijk voedsel in marginale samenlevingen. Maar ook als er alternatieve voedselbronnen zijn, blijft er soms toch een voorkeur voor mensenvlees. Bij de oude stammen van Fiji was "zo mals als mensenvlees" een grote lofprijzing. Kannibalisme kan ook een militaire tactiek zijn of deel uitmaken van een spiritueel zoeken: je eet je eigen voorouders op om hun welgezinde geesten in je op te nemen. Of een combinatie van die twee: je eet de hersenen van je vijand om zijn wijsheid te krijgen, zijn hart om zijn moed te krijgen, enzovoort. Maar ondanks al die verschillende motieven is er een aantal consistente procedurele patronen: onthoofding, verwijdering van vitale organen, het verbrijzelen van de lange botten om bij het merg te komen. Zoals de bijbel zegt: "Het bloed is de ziel."'

Hij tikte op de map die hij op zijn schoot had en keek me afwachtend aan.

'Je denkt dat die vrouw is vermoord omdat de dader haar wilde opeten?' zei ik.

'Wat ik bedoel, is dat haar wonden consistent zijn met klassieke kannibalistische praktijken. Maar er zijn ook inconsistenties: het hart, dat in de regel als delicatesse wordt beschouwd, is intact gelaten. Het kan een kwestie van tijdnood zijn geweest. Misschien zag de moordenaar zich gedwongen het strand te verlaten voordat hij het karwei had afgemaakt. Of misschien – en die kans lijkt me groot – was hij alleen maar een psychopaat die een eeuwenoud ritueel imiteerde.'

'Of iemand die de verkeerde film had gezien,' opperde ik.

Hij knikte. 'De wereld waarin we leven...'

Voordat hij het karwei had afgemaakt....

Ik stelde me de kalme golven van de lagune voor, de boogbeweging van een lang mes in het maanlicht. 'Wat hij met haar deed, moet nogal wat tijd hebben gekost. Hoeveel tijd schat je?'

'Minstens een uur. Het menselijk dijbeen is tamelijk hard. Kun je je voorstellen dat hij daar zat te zagen?' Hij schudde zijn hoofd. 'Weerzinwekkend.'

'Waarom raadde je Laurent aan de details niet in de openbaarheid te brengen?'

'Om twee redenen. Het leek me niet goed om feiten bekend te maken die alleen de moordenaar kende, en verder had ik de openbare veiligheid op het oog. De gemoederen liepen al hoog op en er deden wilde geruchten de ronde. Kun je je voorstellen wat er gebeurd zou zijn als de mensen te horen hadden gekregen dat er misschien een kannibalistische marineman aan het werk was geweest? Dennis was het om beide redenen met me eens.'

'Dus de dorpelingen weten het nog steeds niet.'

'Niemand weet het, behalve, jij, Dennis en ik.'

'En de moordenaar.'

Hij huiverde. 'Ik weet dat jij het niet zult doorvertellen. Ik heb je het dossier laten zien omdat ik waarde hecht aan je opinie.'

'Kannibalisme is nou niet bepaald mijn werkterrein.'

'Maar je weet wel iets van de motieven van mensen. Na al die jaren begrijp ik steeds minder van mensen. Wat kan hier achter zitten, Alex?'

'Ik heb geen flauw idee,' zei ik. 'Je zei dat de dorpelingen niet gewelddadig zijn. En de mannen van de marine? Hadden die weleens geweldsmisdrijven gepleegd?'

'Kroegruzies, vechtpartijen, niets ergers.'

'Dus Creedmans verhaal dat de dorpelingen de zuidelijke weg bestormden was waar?'

'Dat was overdreven. Het was geen bestorming. Een paar dronken jonge kerels wilden naar de basis gaan om te protesteren. De wachtposten stuurden ze terug en er werd geschreeuwd en geduwd. Maar het is wel erg naïef om te veronderstellen dat de marine twee dagen later al die moeite heeft gedaan om een stel jongelui buiten de deur te houden. Ik ben lang genoeg bij de marine geweest om te weten dat ze daar nooit zo snel reageren. Die blokkade moet al maanden in het vat hebben gezeten.'

'Enig idee over het waarom?'

Hij fronste zijn wenkbrauwen. Aarzelde. 'Ik ben bang dat het wel eens de eerste fase van een volledige sluiting van de basis zou kunnen zijn.'

'Omdat de basis geen strategische waarde heeft?'

'Daar gaat het niet om. Aruk is door koloniale machten in het leven geroepen en de marine is momenteel de kolonisator. Het zou wreed zijn als ze gewoon wegingen.'

'Waar leven de dorpelingen tegenwoordig van?'

'Kleine klusjes en ruilhandel. En van uitkeringen.' Hij zei het droevig, bijna verontschuldigend.

'De cheques komen met de bevoorradingsboten?'

Hij knikte. 'Ik denk dat we allebei weten waar zoiets toe leidt. Ik heb geprobeerd de mensen zover te krijgen dat ze wat meer in hun eigen levensonderhoud gaan voorzien, maar ze hebben hier weinig belangstelling voor boerenwerk en er zijn niet genoeg natuurlijke hulpbronnen voor iets industrieels. Al voor de blokkade ging de beroepsbevolking in kwaliteit achteruit. De meeste intelligente kinderen verlieten het eiland om naar de middelbare school te gaan en kwamen nooit meer terug. Daarom ben ik blij dat mensen als Ben en Dennis zijn gebleven.'

'En de achteruitgang wordt nu versneld door de blokkade.'

'Ja, maar we hoeven de moed nog niet helemaal op te geven, jonge vriend. Eén goed commercieel project, een fabriek of zoiets, zou de redding van Aruk kunnen zijn. Ik heb geprobeerd allerlei bedrijven over te halen om hier te investeren, maar als ze van onze transportproblemen horen, willen ze niet meer.'

'Pam zei dat je met senator Hoffman correspondeerde.'

'Ja, dat heb ik gedaan.' Hij legde het moorddossier op de bank.

'Zijn er, voor zover bekend, ooit kannibalistische stammen op Aruk geweest?' vroeg ik.

'Nee, want er is hier nooit een voorchristelijke cultuur geweest. De eerste eilandbewoners die hier in de zestiende eeuw door de Spanjaarden naartoe werden gebracht, waren al bekeerd tot het katholicisme.'

'En zonder voorchristelijke cultuur geen kannibalisme?'

'Als je over kannibalisme leest, kom je dat altijd tegen. Zelfs in de meest recent gedocumenteerde gevallen spelen christelijke en voorchristelijke ideeën mee. Ken je de term *cargo cult*?'

'Vaag. Een sekte die materiële goederen gelijkstelt met spirituele verlossing.'

'Een sekte die zich door een zogenaamde profeet laat opzwepen. Cargo cults ontstaan wanneer inheemse mensen tot een westerse godsdienst zijn bekeerd maar tegelijk sommige van hun oude overtuigingen behouden. Dat ze verband leggen tussen het krijgen van dingen en het vinden van verlossing, heeft te maken met een elementaire missionarissentruc: je combineert doctrine met geschenken. De eilandbewoner krijgt het idee dat de missionaris de sleutel tot het eeuwige hiernamaals bezit en dat alles wat met hem te maken heeft heilig is: blanke huid, westerse gelaatstrekken, westerse kleding. Al die geweldige cargo die met schepen en vliegtuigen werd aangevoerd. Cargo cults komen steeds minder voor, maar nog aan het eind van de jaren zestig was er een sekte die Lyndon Johnson aanbad omdat iemand het idee had dat híj de bron van de cargo was.'

'Over kiezersbedrog gesproken,' zei ik. 'Het komt er dus op neer dat ze een causaal verband zien dat er niet is. Zoals je met alle bijgeloven hebt. Een stam gaat uit vissen op de nacht van volle maan en haalt een recordvangst binnen: de maan krijgt magische eigenschappen. Een acteur draagt een rood overhemd op de avond dat hij schitterende recensies krijgt: het overhemd wordt heilig.'

'Precies. Ongegronde rituelen kunnen een mens goed doen, maar als het hele stelsel van overtuigingen door elkaar wordt gegooid – de

missionaris gaat weg en er komt geen cargo meer – ziet de eilandbewoner dat soms als het begin van de apocalyps, de dag waarop
de grote cargo uit de hemel neerdaalt en iedereen het eeuwige leven
krijgt. Gooi er een charismatische profeet bij en... jaren geleden werd
ik naar Pangia in de Southern Highlands gestuurd om onderzoek te
doen naar besmettelijke ziekten. Dat was in 1955. Ik hoorde daar
over een lagere ambtenaar die plotseling ontslag had genomen en
twintig uur per dag op het dorpsplein zat en hardop voorlas uit de
bijbel. Een knappe, intelligente jonge kerel. Doordat hij contact had
gehad met de heersende klasse, genoot hij extra status. Er vormde
zich een groepje om hem heen en zijn waandenkbeelden werden steeds
buitensporiger. En bloediger. Uiteindelijk vermoordde hij zijn eigen
zoontje en at hem op. Hij deelde die maaltijd met zijn volgelingen,
en ze dachten dat ze daarmee vliegtuigladingen met goederen naar
zich toe konden lokken. Op de ochtend van de moord had hij uit
Genesis gebeden. Het verhaal van Abraham die Izaäk vastbindt om
hem te offeren.'
'Abraham heeft dat niet doorgezet.'
'Volgens die man kwam dat doordat Abraham geen volledige ver-
vulling van zijn wensen verdiende. Voor hem lag dat natuurlijk heel
anders.'
Tijdens het vertellen van dit verhaal was Moreland bleek geworden.
'Het hoofd van de medische dienst, een Fransman, was zo diep ge-
schokt dat hij niets kon doen. Ik onderzocht die ambtenaar. Ik zie
zijn gezicht nog voor me. Glimlachend, sereen.'
'Waren er overeenkomsten met deze moord?'
'Verscheidene.'
'En sommige factoren die je net hebt genoemd, spelen hier ook mee.
Inheemse mensen die van de blanken afhankelijk zijn en dan door
hen in de steek worden gelaten.'
'Evengoed is er geen touw aan vast te knopen.' Hij boog zich naar
voren. 'Want andere factoren ontbreken juist weer.'
'Geen voorchristelijke cultuur.'
'En absoluut geen voorgeschiedenis van cargo cults op Aruk! Als
die er waren geweest, had ik ervan geweten. Op zo'n klein eiland
kun je zoiets niet verborgen houden.'
Hij trommelde met zijn knokkels op de dossiermap. 'Ik blijf erbij
dat die gruweldaad het werk was van een geesteszieke.'

'Iemand die veel over kannibalisme had gelezen en een cargo cult-moord probeerde te imiteren?'

'Misschien. En wat nog het belangrijkste is: iemand die het eiland heeft verlaten.'

'Waarom zeg je dat?'

'Omdat het niet opnieuw is gebeurd.'

Hij was asgrauw. Ik kon het niet opbrengen hem tegen te spreken. 'Een tijdje, jonge vriend, had ik sterk het gevoel dat hij ergens anders heen was gegaan om het daar opnieuw te doen. Maar Dennis heeft de internationale berichten gevolgd om te zien of er in dit deel van de wereld nog eens zoiets is gebeurd, en hij heeft niets ontdekt. Zo, en zullen we die gruwelijke dingen nu opzij leggen en verder gaan?'

12

De volgende anderhalf uur spraken we op zakelijke toon over onderzoeksmethoden en individuele gevallen, en vooral over verschillende manieren om de gegevens te organiseren.

Moreland keek op zijn horloge. 'Voedertijd voor Emma en haar vriendjes. Bedankt voor deze stimulerende middag. Het gebeurt niet vaak dat ik met een collega over mijn vak kan praten.'

Hij liep met grote passen naar de deur en ik dacht aan zijn dochter, die arts was en in volksgezondheid was gespecialiseerd. 'Het was me een genoegen, Bill.'

'Werk niet te hard. Straks is het donker,' zei hij, en hij duwde de deur open. 'Ik heb je niet hiernaartoe laten komen om je af te beulen.'

Toen ik alleen was, leunde ik achterover en keek uit het raam naar de fontein die juwelen uitspuwde.

Voor mijn geestesoog zag ik weer de foto's die van de vermoorde Anne-Marie Valdos waren gemaakt.

Wit lichaam op donkere rotsen. De details die Moreland en Laurent hadden achtergehouden.

Daar had Creedman waarschijnlijk achteraan gezeten toen Ben hem op rondsnuffelen betrapte: topjournalist gaat naar de Stille Zuidzee om zijn eigen identiteit te vinden, vindt in plaats daarvan een slacht-partij en belt zijn agent ('Wat een concept, Mel!').

Toen kwam hij in aanvaring met Moreland en had hij geen toegang meer tot de informatie.

Moreland had zijn dierbare eilandbewoners niet de hele waarheid verteld, maar mij, iemand die hij nog maar twee dagen kende, had hij alles laten zien.

Was hij, meer dan hij wilde toegeven, bang voor herhaling?

Hij wilde ideeën van mij, hij wilde dat ik hem motieven aan de hand deed.

En dat alles verpakte hij in collegialiteit: twee gestudeerde kerels die gezellig over het eten van mensenvlees zitten te praten.

Een schitterend gekleurde vogel vloog langs het raam. De lucht was zo diepblauw als ik alleen op krijttekeningen had gezien.

Welkom in het paradijs.

Ik stond op en ging naar Robins atelier. Wat zou ik haar vertellen?

Toen ik bij haar deur was aangekomen, had ik voor een beperkte mate van eerlijkheid gekozen. Ik zou haar vertellen dat ik de moord met Moreland had besproken en dat hij van een op zichzelf staand misdrijf uitging, maar ik zou de details weglaten.

Ze was er niet. Op de archiefkast lagen stukjes schelp, keurig op een rij, en ook een stuk koa en twee beiteltjes.

Geen zaagsel. Dat zou ook te mooi zijn geweest.

Ik ging naar haar op zoek en vond haar uiteindelijk in de boom-gaard, een witte vlinder die tussen de citrusbomen fladderde, met Spike als een waggelende, donkere schaduw aan haar voeten.

Ik liep vlug naar haar toe, ze gaf me een arm, en we liepen samen door.

'Hoe ging het werk?'

'Erg wetenschappelijk. Wat heb jij gedaan?'

'Wat rondgeklungeld in het atelier, maar het was nogal frustrerend omdat ik niet kon werken. Daarom besloten onze Adonis en ik een eindje te gaan wandelen. Dit is een prachtig landgoed, Alex. Enorm groot. We zijn helemaal tot de rand van de banyanjungle geweest. Hij moet een fortuin aan dit landgoed hebben besteed. De aanplant is geweldig. Kruiden, wilde bloemen, een serre, orchideeën die op boomstronken groeien. Zelfs de muren zijn mooi. Daar heeft hij verschillende soorten klimop overheen geleid. Het enige storend element is het prikkeldraad.'

Ze bleef staan om een sinaasappel op te rapen die van de boom was gevallen, en toen we doorliepen, trok ze uiterst zorgvuldig de schil eraf.

'Hoeveel van de jungle kun je over de muren zien?'

'Boomtoppen. En die luchtwortels. Er is daar een koelte die deze kant op leek te komen. Geen briesje. Nog milder. Een subtiele luchtstroom. Ik zou er met je heen gaan, maar het beviel Spike daar niet. Hij wilde daar steeds weg.'

'Onze kleine mijndetector.'

'Of er was een of ander dier aan de andere kant. Ik kon niets horen, maar je kent hem.'

Ik bukte me en wreef achter de vleermuisoren van de hond. Zijn platte gezicht keek met komische ernst naar me op.

'Met zulke radardetectors is het geen wonder,' zei ik. 'Eindelijk komen vorm en inhoud samen.'

Ze lachte. 'Hmm, ruik je die oranjebloesems? Dit is geweldig, Alex. Met een beetje geluk kom ik hier helemaal tot rust.'

We besloten de volgende morgen te gaan duiken en verschenen daarom vroeg aan de ontbijttafel. Jo Picker zat al op het terras. Ze droeg een zwart T-shirt en een wijde broek en had haar haar nonchalant achter haar hoofd samengebonden. Onder haar ogen tekenden zich donkere wallen af. Ze zat met haar beide handen om haar koffiekopje en staarde erin. Het eten op haar bord was onaangeroerd.

Toen Robin over haar schouder streek, glimlachte ze zwakjes, en toen Spike haar hand likte, glimlachte ze opnieuw.

We gingen zitten en ze zei: 'Ly had altijd een hekel aan honden... Je had er te veel werk van, vond hij.'

Haar lippen gingen strak op elkaar en begonnen toen te beven. Ze stond abrupt op en liep het huis in.

We lieten Spike bij KiKo in de ren achter en reden naar South Beach. Toen ik Front Street verliet om te parkeren, keek ik op naar de kustweg. Bovenaan zag ik de afzetting van de marine, een ruwe muur van grijs beton, zo'n zeven meter hoog. Het leek wel of de muur tegen de helling gestampt zat. Aan waarschuwingsborden was geen gebrek. In het verlengde van de muur ging een hekwerk met prikkeldraad de helling op, tot diep in de struiken.

Het strand was op dat punt niet meer dan een smalle reep. De muur ging er dwars overheen en zette zich voort tot in de oceaan, als een dam. Het water was ondiep en kalm, kabbelde zwak tegen de met algen bevlekte onderkant van de zeebarrière. Grote brokken koraal lagen in grote hopen bij de muur, uitgedroogd in de zon: een deel van het rif was kapotgeslagen om de muur te kunnen bouwen.

Ik parkeerde boven het breedste gedeelte van het strand. Het zand was zo glad en wit als een pas opgemaakt bed en de lagune had weer diezelfde zilverige groene kleur.

We pakten onze spullen bij elkaar en toen ik ze naar de waterlijn droeg, zag ik de platte, gladde rotsen boven de getijdeplassen.

Het altaar waarop Anne-Marie Valdos was geofferd.

Maar waaraan?

'Schitterende dag,' zei Robin toen we het strand op liepen. Het weer was tot nu toe net zo mild en stabiel als Moreland had beloofd. Toen ik mijn voet in het water stak, voelde het niet koud aan. Ik liet me erin zakken om te zwemmen en voelde me omhuld door een zachte warmte.

'Perfect,' riep ik naar Robin.

We trokken onze zwemvliezen aan en zetten onze maskers en snorkels op. Vervolgens flipperden we door de ondiepten. Toen we tot aan onze dijen in het water stonden, doken we erin en dreven op onze buik op het wateroppervlak. Het duurde een hele tijd voordat het rif dieper werd. Tenslotte bereikten we een diepte van tweeëneenhalve meter. We naderden de bruinrode kring van koraal die de oceaan tegenhield.

De koraalkolonies vormden brede, vlakke bedden. Ondanks de zwakke stroming leek de rots van het rif te dansen. Zwermen minuscule diertjes deelden de ruimte met leefgemeenschappen van zeeëgels, chitons, plumeauwormen en zwanehalsmosselen. Kleine, schitterende vissen gingen rakelings langs ons heen zonder zich iets van ons aan te trekken: helblauwe rifbaarzen, zelfverzekerde, donkergrijze engelvissen, felroze baarsjes met strenge gezichtjes, als van belastingcontroleurs. Oranje-met-witte harlekijnvisjes nestelden zich in de zachte, stekelige omhelzing van fluorescerende zeeanemonen.

Het bodemzand was fijn, bijna donzig, bespikkeld met schelpen en steentjes en stukjes koraal. Het zonlicht drong gemakkelijk tot de bodem door en tekende vlekken op de oceaanbodem. Wij verdreven het licht met onze schaduwen, waardoor schelpdieren in paniek wegstoven.

We gingen ieder een kant op en verkenden het koraal, toen ik opeens Robin door haar snorkel hoorde gorgelen. Ik draaide me om en zag haar opgewonden naar het andere eind van het rif wijzen.

Een torpedovormig wezen schoot met grote snelheid door de lagune, tussen ons beiden door. Een kleine zeeschildpad van zo'n dertig centimeter lang, de kop omlaag, de poten samengetrokken, scheerde over de top van het koraal, op weg naar betere voedselgronden.

Ik keek hem na tot hij niet meer te zien was en stak toen mijn duim op naar Robin. Ze zwaaide en ik peddelde naar haar toe en stak mijn hand uit. Toen we elkaar zogenaamd een kus gaven, stootten onze maskers tegen elkaar, en we zwommen samen verder, uitbundig en gewichtloos, zwevend als een tweeling in een warme zilte moederschoot.

Toen we weer op het strand waren, bleken we niet meer alleen te zijn.

Skip Amalfi en Anders Haygood hadden tien meter van onze kleren vandaan een paardedeken uitgespreid. Skip lag op zijn rug, met zijn ogen dicht. Zijn buik ging op en neer terwijl hij de rook van zijn sigaret inhaleerde en weer uitblies. Haygood zat er gehurkt bij, zijn harige dijen zo dik als boomstammen, het puntje van zijn tong uit zijn mondhoek. Geconcentreerd trok hij de poten uit iets groots en lelijks.

De grootste krab die ik ooit had gezien. Minstens zeventig centimeter van klauw tot klauw, met een knobbelige, blauwe, gevlekte schaal en met scharen zo groot als bereklemmen. Wat kolossale geleedpotigen betrof had ik op Aruk niet te klagen.

Haygood keek naar ons op en trok een poot los. Hij liet het vocht eruit druppelen en zwaaide naar ons.

'Mevrouw, meneer.' Opnieuw namen zijn grijze ogen Robin van top tot teen op. Ik was me ervan bewust hoe ze er in haar bikini uitzag, met haar natte haren over haar gladde blote schouders, haar heupen boven het laag uitgesneden broekje, het scherpe, adembene mende contrast tussen gebruinde huid en wit nylon.

Ze keerde hun haar rug toe en op dat moment ging Skip overeind zitten. Beide mannen keken haar na toen ze naar onze deken liep. Doordat ze over zand liep, heupwiegde ze meer dan haar bedoeling was.

'Grote krab,' zei ik.

'Een *stoner*,' zei Haygood. 'Lekker om te eten. Wil je een paar poten?'

'Nee, dank je.'

'Weet je het zeker?'

'Laat maar,' zei Skip. 'De ouwe Moreland vreet geen dieren.'

'Dat is zo,' zei Haygood. 'Jammer. Stoners smaken hartstikke goed. Deze hield van kokosnoten, daarom is hij blauw. Als ze andere dingen eten, zijn ze soms oranje. Ik heb ze nog wel groter meegemaakt, maar hij is gezond.'

'En ook gemeen,' zei Skip. 'Ze bijten zo je vinger af. Je kunt ze het beste levend in de pan gooien. Lekker gezwommen?'

'Ja, geweldig.'

'Nog octopussen gezien?'

'Nee, alleen een schildpad.'

'Een kleintje?'

Ik knikte.

'Het broedsel van vorige zomer. Ze komen hierheen, leggen dicht bij de vloedlijn hun eieren en begraven ze. De eilanders graven ze op. Je kunt er een goeie omelet mee maken. De beestjes die het halen, zwemmen uit alle macht de zee op, maar de meeste daarvan worden ook opgevreten. Soms komt er een stomkop terug. Zo eentje zullen jullie gezien hebben.'

'Die kwam een kijkje nemen in zijn oude buurt,' zei Haygood lachend. Zijn tanden waren wit en stonden ver uit elkaar. De zon veranderde zijn lichaamsbeharing in een dichte wirwar van koperdraad.

'Octopussen zijn slimmer,' zei Skip. 'Het is net of ze je met die grote ogen aankijken.' Een blik in Robins richting.

'Wat mij betreft, is er geen betere omelet dan met eieren van de stern,' zei Haygood. 'Dat zijn roze eieren. Als mensen ze voor het eerst zien, schrikken ze, want ze denken dat het bloed is. Maar ze horen roze te zijn. Roze omelet.' Hij likte zijn lippen af. 'Een beetje zilt, net als eend.'

'Je mag ze van me hebben, man,' zei Skip. 'Ik hou niet van die wild-smaak.'

Haygood glimlachte. 'Nou, geef mij maar roze.'

Skip grinnikte.

'Haaien zijn ook lekker,' zei Haygood. 'Maar je moet het vlees wel eerst in het zuur leggen, anders smaakt het naar pis. Hoe lang blijf je hier op het eiland?' vroeg hij mij.

'Een paar maanden.'

'Bevalt het jullie hier?'

'Het is een prachtig eiland.'

Ze keken elkaar aan. Haygood trok weer een poot van de krab los. Skip zei: 'Rijke mensen zouden hier wel op kicken, hè?'

'Iedereen die van zwemmen en luieren houdt, denk ik.'

'En jij? Op wat voor dingen kick je?'

'Op allerlei dingen.'

Hij nam een trek van zijn sigaret en wierp de peuk in het smettelo-ze zand. 'Ik en mijn maatje Hay hier willen een vakantiecentrum bouwen. Maar dan anders. Hutten van gras, zoals bij Club Med. Je betaalt in één keer vooruit en dan krijg je eten, drinken, de hele han-del. Geen televisie of telefoon, geen video's, alleen maar zwemmen en op het strand liggen. Misschien halen we er ook wat meisjes bij om een dansvoorstelling te geven of zoiets.'

Zijn ogen werden hard. 'Nou, wat vind je ervan?'

'Klinkt goed.'

'Niet slecht, hè?'

'Nee.'

Hij spuwde in het zand. 'Reken maar dat het storm loopt van de rijke stinkerds van het vasteland. Anders moeten we het van de Japanse toeristengezelschappen hebben, zoals alle andere eilanden.'

Hij bracht beide handen voor zijn gezicht, stak zijn boventanden over zijn onderlip en bewoog zijn duimen.

'Foto foto, klik klik.' Hij lachte.

Haygood glimlachte en bestudeerde het van poten ontdane krabbe-lijf.

'Vol kuit,' zei hij. 'Een meisje.'

'We willen Amerikanen hebben,' zei Skip. 'Dit eiland hoort bij Amerika, al weet niemand in Amerika waar het ligt.'

'Veel succes.' Ik begon weg te lopen.

'Wil je investeren?' riep hij me na.

Ik wilde in lachen uitbarsten, maar toen zag ik zijn gezicht en hield me in.

'Ik ben niet zo'n investeerder.'

'Dan wordt het misschien tijd dat je daarmee begint, man. Stap er vroeg in. De kerels die na de oorlog in Hawaï hebben geïnvesteerd, vegen nu hun reet af met briefjes van honderd.'

Hij stak zijn hand uit alsof hij aan het bedelen was.

'Hé, die man is hier gekomen om zich te ontspannen,' zei Haygood. 'Laat hem nou met rust.'

Skip stak zijn middelvinger naar hem op en deed zijn best om zijn zwakke kin naar voren te steken. 'Hou je mond, man. Ik heb het over zaken.'

Haygood reageerde niet. Hij maakte een snelle draaibeweging met zijn polsen en de romp van de krab viel in natte stukjes uit elkaar.

Skip probeerde hem aan te staren tot hij zijn blik neersloeg, maar de oudere man negeerde hem.

'Denk erover na, man,' zei Skip tegen mij. Een deel van zijn woede richtte zich nu tegen mij. 'Praat erover met je vrouw. Ze lijkt me nogal slim.'

Weer een blik in Robins richting. Ze had een handdoek over haar schouders gehangen en zat met haar knieën tegen haar borst over de zee uit te kijken.

Een stem achter me zei: 'Heren,' en Skip kneep zijn doffe ogen enigszins samen. Haygood veegde zijn handen af aan een T-shirt, maar zijn gezicht bleef onbewogen.

Ik draaide me om. Daar stond Dennis Laurent. De gespiegelde glazen van zijn zonnebril schitterden. Hij leek kolossaal. Niemand van ons had hem horen aankomen.

Hij tikte tegen zijn wenkbrauw. 'Alex. Mooie stoner heb je daar, Hay. Hoeveel vlees zou eraan zitten, drie, vier kilo?'

'Minstens vier,' zei Skip.

'Uit een kokospalm gehaald?'

'Dat hoefde niet,' zei Haygood. 'Dit was een luie. Hij lag daar te slapen.' Hij wees naar de getijdeplassen.

'Er gaat niets boven een gemakkelijke prooi,' zei Laurent. 'Ik zie dat jullie eindelijk in het water zijn geweest, Alex. Beviel het?'

'Het was geweldig.'

'Dat is het altijd. Een goede dag verder, heren.' Hij en ik liepen naar Robin toe. Hij liep stevig op zijn schoenen door het zand. Toen hij de peuk zag die Skip had weggegooid, raapte hij hem op en stopte hem in zijn zak.

'Vielen die twee jullie lastig?'

'Nee. Zijn het lastpakken?'

'Meestal niet, maar ze hebben te veel vrije tijd en samen één I.Q., en daarvan heeft Haygood het grootste deel. Skip begon zeker weer over zijn plan voor een vakantiecentrum?'

'Kort voordat jij kwam.'

'Club Skip. Ga je nu meteen je effectenmakelaar bellen?'

'Is er hier een telefooncel?'

Hij lachte. 'Zie je al voor je hoe Skip een boot vol toeristen begroet: "Hé lui, welkom op dit pleuriseiland, man."'

'De Kamer van Koophandel zou hem in dienst moeten nemen.'

'Ja,' zei hij. 'Als we die hadden. Hallo, Robin. Hoe was het water?'

'Warm.'

'Dat is het altijd. Het schijnt door de langzame stroming te komen, en door de isolerende eigenschappen van het koraal. Ik ben blij dat jullie de kans krijgen jullie te amuseren. Ik heb eindelijk bericht van de marine en ik was net op weg naar het huis om met mevrouw Picker te praten. Ze hebben het vliegtuigwrak op het terrein van de basis gevonden, dicht bij de grens van dat terrein. Er is niet veel van over. Ze brengen het stoffelijk overschot naar de Verenigde Staten terug en sturen haar later de rekening voor het transport.'

'Nu maak je een grapje.'

'Was dat maar waar. Kapitein-ter-zee Ewing vindt het nog heel edelmoedig van zichzelf, want het vliegtuig had zich boven militair terrein bevonden. Hij zegt dat hij een aanklacht had moeten indienen. Dan had Picker een fikse boete gekregen, die uit zijn nalatenschap betaald had moeten worden.'

'Dat is belachelijk,' zei Robin.

Laurent streek een beetje zand van zijn insigne. 'Ja. Hoe gaat het met mevrouw Picker?'

'Vanmorgen zag ze er niet goed uit.'

'Dan kan ik nog maar beter niet over die rekening beginnen. De strijdkrachten kennende – ik ben zelf bij de mariniers geweest – denk ik dat het wel twee jaar duurt voor ze de papieren in orde hebben, als ze het al doorzetten. Het probleem is dat ik het lichaam niet voor haar los kan krijgen. Zelfs als Ewing zou willen meewerken, is er hier geen lijkenhuis, alleen een paar kerels die graven delven op het kerkhof, en de eerstvolgende tien dagen komt er ook geen bevoorradingsboot. Als het lichaam niet goed wordt gebalsemd, zal het nogal...'

Hij hield zich in.

'Sorry.'

'Waarom stelt Ewing zich zo vijandig op?' vroeg ik.

Hij haalde zijn schouders op. 'Misschien is het zijn aard, misschien vindt hij het niet leuk om hier te zijn. Volgens de geruchten is het een straf. Hij was betrokken bij Skipjack, dat sexschandaal van de marine in Virginia. In verband daarmee zou hij hierheen verbannen zijn. Maar misschien zijn dat maar praatjes... Hoe dan ook, ik zeg gewoon tegen mevrouw Picker dat de marine zo goed is het lichaam voor haar te verzenden. Ewing vroeg me haar naar een adres te vragen. Ze kan het lichaam door iemand op het vasteland laten afhalen.'

Hij zette zijn zonnebril af en blies het zand van de glazen. Zijn lichtgekleurde ogen namen het strand en de haven in zich op. Bleven een fractie van een seconde op de platte rotsen boven de getijdeplassen gericht. Of verbeeldde ik me dat maar?

'Weet je of Doc thuis is?' vroeg hij.

'Hij was niet bij het ontbijt.'

'Dat zegt niet veel. Hij staat meestal heel vroeg op. Gaat ook laat slapen. Ik heb nog nooit iemand gekend die met minder slaap toe kon. Die man is altijd bezig, bezig, bezig. Als jullie hem zien, doe hem dan de groeten van me. En Pam ook.'

13

Toen we weer in de Jeep zaten, zagen we Skip en Haygood over het strand lopen. Ze pakten schelpen op en gooiden ze weer weg, rookten en lieten de as in het water vallen.

'Laten we een eindje rondrijden,' zei Robin. 'We kunnen de kleinere weggetjes verkennen.'

Ik keerde de Jeep en ze keek op naar de wegafzetting van de marine.

'Het lijkt wel of ze die muur met opzet lelijk hebben gemaakt.'
'Moreland is het met Picker eens dat de marine bezig is het eiland geleidelijk te sluiten. Ik vroeg hem waar de mensen van leven en hij gaf toe dat de meesten een uitkering hebben.'
'Einde van een tijdperk,' zei ze. 'Daarom wil hij misschien ook zo graag op schrift stellen wat hij heeft gedaan.'
Ik reed in de richting van de kromme grauwe palen van de haven. De markt was gesloten en het rantsoeneringsbordje hing nog boven het benzinestation.
'Hebben jullie het over de moord gehad?'
'Een beetje.'
'En?'
'Moreland en Dennis denken dat het iets eenmaligs was en dat de moordenaar is vertrokken. Omdat hij het hier in de buurt niet meer heeft gedaan. Het kan dus heel goed een marineman zijn geweest die naar een andere basis is overgeplaatst.'
'Je bedoelt dat hij het nu in een ander deel van de wereld doet.'
'Dennis heeft erop gelet of er hier in de buurt nog meer van zulke dingen gebeurden, en dat bleek niet zo te zijn.'
We naderden het Chop Suey Palace. Creedman zat weer buiten, met een fles en een glas. Ik reed hem recht voor me uitkijkend voorbij en sloeg rechtsaf de eerstvolgende weg in. We kwamen langs vervallen huizen en lege percelen, en toen langs een klein, slecht onderhouden grasveld met een kanon uit de Tweede Wereldoorlog en een levensgroot standbeeld van generaal MacArthur. Op een houten bord stond fiïctory ark 1945. De enige zichtbare overwinning was die van de vogels, die over het brons hadden getriomfeerd.
Er volgden nog meer hutten en schuurtjes en lege plekken, tot we op het hoogste punt waren, waar een smal wit kerkje stond. Ik stopte. Het kerkje was twee verdiepingen hoog, had een steil dak, lijstwerk met een patroon van visseschubben en een erg dof geworden koperen spits, en het helde over naar rechts. De stijlen van de trapleuning aan de voorkant bestonden uit verfijnd houtsnijwerk maar waren ernstig in verval geraakt. In de vijf meter hoge voorhof was het gras hoog opgeschoten, met verwilderde witte petunia's langs de randen.
'Vroeg Victoriaans,' zei Robin. 'De fundamenten zijn een beetje verzakt, maar de architectuur is fraai.'

Op een bord in het gras stond ONZE LIEVE VROUWE VAN DE HAVEN KATHOLIEKE KERK BEZOEKERS WELKOM. Een meter daarvandaan verhief zich een metalen vlaggemast met de Amerikaanse vlag, die slap in de windstille lucht hing.

Achter de kerk groeide nog meer gras, met een laag hek eromheen. Er stonden rijen witte kruisen, stenen en houten graftekens. Hier en daar wat kleur: bloemenkransen, sommige zo helder gekleurd dat ze wel van plastic moesten zijn.

Daarnaast stond een grote aluminium loods met het opschrift KLINIEK ARUK. De oude zwarte Jeep die Ben had gebruikt om ons van de boot te halen, stond bij de deur, naast een nog oudere MG roadster, ooit rood, nu verbleekt tot een soort zalmroze. Het nummer voor spoedgevallen dat op de deur was aangebracht, was dat van Morelands huis.

Net toen ik wilde doorrijden, kwam Pam naar buiten. Ze zette haar stethoscoop af en zwaaide naar ons. Ik stopte weer. Nadat ze iets uit de MG had gehaald, kwam ze naar ons toe. Ze had haar hand vol lolly's, het plastic er nog omheen.

'Hallo. Wat snoepen?'

'Nee, dank je.'

'Weten jullie het zeker? Ze zijn suikervrij.' Ze haalde het plastic van een groene lolly en stak hem in haar mond. 'Dus jullie zijn wezen zwemmen. Hoe was het?'

Robin vertelde haar over onze duikpartij. Door de open deur kon ik kinderen zien, hun gezichtjes samengeknepen van angst.

'Ze zitten niet meer zo met dat ongeluk,' zei Pam, 'maar ze maken zich nog wel erg druk om hun inentingen. Daarom besloten we het snel af te werken. Willen jullie binnenkomen?'

We volgden haar naar binnen en roken de scherpe lucht van alcohol. Er lag blauw linoleum op de vloer. Scheidingswanden van board verdeelden de ruimte in kamertjes. De muren waren bijna helemaal bedekt met cartoonposters en voedingsschema's, maar het aluminium was niet van plan zich aan al die vrolijkheid gewonnen te geven.

Een stuk of vijftien kinderen, allemaal met donker haar, geen van allen ouder dan acht jaar, stond in een rij voor een lange klaptafel. Achter die tafel stonden twee stoelen. De rechter stoel was leeg en op de andere stoel zat Ben. Bij zijn linkerhand had hij stalen bakken met verband, desinfecterende gaasjes, wegwerpspuiten en glazen potjes met rubber doppen. Een afvalbak bij zijn linkervoet zat boordevol weggeworpen spuiten en met bloed bevlekte watjes.

Hij kromde zijn vinger en een meisje in een roze T-shirt en roodwitte paisley-shorts kwam naar voren. Haar haar reikte tot haar middel en ze droeg strandslippers. Ze deed haar best om niet te huilen, maar deed het toch.

Ben nam een gaasje uit de verpakking, pakte een flesje op en stak de naald met zijn linkerhand door de rubber dop. Nadat hij de spuit had volgezogen, drukte hij de lucht eruit, pakte de arm van het meisje vast en trok haar dichter naar zich toe. Nadat hij vlug haar bovenarm had schoongemaakt, gooide hij het gaasje in de afvalbak, zei iets waardoor ze hem aankeek en stak de naald bijna plagend in haar arm. Het meisje deed haar mond open van pijn en woede. De tranen stroomden rijkelijk. Sommige van de jongens in de rij lachten, maar geen van hen met enthousiasme. Toen was de naald er weer uit en deed Ben een pleister op haar arm. De hele procedure had nog geen vijf seconden geduurd en zijn gezicht bleef volstrekt onbewogen.

Het meisje bleef huilen. Ben keek naar ons om. Pam kwam vlug naar voren en haalde een lolly uit de verpakking voor het jengelende kind. Toen er geen eind aan de tranen kwam, nam ze het kind op schoot.

'De volgende,' zei Ben, en hij kromde zijn vinger weer. Een klein, dik jongetje kwam naar voren en keek naar zijn arm. Vuisten met kuiltjes trommelden tegen zijn dijen. Ben pakte een gaasje.

'Het is voorbij, Angie,' zei Pam, die met het meisje naar de deur liep. 'Je was erg flink!' Het kind snotterde en zoog aan haar lolly. Het witte kartonnen stokje ging op en neer. 'Dit zijn bezoekers van het vasteland, meisje. Dit is Angelina. Ze is zeveneneenhalf en erg dapper.'

'Nou en of,' zei Robin.

Het meisje veegde de tranen uit haar ogen.

'Deze mensen komen helemaal uit Californië,' zei Pam. 'Weet je waar dat ligt?'

Angelina mompelde iets om de lolly heen.

'Wat zei je, meisje?'

'In Disneyland.'

'Ja.' Pam streek door haar haar, leidde haar naar buiten en keek haar na. Het meisje rende naar de kerk.

Toen Pam terugkwam, had Ben nog twee kinderen ingeënt. Hij werkte snel en regelmatig als een machine. Pam bleef bij ons. Ze troostte de kinderen en deed hen uitgeleide.

'De school is nog aan de gang,' zei ze. 'Ze hebben nog een uur les.'

'Wie geeft er les?' zei ik. 'De priester?'

'Nee, er is hier geen priester. Pastoor Marriot is dit voorjaar teruggeroepen en zuster June is kort geleden naar Guam vertrokken. Ze heeft borstkanker. Claire, Bens vrouw, was onze vervanging, maar tegenwoordig is ze het hele docentenkorps. Een paar van de andere moeders helpen haar part-time.'

Er kwam weer een huilend kind onder de naald vandaan.

'Eigenlijk zou ik er ook een paar moeten doen,' zei Pam, 'maar Ben is er zo goed in. Ik kan er niet tegen om iemand pijn te doen.'

Cheryl was het pad naar de voordeur van het grote huis aan het vegen, maar toen we kwamen aanlopen, hield ze ermee op.

'Dokter Bill zei dat ik u dit moest geven.' Ze gaf me een stukje geel, gelinieerd papier. Morelands handschrift:

Rechercheur Milo Sturgis belde 11.00 uur, Aruk-tijd.

Een nummer in West Hollywood. Milo's privé-nummer.

'In Los Angeles is het dan één uur in de nacht,' zei Robin. 'Ik vraag me af wat hij heeft.'

'Je weet wat een nachtbraker hij is. Het zal wel iets met het huis te maken hebben. Hij heeft een moment uitgekozen dat ons goed uit zou komen.'

Bij het noemen van het huis verstrakte haar gezicht. Ze keek op haar horloge. 'Het is daar nu half drie 's nachts. Moeten we wachten?'

'Als hij anderhalf uur geleden op was, is hij dat waarschijnlijk nog steeds.'

Cheryl stond te wachten alsof ze haar best deed het gesprek te volgen. Toen ik haar aankeek, kreeg ze een kleur en begon weer te vegen.

'Mogen we de telefoon gebruiken voor een gesprek met het vasteland?'

Ze keek aarzelend. 'Er is een telefoon in uw kamer. Twee telefoons.'
'Is dokter Bill er ook?'
Ze dacht na. 'Ja.'
'Waar?'
'In zijn lab.'

We gingen naar de ren terug om Spike op te halen. Hij en KiKo hielden meteen op met hun spel en hij rende naar Robin toe. De aap klom naar een laaghangende tak, liet los en landde vederlicht op mijn schouder. Een kleine droge hand omvatte mijn nek. Hij was kort geleden gewassen – hij rook naar amandelen. Maar zijn vacht verspreidde ook de lucht van een goed onderhouden dierentuin. We namen beide dieren mee. Robin zei: 'Ik wil me wat opfrissen.'
'Ik ga Moreland vragen of we de telefoon mogen gebruiken.'
Ze begon terug te lopen naar het huis. KiKo sprong van mijn schouder af en ging met haar en Spike mee. Ik liep naar de bijgebouwen en klopte op de deur van Morelands werkruimte.
'Kom binnen', zei hij, maar de deur zat op slot en ik moest wachten tot hij hem had opengedaan.
'Sorry,' zei hij. 'Lekker gezwommen?'
'Geweldig.'
Hij had een potloodstompje in zijn hand en wekte de indruk dat hij er niet helemaal met zijn gedachten bij was. Zijn werkruimte was even groot als de ruimte die hij mij had gegeven, maar ze had vaalgroene muren en geen ander meubilair dan een goedkoop metalen bureau en dito stoel. De helft van de vloer was bedekt met papieren, los en samengevoegd. Het bureau lag ook vol, al zag ik één hoge stapel die netjes recht gelegd was, precies in het midden. Overdrukken van tijdschriftartikelen. De bovenste was een artikel over de behandeling van fobieën bij kinderen dat ik tien jaar eerder had geschreven. Mijn naam was met rood onderstreept.
De deur naar het lab stond open. Tafels, bekerglazen, flessen, kolven, reageerbuizen in rekken, een centrifuge, een balans, dingen die ik niet kon thuisbrengen. Naast de balans stond een hoge fles met de grijsbruine korrels die hij aan de insekten voerde. Er stond een kleinere pot met een of andere bruine vloeistof naast.
'Wel,' zei hij, terwijl hij zijn bril afzette. Zijn stem klonk gespannen. Ik had hem bij iets gestoord.

'Ik wilde vragen of ik de telefoon mag gebruiken voor een gesprek naar het vasteland.'

Hij lachte. 'Om dat telefoontje van rechercheur Sturgis te beant- woorden? Natuurlijk. Dat had je niet hoeven vragen. Doe hem de groeten van me. Hij lijkt me een sympathieke kerel.'

Robin zat haar twee harige vriendjes te aaien terwijl ik het nummer draaide. Nadat de telefoon twee keer was overgegaan, bromde een diepe stem: 'Sturgis.'

'Hallo, met mij. Nog op?'

'Alex.' Milo's stem werd vriendelijker. Ik had niet gedacht dat hij ons zou missen.

'Ja, klaarwakker,' zei hij, en hij begon weer te brommen. 'Hoe is het paradijs?'

'Zonnig en helder. Wil je overkomen?'

'Ik word niet bruin, ik stoof gaar.'

'Ik dacht dat jij een zwarte Ier was.'

'Dat is mijn temperament, niet mijn huidkleur. Dus jullie hebben het goed?'

'Erg goed. We zijn net wezen duiken op een grandioos koraalrif.'

'Het is daar echt een Hof van Eden, hè?'

'Mijn vijgeblad zegt van ja. En wat doe jij nog op? Het is allang bedtijd geweest.'

'Ik draai dubbele uren. Ik belde je omdat de man die met jullie huis bezig is een paar vragen heeft. Het schijnt dat de kroonlijsten en plinten die hij van Robin moest bestellen niet meer te krijgen zijn. Hij kan wel iets soortgelijks krijgen, een beetje breder, of anders moet hij het speciaal laten maken. Het verschil is een paar duizend dollar en hij wil dat niet zonder jullie toestemming doen. Daar komt nog bij dat jullie alarminstallatie een beetje duurder uitvalt dan was verwacht. Dat komt doordat de zaak moet worden aangesloten op een leiding die buiten het contractuele basisgebied valt. Dat wordt ook een paar duizend. Het is nooit minder dan de raming, hè? Hoe dan ook, vraag aan de lieftallige mevrouw C. wat ze wil. Daarna bel je me terug en geef ik de boodschap door.'

'Ik geef je haar nu meteen.'

Ik gaf de hoorn over. Robin zei: 'Hallo!' en KiKo sperde zijn ogen wijd open. Toen ze begon te spreken, hield de aap zijn hoofd dichter bij de telefoon en begon hij zangerig kwetterend mee te praten. 'Wat? Nee, dat is een aap, Milo... Een ááp... Nee, hij is niet de opvolger van Spike, we houden nog steeds van hem... Nee, ze kunnen juist heel goed met elkaar opschieten... Dat wat de afdeling zoogdieren betreft... Wat? Nee, alleen wat klein gedierte... Kleine beestjes. Insekten, spinnen, tarantula's. Dokter Moreland doet daar onderzoek naar... Wat is er, rechercheur?'

Ze praatte met hem over het huis, wisselde op het eind nog wat nieuwtjes met hem uit en gaf de telefoon toen weer aan mij. 'Ik breng deze jongens weer naar buiten en dan neem ik een bad. Je mag bij me komen als je klaar bent.'

Ze ging weg.

'Insekten,' zei Milo. 'Het paradijs heeft insekten.'

'Die zijn ook door God geschapen. Op welke dag was dat?'

'Zijn dag van misplaatste grappen. Wat voor onderzoek doet die kerel precies?'

'Voeding. Roofgedrag.'

'Wat leuk. Hij klonk nogal suf toen ik met hem sprak.'

'Hoezo?'

'Hij nam de boodschap aan, maar verder zei hij niet veel: volgens mij was hij met zijn gedachten heel ergens anders.'

'Hij vond jou wel sympathiek.'

'Dat bewijst al dat hij er niet helemaal bij was.'

Ik lachte. 'Aan wat voor dingen werk je?'

'Wil je dat echt weten?'

'Heel graag.'

'Vier gewapende overvallen, eentje met gijzelaars in een vriesruimte en eentje met iemand die bijna doodging. Een drugdealer annex rapzanger die vanuit een rijdende auto is doodgeschoten – die zaak krijgen we vast niet opgelost. O ja, en dan is er nog een schoonheid die me zo laat wakker houdt: een zestienjarig meisje in de Palisades schoot haar vader dood terwijl hij op de plee zat. Ze zegt dat ze jarenlang mishandeld is, maar haar moeder zegt van niet en ze is al jaren van die kerel gescheiden. Dat meisje heeft een voorgeschiedenis met veel slecht gedrag, en papa had haar een gloednieuwe Range Rover op haar verjaardag beloofd als ze nooit bleef zitten op school. Ze bleef toch zitten, en hij zei nee, en volgens haar vriendinnen was ze toen razend.'

'Leuke meid. Nog indicaties van mishandeling?'

'Nee, en haar vriendinnen zeggen dat ze een grote fan was van die twee klootzakjes met geweren uit Beverly Hills. Ze heeft ogen, Alex, zonder enige uitdrukking, dus wie weet wat haar is aangedaan. Maar dat is momenteel niet mijn probleem. Met het geld van haar dooie papa heeft ze een welbespraakte advocaat in de arm genomen, maar genoeg daarover. Jij bent uitgevaren om aan al die barbarij te ontkomen.'

'Dat is waar,' zei ik. 'Maar ik zal je cynisme nog wat extra voeding geven. Zelfs Eden heeft zijn problemen.'

Ik vertelde hem over de moord op Anne-Marie Valdos.

Hij zei eerst niets.

'Ben je daar nog?'

'Hij kraakte haar botten om het merg op te eten?'

'Dat is Morelands hypothese.'

'Je gaat naar het paradijs en vindt daar nog ergere dingen dan ik hier heb?'

'Volgens Moreland komt kannibalisme veel voor in allerlei culturen. Heb jij er ooit mee te maken gehad?'

'Is hij ook een expert op dat gebied? Zeg, stampt er een reus van een kerel over dat landgoed, met een slecht kapsel en bouten door zijn nek? Beenmerg... nee, dank je feestelijk, ik hoef vandaag geen biefstukje, reik me de schaal met groente eens aan.'

'Toevallig dat je dat zegt. Moreland is vegetariër. Zijn dochter zegt dat hij in de Koreaanse oorlog dingen heeft gezien waardoor hij nooit meer wreed wilde zijn.'

'Wat fijngevoelig van hem. En nee, ik heb de kranteberichten over die idioot in Milwaukee gelezen, maar ik heb persoonlijk nooit met dat soort fijnproevers te maken gehad. Maar ik moet nog een paar jaar voor ik met pensioen ga, dus nu heb ik iets om voor te leven.'

'Hoe gaat het met Rick?'

'Zei hij, van onderwerp veranderend. Het gebruikelijke gestresste gedoe, nachtdienst op de Eerste Hulp... *Béénmerg?* Waarom hoor ik nou de hele tijd jungletrommels die van *oenka boenka* doen? Heb je missionarissen in een kookpot zien zitten?'

'Nog niet, en Moreland zegt dat we ons geen zorgen hoeven te maken. Er is hier geen voorgeschiedenis van kannibalisme. Hij en de politiecommandant denken dat het een psychopaat is die zich exotisch voor wil doen. De eilanders denken dat het een marineman was die inmiddels is overgeplaatst.'

'Moreland is ook een speurder?'

'Hij is de enige arts op het eiland, dus hij doet al het forensisch werk.'

'Kannibalisme,' zei hij. 'Weet Robin hiervan?'

'Ze weet dat er een moord is gepleegd, maar ik heb haar de details niet verteld. Ik wil haar niet bang maken. Afgezien van die moord is er hier in geen jaren een ernstig misdrijf gepleegd. Het is echt een heel mooi eiland.'

'"Afgezien daarvan, mevrouw Lincoln, hoe vond u het toneelstuk?" Waarom een marineman?'

'Omdat de plaatselijke bevolking niet gewelddadig is en het erop lijkt dat de moordenaar het eiland heeft verlaten.'

'Nou,' zei hij. 'Ik was bij de landmacht, dus van mij hoef je geen protesten te verwachten. Wel, neem het ervan, eet niets dat je niet kent en hou je verre van grappenmakers met botjes door hun neus.'

'Een credo om mee door het leven te gaan,' zei ik. 'Bedankt voor het bellen en veel succes met je zaken.'

'Ja... alle gekheid op een stokje, ik ben erg blij dat jullie deze kans krijgen. Ik weet hoe moeilijk jullie het dit jaar gehad hebben.'

In de verte ging een telefoon. Hij bromde.

'Andere lijn,' zei hij. 'Nog meer rottigheid. Sayonara en Bali Hai en je weet wel, en als je een Fransoos met een baard ziet die vrouwen in bloemrijke sarongs schildert, koop dan zijn schilderijen op.'

14

Robin deed een dutje en ik ging een eindje wandelen. Ik liep door de rozentuin en daalde het hellend gazon af. Vier mannen gingen op motormaaiers heen en weer. De geur van gemaaid gras riep herinneringen aan zondagen uit mijn kindertijd in me op.

Dat gold ook voor Victory Park, realiseerde ik me. Het oorlogsmonument in mijn geboorteplaats in Missouri was maar een klein beetje groter geweest. Op zondag ging mijn moeder met mijn zusje en mij naar het park, terwijl mijn vader thuis bleef drinken. We aten broodjes met Bolognese worst, dronken appelsap, beklommen het kanon, deden of we schoten, en al die tijd zat moeder wat plicht-matig te glimlachen. Toen ze stierf, kwam er een eind aan vaders drinken, en ook aan de rest van zijn leven.

Ik zette de melancholie van me af en liep door naar de boomgaard, waar ik tussen de gevallen sinaasappels en mandarijnen en de naar beneden gedwarrelde bloesems liep. Het veld met wilde bloemen dat Moreland gecreëerd had was prachtig. Een verzameling kleine coni-feren was uiterst zorgvuldig bijgesnoeid, en een siertuin van buks-boomhout met geometrische patronen deed in complexiteit niet on-der voor alle labyrinten die ik ooit had gezien. En dan waren er de serres, waarvan alle ruiten smetteloos schoon waren, en bomen met orchideeën in de plooien en holten van de takken, als vogeltjes die voor het eerst uit het nest keken. Ik liep door tot ik stukken gra-niet zag, en het bruine, stekelige waas van roestig prikkeldraad.

De oostelijke grens van het landgoed. De hoge stenen muren waren voor het grootste deel begroeid met plumbago en kamperfoelie en wisteria, waardoor het prikkeldraad wat minder dreigend overkwam, al bleef het zichtbaar.

Aan de andere kant van de muur vormden de toppen van de bany-anbomen een groengrijze afdekking, met luchtwortels die als de ten-takels van een gekweld beest door het baldakijn omhoog schoten. De boomstammen die ik vanaf mijn positie kon zien, waren dik en sterk verkronkeld. In hun gevecht om ruimte hadden ze zich in al-lerlei bochten gedwongen.

Eén seconde leek het of het hele bos bewoog, of het op me neerviel. Ik merkte dat ik mijn evenwicht dreigde te verliezen.

Toen ik mezelf weer onder controle had, voelde ik nog steeds dat er onder in mijn keel iets werd samengeknepen.

Ik keek weer op naar de bomen.

Robin had het over een subtiele koelte gehad die over de muren kwam aangezweefd, maar ik voelde alleen een kille huivering in mijn binnenste.

Ik liep langs de grens en spitste mijn oren, maar hoorde geen ge-luiden van de andere kant komen. Toen ik bleef staan, kreeg ik weer diezelfde illusie van beweging. Ik drukte mijn beide handen tegen de muur en haalde diep adem.

Waarschijnlijk een laag bloedsuikergehalte. Ik had sinds het ontbijt niet meer gegeten.

Ik ging terug. Toen ik in de boomgaard kwam, raapte ik een sinaasappel op, pelde hem en at hem in drie happen op. Ik liet het sap over mijn kin lopen, zoals ik als kind had gedaan.

Eenmaal terug in mijn werkkamer, ging ik weer een doos met medische gegevens te lijf. Ook dit waren routinegevallen. De enige psychologische diagnoses die Moreland had genoteerd, waren stressreacties op fysieke aandoeningen.

Ik pakte de volgende doos en begon me een beetje te vervelen, totdat een dossier dat onderin lag mijn aandacht trok.

Op het omslag had Moreland een groot, rood vraagteken gezet.

De patiënt was een eenenvijftigjarige arbeider, een zekere Joseph Cristobal, die geen voorgeschiedenis van geestelijke stoornissen had en opeens visuele hallucinaties kreeg – 'witte wormen' en 'witte wormmensen' – en ook symptomen van agitatie en paranoia vertoonde.

Moreland behandelde hem met kalmerende middelen. Cristobal had weliswaar 'een voorliefde voor drank', maar was geen alcoholist. De symptomen gingen niet weg.

Veertien dagen later stierf Cristobal plotseling in zijn slaap, kennelijk ten gevolge van een hartaanval. Moreland verrichtte sectie en vond geen pathologische verschijnselen in de hersenen, maar ontdekte wel een afgesloten kransslagader.

Aan het eind had de dokter iets in grote letters geschreven, met dezelfde inkt als het vraagteken: *A. Tutalo?*

Ik veronderstelde dat het een bacterie of een virus was, maar de term stond niet in het medisch woordenboek dat hij me had gegeven.

Een geneesmiddel dan? De term kwam ook niet voor in het *Handboek voor Artsen*.

Ik ging terug naar de opslagruimte, perste me langs de stapels dozen en zocht op de boekenplanken.

Biologie, archeologie, wiskunde, mythologie, geschiedenis, scheikunde, natuurkunde, zelfs een verzameling oude reisverhalen.

Een hele kast die aan insekten was gewijd.

Ook een kast met plantenpathologie en toxicologie. Met grote zorgvuldigheid zocht ik in die kast.

Nergens kwam ik *A. Tutalo* tegen.

Eindelijk, in een donkere muffe hoek, de boeken over geneeskunde.

Niets.

Ik dacht aan de katvrouw, over wie Moreland me had verteld toen we elkaar nog maar net kenden.
Liet dat geval hem niet los?
En nu weer een geval van spontane dood.
Morelands vraagteken.
Ik had zo'n zestig dossiers doorgenomen. Twee van de zestig was drie procent.
Een patroon?
Tijd voor een volgend gesprek onder vakgenoten.

Toen ik bij het huis kwam, zag ik Jo Picker bij de fontein. Ze keek Dennis Laurents politiewagen na, die net wegreed. Waterdruppels vielen in haar haar en op haar gezicht. Toen ik bij haar aankwam, veegde ze haar wang af en keek naar de nattigheid op haar hand. De druppels bleven op haar neervallen. Langzaam liep ze uit de kring van de fontein vandaan.
'Die politieman kwam me vertellen wat er gebeurd is.'
Ze wreef over haar ogen. Haar nieuwe gebruinde teint had plaatsgemaakt voor de bleekheid van een rouwende nabestaande. 'Ze zeggen dat Ly op het terrein van de basis is neergestort en dat ze hem vandaag naar huis sturen... Ik werk zelf in Washington, dus ik had het kunnen verwachten. Maar als het je overkomt... Ik heb zijn familie gebeld. Dat was niet leuk.'
Een van haar handen vormde een vuist.
'Ik was niet te bang om met hem op te stijgen. Al zou dat heel begrijpelijk zijn geweest.'
Ze keek me aan. Ik knikte. Ze had een harde blik in haar ogen.
'Let wel, ik zou waarschijnlijk dom genoeg zijn geweest om met hem op te stijgen, al zat het me lang niet lekker. Maar deze keer... Hij werd kwaad op me, noemde me een... Ik zei dat hij het rambam kon krijgen en liep weg.'
Ze bracht haar gezicht dichter bij het mijne. Zo dichtbij dat ik haar zou kunnen kussen, maar er ging niets verleidelijks van haar uit.
'Evengoed had ik waarschijnlijk wel ingebonden. Maar hij was koppig... Toen ik door die afscheiding van bamboe liep, hoorde ik hem de motor van het vliegtuig starten. Bijna rende ik terug. Maar in plaats daarvan liep ik door. Naar het strand. Ik vond een mooi plekje op de rotsen en ging daar zitten en keek uit over de oceaan. Ik

was tamelijk ontspannen, tot ik het hoorde.'

Onze neuzen raakten elkaar bijna aan. Haar adem rook onaangenaam.

'Ik mis hem,' zei ze, alsof ze het nog steeds niet helemaal kon geloven. 'Als je zo lang bij iemand bent... Ik zei tegen zijn moeder dat ze hem in New Jersey mocht begraven, bij zijn vader. We hebben nooit plannen gemaakt voor zoiets – hij was achtenveertig. Als ik terug ben, houden we een soort dienst.'

Ik knikte weer.

Ze zag een vlek op haar blouse en fronste haar wenkbrauwen. 'Mijn ticket om van Guam te vertrekken kan ik pas over veertien dagen gebruiken. Misschien zou ik moeten zeggen dat ik bijna niet kan wachten tot ik terug ben, maar wat wacht daar nu op me? Ik kan net zo goed hier blijven en mijn werk afmaken.'

Ze maakte haar vinger nat met haar tong en wreef over de vlek. 'Dit komt op jou nogal koud over, nietwaar?'

'Als het je erdoorheen kan helpen.'

'Mijn werk helpt me. Heeft me altijd geholpen. Ik ben hierheen gekomen om een onderzoek van drie jaar af te sluiten. Waarom zou ik dat weggooien?'

Ze ging een stap terug en richtte zich in volle lengte op. 'Genoeg gesnotter. Terug naar de laptop.'

Het was bijna vijf uur. Ik wandelde naar de rozentuin, snoof de geuren op en keek door de lage takken van een naaldboom naar de mannen op de maaimachines die brede strepen op het gazon maakten. Ik dacht aan al die plotselinge sterfgevallen.

De katvrouw. Witte wormen.

Anne-Marie Valdos die was gedood om te worden opgegeten.

Dossiers van medische routinegevallen, verzameld in dertig jaar praktijk.

Het waren me de routinegevallen wel.

Waarschijnlijk zag ik spoken. Per slot van rekening was ik zelf degene geweest die over de moord op Anne-Marie Valdos begon.

Al was Moreland degene geweest die de sectiefoto's had opgehaald en me geen detail had bespaard.

Misschien had de oude man een sterke maag en dacht hij dat de mijne even sterk was.

Zoiets had hij ook laten doorschemeren toen hij ons die rondleiding door zijn insektendierentuin gaf.

Onderzoek naar roofgedrag in de dierenwereld.

Ik herinnerde me hoe levendig hij over de geschiedenis van het kannibalisme had gesproken. Was dat niet een vreemd enthousiasme voor een vegetariër?

Niet bepaald de gemiddelde plattelandsarts.

Milo had gezegd dat Moreland suf overkwam. En hij had grappen gemaakt over monsters van Frankenstein.

Milo gaf zelf toe dat hij een cynicus van het zuiverste water was, maar hij was ook een ervaren rechercheur en had het met zijn ingevingen vaker bij het goede dan bij het verkeerde eind...

Je gedraagt je neurotisch, Delaware. Je zit hier in het paradijs en wordt goed betaald voor een luizebaantje, en nu kun je het niet aan.

Ik ging terug naar het huis maar kon de katvrouw niet uit mijn hoofd zetten.

Haar beproeving. Vastgebonden op een stoel terwijl haar man het met een andere vrouw deed. Die laatste schreeuw...

Wat een wreedheid.

Misschien was dat het.

In de loop der jaren had Moreland te veel wreedheid gezien. Dat had Pam gezegd toen ze vertelde waarom hij geen vlees at.

Stralingsvergiftiging, de hopeloze ziekten van de Bikini-eilanders.

De katvrouw. Joseph Cristobal.

Moreland die hulpeloos moest toezien.

Die al die ellende in zich opnam, zoals gevoelige mensen vaak doen.

Die zijn eigen hulpeloosheid onder ogen zag maar er in de donkere uren die hij bij zijn insekten doorbracht steeds weer aan moest denken. In zijn lab. Zijn eigen privé-paradijs.

En nu hij Aruk zag achteruitgaan, aan het eind van zijn eigen leven, kon hij er niet meer tegen.

Hij wilde weten wat er achter die wreedheid zat.

Hij wilde iemand bij zich hebben met wie hij zijn kwelling kon delen.

15

Die avond was de tafel voor vijf personen gedekt.
Jo was de laatste die naar beneden kwam. Ze droeg een witte blouse en een donkere rok. Haar gezicht zag er fris uit en haar haar glansde en was uitgekamd.
'Praten jullie maar rustig door.' Ze ging zitten en vouwde haar servet open. 'Grapefruit, een van mijn favoriete vruchten.'
Moreland had ons een gedetailleerde lezing over de geschiedenis van de kolonisatie gegeven. Een paar keer had het geleken of hij de draad van zijn verhaal was kwijtgeraakt.
Nu viel er een stilte. Jo keek naar de gekartelde rand van haar grapefruitlepel. Ze sneed een part uit de vrucht, en we pakten allemaal ons bestek weer op.
Moreland pakte een broodje en smeerde er appeljam op. Hij deed zijn ogen dicht en kauwde.
'Pa?' zei Pam.
Zijn ogen gingen open en hij keek de tafel rond alsof hij probeerde na te gaan waar het geluid vandaan was gekomen.
'Ja, Pam?'
'Je had het over de Spanjaarden.'
'Ach ja, de Spaanse veroveringen, de hoogtijdagen van het machismo. Het unieke van de conquistadores was dat ze een agressieve aanpak combineerden met riskante acties en een sterke religieuze betrokkenheid. Als je gelooft dat God aan jouw kant staat, is alles mogelijk, nietwaar? Hormonen èn God zijn onverslaanbaar.'
Hij nam een kleine hap van het broodje. 'En dan was er natuurlijk de gemakkelijke financiering: regelrechte diefstal, in naam van de hemel. De reizen van señor Columbus werden gefinancierd met de plunderingen van de inquisitie.'
'Hormonen, religie en geld,' zei Pam erg zachtjes. 'Daarmee is de wereld wel zo ongeveer samengevat, nietwaar?'
Moreland keek haar een ogenblik aan. Hij deed dat met een bezorgde vaderlijke blik, waar abrupt een eind aan kwam toen hij zijn aandacht weer op het brood richtte. 'Al met al vormden die Spanjaarden een geduchte machtsfactor. Ze kwamen in de zestiende eeuw naar de Stille Oceaan en wilden daar gaan doen wat ze ook hadden gedaan in...'

Hij zweeg en keek over het terras. Gladys was het huis uitgekomen.

'Ik weet niet of we al aan de volgende gang toe zijn, Gladys.'

'Er is telefoon, dokter Moreland.'

'Een medisch geval?'

'Nee, meneer.'

'Nou, neem dan een boodschap aan.'

'Het is kapitein-ter-zee Ewing, meneer.'

Morelands kromme lichaam kwam met een ruk naar voren, en meteen richtte hij zich op. 'Wat eigenaardig. Willen jullie me even excuseren?'

Toen hij weg was, zei Pam: 'Het is inderdaad eigenaardig. Dit is de eerste keer dat Ewing contact met ons opneemt sinds hij hier op het eiland is. Ik heb hem een keer door de telefoon gesproken. Wat een norse man.'

Ik herhaalde wat Dennis me verteld had over Ewings mogelijke verbanning vanwege een sexschandaal.

'Ja, dat heb ik ook gehoord. Maar het hoeft geen straf te zijn om hier te leven.'

Jo zei: 'Hij verpakt en verzendt Lyman als een stuk bagage.'

Pam verbleekte. 'Ik vind het heel erg, Jo.'

Jo beet haar lippen. 'De overheid is net een schoolklas van twaalfjarigen. Je status hangt ervan af wie je kunt intimideren.'

'Misschien kan pa iets met hen regelen.'

'Dat betwijfel ik,' zei Jo. 'Ik denk dat ze hem al hebben verzonden.'

'Je connecties konden niets doen?' zei Robin.

'Welke connecties?'

'Op het ministerie van defensie.'

Jo's boezem kwam omhoog en ze liet een blaffend lachje horen. 'Er werken duizenden mensen op het ministerie van defensie. Het is nou niet bepaald zo dat ik de minister ben.'

'Ik dacht alleen...'

'Ik ben niemand,' zei Jo. 'Mensen als ik tellen niet mee.'

Ze prikte in de grapefruit, draaide de lepel om en maakte de laatste beetjes vruchtvlees los.

Nog meer stilte, zwaar en drukkend. Nu zouden over het verandahek rennende tjitjakken welkom zijn geweest, maar ze lieten zich die avond niet zien.

'Gladys heeft lamsvlees bereid,' zei Pam. 'Het ziet er erg goed uit.'

Moreland kwam terug, een lopend skelet.

'Het was een uitnodiging,' zei hij.'Voor ons allemaal. Diner op de basis, morgenavond. Informeel formeel. Ik doe een das om.'

Die nacht werd ik om twee uur wakker. Ik kon niet meer in slaap komen. Toen ik opstond, draaide Robin zich van me weg. Terwijl ik een korte broek en een shirt aantrok, draaide ze zich nog een keer om.

'Alles goed, schat?'

'Ik denk dat ik er een tijdje uit ga,' fluisterde ik.

'Onrustig?' kon ze nog mompelen.

'Een beetje.'

Als haar hoofd helder genoeg was, dacht ze nu: *Sommige dingen veranderen nooit.*

Ik boog me naar haar toe en drukte een zachte kus op haar oor.

'Misschien ga ik een eindje wandelen.'

'... niet te laat.'

Ik bedekte haar schouders, stak de kamersleutel in mijn zak en verliet de slaapkamer. Toen ik langs Spikes mand kwam, snurkte hij een groet.

'Welterusten, Adonis.'

Mijn blote voeten maakten geen geluid op de vloerbedekking van de overloop. De trap kraakte niet.

De stenen vloer van de hal was koel en aangenaam als limonade in de zomer. Alle lichten waren uit en het hele huis was doordrongen van de stilte van het eiland. Ik maakte de voordeur open en ging naar buiten.

De maan was ijswit en de hemel trilde van de sterrenweelde. Het licht van de sterren legde een ijzige gloed over de bomen en de fontein, veranderde het spetterend water in glycerine, gaf leven aan de dakpannen boven de waterspuwers.

Ik liep naar het hek, dat openstond. Ik keek omlaag over de lange, afhellende weg, die gitzwart was tot aan het onyx van de oceaan.

Er bewoog iets door het gras langs de kant van de weg.

Iets anders ritselde in reactie daarop.

Toen was het weer stil.

Ik draaide me om, was nu klaarwakker. Misschien kon ik nog een paar dossiers doornemen. Waarschijnlijk zou ik ze al te banaal vinden, en zou mijn fantasie daardoor een halt toegeroepen worden. Ik wilde al naar mijn bungalow gaan, maar bleef abrupt staan. Ik hoorde een deur dichtgaan.

Voetstappen bij de achterkant van het huis. De achterdeur die van de keuken naar de grindpaden leidde.

Langzame, doelbewuste voetstappen. Ze hielden op. Gingen verder.

Iemand verscheen in de open ruimte en stond naar de lucht te kijken.

Onmiskenbaar Moreland met zijn silhouet van een gigantische hijskraan.

Omdat ik geen zin had om te verklaren wat ik buiten deed – ik wilde niet met hem of met iemand anders praten – trok ik me in de schaduw terug. Ik zag hem het pad afdalen. Uiteindelijk bevond hij zich zo'n tien meter voor me.

Er bonsde iets op en neer in zijn hand. Een dokterstas.

In het licht van een buitenlamp zag ik dat hij nog de kleren aanhad die hij ook tijdens het diner had gedragen, met een slobbertrui eroverheen. Hij ging naar de bijgebouwen, liep langs mijn bungalow en langs die van Robin.

Hij stopte bij zijn eigen werkbungalow.

De deur zwaaide open. Hij pakte zijn tas op en ging naar binnen.

De deur ging geluidloos dicht.

De lichten gingen aan. En uit.

16

De volgende morgen was het koeler. Wolken als wattenproppen kwamen aanzeilen uit het oosten.

'Regen,' zei Gladys toen ze onze koffie inschonk. 'Vijf of zes dagen.'

De wolken waren doorschijnend en licht, zonder enige zichtbare vochtigheid.

'Ze pikken het water onderweg op,' zei ze, terwijl ze het broodmandje neerzette. 'Zuigen het op uit de oceaan. Houdt u van volkoren?'

'Jazeker.'

'Dokter Bill ook, maar veel mensen niet. Hij liet me een keer honderd broodjes bakken voor de schoolkinderen. Ze hebben er niet veel van gegeten.'

Ze gaf een rukje aan de punt van het gele tafellaken. Wij waren de enigen aan het ontbijt.

'Kinderen houden van zachte dingen. Vroeger brachten de bevoorradingsboten veel wit brood mee. Als we tegenwoordig iets krijgen, is het muf. Bent u van plan weer te gaan zwemmen?'

'Ja.'

'Nou, verkijk u dan niet op die wolken. Vooral zonnebrandolie blijven gebruiken. U hebt een mooie bruine huid, mevrouw, maar meneer hier, met die mooie blauwe ogen, zou kunnen verbranden.'

Robin glimlachte. 'Ik zal goed op hem passen.'

'Mannen denken dat ze alles kunnen hebben, maar er moet op ze gepast worden. Hebt u trek in wat lekker vers geperst sinaasappelsap?'

De vissen leerden snel. Ze kwamen afwachtend naar ons toe maar zwommen vlug weer weg toen bleek dat er bij ons niets te halen viel. Het lukte Robin een grote, achteraankomende, roze-met-gele lipvis aan haar vingers te laten zuigen. Toen besefte ook hij dat ze niets te bieden had, en hij schoot weg naar een hoge heuvel van koraal, waar hij kronkelend door een opening verdween.

Ze volgde hem, voortdurend met haar hoofd draaiend, bedacht op ieder detail van het spel. Toen ze stopte, peddelend op haar plaats bleef en naar me zwaaide, kwam ik bij haar.

Een klein kaal hoofd dreef in de opening van het koraal. Zonder kin. Een grauwbruine schedel. Veel te grote ogen, schitterend van intelligentie.

Een baby-octopus, zijn poten zo dun en slap als gekookte spaghetti. Hij bleef naar ons staren en trok zich uiteindelijk glibberend terug in een spleet. Hij werd onmogelijk klein.

We gingen er heel dicht naartoe.

Hij spoot inkt in ons gezicht.

Ik lachte, kreeg water in mijn snorkel en moest watertrappen om het eruit te krijgen. Het wateroppervlak was een gladde metalen plaat. Het strand was leeg.

Ik ging weer onder, zwom mee met een school gele chirurgijnvissen, zag hoe de benige, scherpe stekels onder hun borstvinnen snel draaiden zodra ze zich bedreigd voelden, voelde de kalmte van hun onbewogen, zwarte ogen. Het paradijs.

We waren om twee uur in het huis terug. Jo's deur was dicht en op
de vloer daarnaast stond een onaangeroerd dienblad met de lunch.
Ik stelde me voor hoe ze in haar kamer op haar toetsenbord zat te
hameren om haar verdriet te verdrijven.
Ze deed onderzoek naar de wind. Iets dat veel te groot was om onder controle te hebben.
Moreland daarentegen genoot ervan om met de kleine variabelen
van de natuur om te gaan. Had hij ooit grote plannen met het eiland gehad? Had zijn eigen verdriet hem de vorige nacht wakker gehouden, had hij daarom in het donker gezeten?

Ik werkte. Geen medische afwijkingen, geen bloederige zaken. De
enige voortijdige dood waarop ik stuitte, was die van een jonge vrouw
met eierstokkanker.
De volgende twee dozen, nog meer routinegevallen. Toen trok de
naam van een verdrinkingsslachtoffer mijn aandacht.
Pierre Laurent, een vierentwintigjarige zeeman die in een storm bij
de Marianen-trog was omgekomen. Het lichaam was naar Aruk teruggebracht en Moreland had de overlijdensakte opgemaakt. Hij had
ook genoteerd dat er een achttienjarige weduwe was, vier maanden
zwanger van de toekomstige politiecommandant van Aruk.
Daaronder lagen Dennis' geboortegegevens. Een gezonde baby van
vijf pond.
Nog twee uren met saaie gevallen.
Daar hield ik wel van.

Net toen ik naar de achterkamer wilde gaan om de volgende doos
te halen, klopte Ben op de deur en kwam binnen. 'De basis heeft
net gebeld. De marinehelikopter pikt jullie over een uur op het South
Beach op.'
'Krijgen we een VIP-behandeling?'
'Anders zouden ze een groot schip moeten sturen, of roeiboten.' Hij
keek naar de chaos op mijn bureau en ik meende dat er een afkeu-
rende blik in zijn ogen kwam. 'Nog iets nodig?'
'Nee, dank je. Ga je vanavond mee?'
'Nee. Over een uur vertrekken jullie samen.'
Hij maakte aanstalten om weg te gaan en ik zei: 'Wacht even, ik
loop met je mee.'

Hij haalde zijn schouders op en we gingen samen weg.

'Hoe verloopt de inenting?'

'We zijn klaar tot volgend jaar.'

'Lastig werk?'

'Valt wel mee. Het is voor hun eigen bestwil.'

'Je had het ritme goed te pakken, gisteren.'

'Ja, dat heb ik,' zei hij. 'Een natuurlijk ritme.'

De smaak in mijn mond paste goed bij de uitdrukking op zijn gezicht. We liepen zwijgend door naar het grote huis.

Toen we bij de fontein waren aangekomen, zei hij: 'Sorry. Dat had ik niet moeten zeggen. Zo ben ik niet... Ik bedoel, ras zegt me niet veel.'

'Mij ook niet. Vergeet het maar.'

'Het zal wel vermoeidheid zijn. De baby was de hele nacht wakker.'

'Hoe oud is ze, of hij?'

'Zes maanden. Het is een meisje. Ze slapen allemaal als ossen, behalve zij. Het spijt me. Dat meen ik.'

'Geen probleem. Dokter Bill zei dat het diner informeel formeel was. Wat wil dat zeggen, smoking en spijkerbroek?'

Hij glimlachte me dankbaar toe. 'Wie weet? Typisch die militairen: regels geven zonder ze uit te leggen. Ooit in dienst geweest?'

'Nee,' zei ik.

'Na een maand bij de kustwacht wist ik dat het niets voor mij was, maar ik had geen keus, toen. Ik zei tegen ze dat ik me voor geneeskunde interesseerde en dus zetten ze me in een ziekenhuis op Maui, waar ik stekels van zeeëgels uit tenen trok. Nooit gevaren. Ik hou van de oceaan.'

'Doe je aan duiken?'

'Vroeger wel. Vroeger zeilde ik ook. Ik had een oude catamaran waar Dennis en ik de zee mee opgingen, die paar dagen per jaar dat er genoeg wind stond. Maar met die kinderen heb er ik geen tijd meer voor. En dokter Bill houdt me ook aan het werk. Niet dat ik klaag. Ik hou van mijn werk.'

Hij glimlachte weer, breed en warm. Voor het huis stond een oude, gedeukte grijze Datsun-stationcar. Er stapte een Chinese vrouw uit. Ze was klein en had een gezicht met de kleur van beenderporselein en erg kort haar. Ze droeg een rode blouse met een spijkerbroek.

Haar ogen waren erg groot. Ze glimlachte naar me en gaf Ben een broodje in vetvrij papier.

'Tonijn,' zei hij, en drukte een kus op haar wang. 'Heerlijk. Alex, dit is mijn vrouw Claire. Claire Chang Romero. Alex Delaware.'

We begroetten elkaar.

'Alles in orde?' zei Ben. 'Gaan we nog barbecuen?'

'Na het huiswerk. Cindy heeft rekensommen en Ben junior moet een opstel maken.'

Hij sloeg zijn arm om haar heen. Hij was klein, maar naast háár leek hij groot. Nadat hij met haar naar de auto was gelopen, hield hij de deur voor haar open. Hij maakte een gelukkige indruk. Ik ging weg.

Informeel formeel betekende voor Robin een lange, mouwloze zwarte jurk met een hoge, nauwsluitende kraag en hoog uitgesneden splitten aan de zijkanten. Ze had haar haar opgestoken en haar oorbellen met imitatieparels glansden als kleine manen.

Ik trok het linnen colbertje aan dat ze met het oog op deze reis voor me had gekocht, en verder een wollen tropenbroek, een blauw overhemd en een kastanjebruine das.

'Netjes,' zei ze, terwijl ze mijn haar gladstreek.

Spike keek met grote ogen naar ons op.

'Wat?' zei ik.

Hij begon te blaffen als een jachthond: geef-me-aandacht-ik-ben-zo-zielig. Dat deed hij altijd wanneer we ons netjes aankleedden.

'En de Oscar gaat naar...' zei ik.

Robin zei: 'Het arme schatje!' Ze bukte zich en bemoederde hem een tijdje en kreeg hem daarna met een extra groot koekje en een kus door het traliewerk in zijn mand. Hij liet een diep gesnuif horen, en nog een, en begon toen te jengelen.

'Wat is er, Spike?'

'Waarschijnlijk "ik wil mijn MTV",' zei ik. 'Zijn inwendige klok vertelt hem dat in Los Angeles *The Grind* is begonnen.'

'Oei,' zei ze, nog naar de mand kijkend. 'Sorry, schatje. Geen televisie hier. We zijn op de primitieve toer.'

Ze pakte mijn arm vast.

Geen televisie, geen dagelijkse krant. De post onregelmatig, vervoerd door de bevoorradingsboten, die ongeveer eens in de veertien dagen kwamen.

Afgesneden van de wereld. Tot nu toe beviel me dat verrassend goed. Hoe zou het me op de lange termijn bevallen?

Hoe beviel het de bevolking van Aruk? Moreland had in zijn brieven grote nadruk op het isolement van het eiland gelegd. Dat had hij gedaan om ons erop voor te bereiden, maar het was ook een beetje pochen geweest.

Een man die nog steeds een telefoon met een draaischijf had.

Een man die zijn leven op zijn eigen manier leidde, in het wereldje dat hij voor zichzelf had opgebouwd. Die zijn insekten te eten gaf, zijn planten verzorgde, altruïsme bedreef volgens zijn eigen schema.

Maar hoe zat het met alle anderen op het eiland? Ze wisten vast wel dat andere eilandbewoners in de Stille Oceaan een ander leven leidden. Tijdens ons oponthoud op Guam had het ons aan niets ontbroken: kranten, kabeltelevisie, radiostations met muziek en informatie – een mini-Amerika. Volgens de reisbrochures die ik daar had verzameld was het op Saipan en Rota en de andere grotere eilanden van de Marianen niet anders gesteld.

De *global village* – maar Aruk bleef daar net buiten.

Misschien was Spike niet de enige die zijn MTV miste.

Creedman had gezegd dat Moreland steenrijk was. Moreland was opgegroeid op een ranch in de wijnstreek van Californië.

Waarom gebruikte hij zijn geld niet om de communicatie met de rest van de wereld te verbeteren? Hij had geen computer in zijn werkkamer. Kranten kwamen alleen met de onregelmatige post. Hoe hield hij de ontwikkelingen in de medische wetenschap bij?

Had Dennis Laurent een computer? En als hij er niet een had, hoe kon hij dan zijn politie-informatie opvragen?

Had hij geen herhaling van de strandmoord geconstateerd omdat hij geen adequate apparatuur had? En was dat soms de reden waarom Moreland zich nog steeds zorgen maakte?

'Alex?' Ik voelde dat Robin aan mijn mouw trok.

'Wat is er?'

'Alles goed met je?'

'Ja hoor.'

'Ik sprak tegen je en je reageerde helemaal niet.'

'O. Sorry. Misschien is het besmettelijk.'

'Wat bedoel je?'

'Moreland heeft dat ook steeds. Misschien is het eilandkoorts of zoiets. Te veel rust.'

'Of misschien werken jullie allebei te hard.'

'De hele ochtend snorkelen en dan een paar uur papieren doornemen? Dat is nog wel uit te houden.'

'Het is allemaal energieverbruik, schat. En de lucht. Die onttrekt alle kracht aan je. Zo langzamerhand wil ik alleen nog maar vegeteren.'

'Mijn spruitje,' zei ik, en pakte haar hand vast. 'Dus het wordt een echte vakantie.'

'Voor jou ook.'

'Absoluut.'

Ze lachte. 'Wat bedoel je daar nou mee? Het lichaam rust, maar de geest blijft racen?'

Ik tikte tegen mijn voorhoofd. 'De geest maakt een pitstop.'

'Op de een of andere manier kan ik dat niet geloven.'

'O nee? Moet je vanavond maar eens op me letten. Amerikanen onder elkaar, hmpf, hmpf, en hoe staat het met de Dodgers?' Ik liet me voorover zakken en rolde met mijn ogen.

'Misschien moet ik dan een snorkel meenemen. Voor het geval dat je in slaap valt in de soep.'

17

Moreland zat al in de Jeep toen we naar buiten kwamen. Hij droeg een oude bruine blazer en een das met de kleur van rioolwater.

'Het wachten is op Pam,' zei hij, maar het leek of hij in gedachten ergens anders was. Hij startte de auto en gaf gas, en even later kwam de kleine rode MG met grote snelheid aanrijden om met gierende banden tot stilstand te komen. Pam sprong eruit, ademloos en met een blos op haar wangen.

'Sorry.' Ze rende het huis in.

Moreland fronste zijn wenkbrauwen en keek geërgerd op zijn horloge. Het was de eerste keer dat ik vaderlijke afkeuring bij hem zag. Ik had ook nog niet gezien dat hij een nauwe band met zijn dochter had.

Hij keek nog eens op zijn horloge. Een oude Timex. Milo zou daar waardering voor hebben. 'Je ziet er erg mooi uit,' zei hij tegen Robin. 'Zodra ze klaar is, gaan we. Mevrouw Picker komt uiteraard niet mee.'

Pam kwam naar buiten rennen. Ze zag eruit als een plaatje: spierwit broekpak, wapperende glanzende haren, die blos nog op haar wangen.

'We gaan,' zei Moreland. Toen ze een kus op zijn wang drukte, reageerde hij daar niet op.

Hij reed zoals hij liep. Langzaam en onhandig manoeuvreerde hij de Jeep naar de haven, dicht langs de rand van de weg. Hij wees ons planten en bomen aan.

Beneden aangekomen, ging hij in zuidelijke richting. De zon had de hele dag al moeite gehad om door de wolken heen te komen en trok zich nu helemaal terug. Het strand was oestergrijs en het water had de kleur van oud nikkel.

Zo rustig. Ik vroeg me af hoe het zou zijn om hier in het donker te gaan duiken. En ik dacht meteen aan Anne-Marie Valdos, die als een in stukken gesneden slachtdier op de platte rotsen had gelegen.

We stapten uit en stonden zwijgend aan de kant van de weg te wachten.

'Hoe lang duurt de tocht met de helikopter?' vroeg ik.

'Kort,' zei Moreland.

We hoorden een schuifelend geluid van de kustweg komen.

Een man dook op uit de schaduw van de muur. Hij kwam naar ons toe.

Het was Tom Creedman. Hij zwaaide naar ons.

'Hallo. Nu gaat de pret beginnen.'

Hij droeg een blauw krijtstreeppak, een wit overhemd, een gele paisley-das en loafers met kwastjes. Zijn zwarte haar was glad op zijn hoofd geplakt en zijn snor glimlachte met zijn mond mee.

Moreland keek woedend. 'Tom.'

'Bill. Hallo, dochter Moreland. Alex en Robin.'

Hij ging midden in ons groepje staan en trok de knoop van zijn das strak. 'Niet gek, persoonlijk luchttransport.'

'Als ze ons daar willen hebben, zit er niet veel anders voor ze op,' zei Moreland.

'Nou,' zei Creedman. 'We zouden kunnen zwemmen. Jij kunt goed zwemmen, Pam. Ik heb je vandaag gezien, daar op North End met commandant Laurent.'

Moreland knipperde met zijn ogen en keek meteen naar het water. 'Misschien moet ik het op een dag eens proberen,' zei Pam. 'Naar de bovenwindse kant zwemmen. Hoeveel zou het zijn, een paar knopen? Jij zou het ook kunnen proberen, Tom. Zwem je?'

'Niet als ik het kan vermijden.' Creedman grinnikte. Hij viste een cigarillo uit zijn jasje en stak hem aan met een verchroomde aansteker. Nadat hij de rook had geïnhaleerd, keek hij met half dichtgeknepen ogen naar de lagune, alvorens de rook door zijn neus uit te blazen. Een correspondent met een opdracht. Ik wachtte op de filmmuziek.

'Gek is dat,' zei hij. 'Na al die gedwongen tweedeling vinden ze het nu ineens tijd worden voor een feestje, tenminste voor het blanke volk. Ik zie dat Ben en Dennis niet zijn uitgenodigd. Zou het een *pukkah-sahib*-kwestie zijn? Is een bruine huidkleur een diskwalificerende factor?'

Moreland zei niets.

Creedman wendde zich tot Robin en mij. 'Misschien is het ter ere van jullie. Heb jij connecties bij de marine, Alex?'

'Ik had een speelgoedbootje in bad toen ik vijf was.'

'Ha,' zei Creedman. 'Mooie tekst.'

Pam zei: 'Je zwemt niet, je ligt niet in de zon. Wat doe je toch de hele dag, meneer Creedman?'

'Ik leef er goed van, en ik werk aan mijn boek.'

'Waar gaat het precies over?'

Creedman tikte de as van zijn cigarillo en keek haar met een sluwe Groucho-blik aan. 'Als ik je dat vertelde, zou de spanning eraf zijn.'

'Heb je een uitgever?'

Hij glimlachte weer even. 'De beste.'

'Wanneer komt het uit?'

Hij hield zijn vinger tegen zijn lippen.

Pam glimlachte. 'Ook dat is geheim?'

'Dat moet wel,' zei Creedman, te vlug. De cigarillo kwam scheef te hangen en hij nam hem uit zijn mond. 'Het uitgeversvak is kwetsbaar voor lekken. De elektronische snelweg. De koopwaar is... vluchtig.'

'Je bedoelt dat iedereen erop uit is om ideeën te stelen?'

'Ik bedoel dat er miljarden worden geïnvesteerd om ideeën te kopen en verkopen, en dat iedereen op zoek is naar het gouden idee.'

'En dat heb jij op Aruk gevonden?'

Creedman glimlachte en rookte.

'In de geneeskunde gaat het heel anders,' zei ze. 'Als je iets belangrijks hebt ontdekt, is het je morele plicht het in de openbaarheid te brengen.'

'Wat nobel,' zei Creedman. 'Aan de andere kant kiezen artsen hun werkterrein juist omdat ze zo nobel zijn.'

'Daar zul je hem hebben,' zei Moreland. Hij had zijn vinger opgestoken maar stond nog met zijn gezicht naar de oceaan.

Ik hoorde niets anders dan de golven en de kreten van de vogels. Moreland knikte. 'Ja, duidelijk.'

Enkele seconden later klonk er een diep tom-tom-gerommel in het oosten. Het kwam dichterbij.

Een grote, donkere helikopter verscheen boven de rotsen. Het toestel bleef even boven ons hangen en liet zich toen als een gigantische sprinkhaan op de weg zakken.

Twee rotoren, grote romp. Het zand spoot op en we bogen ons hoofd en hielden een hand voor de mond.

De rotoren gingen langzamer draaien, maar stopten niet. Een deur ging open en een touwladder kwam naar beneden vallen.

Toen we naar het toestel liepen, kregen we zand in onze mond en stonden onze oren op springen. We klommen naar binnen en kwamen in een cabine met wanden van zeildoek en plastic. Het rook er naar benzine. Moreland, Pam en Creedman gingen op de voorste passagiersbank zitten en Robin en ik namen achter hen plaats. De opslagruimte achter ons lag vol met stapels uitrustingsstukken en verpakte parachutes. Voorin zaten twee mariniers. De half dichtgetrokken geplooide gordijnen boden ons een gedeeltelijk zicht op hun achterhoofd en op een strook van hun groen verlichte instrumentenpaneel. De copiloot keek even naar ons om en richtte zijn blik toen weer recht vooruit. Hij wees. De piloot verrichtte een paar handelingen en de helikopter begon plotseling te huiveren en steeg op.

We gingen naar zee, sloegen af naar het zuidoosten en volgden de kustlijn. Vanaf deze hoogte kon ik goed zien dat het eiland de vorm van een mes had. South Beach vormde de punt van de dolk en onze bestemming was het heft.

Vanuit de lucht gezien was de afzetting niet meer dan een knip met een schaar in papier. De bergtoppen waren een zwarte leren riem en de banyans werden door de vallende duisternis en de kring van bergen aan het oog onttrokken. De helikopter zwenkte scherp opzij en de oostkant van het eiland gleed in zicht.

Een betonnen kade en woelig water, geen bomen of zand of rotsen. De bovenwindse haven was een grote inham met de vorm van een soeplepel. Een natuurlijke haven. Er lagen schepen die zelfs vanaf deze hoogte indrukwekkend waren. Sommige van die schepen bewogen. Hoge golven – ik kon het schuim zien dat tegen de zware betonnen zeewering sloeg.

We bewogen ons in noordelijke richting naar de basis: lege stukken zwart en hier en daar grijze blokken die wel barakken zouden zijn, en een paar grotere gebouwen.

De heli ging omlaag en we maakten een perfecte landing. De tocht was zo kort geweest als een ritje op de kermis, en daardoor werden we ons nog eens goed bewust van de wrede efficiency van de blokkade. De piloot zette de motor af en verliet het toestel zonder een woord te zeggen. De copiloot wachtte tot de rotoren tot stilstand waren gekomen en maakte toen onze deur open.

We stapten uit en meteen sloeg de vochtige lucht tegen ons aan, een lucht die muf en chemisch rook.

'De bovenwindse kant,' zei Moreland. 'Er groeit hier niets.'

Een matroos in een voertuig dat op een groot uitgevallen golfwagentje leek, reed ons langs een wachtpost tot voorbij de barakken, opslagruimten, hangars en lege landingsbanen. Betonvlakten vol vliegtuigen en heli's en gedemonteerde toestellen – het deed me denken aan het vliegtuigkerkhof van Harry Amalfi. Sommige van de vliegtuigen waren stokoud, andere zagen er nieuw uit. Ik zag onder andere een gloednieuw privé-vliegtuigje waar menig president-directeur trots op zou zijn.

De haven werd aan het oog onttrokken door de zeewering, een monsterlijk gevaarte, net zo ruw van bouw als de afzetting. Daarboven wapperde een Amerikaanse vlag in de wind. Ik hoorde de oceaan woedend tekeergaan. De zee sloeg met het gebulder van gladiatorpubliek tegen het beton.

Toen ik naar de westelijke begrenzing van de basis keek, zag ik het gebied waar Picker blijkbaar was neergestort. Minstens een kilometer verder. Een zeven meter hoog gaashek maakte de gevangenis van de banyans compleet. Creedman had gezegd dat er maar weinig manschappen op de basis waren en inderdaad was er maar weinig marinepersoneel te zien. In totaal een man of twintig liep over het terrein en keek naar ons.

Het golfwagentje reed over een bijna leeg parkeerterrein en we kwamen langs een kleine armzalige tuin bij een gebouw van baksteen en planken in koloniale stijl, drie verdiepingen hoog en voorzien van groene luiken.

HOOFDKWARTIER
KAP-T-Z ELVIN S. EWING

Daarnaast bevond zich een gebouw in dezelfde stijl, maar zonder bovenverdiepingen. De officiersclub.

We gingen naar binnen en kwamen in een lange gang met een betimmering van walnotehout en een dieprode vloerbedekking waarin een patroon van gekruiste sabels te zien was. De lampen waren van koper. Aan de wanden hingen woeste zeegezichten en er stonden vitrinekasten met scheepsmodellen.

Een andere matroos bracht ons naar een wachtkamer met clubfauteuils en grote foto's van gevechtsvliegtuigen. Een matroos in galatenue stond achter een soort lessenaar. Glazen deuren kwamen uit op een eetzaal: indirecte verlichting, lege tafels. De geur van groentesoep uit blik en gesmolten kaas.

De matrozen begroetten elkaar en de eerste ging weg zonder de pas in te houden.

'Wilt u mij volgen?' zei de matroos die achter de lessenaar had gestaan. Hij was jong, had gemillimeterd haar en een zacht gezicht vol puisten. Hij bracht ons naar een deur zonder opschrift. Op een plastic bordje dat aan de knop hing stond te lezen dat kapitein-ter-zee Ewing de kamer had gereserveerd.

In de kamer stonden twintig lichtblauwe stoelen en een lange tafel onder een kroonluchter van gedreven koper. Een portret van de president, geforceerd glimlachend, begroette ons van achter de stoel aan het hoofd van de tafel. Drie wanden van hout en een wand met blauwe gordijnen ervoor.

Een nieuwe matroos kwam binnen en vroeg welke cocktails we wensten. Twee andere mannen brachten de drankjes.

Creedman nam een slokje van zijn martini en likte zich over de lippen. 'Lekker droog. Waarom is er in het dorp niet zulke vermout te krijgen, Bill?'

Moreland keek naar zijn tomatensap en haalde zijn schouders op.

'Ik heb de Handelspost gevraagd iets droogs en Italiaans voor me te bestellen,' zei Creedman. 'Het duurde een maand en toen had ik wat bocht uit Maleisië.'

'Jammer.'

'Als je naar een tax-freeshop in de meest achtergebleven buitenpost gaat, hebben ze daar alles, van Wild Turkey tot Stoli, dus waarom is het hier zo moeilijk om iets te bestellen? Het lijkt wel of ze het met opzet verkeerd doen.'

'Is dat het thema van je boek?' vroeg Pam. 'Incompetente eilandbewoners?'

Creedman lachte haar over zijn glas toe. 'Als je zo nieuwsgierig naar mijn boek bent, moeten jij en ik er misschien eens samen over praten. Dat wil zeggen, als je na je zwempartijen nog energie over hebt.'

Moreland liep naar de blauwe gordijnen en trok ze uit elkaar.

'Zelfde uitzicht,' zei hij. 'Het vliegveld. Het is me een raadsel waarom ze hier een raam hebben gemaakt.'

'Misschien vinden ze het mooi om de vliegtuigen te zien opstijgen, pa,' zei Pam.

Moreland haalde zijn schouders weer op.

'Hoe lang hebben jij en moeder hier gewoond?'

'Twee jaar.'

Er kwamen drie mannen binnen. Twee van hen droegen een officierstenue. Eén was in de vijftig, lang en stevig gebouwd, met een ruwe rode huid en een metalen bril. De ander was nog langer, en tien jaar jonger. Hij had een langgerekt, donker, tanig gezicht en onrustige handen.

De man die tussen hen in liep, droeg een prachtig lichtgewicht pak van grijze serge, dat vijf van zijn honderd kilo verdoezelde. Hij was een meter tachtig lang, had brede schouders en smalle heupen, en een hoekig gezicht met grove trekken, een smalle mond en de bruine teint van een planter. Zijn overhemd was van zachtblauwe popeline en hij droeg een boordspeld en een zijden foulard met een patroon van zilverwit en wijnrood. Zijn haar was ruig en zwart van boven en sneeuwwit bij de slapen, een bijna kunstmatig contrast, zo dramatisch als in een televisieserie.

Hij zag eruit zoals Hollywood zich een senator voorstelt, maar het was niet Hollywoods verdienste dat hij inderdaad senator was geworden, als je tenminste de kranten en tijdschriften moest geloven. Het was een mooi verhaal. Nicholas Hoffman was als zoon van een jonge weduwe in een armoedig houthakkerskamp in Oregon geboren. Hij had thuis les gehad tot hij vijftien jaar oud werd, en toen had hij over zijn leeftijd gelogen om bij de marine te komen. Aan het eind van de Korea-oorlog was hij een gedecoreerde held. Hij onderscheidde zich nog vijftien jaar in marinedienst en ging toen in onroerend goed. Op zijn veertigste had hij zijn eerste miljoen vergaard en op zijn drieënveertigste deed hij een succesvolle poging om in de senaat te komen. Zijn politieke filosofie kwam neer op het vermijden van extremen. Iemand had hem Meneer Middenweg genoemd en die bijnaam was hij nooit meer kwijtgeraakt. De ware gelovigen aan beide uitersten van het politieke spectrum probeerden zijn bijnaam tegen hem te gebruiken, maar de kiezers in Oregon trokken zich er niets van aan en Hoffman was inmiddels al aan zijn derde termijn als senator bezig. Bij de laatste verkiezingen had hij geen tegenstander meer gehad.

'Bill!' zei hij, en hij liep voor de twee officieren uit en stak zijn vlezige hand naar voren.

'Senator.'

'O, Jezus!' bulderde Hoffman. 'Hou op met die onzin. Hoe gaat het met je, man?'

Hij greep Morelands hand vast en zwengelde hem op en neer. Morelands gezicht bleef onbewogen. Hoffman wendde zich tot Pam. 'Jij moet dokter Moreland junior zijn. Jezus, de vorige keer dat ik je zag, droeg je een luier.' Hij liet haar vader los en raakte haar vingers even aan. 'Je bent arts?'

Ze knikte.

'Prachtig.'

Creedman stak zijn hand uit en stelde zich voor.

'Aha, de pers,' zei Hoffman. 'Kapitein-ter-zee Ewing heeft me verteld dat u hier was, dus toen zei ik: nodig hem ook uit, laat hem zien hoe open de overheid is, anders gaat hij iets verzinnen. U bent hier voor een opdracht?'

'Ik schrijf een boek.'

'Waarover?'

'Een non-fictie-roman.'

'Aha. Geweldig.'

'En wat voert u hierheen, senator?'

'Studiereis. En heus niet zo'n snoepreisje als veel mensen denken. Echt werken. Kijken hoe het met de militaire faciliteiten gesteld is.' Hij maakte de knopen van zijn jasje los en klopte op zijn buik. Hij had een kleine, harde buik die erg goed door zijn maatkostuum werd gecamoufleerd.

'En dan zijn jullie de artsen uit Californië.' Hij stak zijn hand uit. 'Nick Hoffman.'

'Alex is psycholoog,' zei Robin. 'Ik bouw muziekinstrumenten.'

'Wat interessant...' Hij keek naar de tafel. 'Zullen we dan maar, kolonel?' vroeg hij kapitein-ter-zee Ewing.

'Jazeker, senator,' zei de officier met het rode gezicht. Zijn stem klonk schor. Hij en de donkere man waren al die tijd met onbewogen gezicht op hun plaats blijven staan. 'U zit aan het hoofd van de tafel.'

Hoffman liep vlug naar zijn plaats en trok zijn jasje uit. De lange officier wilde het van hem aannemen, maar de senator had het al over de rugleuning van de stoel gehangen en ging zitten. Hij haalde zijn boordspeld weg en trok zijn das wat losser.

'Iets drinken, senator?' vroeg de officier.

'IJsthee, Walt. Dank je.'

De lange man ging weg. De stevig gebouwde man bleef bij de deur staan.

'Kom bij ons zitten, kolonel Ewing,' zei Hoffman. Hij wees naar een van de twee lege stoelen.

Ewing zette zijn pet af en gaf gevolg aan de uitnodiging. Hij liet veel ruimte over tussen zijn rug en de stoel.

'Mag ik aannemen dat iedereen iedereen kent, Elvin?' zei Hoffman.

'Ik ken iedereen bij naam,' zei Ewing. 'Maar we hebben elkaar nog nooit ontmoet.'

'Meneer Creedman, dokter Pam Moreland, de heer en mevrouw Delaware,' zei Hoffman. 'Kapitein-ter-zee Elvin Ewing, commandant van de basis.'

Ewing bracht een vinger naar zijn bril. Zo te zien voelde hij zich even goed op zijn gemak als een eunuch in de kleedkamer van een sportvereniging.

De officier kwam terug met Hoffmans thee. Het glas was erg groot en er dreef een munttakje op de thee.

'Verder nog iets, senator?'

'Nee. Ga zitten, Walt.'

Toen de officier daaraan gevolg begon te geven, zei Ewing: 'Wil je je even voorstellen?'

'Luitenant-ter-zee Zondervein,' zei de lange man, die recht voor zich uit bleef kijken.

'Zo,' zei Hoffman. 'Nu zijn we allemaal vrienden.' Hij dronk het grootste deel van zijn thee in één teug op, pakte het munttakje eruit en kauwde erop.

'Reist u alleen, senator?' vroeg Creedman.

Hoffman keek hem grijnzend aan. 'Je kunt het niet laten, hè? Als je bedoelt of ik een gevolg bij me heb, nee, ik reis alleen. En ja, het is een geleast overheidsvliegtuig, maar ik ben met de bevoorrading van de basis meegereisd.'

Het privé-vliegtuigje dat ik had zien staan.

'Eigenlijk,' ging Hoffman verder, 'nemen nog drie andere wetgevende kopstukken aan deze reis deel. De senatoren Bering, Petrucci en Hammersmith. Ze zijn momenteel in Hawaï en komen morgen op Guam aan, en ik kan jullie verzekeren dat ze niet in de zon hebben gelegen.' Hij grijnsde. 'Ik besloot vooruit te reizen om mijn oude basis op te zoeken en mijn oude vrienden terug te zien. Nee, meneer Creedman, dat heeft de belastingbetalers geen cent extra gekost, want mijn missie houdt in dat ik militaire faciliteiten op een aantal kleinere Micronesische eilanden, waaronder Aruk, ga bekijken. Door hier in mijn eentje naartoe te gaan, maak ik de reis juist goedkoper.'

Hij dronk de rest van zijn thee, vermorzelde een ijsblokje, slikte het smeltwater door en lachte. 'Ik moest bij de piloot zitten. God, wat een instrumenten zitten er in die dingen. Ik zou net zo goed kunnen próberen een van die computerspelletjes te spelen waar mijn kleinkinderen aan verslaafd zijn. Wisten jullie dat het gemiddelde kind van zeven handiger met computers is dan zijn ouders ooit zullen worden? Ze hebben ook een geweldige oog-handcoördinatie. Misschien moeten we kinderen van zeven trainen als gevechtspiloot, Elvin.'

Elvin glimlachte bloedeloos.

'Laat me u nog eens inschenken, senator.' Zondervein begon overeind te komen.

'Nee, dank je,' zei Hoffman. 'Iemand anders?'

Creedman hief zijn martiniglas.

Luitenant-ter-zee Zondervein pakte het aan en ging naar de deur. 'Ik ga kijken hoe het met de eerste gang staat.'

Hoffman vouwde zijn servetje open en stak het in zijn boord. 'Mafiastijl,' zei hij. 'Maar één persfoto met vetvlekken op je das en je hebt de grootste last. Nou, wat staat er op het menu, Elvin?'

'Kip,' zei Ewing.

'Rubberig?'

'Ik hoop van niet.'

'Geroosterd of gebakken?'

'Geroosterd.'

'Zie je wel, Creedman? Eenvoudige kost.'

Hij wendde zich tot Ewing. 'En voor dokter Moreland?'

'Senator?'

De glimlach verdween niet van Hoffmans lippen, maar zijn ogen knepen zich samen tot ze bijna niet meer te zien waren. 'Dokter Moreland is vegetariër, Elvin. Ik meen dat ik je dat vanuit het vliegtuig over de radio heb doorgegeven.'

'Ja. Er zijn groenten.'

'Er zijn groenten? Aha... verse?'

'Ik geloof van wel, senator.'

'Ik hoop het,' zei Hoffman, veel te vriendelijk. 'Dokter Moreland eet erg gezond, tenminste, dat deed hij altijd. Ik neem aan dat daar geen verandering in is gekomen, Bill?'

'Alles is goed,' zei Moreland.

'Jij was je tijd ver vooruit, Bill. Je at al gezond toen we allemaal nog vrolijk bezig waren onze bloedvaten te laten dichtslibben. Je ziet er fantastisch uit. Heb je het bridgen nog bijgehouden?'

'Nee.'

'Nee? Hoeveel masterpunten had je – tien, vijftien?'

'Ik heb helemaal niet meer gespeeld sinds jij vertrokken bent, Nicholas.'

'Echt waar.' Hoffman keek om zich heen. 'Bill kon allemachtig goed bridgen. Hij had een fotografisch geheugen en je kon niets van zijn gezicht aflezen. De rest van ons was amateur, maar toch hebben we heel wat spannende matches gespeeld, nietwaar, Bill? Ben je er echt mee gestopt? Geen duplicaattoernooien meer, zoals je vroeger in de club van Saipan speelde?'

Moreland schudde opnieuw met zijn hoofd.

'Is er hier iemand die speelt?' zei Hoffman. 'Misschien kunnen we na het eten een partijtje bridgen.'

Stilte.

'O, nou... geweldig spel. Vaardigheid plus toeval. Veel realistischer dan zoiets als schaken.'

Zondervein kwam terug met Creedmans martini. Twee matrozen volgden hem met een serveerwagentje vol voorgerechten.

Rolletjes ham met suikermeloen.

'Haal het vlees weg van die voor dokter Moreland,' zei Hoffman.

Zondervein gehoorzaamde ogenblikkelijk.

De ham smaakte naar worst uit blik. De meloen bevatte meer zetmeel dan suiker.

Gladys had gezegd dat Hoffman een fijnproever was, maar je kon hem beter een veelvraat noemen: hij stortte zich enthousiast op het eten, schraapte het vruchtvlees weg tot alleen de schil overbleef en dronk drie keer zijn waterglas leeg.

'Pa heeft u geschreven,' zei Pam. 'Hebt u zijn brieven ontvangen?'

'Jazeker,' zei Hoffman. 'Twee brieven, hè, Bill? Of heb je brieven gestuurd die me niet hebben bereikt?'

'Nee, alleen die twee.'

'Wil je wel geloven dat ze nog maar net op mijn bureau zijn terechtgekomen? Het filterproces. Alleen je tweede brief heeft me rechtstreeks bereikt. Misschien heeft het geholpen dat je drie keer "persoonlijk" op de envelop had geschreven. Hoe dan ook, ik vond het geweldig iets van je te horen. En toen las ik je verwijzingen naar je eerste brief en heb ik een zoekactie naar die brief in gang gezet. Uiteindelijk vond ik hem in de kamer van een assistent, opgeborgen in een map met "Milieu". Waarschijnlijk zou je over twee of drie maanden een standaardantwoord hebben gekregen. Waar heb je die ham vandaan, Elvin? Het is geen Smithwood of Parma, dat staat vast.'

'Het komt uit de gewone kantine, senator,' zei Ewing. 'Zoals u verzocht.'

Hoffman keek hem aan.

Ewing wendde zich tot Zondervein. 'Waar komt die ham vandaan?'

'Ik weet het niet, commandant.'

'Ga het zo snel mogelijk na. Voordat de senator vertrekt.'

'Ja, commandant. Ik ga meteen naar de keuken...'

'Nee,' zei Hoffman. 'Het is niet belangrijk. Je ziet, Tom, als het op kosten van de belastingbetaler is, eten we heel sober.'

'Als u iets goeds wilt eten, senator, moet u eens bij mij thuis komen.'

'Je kookt?'

'Ik ben gek op koken. En ik heb een geweldig recept voor tournedos.' Creedman glimlachte naar Moreland. 'Laag cholesterolgehalte. Ik ben gek op vlees.'

'Is er veel vlees te krijgen op het eiland?' zei Hoffman.

'Ik red me. Je moet een beetje creatief zijn.'

'En jij, Pam? Hou jij van koken?'

'Niet zo.'

'Ik kan één ding maken, en dat zijn koekjes. Koekjes voor bij een kampvuur, recept van mijn overgrootmoeder – bloem, zuiveringszout, keukenzout, suiker, spekvet – oei, neem me niet kwalijk, Bill.'

'Hoe lang blijf je op het eiland?' vroeg Moreland.

'Ik ga morgen alweer weg.'

'Je bent klaar met je beoordeling van Stanton?'

'Het proces is al op het vasteland begonnen.'

'Zijn jullie van plan de basis te sluiten?'

Hoffman legde zijn vork neer en wreef over de rand van zijn bord.

'We hebben nog geen besluit genomen.'

'Je bedoelt dat een sluiting waarschijnlijk is.'

'Ik kan geen enkele mogelijkheid uitsluiten, Bill.'

'Wat moet er van Aruk worden als de basis dicht gaat?'

'Dat kun jij waarschijnlijk beter beoordelen dan ik, Bill.'

'Waarschijnlijk wel,' zei Moreland. 'Weet je nog wat ik je over de afzetting van de South Beach-weg heb geschreven?'

'Ja, dat heb ik met kapitein-ter-zee Ewing besproken.'

'Heeft kapitein-ter-zee Ewing je zijn redenen genoemd?'

Hoffman keek Ewing aan. 'Elvin?'

Ewings rode gezicht stond in lichterlaaie. 'Veiligheid,' zei hij schor.

'Wat bedoelt u?' vroeg Moreland.

Ewing richtte zijn antwoord tot Hoffman. 'Ik mag daar niet openlijk over spreken, senator.'

'Het eiland is zieltogend, Nick,' zei Moreland. 'De blokkade heeft onze economie een zware slag toegebracht.'

Hoffman sneed een wit strookje meloenvlees van de schil los, keek ernaar, kauwde erop en slikte het door.

'Soms veranderen de dingen, Bill,' zei hij zachtjes.

'Soms is het beter dat ze niet veranderen, Nick. Soms doen we verschrikkelijke dingen, onder het mom dat we mensen helpen.'

Hoffman keek Ewing weer aan. 'Zou je dokter Moreland iets meer kunnen vertellen, Elvin?'

Ewing slikte. Hij had geen eten in zijn mond gehad. 'Er waren wat onlusten. We maakten een beoordeling op grond van de gegevens waarover we beschikten, en die beoordeling hield in dat die onlusten konden escaleren en een gevaar voor de veiligheid van de marine konden vormen. Het leek ons raadzaam het contact tussen de manschappen en de plaatselijke bevolking te beperken. Op die manier zouden we risico's vermijden. We stuurden de voorgeschreven formulieren naar het Opperbevel Stille Oceaan en kregen toestemming van admiraal Felton.'

'Onzin,' zei Moreland. 'Een stuk of wat jongelui gingen door het lint. Ik denk dat de marine dat wel kan afhandelen zonder de economie van het eiland af te knijpen. We hebben altijd van ze geprofiteerd. Het is immoreel om nu gewoon het tapijt onder hun voeten weg te trekken.'

Ewing hield zich in en keek recht voor zich uit.

'Bill,' zei Hoffman. 'Als ik het me goed herinner, waren wij het die hen van de Japanners verlosten. Je kunt ons moeilijk profiteurs noemen.'

'De overwinning op de Japanners was in ons nationaal belang. Toen hebben we het eiland overgenomen en het onze wetten opgelegd. Daardoor zijn de eilandbewoners onze verantwoordelijkheid.'

Hoffman tikte met zijn vork op zijn bord.

'Met alle respect,' zei hij erg zachtjes, 'dat klinkt een beetje paternalistisch.'

'Het is realistisch.'

Pam streek over de rug van zijn hand. Hij trok zijn hand weg en zei: 'Onlusten – daarbij moet je meteen aan een opstand denken.

Het was niets, Nick. Niets van belang.'

Ewings lippen waren zo strak op elkaar geperst dat ze vastgenaaid leken.

'Zal ik kijken waar de tweede gang blijft, commandant?' vroeg Zondervein.

Ewing knikte hem toe met de scherpte van een valbijl.

'Toch ligt het niet zo simpel,' zei Creedman. 'Er was een moord gepleegd. Een meisje verkracht en in stukken gesneden en op het strand achtergelaten. De eilanders waren ervan overtuigd dat het door een marinier was gedaan en ze kwamen hierheen om te protesteren.'

'O?' zei Hoffman. 'Zijn er aanwijzingen voor dat een marineman de dader was?'

'Geen enkele aanwijzing, senator,' zei Ewing, een beetje te hard. 'Ze zijn hier gek op geruchten. De eilanders hadden zich volgegoten en deden een stormaanval op...'

'Doe nou niet alsof de revolutie was uitgebroken,' zei Moreland. 'Die mensen hadden alle reden tot hun verdenking.'

'O?' zei Hoffman.

'Je weet vast nog wel hoe de mensen hier zijn, Nick. Ze zijn hier helemaal niet gewelddadig. En het slachtoffer hield het met matrozen.'

'Hield het met.' Hoffman glimlachte, drukte zijn vingers tegen elkaar en keek eroverheen. 'Het is dertig jaar geleden dat ik de mensen hier kende, Bill. Ik geloof niet dat mariniers tot moord geneigd zijn.'

Moreland keek hem strak aan.

Ewing was knalrood geworden. 'We waren bang dat de dingen uit de hand zouden lopen. We geloven nog steeds dat we ons, in het licht van de feiten en veronderstellingen van dat moment, terecht zorgen maakten. De order kwam van het Opperbevel Stille Oceaan.'

'Onzin,' zei Moreland weer. 'Wij zijn een koloniale mogendheid en het is altijd hetzelfde liedje: eilanders die zich in dienst van westerlingen stellen om uiteindelijk in de steek gelaten te worden. Het is verraad. Het zoveelste voorbeeld van vertrouwensmisbruik.'

Hoffman verroerde zich niet. Toen plukte hij iets tussen zijn tanden vandaan en at nog een ijsblokje.

'Verraad,' herhaalde Moreland.

Hoffman dacht daar zo te zien over na. Tenslotte zei hij: 'Je weet dat ik een zwak voor Aruk heb, Bill. Na de oorlog had ik behoef-

te aan vrede en schoonheid en iets onbedorvens.' Tegen ons zei hij: 'Iedereen die zegt dat er iets glorieus aan oorlog is, zit zo diep met zijn kop in zijn endeldarm dat hij blind is. Wat jij, Elvin?'
Elvin zag kans te knikken.
'Na de oorlog heb ik hier een paar van de beste jaren van mijn leven doorgebracht. Weet je nog dat jij en Barb en Dotty en ik wandeltochten maakten en gingen zwemmen, Bill? Dat we altijd zeiden dat sommige plaatsen beter onberoerd konden blijven? Misschien konden we beter in de toekomst kijken dan we zelf beseften. Misschien moet de natuur haar eigen loop hebben.'
'Dat is het nou juist, Nicholas. Aruk is absoluut niet onberoerd gebleven. De levens van de mensen staan op het...'
'Ik weet het, ik weet het. Maar het is een kwestie van bevolkingsspreiding. Dat is het probleem. Toewijzing van steeds schaarsere middelen. Ik heb in verscheidene budgetcommissies gezeten en ik heb te veel slecht doordachte projecten meegemaakt die er op papier goed uitzagen maar waar in de praktijk niets van terechtkwam. Er wordt te gemakkelijk van uitgegaan dat welvaart en autonomie alleen maar voordelen hebben. Kijk maar eens naar wat er met Nauru is gebeurd.'
'Nauru is niet bepaald representatief,' zei Moreland.
'Maar we kunnen er wel van leren.' Hoffman wendde zich tot ons. 'Hebben jullie van Nauru gehoord? Klein eilandje ten zuidoosten van hier, midden in Micronesië. Twintig vierkante kilometer guano – vogelpoep. Tweehonderd jaar terughoudende kolonisatie door de Engelsen en de Duitsers en toen was er opeens iemand die besefte dat het eiland puur fosfaat was. De Engelsen en de Duitsers werkten samen in de mijnbouw en gaven de Nauruanen niets, behalve griep en polio. De Tweede Wereldoorlog brak uit, de Japanners bezetten het eiland en stuurden de meeste Nauruanen als dwangarbeiders naar Chuuk. Na de oorlog nam Australië het eiland over en toen sleepten de inheemse leiders een mooie regeling in de wacht: een groot aandeel in de fosfaatwinsten plus Australische sociale uitkeringen. In 1968 gaf Australië het eiland volledige onafhankelijkheid en namen de inheemse leiders de Nauru Phosphate Corporation over, die twee miljoen ton meeuwestront per jaar exporteerde. Voor honderd miljoen aan inkomsten. Het inkomen per hoofd van de bevolking steeg naar meer dan twintigduizend dollar. Vergelijkbaar met

een oliestaatje. Auto's, stereo's en junkfood voor de eilanders. In combinatie met een diabetescijfer van dertig procent. Stel je voor, een op de drie heeft diabetes. Het hoogste percentage ter wereld. En er zijn geen bijzondere erfelijke factoren in het spel. Het komt duidelijk door al dat junkfood. Datzelfde geldt voor de hoge bloeddruk, de hart- en vaatziekten, de corpulentie van de mensen – ik heb een Australische senator ontmoet die het eiland "spekland" noemde. Voeg daar zwaar alcoholisme en veel verkeersongelukken aan toe en je krijgt een levensverwachting van in de vijftig. En tot overmaat van ramp is negentig procent van het fosfaat weg. Nog een paar jaar en ze hebben daar alleen nog wat insulineflesjes en bierblikjes. Dat krijg je nou van ongebreidelde welvaart.'
'Pleit jij voor armoede, Nick?'
'Nee, Bill, maar de wereld is veranderd. Sommige mensen vinden dat we ons niet meer als de kinderjuffrouw van de wereld moeten opstellen.'
'We hebben het over mènsen. Een manier van leven...'
'Ha,' zei Creedman. 'Nu doe je het voorkomen alsof alles koek en ei was voordat de Europeanen hier kwamen en alles met hun kolonisatie verpestten. Maar uit mijn research is gebleken dat er in de primitieve wereld veel ziekten voorkwamen en dat de mensen die daar niet aan stierven vaak van de honger omkwamen.'
Ik verwachtte dat Moreland hem antwoord zou geven, maar hij bleef Hoffman aankijken.
Hoffman zei: 'Daar zit wat in, Bill. Als medicus moet je dat weten.'
'Ziekten,' zei Moreland, alsof het woord hem amuseerde. 'Ja, er waren parasitaire ziekten, maar niets in vergelijking met de ellende die van overzee hierheen is gebracht.'
'Kom nou,' zei Creedman. 'Laten we wel wezen. We hebben het over primitieve stammen. Heidense rituelen, geen riolering...'
Moreland keek hem langzaam aan. 'Ben jij naast je andere talenten nu ook deskundige op het terrein van afvalverwerking?'
Creedman zei: 'Mijn resear...'
'Heb je bij je research dan niet geconstateerd dat sommige van die primitieve rituelen juist voor een onberispelijke reinheid zorgden? Bijvoorbeeld dat de ochtend gereserveerd werd voor ontlasting en dat je daarvoor de oceaan in waadde...'
'Dat klinkt niet erg hygiën...'

Moreland bracht zijn handen omhoog en bewoog zijn vingers door de lucht. 'Het was prima! Totdat de beschaafde veroveraars kwamen en tegen de mensen zeiden dat ze kuilen in de grond moesten graven. Weet je waar dat toe leidde, Tom? Een tijdperk van viezigheid. Cholera, tyfus, salmonella, longwormziekte. Heb jij ooit iemand met cholera gezien, Creedman?'

'Ik heb...'

'Heb je ooit een uitgedroogd kind in je armen gehouden terwijl het stuiptrekt van de explosieve diarree?'

De knokige handen gingen omlaag en sloegen met een klap op de tafel.

'Research,' mompelde hij.

Creedman hield zijn adem in. Hij was lijkbleek geworden.

'Ik capituleer, dokter,' zei hij zachtjes, 'voor je superieure kennis van diarree.'

De deur ging open. Zondervein en drie matrozen, keukengeuren, nog meer gerechten.

'Wel,' zei Hoffman, uitademend. '*Bon appétit.*'

18

Afgezien van Hoffman at niemand veel.

Na zijn tweede dessert stond hij op en trok zijn servet weg. 'Kom, Bill, laten we eens wat oude herinneringen gaan ophalen. Het was me een genoegen jullie allemaal te ontmoeten.'

We wierpen een blik op luitenant-ter-zee Zondervein, die zei: 'Zullen we naar de recreatiezaal gaan? We hebben daar een biljart en een grootbeeldtelevisie.'

Op de gang wierp Ewing hem een blik vol walging toe. 'Als jullie me willen excuseren...' Hij ging vlug weg.

'Deze kant op,' zei Zondervein.

'Hebben jullie kabel?' vroeg Creedman.

'Jazeker,' zei Zondervein. 'We ontvangen alles. We hebben een schotelantenne.'

'Geweldig.'

'Staat er geen schotelantenne op de Handelspost?' vroeg ik.

Creedman lachte. 'Die ging een jaar geleden kapot en niemand vond het nodig hem te repareren. Zegt dat je niet iets over de ondernemingszin van de eilanders?'

Creedman en ik speelden een paar partijtjes biljart. Hij kon het goed, maar speelde vals door de bal te verplaatsen als hij dacht dat ik niet keek.
De tv was afgestemd op CNN.
'Het nieuws,' zei hij.
'Wat heb je aan het nieuws,' zei Pam. 'Ik word er alleen maar somber van.' Zij en Robin zaten in stoelen die te groot voor hen waren en keken verveeld uit hun ogen. Ik keek Robin even aan. Ze wuifde en nam een slokje van haar cola.
Een paar minuten later kwam Zondervein met Moreland terug. Moreland liep krom van vermoeidheid.
'Pa?' zei Pam.
'Tijd om te vertrekken.'

Nadat we waren geland, liep Creedman zonder een woord te zeggen van ons weg. Tijdens de rit naar het huis sprak niemand een woord. Toen Moreland voor het huis stopte, was het tien over halftien. 'Ik heb nog wat werk in te halen. Rusten jullie maar lekker uit.' Hij gaf een klopje op Pams arm. 'Welterusten, meisje.'
'Misschien ga ik nog naar het dorp.'
'O?'
'Ik heb zin om in het donker te gaan zwemmen.'
Hij streek weer over haar arm, hield haar even vast. 'Dat is niet zonder risico's, Pam. Zeeëgels, murenen, je zou in moeilijkheden kunnen komen.'
'Dennis kan vast wel zorgen dat ik niet in moeilijkheden kom.'
Hij kneep blijkbaar in haar arm, want ze huiverde.
'Dennis,' zei hij, nauwelijks boven fluisteren uit, 'is verloofd met een meisje dat aan de opleiding voor verpleegkundigen op Saipan studeert.'
'Niet meer,' zei Pam.
'O?'
'Ze hebben het een paar weken geleden uitgemaakt. Ze gaat naar Guam.'
Ze streek over zijn arm en hij liet hem zakken.

'Jammer. Leuk meisje. Ze zou van waarde zijn geweest voor het eiland.' Hij keek zijn dochter strak aan. 'Dennis is dat nog steeds, Pam. Het zou voor alle betrokkenen het beste zijn als jij hem niet afleidde.'

Hij draaide zich abrupt om en begon naar de bungalows te lopen. Pam had haar mond wijd open. Ze hield haar hand ervoor en rende naar het huis.

'Dat was me de avond wel,' zei ik. We waren in onze kamer en zaten op het bed.

'Zoals hij zich net gedroeg...' zei Robin. 'Ik weet dat hij gestrest is, maar...'

'Hij houdt van de eilanders maar wil niet dat ze met zijn dochter omgaan?'

'Ik had eerder de indruk dat hij Dennis tegen háár wilde beschermen.'

'Ja. Misschien heeft ze slechte ervaringen met mannen. Toen ik haar voor het eerst zag, keek ze erg triest uit haar ogen.'

'Ze is net gescheiden.'

'Ja. Dat kan een zware tijd zijn geweest.'

'Trieste ogen.' Ze glimlachte. 'Is dat het enige dat jou opviel?'

'Ja, ze is knap, maar ik vind haar niet sexy. Ze heeft iets dat een duidelijke grens stelt. Ik heb dat ook bij patiënten meegemaakt: "Ik ben verwond. Blijf uit mijn buurt."'

'Dat geldt dan blijkbaar niet voor Dennis.'

'De ouwe is helemaal uit zijn doen,' zei ik. 'Wat een anticlimax, van zo'n prachtige avond!'

Ze lachte. 'Die marinebasis. De avond van de geüniformeerde doden. En Hoffman. De gladjanus.'

'Het was duidelijk dat hij Moreland niet zijn zin heeft gegeven. Ik heb sterk het gevoel dat Hoffman maar één doel met dat diner had, en dat was dat halfuurtje met Moreland alleen.'

'Waarom is hij dan niet gewoon hierheen gekomen?'

'Misschien wilde hij op zijn eigen terrein zijn, niet op dat van Moreland.'

'Als je jou zo hoort, is het net een gevecht.'

'Nou, dat is het volgens mij ook. De spanning tussen die twee mannen... alsof er iets tussen hen is dat heel ver in de tijd teruggaat.

Maar misschien zie ik spoken. Hoe dan ook, Moreland kreeg niet klaargespeeld voor Aruk wat hij wil. Wat dat ook mag zijn.'

'Wat bedoel je?'

'Ik begrijp hem niet goed, Robin. Hij zegt dat hij het eiland wil helpen, dat hij het nieuwe kracht wil geven. Maar als hij zo rijk is als Creedman zegt, had hij toch al het een en ander kunnen doen? Bijvoorbeeld de communicatie verbeteren. Hij had iets van zijn geld in onderwijs, in opleidingen kunnen steken. Op zijn minst had hij kunnen zorgen dat er vaker een bevoorradingsboot komt. In plaats daarvan pompt hij een fortuin in zijn projecten. Zijn gazon. Hij heeft zich hier als een landheer verschanst, terwijl de rest van het eiland wegrot. Misschien weten de eilanders dat en gaan ze daarom weg. In ieder geval hebben we niet gemerkt dat ze erg trots op hun eiland zijn. Er is niet eens een actiegroep die tegen de barricade protesteert.'

Ze dacht daarover na. 'Ja, hij heeft inderdaad wel iets weg van zo'n landheer. En misschien weten de eilanders nog iets anders: Hoffman heeft gelijk als hij zegt dat sommige eilanden niet in aanmerking komen voor ontwikkeling. Kijk maar eens naar Aruks geografische positie. De benedenwindse kant heeft prachtige weersomstandigheden maar geen haven, terwijl de bovenwindse kant een natuurlijke haven heeft, maar stormen en rotsen in plaats van grond. Daartussen heb je bergen en een banyanwoud vol landmijnen. Het zit hier gewoon niet goed. Het is een geografische grap. En iedereen begrijpt dat, behalve Moreland.'

'En Skip en Haygood met hun toerismeplan. Dat bewijst trouwens dat je gelijk hebt. Tja, het ziet ernaar uit dat ik bij dokter Quichot in dienst ben getreden.'

Ze stond op, trok haar kousen uit en fronste haar wenkbrauwen. 'Ik vond ook dat hij Pam nogal vreemd behandelde. Ze hebben nooit een nauwe band gehad – wat op zich niet vreemd is, want ze waren niet veel bij elkaar – maar tot vanavond hebben we hem niet zo bars meegemaakt.'

'Maar hij heeft haar weggestuurd. En zelfs nu ze als arts is afgestudeerd, ziet hij haar niet als een collega. Al met al is hij geen geschikte kandidaat voor Vader van het Jaar.'

'Arme Pam. Toen ik haar voor het eerst zag, dacht ik dat ze alles mee had in het leven. Een mens kan zich vergissen.'

Ze maakte de knoopjes van haar jurk los en stapte eruit. Legde hem over een stoel en streek over haar pols.

'Hoe voelt het?' zei ik.

'Heel goed, eigenlijk. Ga je morgen werken?'

'Ik denk van wel.'

'Misschien probeer ik iets met die stukken schelp te maken.'

Ze ging naar de badkamer. En gilde.

19

Drie stuks.

Nee, vier.

Jezus!

Ze renden in lichte paniek over de witte tegelvloer heen en weer.

Eentje vloog tegen de muur van de douche omhoog en richtte zijn voelsprieten op ons. Wuifde ermee.

Robin stond in een hoek gedrukt en bedwong een volgende gil.

Eentje kroop tegen de zijkant van de badkuip omhoog, bleef op de rand zitten.

Ruitvormig. Roodbruine gepantserde schaal, zo lang als mijn hand.

Zes zwarte poten.

Ogen die veel te pienter leken.

Het siste.

Ze begonnen allemaal te sissen.

Renden op ons af.

Ik trok Robin de badkamer uit en gooide de deur achter ons dicht. Controleerde de onderkant van de deur. Geen ruimte tussen deur en drempel, goddank.

Mijn hart bonsde. Het zweet brak me uit. En nu liep het in koude, jeukende straaltjes omlaag.

Robins vingers groeven zich in mijn rug.

'O god, Alex! O god!'

Ik zag kans om te zeggen: 'Het is al goed. Ze kunnen er niet uit.'

'O god...' Ze hijgde. 'Ik ging naar binnen en toen kwam er iets tegen... mijn voet.'

Ze keek naar haar tenen en beefde.

'Ga even zitten,' zei ik. Ze hield zich bevend aan mijn vingers vast.

'Rustig maar.' Ik herinnerde me het gezicht van het insekt en werd misselijk.

'Zorg dat ze verdwijnen, schat. Alsjeblieft!'

'Ik zal ervoor zorgen.'

'Het licht was uit. Ik voelde het voor ik het zag. Hoeveel waren er?'

'Ik heb er vier geteld.'

'Het leken er meer.'

'Ik denk dat het er niet meer dan vier zijn.'

'O god.'

Ik hield haar stevig vast. 'Het is al goed. Ze kunnen er niet uit.'

'*Jagh*,' zei ze. '*Jagh!*'

Spike blafte. Wanneer was hij daarmee begonnen?

'Misschien moet ik hèm op ze afsturen.'

'Nee, nee, ik wil hem niet bij ze in de buurt hebben. Ze zijn walgelijk. Zorg dat ze weggaan, Alex! Bel Moreland. Ik kan ertegen als ze in kooien zitten, maar alsjeblieft, haal ze hier weg.'

Gladys was de eerste die kwam.

'Insekten?' zei ze.

'Hele grote,' zei Robin. 'Waar is dokter Bill?'

'Die moeten uit de verzameling zijn ontsnapt. Dat is nog nooit eerder gebeurd.'

'Waar is hij, Gladys?'

'Onderweg. Arme stumper. Waar zijn ze?'

Ik wees naar de badkamer.

Ze trok een grimas. 'Ik voor mij heb de pest aan insekten.'

'Het zijn ook niet mijn favoriete dieren,' zei ik.

'Ik vind het kleine rottige dingen.'

'Als ze klein zijn, valt het wel mee,' vond Robin.

'Vind je het niet erg om hier te werken?' zei ik.

'U bedoelt de insektenverzameling? Daar kom ik nooit. Niemand komt daar, behalve dokter Bill en Ben.'

'Nou, blijkbaar is er iets uitgekomen.'

'Het is nog nooit eerder gebeurd,' zei ze.

Gesis achter de deur. Waar bleef Moreland toch? Ik stelde me voor hoe die vervloekte dingen zich door het hout heen vraten. Of door het toilet ontsnapten en zich in de buizen verborgen hielden.

'Heeft u gezien wat het waren?' zei Gladys.

'Het leken me gigantische kakkerlakken,' zei Robin.

'Sissende Madagaskar-kakkerlakken,' wist ik plotseling weer.

'Daar heb ik het meest de pest aan,' zei Gladys. 'Kakkerlakken in het algemeen. Een van de dingen die me aan Aruk bevallen, is dat het hier zo droog is. We hebben hier geen kakkerlakken. Wel veel andere insekten.'

'En daarom importeren we ze,' mompelde ik.

'Ik hou mijn keuken schoon. Op sommige andere eilanden heb je overal ongedierte en moeten ze de hele tijd gif spuiten. Insekten brengen ziektes mee... niet de insekten van dokter Bill, hij houdt ze erg schoon.'

'Dat is een hele geruststelling,' zei ik.

Er werd op de deur van onze kamer geklopt en Moreland kwam met grote stappen naar binnen. Hij had een grote mahoniehouten kist met een koperen handgreep bij zich en keek om zich heen.

'Ik begrijp niet hoe... hebben jullie toevallig gezien wat voor soort...'

'Sissende Madagaskar-kakkerlakken,' zei ik.

'O... goed. Die kunnen je niet iets ernstigs aandoen.'

'Ze zijn daar binnen.'

Hij liep naar de deur van de badkamer.

'Voorzichtig,' zei Robin. 'Laat ze er niet uit.'

'Geen probleem.' Hij draaide de knop langzaam om en haalde iets uit zijn zak: een stukje chocoladecake dat hij tot een rubberig balletje samenperste. Hij zette de deur op een kier, gooide het aas naar binnen, deed de deur dicht en wachtte af.

Enkele seconden later deed hij de deur weer open en gluurde door de kier. Knikte, maakte de deur wijder open en glipte naar binnen.

'Mijn nieuwe chocoladecake,' zei Gladys.

Er kwamen geluiden uit de badkamer.

Moreland die praatte.

Sussend.

Even later kwam hij met de mahoniehouten kist te voorschijn en stak hij zijn duim op. Hij had chocolade op zijn vingers. Er lagen kruimels op de vloer.

In het kistje was gebonk te horen.

Gesis.

'Weet je zeker dat je ze allemaal hebt?' zei Robin.

'Alle vier. Ik herken ze individueel.'

'Ze hebben geen eitjes gelegd of zoiets?'
Hij glimlachte naar haar. 'Nee, Robin, alles is in orde.'
Het kwam nogal neerbuigend over en dat ergerde me.
'Volgens mij niet, Bill,' zei ik. 'Hoe zijn ze hier gekomen?'
'Ik... weet het niet... Het spijt me. Het spijt me verschrikkelijk. Ik
bied jullie beiden mijn verontschuldigingen aan.'
'Het staat vast dat ze uit het insectarium komen?'
'Jazeker, Aruk heeft geen inheemse...'
'Hoe zijn ze er dan uitgekomen?'
'Ik... ik denk dat iemand het deksel heeft losgemaakt.'
'Het is nog nooit eerder gebeurd,' zei Gladys weer.
'Net iets voor ons,' zei ik. 'Altijd de eersten.'
Moreland plukte aan zijn onderlip, wreef over zijn vlezige neus.
Knipperde met zijn ogen.
'Ik denk dat ikzelf degene was die het deksel eraf heeft gelaten...'
'Het is al goed,' zei Robin, terwijl ze een kneepje in mijn hand gaf.
'Het is voorbij.'
'Het spijt me zo, Robin. Misschien kwamen ze op de geur van jul-
lie hondevoer af...'
'Als het ze om voedsel begonnen was,' zei ik, 'waarom gingen ze
dan niet naar de keuken?'
'Ik hou mijn keuken schoon en sluit de boel goed af,' zei Gladys.
'Geen vliegen, zelfs geen korenwormen.'
'Onze deur zat op slot,' zei ik, 'en het hondevoer zit in luchtdichte
plastic zakken. Hoe zijn ze hier toch binnengekomen, Bill?'
Hij liep naar de deur, maakte hem een paar keer open en dicht,
knielde neer en streek met zijn hand over de drempel.
'De vloerbedekking geeft een beetje mee,' zei hij. 'Ze kunnen zich
erg klein maken. Ik heb gezien hoe ze...'
'Bespaar ons de details,' zei ik. 'Dit kost ons waarschijnlijk een jaar
van ons leven.'
'Het spijt me verschrikkelijk.' Hij liet zijn hoofd hangen. De kakkerlakken bonkten in de doos. Toen begon het sissen weer. Harder...
'Jullie hebben het heel goed aangepakt,' zei hij. 'Jullie hebben ze opgesloten. Ik stel het op prijs dat jullie ze hebben opgesloten.'
'Graag gedaan,' zei ik. Ik had telefonische colporteurs weleens vriendelijker afgewezen.
Robin gaf weer een kneepje in mijn hand.

'Het is goed, Bill,' zei ze. 'We mankeren niets.'

Moreland zei: 'Een onvergeeflijke fout. Ik ben altijd zo voorzichtig... Ik zal meteen dubbele sloten op het insectarium laten zetten. En afsluitingen op de kieren van de deuren. We gaan daar meteen aan werken... Gladys, bel Ramon en Carl Sleet, zeg dat het je spijt dat je ze wakker belt, en dat ik iets voor ze te doen heb. Driedubbel overwerktarief. Zeg tegen Carl dat hij de boormachine moet meenemen die ik hem op Kerstmis heb gegeven.'

Gladys ging meteen weg.

Moreland keek naar het kistje en wreef over het glanzende hout. 'Ik zal deze knapen maar terugzetten.' Hij liep vlug naar de deur en botste bijna tegen Jo Picker op, die in haar ochtendjas en op pantoffels kwam aangeschuifeld, slaperig in haar ogen wrijvend.

'Is alles... goed?' Haar stem klonk gesmoord. Ze hoestte om de schorheid te verdrijven.

'Een ongelukje,' zei Moreland.

Ze fronste haar wenkbrauwen. Haar ogen waren wazig.

'Iets ingenomen... om te slapen... hoorde ik iemand gillen?'

'Dat was ik,' zei Robin. 'Er zaten wat insekten in de badkamer.'

'Insekten?'

De kakkerlakken sisten en ze sperde haar ogen open.

'Ga maar weer slapen, Jo,' zei Moreland, en hij leidde haar de kamer uit. 'Alles is geregeld. Alles is in orde.'

Toen we alleen waren, lieten we Spike los. Hij rende door de kamer, snuffelde even bij de badkamerdeur en ging toen naar binnen.

'Het hondevoer gaat morgen naar beneden,' zei Robin.

Toen stond ze plotseling op, trok het beddegoed weg, keek onder de boxspring en richtte zich toen weer op. Glimlachte schaapachtig.

'Je kunt nooit voorzichtig genoeg zijn,' zei ze.

'Denk je dat je kunt slapen?' vroeg ik.

'Ik hoop het. En jij?'

'Mijn hartslag is gezakt tot tweehonderd per minuut.'

Ze zuchtte. Begon te lachen en kon daar niet mee ophouden.

Ik wilde meelachen maar kwam niet verder dan een geforceerd gehinnik.

'Ons kleine beetje New York,' zei ze tenslotte. 'Een Manhattan-flatje in ons kleine eilandparadijs.'

'Die dingen kunnen Newyorkse kakkerlakken vermorzelen!'
'Ik weet het.' Ze legde mijn hand op haar borst. 'Hoeveel slagen?'
'Hmm,' zei ik. 'Moeilijk te zeggen. Dan zou ik een hele tijd moeten tellen.'
Nog meer gelach. 'God, wat gilde ik. Het leek wel zo'n horrorfilm.'
Haar voorhoofd was vochtig, de krullen plakten eraan vast. Ik veegde ze weg, kuste haar voorhoofd, het puntje van haar neus.
'Hoe lang blijven we hier nog?' vroeg ik.
'Wil je weg?'
'Vliegtuigongeluk, onopgeloste moord, die gekke basis, een stel onsympathieke personages. En nu dit. Het is niet bepaald een eiland met een en al plezier.'
'Nee.' Ze grinnikte. 'Niet bepaald. Maar je hoeft om mij niet weg te gaan. Ondanks die gil. Ik kan niet beloven dat ik niet opnieuw ga gillen als het me nog een keer overkomt, maar ik red me nu wel weer. Ik kan me aanpassen. Daar ga ik altijd prat op.'
'Zeker,' zei ik. 'Maar soms is het prettig om je niet te hoeven aanpassen.'
'Dat is waar... misschien ben ik gek, maar toch bevalt het me hier nog wel. Misschien komt het doordat ik minder last van mijn pols heb... veel minder last. Of doordat Aruk op zijn retour is en dit misschien onze laatste kans is om op het eiland te zijn voordat de marine er een bommenkerkhof of zoiets van maakt. Zelfs Bill... hij is uniek. Aruk is uniek.'
Ze nam mijn gezicht tussen haar handen en keek me in de ogen. 'Waar het op neerkomt, Alex, is dat ik geen zin heb om volgende week in Los Angeles terug te zijn. Dan moet ik me weer druk maken om het huis en allerlei andere dingen. Ik weet zeker dat ik gauw weer naar Aruk zou verlangen.'
Ik zei niets.
'Spreek ik verstandige taal?'
Ik drukte mijn neus tegen de hare. Krulde mijn lip. Ontblootte mijn tanden.
Siste.
Ze schrok. Sloeg tegen mijn schouder. 'O! Misschien is het beter als Spike in bed slaapt en jij in de mand!'

Licht uit.

Een paar nerveuze grappen over kruipende kriebelaars en toen sliep ze.

Ik lag wakker en gaf me over aan het soort gedachten dat je om drie uur 's nachts hebt.

Ik probeerde me een voorstelling te maken van de kakkerlakken die de reis van het insectarium naar onze kamer hadden gemaakt. Waren ze in slagorde opgerukt? Het leek net iets uit een tekenfilm.

En als het hondevoer ze had aangetrokken, waarom waren ze dan niet in de zitkamer gebleven, bij de zak met brokken?

Het scheen dat kakkerlakken intelligent waren, voor insekten dan. Waarom waren ze niet op gemakkelijker voedsel afgegaan: de vruchten in de boomgaard?

In plaats daarvan hadden ze een lange reis gemaakt, ritselend over de grindpaden, over het gazon, op de een of andere manier het huis in. Langs Gladys' keuken. De trap op. Onder onze deur door.

Dat alles om een afgesloten zak hondebrokken?

De badkamerdeur sloot zo goed dat ze er niet in of uit konden. Hadden we hem open laten staan toen we naar het diner op de basis gingen?

Robin deed de badkamerdeur altijd dicht. Ik soms niet... Wie van ons was er het laatst geweest?

Waarom waren ze niet de kamer in komen rennen toen we thuiskwamen? Of waarom hadden ze niet op zijn minst geschrokken gesist?

Een alternatief scenario: ze waren in de badkamer gezet en daar opgesloten.

Iemand die ons een streek had geleverd toen wij naar dat diner op de basis waren. Het huis leeg. Iemand die zijn kans greep om ons iets duidelijk te maken: *Ga weg.*

Maar wie en waarom?

Wie had de gelegenheid?

Ben was de eerste aan wie je zou denken, want hij had toegang tot het insectarium.

Hij had gezegd dat hij de hele avond in beslag zou worden genomen door zijn kinderen en een barbecue met Claire.

Had hij kans gezien terug te komen?

Maar waarom? Afgezien van die opmerking over racisme had hij nooit iets vijandigs tegen ons gezegd. Integendeel. Hij had alle mogelijke moeite gedaan om ons het gevoel te geven dat we welkom waren.

Stelde hij zich zo gastvrij op omdat Moreland dat van hem verlangde?

Koesterde hij zelf heel andere gevoelens?

Ik dacht daar een tijdje over na, maar het was niet logisch.

Iemand anders van het personeel?

Cheryl?

Te dom om zo berekenend te zijn, en ook wat haar betrof: wat was haar motief? Daar kwam nog bij dat ze meestal na het avondeten wegging en er was vanavond geen avondeten opgediend.

Gladys? Die had ook geen motief, en het idee dat ze kakkerlakken ging stelen was al even absurd.

Er moesten minstens tien hoveniers zijn die kwamen en gingen, maar waarom zouden die een hekel aan ons hebben?

Tenzij de boodschap bestemd was geweest voor Moreland!

Mijn veronderstellingen over zijn nogal snobistische houding en de afkeer die hij zich daarmee in het dorp op de hals zou hebben gehaald, zou wel eens helemaal juist kunnen zijn.

De goede dokter was niet alom bemind. Zijn gasten werden misschien als koloniale indringers beschouwd.

In dat geval kon het iedereen zijn geweest.

Paranoia, Delaware. De man had jarenlang duizenden insekten gehouden, en nu waren er vier ontsnapt, omdat hij oud en verstrooid was en vergeten was een deksel stevig op een kooi te doen.

Suf, had Milo gezegd.

Geen geruststellende gedachte, gezien die duizenden insekten, maar ik nam aan dat hij voortaan extra voorzichtig zou zijn.

Ik probeerde alle gedachten uit mijn hoofd te zetten en te gaan slapen. Ik dacht aan de manier waarop Jo Picker was binnengekomen: slaperig en met de vraag of iemand had gegild.

Robins gil had minstens tien minuten eerder door het huis geschald.

Waarom was ze zo laat gekomen?

Werden haar reacties vertraagd door haar slaappil?

Of hoefde ze geen haast te maken omdat ze het toch al wist?

En ze was alleen boven geweest.

Paranoia gaat met je hoofd aan de haal. Welke reden kon een rouwende weduwe hebben om iemand op die manier kwaad te doen?

En ze had gezegd dat ze bang voor insekten was, had zelfs gewei-
gerd in het insectarium te gaan kijken.

En er was geen vijandigheid tussen ons. Robin was erg aardig voor
haar geweest... En gesteld dat ze kwade bedoelingen had: hoe was
ze dan in onze kamer gekomen?

Haar eigen kamersleutel... Had haar deur hetzelfde slot als de onze?

Of een eenvoudige loper? De meeste slaapkamerdeuren hadden geen
moeilijke sloten. Die van ons thuis kon je met een schroevedraaier
openkrijgen.

Ik lag daar en luisterde of ik geluiden uit haar kamer hoorde.

Niets.

Wat verwachtte ik te horen, het klikken van haar toetsenbord? Het
geweeklaag van de weduwe?

Ik veranderde van houding en de matras schommelde, maar Robin
bewoog niet.

Stemmen van leerkrachten van vele jaren geleden drongen tot me
door.

*Alexander is een erg pientere jongen, maar hij heeft de neiging tot
dagdromen.*

Is er thuis iets mis, mevrouw Delaware? Alexander is er tegenwoordig vaak niet met zijn hoofd bij.

Een zachte, vloeibare streep licht drong door een spleet tussen de
gordijnen heen, als gouden verf die net uit een tube was geknepen.

Dat licht speelde op Robins gezicht.

Ze glimlachte in haar slaap, met krullen losjes over een van haar
ogen.

Volg haar voorbeeld en pas je aan!

Ik ontspande bewust mijn spieren en maakte mijn ademhaling dieper. Even later voelde mijn borst niet meer zo strak aan en voelde
ik me beter.

Ik kon weer glimlachen om de herinnering aan Moreland met zijn
chocoladecake en zijn bedremmelde schooljongensgezicht, zijn ge-
mompelde verontschuldigingen.

Mijn lichaam voelde zwaar aan. Klaar om te slapen.

Maar het duurde een hele tijd voor ik sliep.

20

De volgende morgen waren de wolken donkerder en kwamen ze dichterbij, al waren ze nog steeds ver weg.

Om tien uur waren we klaar om te gaan duiken. Spike gedroeg zich nogal onrustig en we besloten hem mee te nemen. Omdat we iets nodig hadden om hem in de schaduw te houden, gingen we naar de keuken om het aan Gladys te vragen. Ze riep Carl Sleet uit de rozentuin, waar hij aan het snoeien was, en hij kwam met zijn schaar naar binnen. Zijn grijze werkkleren, zijn haar en zijn baard waren bespikkeld met plukjes gras en hij had vuile nagels. Hij ging naar een van de schuren en kwam terug met een oude parasol met een punt aan de steel en een blauw-met-wit canvas scherm dat niet helemaal schoon meer was.

'Zal ik het voor u inladen?'

'Nee, dat doe ik zelf wel.'

'Ik heb vannacht nieuwe sloten op het insektenhuis gezet. Sterke sloten. Er kan niets meer gebeuren.'

'Bedankt.'

'Graag gedaan. Is er nog cake over, Gladys?'

'Alsjeblieft.' Ze gaf hem wat en hij ging weer aan zijn werk, grijnzend en etend.

Gladys leidde ons door de keuken. 'Dokter Bill voelt zich erg schuldig na wat er vannacht is gebeurd.'

'Ik zal hem vertellen dat we ons er niet druk meer om maken.'

'Dat zou... erg aardig zijn. Nou, ik wens u vandaag veel plezier.'

Ik zette de parasol op South Beach neer en realiseerde me dat we vergeten waren iets te drinken mee te nemen. Ik liet Robin en Spike op het zand achter en reed naar Tante Mae's Handelspost. In de etalage hingen nog dezelfde verbleekte kleren, smoezelig en bespikkeld met dode vliegen. Van binnen was de winkel net een schuur, met wanden van ruwe planken en houten stalletjes langs een met zaagsel bestrooid middenpad.

De meeste stalletjes waren leeg en ook als ze dat niet waren, was er geen verkoper. Nog meer kleding, goedkoop, uit de mode. Strandslippers, zonnebrandolie en toeristenkitsch: miniatuurhutjes van bamboe en kunstgras, plastic danseresjes, tiki-goden met pruilmondjes, kokosnoten die in de vorm van kogelvissen waren uitgesneden. Het gebouw rook naar maïsmeel en zeewater en een beetje achtergebleven ruimwater.

De enige andere aanwezige was een jonge vrouw met een lelijk gezicht. Ze zat tv te kijken achter de toonbank van het derde stalletje aan de rechterkant. Haar kasregister was een antiek zwart geval met veel krassen. Ernaast stonden potten met gedroogd rundvlees en eieren in het zuur en een halfvolle fles schoonmaakmiddel met een doek. De voorvitrine was gevuld met chocoladerepen en chips – gewone chips, taco-chips, taro-chips. Aan de achterwand hingen planken met dichte dozen vol snoepgoed. Daar was ook een klapdeur die naar een achterkamer leidde. De televisie was aan de zijwand geïnstalleerd die het ene stalletje van het andere scheidde. Het toestel deelde die wand met een munttelefoon.

De vrouw zag me wel maar bleef naar het scherm kijken. Het beeld was wazig, met telkens scherpe witte flitsen. Een zender uit Guam. Een langdurige opname van een groot vertrek met glanzende houten tafels en het logo van een hotelketen boven een lange tafel.

Senator Nicholas Hoffman zat in het midden achter een glas water en een microfoon. Hij droeg een wit-bruin batikshirt en had enkele felgekleurde bloemenkransen om zijn hals. De twee blanke mannen die naast hem zaten waren ook zo gekleed. Een van hen herkende ik als een senator uit het midden-westen. De ander was van hetzelfde type: lak op het haar, gretige glimlach. Vier andere mannen, Aziaten, zaten aan de uiteinden van de tafel.

Hoffman wierp een blik op zijn aantekeningen en keek toen glimlachend op. 'En laat ik tot slot mijn blijdschap uitspreken over het feit dat wij allen streven naar een levenskrachtiger, welvarender Micronesië, een multicultureel Micronesië dat vol vaart en vol zelfvertrouwen de volgende eeuw tegemoet gaat.'

Hij glimlachte weer en maakte een lichte buiging. Applaus. Het beeld flikkerde, werd grijs, viel weg. De jonge vrouw zette het weer aan. Reclame voor Island Fever Restaurant 6: een loom gitaarthema, *pupu*-schotels en vlammende desserts, 'inheemse schoonheden laten u eeuwenoude dansen zien.' Een karikatuur van een dik klein mannetje stond in een grasrokje te heupwiegen en te knipogen.

'Nee, niet weer, hè?'

De vrouw drukte op een knop van de afstandsbediening. Weer een leeg beeld, toen een serie van tien jaar geleden. Ze keek naar de af-titeling en zei toen: 'Kan ik u helpen?' Een vriendelijke, bijna kin-derlijke stem. Ze was een jaar of twintig en had kort, golvend haar. Geen beha onder haar topje. Bij lange na niet mooi, maar haar glim-lach was gul en innemend.

'Iets te drinken, als u dat hebt.'

'Ik heb Coke en Sprite en bier in het magazijn.'

'Twee Cokes, twee Sprites.' Ik zag twee pockets achter haar staan. 'Misschien ook iets te lezen.'

Ze gaf me de boeken. Een Stephen King die ik al had gelezen en een compacte wereldatlas, beide met omgekrulde hoeken.

'Hebt u tijdschriften?'

'Eh, misschien hieronder.' Ze bukte en richtte zich weer op. 'Nee. Ik zal even achter kijken. U logeert bij dokter Bill, nietwaar?'

'Alex Delaware.' We schudden elkaar de hand. Ik zag een ring met een briljantje aan haar middelvinger.

'Bettina. Betty Aguilar.' Ze glimlachte schuchter. 'Ik ben net ge-trouwd.'

'Gefeliciteerd.'

'Dank u... Dokter Moreland is een geweldige man. Als kind had ik een keer erge kinkhoest en toen heeft hij me genezen. Wacht even, dan haal ik de blikjes voor u en kijk of ik tijdschriften heb.'

Ze ging door de klapdeur naar achteren.

Zo'n grote hekel hadden de eilanders dus ook weer niet aan More-land.

Ze kwam terug met vier blikjes en een stapel bladen. 'Dit is alles wat we hebben. Nogal oud. Sorry.'

'Is het moeilijk om aan nieuwe bladen te komen?'

Ze haalde haar schouders op. 'We nemen wat er met de bevoorra-dingsboten meekomt, maar meestal loop je dan een paar nummers achter. *People* en *Playboy* en dat soort dingen verkopen goed. Zit er iets voor u bij?'

Nummers van een halfjaar oud van *Ladies Home Journal*, *Reader's Digest*, *Time*, *Newsweek*, *Fortune* en onderaan een paar nummers van een groot glossy kwartaalblad getiteld *Island World*. Beeldschone glim-lachende zwartharige meisjes en zonovergoten tropische vergezichten. Die tijdschriften waren drie tot vijf jaar oud.

'Allemachtig, die zijn wel heel erg oud,' zei Betty. 'Ik vond ze onder een doos. Vroeger verscheen dat blad op Guam, maar nu niet meer, geloof ik.'

Ik keek in de inhoudsopgaven. Voor het merendeel promotieverhalen. Toen viel me iets op.

'Ik neem ze,' zei ik.

'O ja. Tjee, ze zijn zo oud dat ik niet weet wat ik u in rekening moet brengen. Ach, u mag ze gratis hebben.'

'Ik wil er best voor betalen.'

'Dat hoeft niet,' hield ze vol. 'U bent mijn beste klant tot nu toe en ze nemen alleen maar ruimte in. Wilt u iets te knabbelen bij de limonade?'

Ik kocht twee zakjes Maui-chips en wat gedroogd rundvlees. Toen ze mijn geld aanpakte, dwaalde haar blik alweer af naar de televisie. Het beeld viel weer weg. Ze zette het toestel automatisch opnieuw aan, alsof ze dat gewend was.

'Slechte ontvangst?'

'De satelliet gaat aan en uit, afhankelijk van het weer en zo.' Ze telde het wisselgeld uit. 'Ik krijg een baby. Dokter Bill gaat de bevalling doen. Over zeven maanden.'

'Gefeliciteerd.'

'Ja... we zijn erg opgewonden, mijn man en ik. Alstublieft... Als de baby er is, gaan we waarschijnlijk van het eiland weg. Mijn man is bouwvakker en er is hier geen werk.'

'Helemaal niet?'

'Niet echt. Dit hier is het grootste gebouw van het dorp. Een paar jaar geleden dacht dokter Bill erover om het op te knappen, maar het kon verder niemand iets schelen.'

'Dokter Bill is de eigenaar van de Handelspost?'

Het scheen haar te verbazen dat ik dat niet wist. 'Jazeker. Hij is een erg goede huisbaas. Hij vraagt geen huur en hij laat de mensen gewoon zelf hun spullen bestellen en vanuit hun stalletjes verkopen. Vroeger, toen de jongens van de marine hier nog kwamen, verkochten we meer. Tegenwoordig komen de meeste stalletjeshouders hier niet eens meer, tenzij iemand ze belt. Eigenlijk is dit het stalletje van mijn moeder, maar ze is ziek, ze heeft het aan haar hart. Ik heb toch de tijd, ik hoef alleen maar op mijn baby te wachten. Daarom neem ik het van haar over en mijn man doet bezorgingen. De meeste dingen worden bezorgd.'

Ze streek over haar nog platte buik.

'Mijn man wil graag een jongen, maar mij kan het niet schelen, zolang het maar gezond is.'

Gelach op de televisie. Ze keek om en glimlachte met de elektronische blijdschap mee.

'Tot kijk,' zei ik.

Ze zwaaide gedachteloos.

Toen ik terugkwam op het strand, was Robins snorkel een klein wit eendje dat helemaal aan de buitenrand van het rif dobberde. Onze dekens waren gespreid en Spike zat aan de steel van de parasol vast. Hij stond verwoed te blaffen.

Het voorwerp van zijn woede was Skip Amalfi, die spiernaakt was en met een hoge straal in het zand piste, een paar meter van Spike vandaan. Anders Haygood stond naast hem toe te kijken. Hij droeg een zwembroek die tot zijn knieën reikte. Aan Skips witte billen was te zien dat hij niet vaak naakt ging zwemmen. Zijn groene zwembroek lag als een hoopje verwelkte sla naast hem.

Spike begon harder te blaffen. Skip lachte en richtte de straal dichter naar de hond toe. Hij schudde van het lachen toen Spike gromde en kwijl uitspuwde. Toen zakte de boog en kwam er een eind aan de waterstraal. Skip schudde zich theatraal uit en deed nog een stap in Spikes richting.

Ik rende. Haygood zag me en zei iets tegen Skip, die bleef staan en zich omdraaide, zodat mij een vooraanzicht geboden werd. Ik bleef dichterbij komen.

Grijnzend keek Skip over zijn schouder naar Robins snorkel. Zijn urinespoor droogde snel op, als een bruine slang die in het zand wegzakte. Spike krabde over de deken en kreeg daar uiteindelijk genoeg van te pakken om bij het zand te komen en dat over de urine te gooien.

Skip rekte zich uit en geeuwde en wreef over zijn buik.

'Wordt dat de officiële verwelkoming op jullie toeristencentrum?' zei ik glimlachend.

Zijn gezicht betrok, maar hij dwong zich terug te glimlachen. 'Ja, een natuurlijk leven.'

'Kijk maar uit voor de ultraviolette straling. Daar kun je impotent van worden.'

'Huh?'

'De zon.'

'Je stijve,' zei Haygood geamuseerd. 'Wat hij je probeert te vertellen, is dat die ervan te lijden kan hebben. Je moet op de ultraviolette stralen letten, anders krijg je een slap worstje.'

'Lazer op,' zei Skip, maar hij keek mij een beetje nerveus aan.

'Het is waar,' zei ik. 'Te veel ultraviolette stralen op je genitaliën en je scrotale plexus raakt verhit en je neurotestostinale reflex verzwakt.'

'Laat hem bakken en je ziet hem zakken,' zei Haygood.

'Val dood,' zei Skip. Hij keek waar zijn zwembroek lag.

Haygood deed een uitval, greep de zwembroek en begon over het strand te rennen. Hij was nogal gezet, maar kwam goed vooruit.

Skip rende met schuddende bierbuik achter hem aan, met zijn handen voor zijn kruis.

Spike kwijlde nog en hijgde. Ik ging bij hem zitten en probeerde hem tot rust te brengen. Robin was naar ondieper water gegaan. Ze ging staan, schoof haar snorkelmasker omhoog en zwaaide. Toen zag ze de twee mannen rennen en kwam het water uit.

'Wat was dat nou?'

Ik vertelde het haar.

'Wat grof.'

'Hij zal wel hebben gehoopt dat jij het water uitkwam en hem voor brandweerman zag spelen.'

'Hè, dat ben ik misgelopen.' Ze hurkte neer en aaide Spike. 'Alles is goed met mama, schatje. Het is prachtig daar op het rif, Alex. Kom er ook in.'

'Later misschien.'

'Is er iets?'

'Ik blijf hier even wachten voor het geval die twee terugkomen. Al bestaat de kans dat onze vriend Skip zich nu grote zorgen maakt.'

Ik vertelde haar over mijn waarschuwing voor ultraviolette straling en ze begon te lachen.

'Nu heb je waarschijnlijk het beetje sexleven dat hij had ook nog verpest.'

'Omkeertherapie. Mijn opleiding heeft eindelijk nut.'

'Maak je over die twee maar geen zorgen, Alex. Ga toch mee duiken. Als ze terugkomen, laten we Spike op ze los.'

'Spike laat zich wegtrappen door een kind van twaalf.'

'Dat weten zij niet. Zeg maar dat hij een neurotestostinale pitbull is.'

We verkenden samen het hele rif en kwamen een uur later op een onverstoord strand terug. Spike sliep luidruchtig onder een wolk van muggen. De limonade was warm geworden, maar we goten alles door ons keelgat. Toen rekte Robin zich op een deken uit en sloot haar ogen, en ik pakte het voorjaarsnummer uit 1988 van *Island World* op.

Het artikel dat mijn aandacht had getrokken, stond op pagina 113, na lokkende toeristenstukjes over archeologische vindplaatsen in de Stille Oceaan, ideale duikplekken en wandelroutes, restaurants en nachtclubs.

'Bikini: een geschiedenis van schaamte.'

De auteur was een zekere Micah Sanjay, voormalig ambtenaar van het Amerikaans militair bestuur op de Marshall Islands en inmiddels gepensioneerd schooldirecteur, woonachtig in Chalan Kanoa, Saipan.

Zijn verhaal was identiek aan het verhaal dat Moreland me had verteld. Het was niet gelukt de bewoners van Bikini en Majuro en de naburige Marshall-atollen te evacueren en de Amerikanen waren clandestien in het donker met boten naar de eilanden gegaan om schadeloosstellingen uit te delen.

Exact hetzelfde verhaal, tot en met de bedragen die waren uitgekeerd.

Sanjay schreef op zakelijke toon, maar zijn woede was onmiskenbaar. Hij was afkomstig van Majuro en had familieleden verloren aan leukemie en lymfoom.

Geen grotere woede dan toen de schadeloostellingen werden neergeteld.

Sanjay en zes andere ambtenaren waren daarvoor aangewezen.

Zes namen. Moreland stond er niet bij.

Ik las het artikel nog een keer om te zien of de dokter ergens werd genoemd. Nergens.

Als de oude man niet aan de uitbetaling had meegewerkt, waarom had hij er dan over gelogen?

Iets anders dat hij op die eerste avond had gezegd, ging weer door mijn hoofd: *Schuldgevoel kan een krachtige drijfveer zijn, Alex.*

Voelde hij zich schuldig aan die explosie? Hij was marineofficier geweest. Had hij het geweten?

Was het uit schuldbesef dat hij van een rijke jonge marineofficier in een Schweitzer-in-spe was veranderd?

Was hij naar Aruk gekomen om fouten goed te maken?

Niet dat zijn levensstijl eronder had geleden. Hij woonde op een groot landgoed en kon alles doen wat hij graag deed. Bezitter van het Messenkasteel, en van de Handelspost, en van nog veel meer. Aruk, zijn feodaal bezit... maar zijn dochter mocht niet al te vriendschappelijk met de eilanders omgaan.

Wilde hij dat het dorp geïsoleerd bleef? Opdat hij op zijn eigen voorwaarden van Aruk kon genieten, een geïdealiseerd toevluchtsoord voor nobele wilden met goede hygiëne en schoon drinkwater?

Misschien beoordeelde ik hem onredelijk. Misschien was ik nog kwaad op hem vanwege die kakkerlakken.

Maar het leek er wel sterk op dat hij over die uitbetalingen op Bikini tegen mij had gelogen, en dat zat me dwars.

Ik keek naar Robins mooie lichaam, dat glanzend in de zon lag. Spike sliep ook.

Ik zat voorover, het tijdschrift in mijn vingers geklemd.

Psycholoog, genees jezelf.

Speelde mijn verbeelding me weer parten? Misschien had Moreland inderdaad in die boten gezeten. Een ander uitbetalingsteam, niet dat van Sanjay.

Er was maar één manier om daar achter te komen: met de auteur gaan praten.

Sanjay had veertig jaar geleden voor de overheid gewerkt en daarna was hij schooldirecteur geweest. Dat betekende dat hij ongeveer zo oud als Moreland zou zijn.

Leefde hij nog? Woonde hij nog op Saipan?

Robin rolde zich om. 'Hmm, die zon is geweldig.'

'Zeg dat wel,' zei ik. 'En heet ook, en de blikjes zijn allemaal leeg. Ik ga even naar de Handelspost om nog wat te halen.'

21

Deze keer jogde ik. Ik rende van het strand naar de kade, waar Skip en Haygood zaten te vissen. Haygood knikte. Skip hield zijn blik op het water gericht. Hij had zijn zwembroek aan en droeg ook een T-shirt. In meer kleren had ik hem trouwens nooit gezien.

In de Handelspost keek Betty Aguilar naar een spelshow en at intussen een Mars.

'Hallo. Al zo gauw terug?'

'Twee biertjes, nog twee Cokes.'

'U bent inderdaad mijn beste klant. Wacht even, dan haal ik het van achteren.'

'Doet die munttelefoon het?'

'Meestal wel, maar als u naar dokter Bills huis wilt bellen, mag u het toestel in de achterkamer gratis gebruiken.'

'Nee, dit is interlokaal.'

'O. Hebt u kleingeld nodig?'

'Ik wou mijn creditcard gebruiken.'

'Ik geloof dat dat wel lukt.' Ze ging naar achteren en ik nam de hoorn van de haak. Ook een draaischijf. Het duurde even voor ik een kiestoon had en nog veel langer voordat ik me langs diverse telefonistes had gepraat en eindelijk toestemming had gekregen mijn creditcard te gebruiken. Iedere volgende verbinding was slechter dan de vorige, en toen ik het inlichtingennummer van Saipan aan de lijn had, sprak ik door een hagel van statische geluiden en hoorde ik de echo van mijn eigen stem met een seconde vertraging.

Maar Sanjays nummer was geregistreerd, en toen ik het gedraaid had, nam een ouder klinkende man met een milde stem op: 'Ja, hallo.'

'Neemt u me niet kwalijk dat ik u lastig val, meneer Sanjay, maar ik ben free-lance journalist. Mijn naam is Thomas Creedman en ik verblijf tijdelijk op Aruk.'

'Ja?'

'Ik kreeg toevallig uw artikel in *Island World* onder ogen, het artikel over de kernproeven in de Marshalls.'

'Dat is lang geleden.'

Zonder te weten of hij het nu over de ramp of over het tijdschriftartikel had, ging ik verder.

'Ik vond het erg interessant en erg goed geschreven.'

'Schrijft u ook over Bikini?'

'Ik denk erover, als ik een nieuwe invalshoek kan vinden.'

'Ik heb geprobeerd dat artikel aan bladen op het vasteland te verkopen, maar niemand was geïnteresseerd.'

'O nee?'

'De mensen willen het niet weten, en degenen die het weten willen er niet meer aan denken.'

'Dat is beter voor het geweten.'

'Reken maar.' Zijn stem was harder geworden.

'Ik denk dat de meeste kracht uitging van wat u over die uitbetalingen vertelde. Die nachtelijke boottochten.'

'O, die. Ja, dat was moeilijk. Het moest stiekem gebeuren.'

'Was er behalve u en die zes andere mannen nog iemand anders die uitbetalingen deed?'

'Er waren bazen die de opdracht gaven van achter hun bureau, maar wij zevenen hebben al het geld uitbetaald.'

'Weet u de namen van de bazen nog?'

'Admiraal Haupt, kapitein-ter-zee Ravenswood. En boven hen zullen wel mensen in Washington hebben gestaan.'

'Hebt u nog contact met de andere mannen van het team? Als ik met hen zou kunnen praten...'

'Ik heb geen contact, maar ik weet waar ze zijn. George Avuelas is een paar jaar geleden gestorven. Kanker, maar ik kan niet met zekerheid zeggen of er verband is met de kernproeven. De anderen zijn ook dood, behalve Bob Taratoa, en die woont in Seattle, heeft daar een zoon. Maar hij heeft vorig jaar een beroerte gehad en ik weet niet hoeveel hij u zou kunnen vertellen.'

'Dus niemand anders in de Marianen?'

'Nee, alleen ik. Waar zei u dat u vandaan belt?'

'Aruk.'

'Wat is dat, een van die eilandjes ten noorden van hier?'

'Ja.'

'Is daar iets te doen?'

'Schrijven en in de zon zitten.'

Hij grinnikte. 'Nou, veel succes.'

'Er woont hier een arts, Moreland heet hij. Hij zegt dat hij bij de marine was toen die proeven werden gehouden. Zegt dat hij som-

mige van de mensen die aan straling waren blootgesteld behandelde.'
'Moreland?'
'Woodrow Wilson Moreland.'
'Ik ken hem niet, maar er waren een hoop artsen. De marine had
er meer dan nodig was, en sommigen waren vrij goed. Maar ze konden niets voor de mensen doen, ook niet als ze dat wilden. Die bommen vergiftigden de lucht en het water. Radioactiviteit gaat in de
bodem zitten. Wat ze ook zeggen, ik ben ervan overtuigd dat ze het
spul er nooit uit krijgen.'

Toen ik de Handelspost verliet, zag ik Jacqui Laurent en Dennis
voor het Chop Suey Palace staan. De moeder praatte en de zoon
luisterde.
Ze las hem de les. Ze deed het erg subtiel, zonder handgebaren of
stemverheffing, maar haar ogen flikkerden en het ongenoegen op
haar gezicht was duidelijk te zien.
Dennis stond tegenover haar en liet het allemaal over zich heen komen. Zijn kolossale lichaam was enigszins naar voren gebogen. Ze
leek zo jong dat iemand die hen niet kende zou denken dat ze een
stel waren dat ruzie had.
Ze vouwde haar handen over haar borst en wachtte.
Dennis trapte met de punt van zijn schoen in de grond. Knikte.
Hij keek zoals Pam had gekeken toen Moreland haar een reprimande
gaf.
Ging het over hetzelfde?
Was de landheer die ochtend naar een van zijn pachters gegaan? Om
te laten weten dat de omgang van Dennis en Pam hem niet aan-
stond?
Dennis keek links en rechts, zag mij en zei iets. Jacqui legde haar
hand op zijn dikke onderarm en duwde hem vlug naar binnen.

Terug in het huis nam ik deel aan de lunch, gegrillde heilbot en verse groente, en liep toen met Robin en Spike naar de boomgaard om
naar mijn werkkamer te gaan.
Moreland had weer een gevouwen kaartje voor me achtergelaten.
Het stond op mijn bureau.

Alex:
Kan dossier katvrouw niet vinden.

De geest was overwerkt
En de nacht deed boete voor
Een dag vol vermoeiend nietsdoen.

Wordsworth

Een passend citaat voor dit geval, vind je niet?

Bill

Ik ging aan mijn bureau zitten. *De nacht deed boete... vermoeiend nietsdoen.*
De rokkenjagende echtgenoot?
Altijd raadsels.
Alsof hij met me speelde.
Waarom had hij tegen me gelogen over die uitbetalingen op Bikini?
Het werd tijd dat ik met hem ging praten.

De deur van zijn werkkamer zat niet op slot, maar hij was er niet en de laboratoriumdeur was dicht. Ik liep erheen om aan te kloppen en zag, toen ik langs zijn bureau kwam, de overdrukken van mijn tijdschriftartikelen liggen. Ze lagen uitgewaaierd als speelkaarten. Er lagen ook een paar kranteknipsels.
Knipsels over mij.
Mijn betrokkenheid bij een geval van massaal misbruik van kinderen, jaren geleden.
Mijn adviezen aan een lagere school die door een sluipschutter werd geterroriseerd.
Verslagen van verklaringen die ik als getuige-deskundige in moordzaken had afgelegd.
Mijn naam onderstreept.
Die van Milo ook.
Ik herinnerde me de boodschap die hij had geschreven toen Milo belde: *Rechercheur Sturgis.* Als Milo geen dienst had, noemde hij zich nooit rechercheur.

Deed Moreland ook onderzoek naar hem?

Dikke stapel kranteknipsels. Onderin een moordproces. Mijn verklaring als getuige-deskundige, hoe ik had aangetoond dat een man
die tien vrouwen had afgeslacht ten onrechte een beroep op krank-
zinnigheid deed.

Morelands notitie in de marge: *Perfect!*

Dus ik was uitgekozen voor iets anders dan 'een goede combinatie
van deskundigheid en gezond verstand'.

Het was duidelijk dat Moreland zich grote zorgen maakte over die
kannibaal-moordenaar.

Hij had me hier onder valse voorwendsels naartoe gelokt om van
mijn deskundigheid te profiteren.

Wat had ik hem als detective te bieden?

Had hij reden om aan te nemen dat de moordenaar nog op Aruk
was?

Een harde klap in het lab maakte me aan het schrikken. Mijn hand
veegde de kranteknipsels van de tafel. Ik raapte ze vlug op en rende naar de deur.

Op slot.

Ik klopte hard aan.

Binnen kreunde iemand.

'Bill?'

Weer gekreun.

'Ik ben het. Alex. Heb je hulp nodig?'

Even later werd de knop omgedraaid en verscheen Moreland in de
deuropening. Hij wreef met zijn ene hand over zijn voorhoofd. Zijn
andere hand hing omlaag en droop van het bloed. Hij keek verward
uit zijn ogen.

'In slaap gevallen,' zei hij verbaasd. Achter hem, op de laboratoriumtafel, stonden fel gekleurde dozen en plastic bakken. Een rek met
reageerbuisjes lag op de vloer. De buisjes waren kapotgevallen.

'Je hand, Bill.'

Hij draaide de palm van zijn hand naar boven. Het bloed had een
plasje gevormd, het liep over zijn pols en vormde een dunne rode
lijn over de hele lengte van zijn magere onderarm.

Ik leidde hem naar de wasbak en maakte de wond schoon. De snee
was niet zo diep dat hechtingen nodig waren, maar er kwam nog
steeds bloed uit.

'Waar zijn je verbandspullen?'

'Daar beneden.' Hij wees versuft naar een kastje.

Ik bracht een antibiotische zalf aan en deed verband om zijn hand. 'In slaap gevallen,' zei hij hoofdschuddend. De gekleurde dozen bevatten uitgedroogde aardappelen en tarwepilau, voorgekookte erwten, linzen, rijstmengsels.

'Voedingsonderzoek,' zei Moreland, alsof hij mij uitleg verschuldigd was.

Hij zag de glasscherven liggen en bukte zich.

Ik stak mijn hand uit om hem tegen te houden. 'Ik doe dat wel.'

'Laat doorgewerkt,' zei hij zwakjes. Hij keek naar zijn verbonden hand, wreef over zijn mond, likte over zijn lippen. 'Meestal doe ik mijn beste werk 's avonds en 's nachts. Ik ben laat begonnen en heb eerst gekeken of die sloten wel goed geïnstalleerd waren. Ik vind het nog steeds verschrikkelijk, wat er gisteravond gebeurd is.'

'Denk er maar niet meer aan.'

Hij stak zijn hand uit. Ik schudde hem en voelde een tremor.

'Ik moet het deksel eraf hebben gelaten en daarna vergeten zijn de deur op slot te doen. Onvergeeflijk. Voortaan moet ik ieder detail controleren.'

Hij begon erg vlug over zijn slapen te wrijven.

'Hoofdpijn?'

'Slaapgebrek,' zei hij. 'Ik zou beter moeten weten, op mijn leeftijd... Weet je dat de meeste zogenaamde beschavingen aan chronisch slaapgebrek leiden?'

'Vanwege de elektriciteit?'

Hij knikte nadrukkelijk. 'Toen er nog geen elektriciteit was, brandden de mensen een kaars of twee en gingen dan naar bed. De zon was hun wekker. Ze waren afgestemd op een natuurlijk ritme. Negen, tien uur slaap per dag. Het gebeurt maar zelden dat een beschaafd mens er acht krijgt.'

'Slapen de eilanders goed?'

'Wat bedoel je?'

'Er is niet veel technologie op het eiland. De televisie-ontvangst is beroerd, zeker niet goed genoeg om ze uit bed te houden.'

'Televisie,' zei hij, 'is multiple-choice-rommel. Maar als je het mist, kan ik wel iets regelen.'

'Nee, dank je, al zou ik zo nu en dan wel een krant willen lezen.

Om een beetje in contact te blijven met de wereld.'
'Het spijt me, daar kan ik je niet aan helpen. Vroeger kregen we vaker kranten, omdat de marine dingen voor ons meebracht op hun bevoorradingsschepen, maar tegenwoordig zijn we afhankelijk van de boten. Heb je niet genoeg aan het radionieuws?'
'Ik zag een paar Amerikaanse kranten op je bureau liggen.'
Hij knipperde met zijn ogen. 'Die zijn oud.'
'Onderzoek?'
We keken elkaar aan. Zijn ogen waren nu helder en alert.
'Ja, ik maak gebruik van een knipseldienst op Guam. Als je wilt, kan ik wel zorgen dat ze tijdschriften voor je bestellen. En als je televisie wilt kijken, kan ik je wel aan een draagbaar toestel helpen.'
'Nee, dat hoeft niet.'
'Weet je het zeker?'
'Voor honderd procent.'
'Alsjeblieft, als je iets op het gebied van comfort nodig hebt, moet je het tegen me zeggen. Ik wil dat jullie hier een aangenaam verblijf hebben.'
Hij stak zijn tong in zijn rechterwang en fronste zijn wenkbrauwen. 'Was het tot nu toe... aangenaam? Afgezien van gisteravond natuurlijk.'
'We amuseren ons goed.'
'Ik hoop het. Ik doe mijn best... om een goede gastheer te zijn.' Hij glimlachte en haalde zijn schouders op. 'Nogmaals mijn verontschuldigingen voor die sissers...'
'Het geeft niet. Laten we het nou maar vergeten, Bill.'
'Je bent erg edelmoedig. Ik denk dat ik hier al zo lang in mijn eentje woon dat de normale maatschappelijke wellevendheid me is ontglipt.'
Hij sloeg zijn ogen weer neer. Hield zijn verbonden hand met zijn andere hand vast en kreeg weer die afwezige blik in zijn ogen.
Toen vermande hij zich abrupt. Hij richtte zich op en keek om zich heen. 'Weer aan het werk.'
'Zou het niet beter zijn als je ging rusten?'
'Nee, nee, ik voel me prima. O ja, waar kwam je eigenlijk voor?'
Ik was gekomen om hem indringende vragen over Samuel H. en stralingsvergiftiging te stellen. En over schadeloosstellingen, halve

waarheden en uitvluchten. Welke rol hij veertig jaar eerder had gespeeld, als hij er al bij was geweest.

En daar was nu nog iets bijgekomen: waarom was het 'perfect' dat ik als deskundige bij strafzaken betrokken was geweest?

Ik zei: 'Ik wilde alleen vragen of er specifieke gevallen zijn die je onder mijn aandacht wilt brengen.'

'Nee, nee, ik wil je niets opleggen. Zoals ik je in het begin al vertelde, heb je volledige vrijheid.'

'Ik zou best eens wat meer gevallen van nucleaire straling willen onderzoeken. Voor een afzonderlijk artikel: neuropsychologische gevolgen van stralingsvergiftiging. Daar is volgens mij nog nooit onderzoek naar gedaan. Het zou een mooie gelegenheid voor ons zijn om met een unieke theoretische basis te komen.'

Zijn hoofd ging een paar centimeter terug en hij legde zijn hand op de tafel. 'Ja, dat zou kunnen.'

Hij begon dozen met gedroogd voedsel te sorteren, tuurde naar ingrediënten, zette een rek met reageerbuizen recht. 'Jammer genoeg heb ik maar één dossier van een stralingsgeval meegenomen, en dat was dat van Samuel. Voordat ik er ineens op stuitte, wist ik niet eens meer dat ik het had. Mijn gebrek aan organisatie. Of misschien heb ik het daar onbewust laten liggen. Wilde ik eraan herinnerd worden.'

'Herinnerd waaraan?'

'Aan de vreselijke, vreselijke dingen die mensen onder het mom van gezag doen.'

'Ja,' zei ik. 'Het gezag kan afschuwelijke dingen aanrichten.'

Een abrupt hoofdknikje. Weer die zorgelijke blik in zijn ogen.

Hij keek me aan, wendde zich toen af en hield een reageerbuis met een bruine vloeistof tegen het licht.

'Het zou een interessant artikel zijn geweest, Alex. Het spijt me dat ik niet meer gegevens heb.'

'Over het gezag gesproken,' zei ik. 'Ik was vanmorgen op de Handelspost en zag daar toevallig het eind van Hoffmans persconferentie op Guam.'

'O ja?' Hij inspecteerde nog een reageerbuis, haalde een pen uit zijn zak en noteerde iets.

'Hij had het over zijn plan om Micronesië tot ontwikkeling te brengen.'

Hij haalde zijn schouders op. 'Hij heeft zijn fortuin gemaakt met het bouwen van winkelcentra, dus dat verbaast me niet. En die zogenaamde beheerste bosbouw van hem vind ik ook wel begrijpelijk. Zijn vader was houthakker, maar hij is verantwoordelijk voor meer ontbossing dan zijn vader zich ooit had kunnen voorstellen.'

'Hij heeft de reputatie dat hij milieubewust is.'

'Er zijn manieren.'

'Manieren waarvoor?'

'Manieren om je zin te krijgen zonder je eigen nest te bevuilen. Hij heeft regenwouden in Zuid-Amerika gekapt, maar steunt natuurreservaten in Oregon en Idaho. Daarom geven de milieugroepen hem een hoog cijfer. Daar heeft hij me gisteravond nog aan herinnerd. Alsof dat alles goedmaakte.'

'Wat goedmaakte?'

'Wat hij hier doet.'

'Dat hij Aruk laat sterven?'

Hij zette de reageerbuis neer en keek me fel aan. 'Verlies van levenskracht hoeft nog niet het einde te zijn.'

'Dus je hebt nog hoop voor het eiland?'

Hij liet zijn handen weer langs zijn zij vallen. Ze waren zo mager en stram als skistokken. Het bloed was onder het verband door gesijpeld en vormde korstjes.

'Ik heb altijd hoop,' zei hij, nauwelijks zijn lippen bewegend. 'Zonder hoop is er niets.'

Hij stak een bunsenbrander aan en ik ging naar mijn werkkamer terug. Waarom had ik hem niet gewoon gevraagd wat ik wilde weten?

Vanwege die val van hem? Omdat hij zo'n kwetsbare indruk had gemaakt?

Tremor. Vergeetachtigheid.

Kwam het door slaapgebrek, zoals hijzelf zei, of was hij gewoon een oude man die achteruitging?

Die tegelijk met zijn eiland achteruitging.

Hij had fel gereageerd toen ik zei dat Aruk misschien stervende was. Met diezelfde ijzige woede was hij de vorige avond tegen Pam uitgevallen. Ik vroeg me af of hij eens harder en kouder was geweest.

Verlies van levenskracht hoeft nog niet het einde te zijn.

Zonder hoop is er niets.
Ontkenning. Overdreven identificatie met Aruk.
Hoop was mooi, maar wat dééd hij eraan? Dezelfde vraag: waarom nam hij geen heroïsche maatregelen om de dingen weer tot leven te wekken, in plaats van al zijn energie in de voedingsbehoeften van insekten te steken?
Omdat hij bijna geen energie meer had?
Omdat hij behoefte had aan een universum dat hij kon beheersen?
Koning van de Kakkerlakken...
Welke rol had hij mij toegedacht?

22

Ik ging op zoek naar Robin, maar zij vond mij eerst. Ze kwam met Spike het pad op en keek nogal zorgelijk.
'Wat is er?'
'Laten we naar binnen gaan.'
We liepen terug naar mijn werkkamer en gingen op de bank zitten.
'Tjee.'
'Wat is er?'
'Ik ging een eindje wandelen. Naar de noordoostelijke hoek van het landgoed, waar het zich afbuigt van het banyanwoud. Eigenlijk liep ik Spike achterna. Hij wou daarheen.'
Ze streek krullen van haar ogen weg en liet haar hoofd op de rugleuning van de bank rusten.
'Die stenen muren gaan overal doorheen, maar waar de weg een bocht maakt, is er een erg dichte aanplant van avocado's en mango's. Honderden volwassen bomen met takken laag bij de grond, alsof ze nooit gesnoeid zijn – je moet je er echt doorheen persen. Maar Spike bleef snuiven en wilde met alle geweld dat ik erdoorheen ging. Na een meter of dertig begreep ik waarom: er huilde en kreunde iemand. Het klonk alsof iemand gewond was. Ik rende op het geluid af.'
Ze pakte mijn hand vast en gaf er een kneepje in.
'Het was Pam, Alex. Ze lag op een plaid tussen de bomen, met picknickspullen, een thermosfles, broodjes. Ze lag op haar rug en droeg een zomerjurk en... allemachtig.'

'Wat?'

'De schouderbandjes waren omlaag en ze had haar ene hand hier.' Robin omvatte haar eigen linkerborst. 'Haar ogen waren dicht en haar andere hand was omhoog geschoven onder haar jurk. En toen kwamen wij daar opeens aanzetten.'

'Ze kreunde van genot?'

'Nee, nee, ik geloof van niet. Pijn – emotionele pijn. Ze had zich... betast, en om de een of andere reden voelde ze zich daardoor doodongelukkig. De tranen liepen over haar wangen. Ik probeerde weg te gaan voordat ze ons zag, maar Spike begon te blaffen en ze deed haar ogen open. Ik kon wel door de grond zakken. Ze ging rechtop zitten en trok haar kleren recht, en intussen rende Spike op haar af en likte over haar gezicht.'

'Onze kleine beschermer.'

'God nog aan toe.'

'Arme jij.'

'Kun je het je voorstellen, Alex? Dit landgoed is zo groot. Je zou toch denken dat je ergens een plekje voor jezelf alleen kunt vinden zonder dat Sherlock Spike achter je aan komt snuffelen.'

'Dat was wel erg pech hebben,' beaamde ik. 'Maar als ze privacy zocht, had ze misschien beter naar haar kamer kunnen gaan, met de deur dicht. Hoe reageerde ze?'

'Een fractie van een seconde was ze geschokt, maar toen was ze kalm, als een echte dame, en gedroeg ze zich alsof ik een buurvrouw was die een beetje suiker kwam lenen. Ze nodigde me uit om te gaan zitten. Ik had overal liever willen zijn dan dáár, maar wat kon ik zeggen? Nee, dank u, ik laat u liever alleen met uw duistere en deprimerende seksuele fantasieën en wens u verder veel plezier? Intussen besnuffelde Spike de broodjes en begon te kwijlen.'

'Die jongen weet wat prioriteit heeft.'

'Jazeker, voor hem houdt de wereld op bij ham en kaas. Eigenlijk was het een goede afleiding dat ik hem bij me had. Ze speelde een tijdje met hem, gaf hem te eten, en we slaagden er vrij goed in om te doen of er niets gebeurd was. Maar plotseling barstte ze in tranen uit en toen was er geen houden meer aan. Ik kreeg alles te horen, hoe ellendig haar huwelijk was geweest, wat een afschuwelijke scheiding ze achter de rug had. Ik voelde me net een spons die haar verdriet in zich opzoog. Ik weet niet hoe jij dat al die jaren hebt volgehouden. Ik zei niets en ze ging maar door. Het leek wel of ze blij was dat ik haar had gevonden.'

'Misschien was ze dat ook wel.'

'Of misschien liet ze zich gemakkelijker gaan omdat ik haar toch al had betrapt. Ze torst ontzaglijk veel verdriet met zich mee.'

'Wat was er zo ellendig aan haar huwelijk?'

'Haar man was ook arts, gespecialiseerd in hart- en vaatziekten, een paar jaar jonger dan zij. Erg briljant, erg aantrekkelijk, de meest begeerde vrijgezel uit het ziekenhuis. Liefde op het eerste gezicht, een wervelende liefdesrelatie, maar de sex met hem was... ze kon niet klaarkomen en deed dus maar alsof. Het was vroeger nooit een probleem voor haar geweest en ze dacht dat het vanzelf wel goed zou komen. Maar dat gebeurde niet en uiteindelijk begreep hij dat. In het begin kon het hem niet schelen, zolang hij zelf maar aan zijn trekken kwam. Maar al gauw begon het hem dwars te zitten. Hij zag het als een belediging van zijn mannelijkheid en begon haar onder druk te zetten. Ondervroeg haar. Het werd een obsessie: als ze niet klaarkwam, hadden ze het niet echt gedaan. Uiteindelijk begonnen ze elkaar te vermijden en begon hij aan verhoudingen met andere vrouwen. Veel verhoudingen, en hij probeerde ze niet eens voor haar verborgen te houden. Omdat ze allebei in hetzelfde ziekenhuis werkten, had ze het gevoel dat iedereen het wist en haar uitlachte.'

'Dat zat ze je daar allemaal te vertellen?'

'Het leek meer of ze in zichzelf praatte, Alex. En het is nog niet alles: ze vroeg hem ook om met haar naar een therapeut te gaan. Hij weigerde, zei dat het háár probleem was. En dus ging ze alleen in therapie en uiteindelijk stortte alles tussen hen helemaal in en vroeg ze echtscheiding aan. In het begin deed hij heel rottig – hij vernederde haar met grappen over haar frigiditeit, vertelde haar alles over de meisjes waar hij mee omging. Maar toen veranderde hij van gedachten en wilde hij een verzoening. Ze wees hem af. Hij bleef haar bellen, smeekte om een nieuwe kans. Ze zei nee en zette de scheiding door. Een maand later kwam hij om het leven door een stompzinnig ongeluk. Hij had thuis een fitness-ruimte en was aan het bankdrukken. De halter viel op zijn borst en drukte hem dood.'

'En zij voelt zich schuldig.'

'Uitermate schuldig. Al weet ze dat het niet rationeel is. Want ze heeft het gevoel dat hij inderdaad nog echt van haar hield. Hij gaf het nooit op, hij bleef bellen, ook toen de scheiding definitief was. Hij zei steeds weer dat hij van haar hield. Hij zei dat hij nu wel naar een therapeut wilde. Ze wilde niet met hem praten. En nu heeft ze het gevoel dat hij overdreef met gewichtheffen omdat hij gestresst was. En dan te bedenken dat ik, toen ik haar voor het eerst zag, dacht dat ze een meisje was dat alles mee had.'

'Een meisje dat niets overhad,' zei ik. 'En dus pakt ze haar koffers en komt hier terug. En hier vindt ze weer een jongere man. Is die woordenwisseling met haar vader over Dennis nog ter sprake gekomen?'

'Nee. Maar het lijkt er inderdaad op dat je gelijk had: ze heeft problemen met mannen. Misschien is dat de reden waarom Bill zich zo druk maakte. Hij wil niet dat ze zo gauw weer een teleurstelling te verwerken krijgt.'

'Ik weet het niet,' zei ik. 'Ik heb nog steeds de indruk dat hij haar vooral bij Dennis vandaan wil houden. Maar misschien heeft ze andere problemen waarover ze jou niet heeft verteld. Iets dat het evenwicht op zijn eiland zou kunnen verstoren.'

'Misschien.'

'Kom eens hier.' Ze ging op mijn schoot zitten en ik hield haar dicht tegen me aan. 'Het lijkt erop dat jij je ware roeping bent misgelopen.'

'Daar maak ik me juist zorgen over. Het is níet mijn roeping. Jij hebt het altijd over patiënten die te veel en te vlug praten en dan vijandig worden.'

'Schatje,' zei ik. 'Jij vroeg haar niet uit, je luisterde alleen maar. En je hebt geen professionele verantwoordelijkheid...'

'Dat weet ik, Alex, maar ik mag haar graag. Ze lijkt me in wezen een aardige, intelligente vrouw die afschuwelijke dingen heeft meegemaakt. Ze was nog maar drie toen haar moeder stierf en Bill haar wegstuurde. Hij besteedde haar uit aan familie en stuurde haar later naar kostscholen. Ze zegt dat ze het Bill niet kwalijk neemt en dat hij zijn best deed. Maar het moet toch wel pijn doen. En nu is ze terug. Ze zal zich wel een mislukkeling voelen. Zou ik nog iets voor haar moeten doen?'

'Als ze je opzoekt, kun je luisteren, zolang het je niet neerslachtig maakt.'

'Ik wil niet dat zíj neerslachtig is. We leven hier allemaal zo dicht op elkaar.'

'Dit eiland,' zei ik, 'is zo langzamerhand net Eden ná de zondeval.'

'Nee,' zei ze glimlachend. 'Geen slangen, alleen insekten.'

'Misschien moeten we er eens over denken om naar huis te gaan, Robin... nee, wacht, luister nou. Niet vanwege Pam. Ik zit met andere dingen, waarover ik je nog niets heb verteld.'

Ze veranderde van positie en keek naar me op. 'Wat dan?'

'Misschien ben ik paranoïde, maar ik heb sterk het gevoel dat iemand die kakkerlakken bij ons heeft neergezet.' Ik vertelde haar over mijn verdenkingen.

'Maar wat zou het motief kunnen zijn, Alex?'

'Het enige dat ik kan bedenken, is dat iemand ons hier weg wil hebben.'

'Wie en waarom?'

'Wat het "wie" betreft: het kan Ben zijn geweest, of iemand anders van het personeel. Of zelfs Jo. Ze was die avond alleen en ik vind het vreemd dat ze pas lang nadat jij had gegild naar ons toe kwam. Wat het "waarom" betreft: ik weet het niet, maar ik ben er vrij zeker van dat Bill ons niet helemaal naar waarheid heeft verteld waarom hij mij heeft laten overkomen. Misschien zijn er dingen waar wij niets van weten.'

Ik vertelde haar over Morelands val in het lab, over de krantenknipsels die ik op zijn bureau had zien liggen, over het feit dat hij wist dat ik met Milo bevriend was.

'Denk je dat hij hulp wil hebben bij het oplossen van een misdrijf?' zei ze. 'De onopgeloste moord op South Beach?'

'Dat is het enige grote misdrijf dat ze hier in lange tijd hebben gehad.'

'Wat zou hij dan van je verwachten?'

'Ik weet het niet, maar hij heeft me haar sectierapport laten zien en hij zegt dat niemand anders dat gezien heeft, behalve Dennis. Iedere keer dat ik met hem praat, krijg ik het gevoel dat hij iets achterhoudt. Misschien is hij moed aan het verzamelen, of misschien wil hij wachten tot hij me helemaal vertrouwt. De vraag is: zal ik hem ooit kunnen vertrouwen? Want hij heeft over iets anders tegen me gelogen.'

Ik vertelde haar over Samuel H.'s stralingsvergiftiging en over mijn gesprek met Micah Sanjay.

'Dat is vreemd,' zei ze. 'Maar misschien is er een verklaring voor. Waarom vraag je hem er niet gewoon naar?'

'Ik was daarstraks naar hem toe gegaan om dat te doen. Maar toen hij was gevallen en begon te bloeden, had ik medelijden met hem. Ik zal hem er zo gauw mogelijk naar vragen.'

'En dan gaan we weg?'

Ze keek bedroefd.

Ik zei: 'Over sommige aspecten van die moord heb ik je nog niet verteld. Het was meer dan een gewone bloederige moord. Er was orgaandiefstal. Er waren tekenen van kannibalisme.'

Ze trok wit weg. Kwam van mijn schoot, liep naar een teakhouten muur en streek met haar vinger over de nerf van het hout. 'Je dacht dat ik dat niet aankon?'

'Ik vond het niet nodig je lastig te vallen met alle walgelijke details.'

Ze zei niets.

'Ik was je niet aan het bevoogden, Robin. Maar het is de bedoeling dat dit een vakantie is. Zou het je goed gedaan hebben om te horen over merg dat uit dijbeenbotten werd gezogen?'

'Weet je,' zei ze, me weer aankijkend, 'toen Pam haar hele verhaal vertelde, vond ik het eerst moeilijk, maar daarna voelde het wel goed aan. Het feit dat ze me vertrouwde. Dat ik dat soort vertrouwen kon wekken. Het is wel goed dat ik de sleur doorbreek en ontdek welke gevoelens ik voor andere mensen heb. Ik begin te beseffen dat ik mijn werk altijd heb gebruikt om bij mensen vandaan te blijven.'

'Ik heb altijd gevonden dat je erg goed met men...'

'Ik bedoel niet in maatschappelijk opzicht, Alex. Ik heb het over diepere contacten. Vooral met andere vrouwen. Je weet, ik heb dat nooit veel gedaan, omdat ik bij mijn vader opgroeide en altijd probeerde hem tevreden te stellen door me jongensachtig te gedragen. Jij zegt altijd dat wij een vreemd stel zijn: de man die zich met gevoelens bezighoudt, de vrouw die met gereedschap werkt. Misschien wil ik een beetje veranderen.'

Ik kwam van de bank en ging naast haar staan.

'Dat we hier zijn,' zei ze, 'ver van de drukte, al is het maar een paar dagen – dat is voor mij een... leerzame ervaring. Eerst Jo, toen Pam. Ik heb ontdekt dat ik iets te bieden heb. Maak je geen zorgen, ik ga het niet allemaal opgeven om therapeut te worden. Twee psychologen in één huis zou te veel voor me zijn. Maar ik vind het prettig om mensen te helpen. Is dat egoïstisch?'

'Nee, het is gezond,' zei ik. 'Ik zie het alleen niet als iets nieuws. De helft van je werk bestaat eruit dat je de therapeut speelt voor neurotische musici. Mensen hebben altijd zo op je gereageerd.'

'Aardig van je dat je dat zegt... maar misschien moest ik het zelf inzien.' Ze sloeg haar armen om me heen en drukte haar gezicht tegen mijn borst. 'Welkom bij de openbaringen van Robin. Nou, nu we dit allemaal hebben uitgepraat, kunnen we eerder weggaan, als het jou hier niet bevalt.'

'Nee, daar is geen haast bij. Waarschijnlijk laat ik me alleen maar door mijn fantasie meeslepen.'

Ze kuste mijn kin. 'Ik hou wel van jouw fantasie. En alledaags kun je het leven hier niet noemen: die insekten, Pickers ongeluk, en nu Pam. En ik kan niet zeggen dat ik het leuk vind om naar het strand te gaan en daar dan die twee lummels tegen te komen. Maar is het niet normaal om op zo'n eiland vreemde dingen te verwachten? Vanwege het isolement? Wat voor mensen zouden op zo'n spikkeltje in de oceaan terechtkomen?'

'Dus je hebt geen problemen met kannibalen op het strand?'

'Dat wel. Maar het is een half jaar geleden gebeurd, en zoals jij al zei, houden sexmoordenaars er niet mee op. Dus ik neem aan dat hij weg is.'

'Jij bent een keiharde tante, Castagna.'

Ze lachte. 'Valt wel mee. Het eerste dat ik vanmiddag deed, was onder het bed kijken of er enge beesten zaten. En als er nog iets gebeurt, zie je me misschien nog wel naar Guam zwemmen.'

'En dan kom ik direct achter je aan. Goed, als jij hier wilt blijven, wil ik dat ook wel. Hé, je hebt me tot rust gebracht. Je kunt mijn therapeut worden.'

'Nee.'

'Waarom niet?'

'Overwegingen van beroepsethiek. Ik wil met je naar bed blijven gaan.'

23

Ik ging naar Morelands bungalow terug. Die zat nu op slot en er deed niemand open.

Ik zag hem pas die avond aan tafel terug. Hij had een nieuw verband om zijn hand en begroette me met een glimlach. Pam stond in een hoek van het terras met haar handen in haar zij. Ze droeg een bloedrode jurk van Chinese zijde en rode sandalen. Haar haar was opgestoken en ze had een gele orchidee boven haar linkeroor. Was dat kunstmatige feestelijkheid?

Ze draaide zich om en maakte een vermoeid wuifgebaar in onze richting. Robin keek me aan en ging, toen ik knikte, naar haar toe.

Ik ging naast Moreland zitten.

'Hoe gaat het met je hand?'

'Goed, dank je. Wil je sap? Gemengde citrusvruchten, echt heel lekker.'

Ik nam wat. 'Er is een geval dat ik met je zou willen bespreken.'

'O?'

'Een zekere Joseph Cristobal, dertig jaar geleden. Hij klaagde over visuele hallucinaties – witte wormen, witte wormmensen – en is in zijn slaap gestorven. Je vond een verstopte kransslagader en gaf hartstilstand als doodsoorzaak op. Maar je trof ook een organisme aan dat *A. Tutalo* heet. Ik heb er in de handboeken naar gezocht maar kon het nergens vinden.'

Hij wreef over zijn gerimpelde kin. 'Ach, ja, Joseph. Hij werkte hier als tuinman. Zag er gezond genoeg uit, maar zijn slagaders waren een puinhoop. Hield van kokosnoten, misschien kwam het daardoor. Hij klaagde nooit over hartproblemen, maar ook als hij dat had gedaan, had ik niet veel voor hem kunnen doen. Tegenwoordig zou ik natuurlijk een angiogram laten maken en misschien zou hij zelfs een bypass kunnen krijgen. Dat is het vernederende van de geneeskunde. Alles wat je doet, gaat op een gegeven moment op barbierswerk uit de middeleeuwen lijken.'

'En *A. Tutalo*?'

Hij glimlachte. 'Nee, dat is geen organisme. Het is... een beetje ingewikkelder, jonge vriend... Aha, kijk eens wie we daar hebben.'

Jo was naar buiten gekomen, op de voet gevolgd door Ben en Claire Romero. Moreland sprong overeind, raakte Jo's hand even aan, liep toen door en omhelsde Claire. Terwijl hij over zijn schouder keek, zei hij: 'Zullen we ons gesprek na het eten voortzetten, Alex?'

Jo leek anders. Haar ogen waren minder somber en haar stem klonk helderder, bijna uitgelaten. Ze prees de gerechten na elke drie happen die ze nam en vertelde vervolgens aan haar disgenoten dat Lymans lichaam in de Verenigde Staten was aangekomen en door zijn familie in ontvangst was genomen. En nadat ze onze blijken van leedwezen had afgeweerd, veranderde ze van onderwerp en begon over haar onderzoek te spreken. Ze zei dat alles 'schitterend' verliep.
Een bende tjitjaks rende over de reling, terwijl de hemel eerst diepblauw en toen zwart werd. De regenwolken waren grijze vlekken. Ze hadden zich sinds de ochtend nauwelijks verplaatst.
Toen Jo ophield met praten, ging Moreland naar de reling. Zodra hij met een stukje fruit wuifde, hielden de tjitjaks op met rennen. Ze keken hem aan. Waarschijnlijk waren ze dit gewend en kwamen ze daarom tegen etenstijd naar het terras. Hij voerde ze met de hand, ging toen naar de tafel terug en hield een betoog over de band tussen mens en dier. Ik had de indruk dat hij het vermeed om mij aan te kijken.
Er werd nog even over van alles gepraat en toen werd Claire Romero het middelpunt van de gesprekken, zoals vaak met een nieuwkomer gebeurt.
Ze was zo vriendelijk als ze was geweest toen ik haar ontmoette, welbespraakt maar erg rustig. Haar ouders hadden in Honolulu in het onderwijs gewerkt en ze had tijdens haar studie viool gespeeld, solo en in een aantal kamermuziekgroepen. In die tijd had ze serieus over een carrière in de muziek gedacht.
'Waarom heb je dat niet gedaan?' vroeg Jo, die van een croissantje at.
Claire glimlachte. 'Niet genoeg talent.'
'Weet je dat zeker? Soms zijn we zelf nog het minst in staat om onszelf te beoordelen.'
'Heel zeker, mevrouw Picker.'
'Zij is de enige die er zo over denkt,' zei Ben. 'Ze is ontzaglijk goed. Een wonderkind. Toen ik met haar trouwde, heb ik haar uit dat alles weggehaald.'

Claire keek naar haar bord.

'Jij bent echt erg goed,' zei hij. 'Nietwaar, dokter Bill?'

'Alsjeblieft, Ben...'

'Je bent echt enorm getalenteerd, Claire,' zei Moreland. 'En het is zo lang geleden dat je voor ons hebt gespeeld. Was dat niet vorig jaar? Op mijn verjaardag. Wat een mooie avond was dat.'

'Ik heb daarna bijna helemaal niet meer gespeeld, dokter Bill.' Ze wendde zich tot Robin. 'Heb je ooit een viool gebouwd?'

'Nee, maar ik heb er wel over gedacht. Ik heb wat oud vurehout uit de Alpen en esdoornhout uit Tirol, het perfecte materiaal. Maar het is nogal een opgave.'

'Waarom?' vroeg Jo.

'De eerste keer,' zei Robin. 'Kleine schaal, subtiele gradaties. Ik zou geen oud hout willen bederven.'

'Claire heeft een prachtige oude viool,' zei Ben. 'Frans – een Guersan. Meer dan honderd jaar oud.' Hij knipoogde. 'Toevallig ligt hij nu in de auto.'

Claire staarde hem aan.

Hij glimlachte met gespeelde onschuld terug.

Ze schudde haar hoofd.

'Nou,' zei Moreland, en hij klapte in zijn handen. 'Dan moet je voor ons spelen.'

'Ik kan het echt niet zo goed meer, dokt...'

'Ik ben bereid dat risico te nemen, Claire.'

Claire keek Ben aan.

'Alsjeblieft, liefste. Een of twee stukken.'

'Ik waarschuw jullie: doe de oordoppen maar in.'

'Goed, dan zijn we gewaarschuwd. Zou je hetzelfde stuk als vorig jaar voor ons kunnen spelen? Dat van Vivaldi?'

Claire aarzelde, keek Ben aan.

'Ik zag de vioolkist,' zei hij. 'Hij lag maar in de kast. Hij zei: "Neem me mee."'

'Als je stemmen hoort, moet je misschien eens een lang gesprek met Alex hebben.'

'Claire?' zei Moreland zachtjes.

Claire schudde haar hoofd. 'Goed, dokter Bill.'

Ze speelde geweldig goed, maar maakte een gespannen indruk. Mond strak, schouders ingetrokken. Ze bewoog met de muziek mee en vulde het terras met diepe en prachtige melodieën. Toen ze klaar was, applaudisseerden we, en zei ze: 'Bedankt voor jullie verdraagzaamheid. Nu moet ik echt weg. Voor morgen staat er een rekenproefwerk op het programma.'

Moreland deed haar en Ben uitgeleide. Pam at gedachteloos van een schijf passievrucht. Robin pakte mijn hand vast.

'Ze is echt erg goed, Alex.'

'Fantastisch,' zei ik. Maar ik dacht aan *A. Tutalo*. En aan de andere dingen die ik Moreland zou vragen als hij terugkwam.

Hij kwam niet terug.

Toen Robin zei: 'Laten we naar boven gaan,' ging ik meteen akkoord.

Zodra we onze kamerdeur achter ons hadden gesloten, omhelsden we elkaar, en even later lagen we in bed. We kusten elkaar innig en zeiden geen woord.

Na afloop lag ik een tijdje te woelen, maar uiteindelijk zakte ik weg in een strooppot van droomloze slaap, een welkome hersendood.

Daardoor schrok ik des te meer toen ik midden in de nacht wakker werd.

Ik ging zwetend rechtop zitten, zonder te weten waarom.

Die geluiden... mijn hoofd zat verstopt en ik deed mijn uiterste best om iets te begrijpen van wat ik hoorde.

Snel gebonk... voetstappen op de gang...

Iemand die rende?

Een taptoe van voetstappen, meer dan een persoon.

Snel.

Paniek...

Toen kreten, woedend, gejaagd, iemand die volhield: 'Nee!'

Spike blafte onrustig.

Robin ging ook rechtop zitten, geschrokken, haar haren voor haar gezicht, haar borsten op en neer deinend. Ze greep mijn arm vast en haar nagels groeven zich in mijn huid.

Een deur viel dicht.

'Alex...'

Nog meer geschreeuw. Een luid gesprek... woedend...

Te ver weg om het te kunnen verstaan.

Al was dat *Nee!* duidelijk genoeg geweest...

Een mannenstem.

Moreland.

We stonden op, trokken onze ochtendjas aan en maakten voorzichtig onze deur open.

De kroonluchter in de hal stond aan en wierp een fel licht op de overloop. Mijn ogen deden pijn, ik had moeite om ze open te houden.

Moreland was er niet, maar Jo was er wel. Ze stond met haar brede rug naar ons toe en had haar handen op de balustrade. Een deur aan de gang ging open en Pam kwam naar buiten rennen, gehuld in een zilverkleurige kimono, haar gezicht zo wit als papier. De deur bleef open en ik kon voor het eerst een blik in haar kamer werpen: wit satijnen beddegoed, perzikkleurige wanden, snijbloemen. Aan het eind van de overloop bleef de deur van haar vader dicht.

Maar ik hoorde hem weer. Beneden, in de hal.

We gingen vlug naast Jo staan. Ze draaide zich niet om, bleef kijken.

Moreland en Dennis Laurent. De politiecommandant stond net binnen de voordeur. Hij droeg zijn uniform en had zijn handen op zijn heupen. Aan zijn riem hing een holster met een pistool.

Moreland stond met gebalde vuisten tegenover hem. Hij droeg een lang wit nachthemd en zachte pantoffels. Zijn benen waren stelten met spataderen, zijn handen waren dicht bij het onbewogen gezicht van de politiecommandant.

'Onmogelijk, Dennis! Krankzinnig!'

Dennis stak zijn hand omhoog. Moreland kwam toch nog dichterbij.

'Luister naar me, Dennis...'

'Ik vertel je alleen wat we...'

'Het kan me niet schelen wat jullie hebben gevonden, het is onmogelijk! Hoe kan uitgerekend jij...'

'Rustig maar. Laten we het stap voor stap doen. Ik zal doen wat ik...'

'Wat jij kunt doen, is er een eind aan maken! Onmiddellijk! Je moet niet eens aan de mogelijkheid denken, en je moet ook niet toestaan dat iemand anders daaraan denkt. Er is gewoon geen keus, jongen.'

De ogen van de politieman werden zwarte spleetjes. 'Dus je wilt dat ik...'

'Jij bent de politie, jongen. Het is aan jou om...'

'Het is aan mij om de wet te handhaven...'

'Handhaaf hem dan...'

'Maar niet helemaal?'

'Je weet wat ik bedoel, Dennis. Dit moet...'

'Stop.' Dennis' fagotstem sloeg een toon aan in het onderste deel van zijn register. Hij richtte zich in volle lengte op en keek neer op Moreland. Moreland, gedwongen naar hem op te kijken, zei: 'Dit is psychotisch! Na alles wat jij en...'

'Ik ga af op wat ik heb,' zei Dennis, 'en wat ik heb, ziet er slecht uit. En het zou nog veel erger kunnen worden. Ik heb de basis gebeld en Ewing gevraagd zijn mannen onder bewaking te houden...'

'Je drong tot hem door?'

'Ja, dat lukte deze keer.'

'Gefeliciteerd,' zei Moreland bitter. 'Je hebt het eindelijk gered.'

'Dokter, er is geen re...'

'Er is geen reden om met die waanzin verder te gaan!'

De politieman slaakte een zucht en begon de deur open te maken. Moreland pakte zijn arm vast. Dennis keek naar Morelands knokige vingers tot de oude man hem losliet.

'Ik heb dingen te doen, dokter. Blijf hier. Ga niet van het landgoed af.'

'Hoe kun je...'

'Zoals ik zei, ik ga af op wat ik heb.'

'En ik zei...'

'Geen keus. Bespaar je de moeite.' Dennis maakte weer aanstalten om weg te gaan, en opnieuw greep Moreland zijn arm vast. Ditmaal schudde de grote man zich los. Moreland ging een stap terug.

Op dat moment riep Pam.

Dennis keek naar ons op.

'Denk na, mijn zoon!' zei Moreland. 'Maak het...'

'Ik ben je zoon niet. En jij hoeft me niet te vertellen wat ik moet denken of hoe ik mijn werk moet doen. Jij blijft hier tot ik zeg dat je weg mag gaan.'

'Dat is huisarr...'

'Het is gezond verstand. Het is duidelijk dat ik aan jou niet veel zal hebben. Daarom laat ik iemand van Saipan overkomen.'

'Nee,' zei Moreland. 'Ik zal meewerken. Ik ben volkomen...'

'Laat maar.'

'Ik ben de...'

'Niet meer,' zei Dennis. 'Jij blijft hier en je houdt je rustig.' Hij gromde nu. Zijn kolossale schouders waren samengetrokken.

Hij keek weer naar ons op. Richtte zijn blik op Pam en keek toen de hele balustrade langs. Zijn ogen versprongen als tjitjakken.

'Wat is er aan de hand?' vroeg ik.

Hij beet op zijn lip.

Morelands hoofd hing voorover. Hij hield het vast alsof hij bang was dat het van zijn hals zou vallen.

'Wat is er gebeurd?' zei Pam. 'Wat is er gebeurd, Dennis?' Ik kon haar parfum ruiken.

Dennis dacht blijkbaar even na. Toen keek hij Moreland weer aan, die nu met zijn gezicht tegen de muur leunde. Zijn medelijden sloeg om in woede.

'Iets ergs,' zei hij, en zette een voet buiten de deur. 'Je vader kan je er alles over vertellen.'

De deur sloeg dicht en hij was weg. Moreland bleef roerloos in de hal staan. In het licht van de kroonluchter leek het of zijn kale schedel van metaal was.

Pam liep vlug naar hem toe en we volgden haar.

Pyjamafeest in het messenkasteel. Mijn verhemelte deed pijn en mijn ogen voelden aan of ze in glasscherven waren rondgerold.

'Pa?'

Ze sloeg haar arm om hem heen. Hij had een afschuwelijke kleur.

'Wat is er, pa?'

Hij mompelde iets.

'Wat?'

Stilte.

'Alsjeblieft, pa, vertel het me.'

Hij schudde zijn hoofd en mompelde: 'Zoals Dennis zei. Iets ergs.'

'Wat voor ergs.'

Hij schudde weer met zijn hoofd.

'Kom, laten we gaan zitten.'

Ze leidde hem naar een fauteuil in de voorkamer. Hij liet zich er met tegenzin in zakken, bleef op de rand zitten. Zijn ene hand krab-

de over zijn knobbelige knie en zijn andere hand schermde het grootste deel van zijn gezicht af. Zijn gezicht had de kleur van bedorven
melk en zijn lippen leken net reepjes stopverf.

'Wat is er aan de hand, pa? Waarom deed Dennis zo grof tegen je?'
Moreland kuchte. 'Hij deed zijn werk...'

'Een misdrijf. Is er een misdrijf gepleegd, pa?'

Moreland liet zijn handen op zijn schoot zakken. De verslagenheid
had zijn gezicht van iedere structuur beroofd. Elke rimpel was zo
zwart en diep als klei waar een beeldhouwer net met zijn guts doorheen is gegaan.

'Ja, een misdrijf... moord. Een verschrikkelijke, verschrikkelijke
moord.'

'Wie is er vermoord, pa?'

Geen antwoord.

'Wanneer?'

'Vannacht.'

Ik zei: 'Weer een...'

Hij kapte me met een handgebaar af. 'Een verschrikkelijke moord.'

'Wie?' zei Jo.

'Een jonge vrouw.'

'Waar, pa?'

'Victory Park.'

'Wie was het slachtoffer?' drong Jo aan.

Lange stilte. 'Een meisje, Betty Aguilar.'

Pam fronste haar wenkbrauwen. 'Kennen we haar?'

'De dochter van Ida Aguilar. Ze werkte in Ida's stalletje in de
Handelspost. Ze is vorige week voor controle bij me geweest en ik
heb je aan haar voorgesteld toen...'

'Allemachtig,' zei ik. 'Ik heb vandaag nog met haar gesproken. Ze
was zwanger.'

'O, nee,' zei Robin. Ze hield de ceintuur van mijn ochtendjas vast,
haar ogen glansden – alsof ze belladonna had gebruikt.

'Nou, dat is inderdaad afschuwelijk,' zei Jo. Haar stem klonk volkomen helder. Was ze van de slaappillen af?

'Ja, ja,' zei Moreland. 'Vreselijk, ja, ja, ja...' Hij pakte de armleu-
ning van de stoel vast. Pam ondersteunde hem.

'Ik vind het zo erg, pa. Heb je haar goed gekend?'

'Ik...' Hij begon te huilen en Pam probeerde hem vast te houden, maar hij trok zich los en keek naar de grote donkere ramen. De lucht was nog diepblauw maar de wolken waren groter en hingen lager.

'Ik heb haar ter wereld geholpen,' zei hij. 'Ik zou haar baby ook ter wereld helpen. Ze deed het zo goed als aanstaande moeder... Ze rookte vroeger veel en...' Hij hield zijn vinger even tegen zijn mond. 'Ze nam zich voor om goed voor zichzelf te zorgen en dat deed ze ook.'

'Enig idee waarom ze vermoord is?' zei Jo.

Moreland keek haar aan. 'Waarom zou ik dat weten?'

'Je hebt haar gekend.'

Moreland wendde zich van haar af.

'Waarom wil Dennis dat je hier blijft?' zei ik.

'Niet alleen ik, wij allemaal. We staan allemaal onder huisarrest.'

'Waarom, papa?' zei Pam.

'Omdat... ze... het is...' Hij boog zich naar voren en leunde toen achterover, met zijn beide handen nog op de armleuningen van zijn stoel. Die stoel was bekleed met roze damast en zijde en moest ooit erg duur zijn geweest. Nu zag ik de kale plekken en de beschadigingen, een dichtgestikte scheur, vlekken die nooit meer weg te krijgen waren.

Moreland wreef over zijn slapen zoals hij ook na zijn val in het lab had gedaan. En toen over zijn nek. Hij huiverde en Pam hield haar vinger onder zijn kin om die te ondersteunen. 'Waarom staan we onder huisarrest, pa?'

Hij huiverde weer.

'Pa...'

Hij bracht zijn hand omhoog, duwde haar vinger weg, hield hem vast. Bevend.

'Ben,' zei hij. 'Ze denken dat Ben het heeft gedaan.'

24

Hij begroef zijn gezicht weer in zijn handen en weigerde zich te laten troosten.

Pam ging hulpeloos weg en kwam terug met Gladys, die een fles cognac en glazen bij zich had.

De huishoudster leek slaperig, maar schrok toen ze zag hoe Moreland eraan toe was.

'Dokter Bill...'

'Hij mankeert niets,' zei Pam. 'Alsjeblieft, ga weer naar bed. We zullen je morgenvroeg nodig hebben.'

Gladys stond er handenwringend bij.

'Alsjeblieft, Gladys.'

Moreland zei: 'Er is niets met me aan de hand, Gladys.' De klank van zijn stem wekte een heel andere indruk.

De oude vrouw kauwde op de binnenkant van haar wang en ging tenslotte weg.

'Cognac, pa?'

Hij schudde zijn hoofd.

Ze schonk toch een glas voor hem in en hield het hem voor.

Hij maakte een afwijzend gebaar, maar wilde wel wat water hebben. Pam nam zijn pols en voelde zijn voorhoofd.

'Warm,' zei ze. 'En je zweet.'

'Het is hier warm,' zei hij. 'Al dat glas.'

De ramen stonden open en de nachtlucht vol bloemengeuren stroomde door de lattenschermen naar binnen. Een kille lucht. Mijn handen waren ijskoud.

Pam veegde Morelands voorhoofd af. 'Laten we in de frisse lucht gaan, pa.'

We gingen naar het terras. Moreland bood geen weerstand en Pam zette hem aan het hoofd van de lege eettafel.

'Hier, neem nog wat water.'

Hij dronk het glas leeg terwijl wij om hem heen stonden. De hemel had de kleur van blauwe suède en de maan was een schijfje citroenschil. Glycerinedruppels van licht vielen in de oceaan. Ik keek over de reling, zag overal in het dorp lichten aangaan. South Beach bleef donker.

Ik schonk voor iedereen cognac in.

Morelands ogen waren wijd open. Hij keek strak voor zich uit.

'Waanzin,' zei hij. 'Hoe kunnen ze dat denken?'

'Hebben ze bewijzen?' zei Jo.

'Nee!' zei Moreland. 'Ze beweren dat hij... iemand heeft hem gevonden.'

'Op de plaats van het misdrijf?' zei ik.

'Hij sliep op de plaats van het misdrijf. Dat kwam mooi uit, niet-waar?'

'Wie heeft hem gevonden?' vroeg Jo.

'Een man uit het dorp.'

'Een geloofwaardige man?' Er klonk iets nieuws in haar stem door, wetenschappelijke scepsis, een bijna vijandige nieuwsgierigheid.

'Een zekere Bernardo Rijks,' zei Moreland. 'Hij lijdt aan chronische slapeloosheid. Doet overdag te veel dutjes. Ik heb geprobeerd hem te behandelen, maar...' Hij keek zwijgend in zijn glas. 'Mag ik nog wat water, katje?'

Pam schonk een glas vol en hij dronk het vlug leeg.

'Bernardo gaat 's nachts wandelen. Dat doet hij al jaren. Van zijn huis aan Campion Way naar de haven, langs het water, en dan weer naar boven. Soms gaat hij twee of drie keer heen en weer. Zegt dat hij daar slaap van krijgt.'

'Waar is Campion Way?' zei ik.

'De straat waar de kerk aan staat,' zei Pam. 'Er is geen bordje.'

'De straat waar Victory Park aan ligt.'

Moreland ging verder. 'Toen hij vannacht langs het park kwam, hoorde hij gekreun. Hij dacht dat er een probleem was en ging kij-ken.'

'Wat voor probleem?' vroeg ik.

'Een overdosis drugs.'

'Is het park een plaats waar druggebruikers komen?'

'Vroeger wel,' zei hij geërgerd. 'Toen de matrozen nog in het dorp kwamen. Ze dronken zich suf bij Slim's of rookten marihuana op het strand, probeerden meisjes uit het dorp op te pikken en gingen dan naar het park. Bernardo woont boven aan Campion Way. Hij belde me altijd om die jongens te behandelen als ze bewusteloos wa-ren.'

'Dus hij is geloofwaardig,' zei Jo.

'Hij is een beste kerel. Het probleem ligt niet bij hem. Het is...' Moreland streek met zijn vingers door het witte pluishaar op zijn slapen. 'Dit is krankzinnig, gewoon krankzinnig! Arme Ben.'

Ik voelde Robins spanning. Ze wreef over haar slapen en keek naar de lucht.

'Wat gebeurde er toen?' vroeg Jo. 'Nadat die Bernardo naar het park ging om te kijken waar dat gekreun vandaan kwam?'

'Hij vond...' Lange stilte. Moreland haalde snel adem.

'Pa?'

Hij haalde diep adem, liet de lucht ontsnappen en zei: 'Dat gekreun kwam van Ben. Hij lag daar, naast... dat afschuwelijke. Bernardo rende naar het dichtstbijzijnde huis, maakte de mensen wakker, en al gauw had je daar een hele menigte. Een van de omstanders was Skip Amalfi, en die hield Ben tegen de grond gedrukt tot Dennis er was.'

'Skip woont daar niet in de buurt,' zei ik.

'Hij was in de haven aan het vissen en hoorde de opschudding. Blijkbaar ziet hij zich als de grote blanke leider. Hij verdraaide Bens arm en ging op hem zitten. Ben vormde geen gevaar voor wie dan ook. Hij was nog niet eens bijgekomen.'

'Waarom was hij bewusteloos?' drong ik aan.

Moreland staarde naar zijn knieën.

'Was híj aan de drugs?' vroeg Jo.

Morelands hoofd kwam met een ruk omhoog. 'Nee. Ze zeggen dat hij dronken was.'

'Ben?' zei Pam. 'Die is net zo goed geheelonthouder als jij, pa.'

'Ja, dat is hij...'

'Is hij dat altijd geweest?' vroeg ik.

Moreland hield zijn bevende hand voor zijn ogen. Hij streek weer door zijn haar, draaide witte lokken tussen zijn vingers. 'Hij staat al jaren helemaal droog.'

'Hoe lang geleden had hij een alcoholprobleem?' vroeg ik.

'Erg lang geleden.'

'In Hawaï?'

'Nee, nee, daarvoor.'

'Dus nog voordat hij in Hawaï ging studeren?'

'Hij had problemen met drank toen hij op de middelbare school zat.'

'Een tiener aan de drank?' zei Pam ongelovig.

'Ja, meisje,' zei haar vader met moeizaam geduld. 'Dat gebeurt weleens. Hij was kwetsbaar vanwege zijn problematische familieachtergronden. Zijn beide ouders dronken. Zijn vader had een erg kwade dronk. Stierf op zijn vijfenvijftigste aan levercirrose. Zijn moeder bezweek aan longkanker, al was haar lever ook erg necrotisch. Koppige vrouw. Ik installeerde zuurstoftanks in haar huis om de laatste maanden wat draaglijker voor haar te maken. Ben was zestien, maar hij werd haar full-time verpleger. Ze rukte het masker vaak af en schreeuwde dan tegen hem dat hij sigaretten voor haar moest halen.'

'Slechte genetische achtergronden en slecht milieu,' concludeerde Jo.

Moreland sprong overeind en wankelde, schudde Pams helpende hand van zich af. 'Allebei die dingen overkwámen hem, Jo. Toen zijn ouders waren gestorven, nam ik hem hier in huis. In ruil voor kost en inwoning werkte hij voor me. Hij begon als huisbewaarder, maar toen ik zag hoe intelligent hij was, gaf ik hem meer verantwoordelijkheid. Hij las mijn hele medische bibliotheek door, bracht zijn schoolcijfers omhoog, hield helemaal op met drinken.'

Pams verbazing had plaatsgemaakt voor droefheid. Was ze jaloers op Morelands toewijding of voelde ze zich buitengesloten omdat ze dit verhaal nu voor het eerst hoorde?

Ze deed een stap bij haar vader vandaan maar stak tegelijk haar hand uit om een klopje op zijn schouder te geven.

'Hij dronk nooit meer iets,' herhaalde Moreland. 'Hij heeft een ongelooflijk sterk karakter. Daarom heb ik de rest van zijn opleiding gefinancierd. Hij heeft een leven opgebouwd voor zichzelf en Claire en de kinderen... je hebt hem vanavond gezien. Was dat het gezicht van een psychopathische moordenaar?'

Niemand gaf antwoord.

'Geloof me nou maar,' zei hij, en hij sloeg op het tafelblad. 'Wat zij beweren, is onmogelijk! Het feit dat er een fles wodka bij zijn hand lag, bewijst dat. Hij dronk vroeger alleen bier. En ik heb hem jaren geleden met Antabuse behandeld. Sindsdien maakt de smaak van alcohol hem misselijk. Hij verafschuwt sterke drank.'

'Wat bedoel je dan?' vroeg Jo. 'Dat iemand het door zijn keel heeft gegoten en hem dronken heeft gemaakt?'

Even leek het of haar koele stem hem uit zijn evenwicht bracht. 'Ik... ik bedoel dat hij geen alcohol kan verdragen en er ook niet naar verlangt.'

'Dan is dat het enige alternatief dat me te binnen wil schieten,' zei ze. 'Iemand dwong hem te drinken. Maar wie zou dat doen? En waarom?'

Moreland drukte zijn tanden op elkaar. 'Ik wéét het niet, Jo. Maar ik weet wel wat Ben voor iemand is.'

'Hoe is Betty vermoord?' zei ik.

'Ze... het was... een steekpartij.'

'Is het wapen op Ben aangetroffen?'

'Hij had het niet in zijn hand.'

'Is het wel ter plaatse aangetroffen?'

'Het zat... vast.'

'Zat vast,' herhaalde Jo. 'Waar?'

'In de keel van het arme meisje! Moeten jullie nu echt al die dingen weten?'

Robin kneep nerveus in mijn hand.

'Het is allemaal zo absurd!' zei Moreland. 'Ze beweren dat Ben naast haar lag, dat hij met haar sliep, met zijn armen om haar heen, met zijn hoofd op haar... wat er nog over was van haar buik. Dat hij bij haar zou kunnen slapen na zoiets... Het is absurd!'

Robin maakte zich van me los en rende naar de balustrade. Ik volgde haar en sloeg mijn armen om haar schouders en voelde dat ze huiverde. Ze keek op naar de heldere gele maan.

Aan de tafel zei Jo: 'Hij verminkte haar?'

'Ik wil daar verder niets over zeggen, Jo. Het gaat er nu om dat we Ben helpen.'

Robin draaide zich abrupt om. 'En Betty? Moeten we haar familie niet helpen?'

'Ja, ja, natuurlijk is dat...'

'Ze was zwanger! Denk eens aan haar ongeboren kind! Haar man, haar ouders!'

Moreland wendde zijn ogen af.

'Hoe moet het nu verder met hen, Bill?'

Morelands lip trilde. 'Natuurlijk verdienen ze ons medeleven, Robin. Ik heb erg met ze te doen. Betty was mijn patiënte. Ik heb haar ter wereld geholpen, god nog aan toe!'

'Kinkhoest,' zei ik.

'Hè?'

'Ik heb gisteren met haar gesproken. Ze vertelde me dat je haar voor kinkhoest hebt behandeld toen ze nog een kind was. Zei dat je haar hebt genezen. Ze zag je als een held.'

Hij liet zijn schouders zakken en ging weer zitten. 'Lieve god...'

Niemand zei iets. Er werd cognac ingeschonken. Goed spul, het brandde zich langzaam een zuiverende weg omlaag door mijn keel, het enige gevoel in een lichaam dat verder helemaal verdoofd was. Iedereen maakte een verdoofde indruk.

'Weet iemand hoe laat het is?' vroeg ik.

Pam schoof de mouw van haar kimono omhoog. 'Net vier uur geweest.'

'Goeiemorgen gewenst,' zei Jo zachtjes. 'Ik begrijp nog steeds niet waarom wij hier allemaal opgesloten zijn.'

'Voor ónze eigen veiligheid,' zei Moreland. 'Tenminste, dat is de theorie.'

'Wie heeft het op ons voorzien?'

'Niemand.'

'Maar,' zei ik, 'Ben wordt geïdentificeerd met dit huis en de mensen zouden conclusies kunnen trekken.'

Moreland gaf geen antwoord.

Jo fronste haar wenkbrauwen. 'Als we hier opgesloten zitten, zijn we onbeweeglijke doelwitten. Je hebt hier geen beveiliging. Iedereen kan zo naar binnen lopen.'

'Ik heb nooit beveiliging nodig gehad, Jo. Het is allemaal zo belachelijk.'

'Heb je hier ook wapens?' vroeg ze.

'Nee! Als je je druk maakt om je veiligheid, stel ik voor dat je...'

'Geen probleem,' zei Jo. 'Ik voor mij zit er niet mee. Dat is het enige voordeel dat ik van het verlies van Ly heb gehad. Als je ergste fantasie werkelijkheid wordt, merk je dat je de dingen aankunt.'

Ze stond op en schuifelde, terwijl ze de ceintuur van haar ochtendjas strak trok, naar de zitkamer. Haar brede heupen bewogen op en neer als de bakjes van een ouderwetse weegschaal.

Toen ze weg was, zei Robin: 'Ze heeft een wapen. Een klein pistool. Ik zag het in een open la van haar nachtkastje liggen.'

Moreland bewoog zijn kaken op en neer. 'Ik heb de pest aan vuurwapens.'

Pam zei: 'Hopelijk schiet ze niet per ongeluk op iemand. Zou je nu wat rust kunnen nemen, pa? Je zult al je kracht nodig hebben.'

'Maak je om mij maar geen zorgen, Pam. Dank je voor je... goede zorgen, maar ik geloof dat ik nog een tijdje opblijf.' Hij boog zich naar haar toe alsof hij haar wilde kussen maar gaf in plaats daarvan een klopje op haar schouder. 'Als de zon opkomt, krijgt het gezond verstand hopelijk de overhand.'

'Als je tijd hebt,' zei ik, 'zou ik graag een paar dingen met je willen bespreken.'

Hij keek me aan.

'De dingen waar we gisteravond niet aan toe zijn gekomen.'

'Ja, goed. Morgenvroeg, meteen nadat ik Dennis heb gebeld...'

'Ik blijf ook op. Als je wilt, kunnen we nu praten.'

Hij frommelde aan de kraag van zijn nachthemd. 'Natuurlijk. Zullen we het terras dan maar aan de dames overlaten en naar mijn werkkamer gaan?'

Ik gaf een kneepje in Robins hand en ze kneep terug en ging naast Pam zitten, die verbijsterd uit haar ogen keek. Maar ze waren al met elkaar aan het praten toen Moreland en ik weggingen.

'Wat is er zo dringend, jonge vriend?' zei hij, terwijl hij de lichten in de bungalow aandeed. De krantenknipsels waren van zijn bureau verdwenen. De andere papieren trouwens ook. Het hout van het bureau glansde in het licht.

'We hebben nog niet over *A. Tutalo* gesproken...'

'Je begrijpt toch wel dat dat geen prioriteit heeft in een tijd waarin...'

'Er zijn nog een paar andere dingen die ik wil bespreken.'

'Zoals?'

'De nieuwe moord. Ben. Wat er werkelijk aan de hand is op Aruk.'

Hij zweeg een tijdje en zei toen: 'Dat is heel wat.'

'We kunnen toch nergens heen.'

'Goed.' Hij wees een beetje stuurs naar de bank en ik ging zitten. Ik verwachtte dat hij in een stoel tegenover me zou plaatsnemen, maar in plaats daarvan ging hij achter zijn bureau zitten. Hij liet zich met een grimas op de stoel zakken, trok een la open en begon te zoeken.

'Jij gelooft niet dat Ben dit kan hebben gedaan,' zei hij. 'Of wel soms?'

'Ik ken Ben niet erg goed.'

Hij keek me met een vaag, vermoeid glimlachje aan. 'Het antwoord van een psycholoog... Goed, ik kan niet van je verwachten dat je me blindelings volgt. Maar je zult zien dat hij onschuldig is. Het idee dat hij Betty heeft vermoord is te belachelijk voor woorden... Maar goed, eerst de onbelangrijke dingen. *A. Tutalo*. Dat jij geen organisme met die benaming kon vinden, komt doordat het geen organisme is, maar een fantasie. Een plaatselijke mythe. De "A" is een afkorting van "Aruk". "Aruk Tutalo". Een denkbeeldige stam van wezens die in het woud leven. Gaat jaren terug. Een mythe. Er gelooft al heel lang niemand meer in.'

'Behalve Cristobal.'

'Joseph hallucineerde. Dat is geen geloven.'

'Jij hebt hem ervan overtuigd dat hij niemand had gezien?' Stilte. 'Hij was koppig.'

'Zijn er nog meer waarnemingen geweest?'

'Niet sinds ik hier woon. Zoals ik al zei: het is een primitief idee.'

'Wezens uit het woud,' zei ik. 'Hoe zien ze eruit?'

'Bleek, zacht, weerzinwekkend. Een samenleving van schimmen, diep in het bos. Op zich is zo'n mythe niets bijzonders. In alle culturen ontstaan fantasieën van bizarre, wellustige wezens. De mensen verzinnen ze om hun eigen verboden verlangens – hun dierlijke instincten, zo je wilt – te projecteren. De hyperseksuele minotaurussen, centauren en saters van het zogenaamd verfijnde oude Griekenland. De Japanners hebben een mensachtig wezen met een schotelhoofd. Het wordt *kappa* genoemd en het houdt zich schuil bij beekjes in het woud en ontvoert kinderen en trekt hun darmen door hun anus naar buiten. In westerse samenlevingen wordt voor heksenrituelen meestal gebruik gemaakt van maskers om de gezichten van de deelnemers te verbergen, en de Duivel zelf wordt vaak gezien als het Grote Beest, met bokkepoten en slangestaart. Bosduivels, vampierwezens die half mens, half vleermuis zijn, weerwolven, de verschrikkelijke sneeuwman, Bigfoot, het komt allemaal op hetzelfde neer. Psychologische verweermiddelen.'

'En die katvrouw...'

'Nee, nee, dat was heel iets anders. Tenminste, daar ziet het wel naar uit.'

'Een reactie op een trauma.'

'Een reactie op wreedheid.'

'Wormmensen,' zei ik.

'Er zijn geen inheemse zoogdieren op Aruk. Je neemt wat je bij de hand hebt. De naam "Aruk Tutalo" is afgeleid van een oud eilandwoord met een onduidelijke etymologie: *tootali*, of houtworm. Volgens de verhalen die ik heb gehoord, zijn ze groot en lijken ze op mensen en hebben ze tentakelachtige ledematen en soepele maar sterke lichamen. En ze zijn kwijtwit. Vooral dat laatste vind ik in-

teressant. Misschien is het een bedekte beschuldiging aan het adres van generaties van kolonisatoren: witte wezens die op het eiland "verschenen" en het snel en vaak wreed in bezit namen.'
'Ze demoniseerden de onderdrukker?'
'Precies.'
'Was Joseph Cristobal politiek actief?'
'Integendeel. Hij was een eenvoudige man. Ongeletterd. Maar gek op drank. Dat had er vast iets mee te maken. Tegenwoordig zou de gemiddelde eilander lachen om het idee van een Tutalo.'
'Hij was je tuinman. Heeft hij de Tutalo hier gezien?'
Hij likte over zijn lippen en knikte. 'Hij werkte bij de oostelijke grens, was ranken aan het opbinden. Hij maakte overuren. Alle anderen waren naar huis. Het was donker. Vermoeidheid zal ook wel een rol hebben gespeeld.'
'Waar zag hij dat wezen?'
'Het bewoog zich tussen de banyans door. Zwaaide met zijn armen en trok zich toen terug. Cristobal heeft het niet meteen aan iemand verteld. Hij was te bang, zei hij, maar ik denk dat hij gedronken had en niet aangezien wilde worden voor een dronkaard, of voor iemand die in ouderwetse dingen geloofde.'
'Dus hij verdrong het en begon 's nachts te hallucineren?'
'Het begon als nachtmerries. Hij werd schreeuwend wakker en zag de Tutalo dan in zijn kamer.'
'Kan die oorspronkelijke waarneming zich ook in zijn slaap hebben voorgedaan?' vroeg ik. 'Is het mogelijk dat hij onder het werk in slaap viel en dat wezen verzon om zich in te dekken?'
'Dat heb ik me ook afgevraagd, maar natuurlijk ontkende hij het. Ik heb me ook afgevraagd of hij van de ladder was gevallen en zijn hoofd had gestoten, maar hij had nergens op zijn lichaam zwellingen of blauwe plekken.'
'Was hij alcoholist?'
'Hij was geen onverbeterlijke dronkaard, maar hij lustte ze wel graag.'
'Kan het een visioen ten gevolge van alcoholvergiftiging zijn geweest?'
'Dat is een mogelijkheid.'
'Bill, hoe endemisch is alcoholisme op Aruk nu precies?'
Hij knipperde met zijn ogen en zette zijn bril af. 'Vroeger was het een groot probleem. We hebben er hard aan gewerkt om het de mensen af te leren.'

'Wie zijn die wc?'

'Ben en ik, en daarom is het zo krankzinnig wat er vannacht is gebeurd, Alex! Je moet hem helpen!'

'Wat wil je dat ik doe?'

'Ga met Dennis praten. Zeg tegen hem dat Ben het niet gedaan kan
hebben, dat Ben gewoon niet aan het profiel van een psychopathische moordenaar voldoet.'

'Waarom zou Dennis naar mij luisteren?'

'Ik weet niet of hij dat zou doen, maar we moeten alles proberen.
Vanwege je opleiding en ervaring ben je geloofwaardig. Dennis heeft
een groot respect voor de psychologie. Het zat in het vakkenpakket
van zijn opleiding en hij heeft er zelfs over gedacht om erin door te
gaan.'

'Aan welk profiel voldoet Ben volgens jou niet?'

'De twee typen lustmoordenaar van de FBI: hij is geen chaotische seriemoordenaar met een lage intelligentie en ook geen calculerende,
sadistische psychopaat.'

De FBI had veel televisietijd in de wacht gesleept met computerpro-
fielen van seriemoordenaars, profielen die waren samengesteld op
basis van interviews met psychopaten die zo dom waren geweest zich
te laten pakken. Maar psychopaten zijn verstokte leugenaars en profielen leiden zelden of nooit tot de ontdekking van een moordenaar.
Soms bevestigen ze alleen maar wat de politie toch al heeft ontdekt
of wat door toeval aan het licht is gekomen. Het was mijn ervaring
dat profielen er vaak naast zaten, en bovendien waren ze verantwoordelijk voor een aantal ernstige misvattingen. Volgens de profielen namen seriemoordenaars nooit iemand van een ander ras. Tot
ze het wel deden. Vrouwen konden geen seriemoordenaar zijn. Tot
ze het wel waren. Mensen waren geen computerchips. Mensen hadden de griezelige neigingen anderen volkomen te verrassen.

Maar zelfs wanneer ik meer vertrouwen in een geordende systema-
tiek van het kwaad zou hebben, zou het niet gemakkelijk zijn Ben
vrij te pleiten.

Na de dood van Lyman Picker hadden Robin en ik ontdekt hoe
hard Ben kon zijn, en ik herinnerde me ook de koude, onpersoon-
lijke manier waarop hij naalden in de armen van de schoolkinderen
had gestoken.

Hij kwam uit een gezin van alcoholisten.

Moeilijke jeugd gehad, waarschijnlijk mishandeld door een vader met een 'kwade dronk'.

Milieu en erfelijkheid...

Een zekere rigiditeit. Uiterste zelfbeheersing.

Mannen die zich naar buiten toe onder controle hebben – bekwame, intelligente mannen – verliezen onder invloed van drank of drugs soms hun zelfbeheersing. Veel seriemoordenaars begaan hun misdrijven onder invloed van het een of ander. Alcohol maakt de psychische dwangbuis een beetje losser en dan...

'Ik zal met hem praten,' zei ik. 'Maar ik denk niet dat het iets oplevert.'

'Praat ook met Ben. Probeer uit te zoeken wat er werkelijk aan de hand is. Mijn handen zijn gebonden, jonge vriend.'

'Wil ik succes hebben bij Dennis, dan moet ik onpartijdig zijn en niet als Bens advocaat optreden.'

Hij knipperde weer met zijn ogen. 'Ja, daar zit wat in. Dennis is rationeel. Intelligent en eerlijk. Als er iets is waar hij goed op reageert, dan is het een rationele benadering.'

'Intelligent en eerlijk,' gooide ik eruit, 'maar je wilt niet dat hij met je dochter omgaat.'

Het was me ontglipt als los kleingeld.

Hij schrok. Liet zijn schouders hangen. Toen hij eindelijk sprak, deed hij dat met een diepe, gelaten stem.

'Dus je minacht me.'

'Nee, Bill, maar ik kan niet zeggen dat ik je begrijp. Hoe langer ik hier ben, des te minder begrijp ik van de dingen.'

Hij glimlachte zwakjes. 'O ja?'

'Het lijkt erop dat je veel van het eiland en van de mensen hier houdt, en je zegt dat je je gekwetst voelde door Creedmans racisme. Toch ben je kwaad op Pam omdat ze met Dennis omgaat. Niet dat het mij iets aangaat – jij hebt je leven aan Aruk gewijd en ik ben maar een bezoeker. Maar het verbaast me.'

Hij vouwde zijn armen over zijn ingevallen borst en wreef het zweet van zijn voorhoofd.

'Ik weet dat deze toestanden met Ben je diep treffen,' zei ik, 'maar als je wilt dat ik hier blijf, moet ik een paar dingen weten.'

Hij wendde zijn ogen af en zei: 'Wat zit je nog meer dwars, jonge vriend?'

'Het feit dat Aruk zo van de buitenwereld is afgesneden. Dat je niet meer hebt gedaan om het eiland open te stellen. Je zegt dat er hoop is, maar je gedraagt je niet hoopvol. Ik ben met je eens dat de televisie voornamelijk rommel uitzendt, maar hoe kunnen de mensen zich ooit ontwikkelen als ze zo'n beperkte toegang tot informatie hebben? Ze krijgen niet eens regelmatig post. In cultureel opzicht is het solitaire opsluiting.'

Zijn handen begonnen weer te beven en zijn wangen glommen omdat er vlekjes rood op kwamen.

'Vergeet maar dat ik dit heb gezegd,' zei ik.

'Nee, nee, ga verder.'

'Wil je iets antwoorden op wat ik zojuist heb gevraagd?'

'Openstelling van het eiland zou... de mensen hebben boeken. Er is een kleine bibliotheek in de kerk.'

'Wanneer zijn er voor het laatst nieuwe boeken binnengekomen?'

Hij schraapte iets met zijn nagel van het bureaublad. 'Wat zou er volgens jou moeten gebeuren?'

'Dat er vaker een boot komt. De haven aan de benedenwindse kant is te klein voor grote vaartuigen, maar zouden die bevoorradingsboten niet vaker kunnen varen? En als de marine niet toestaat dat er vliegtuigen op Stanton landen, waarom leggen jullie dan geen vliegveld op de westkant aan? Als Amalfi niet wil meewerken, kun je iets van je eigen land gebruiken.'

'En hoe moet dat alles worden gefinancierd?'

'Jouw persoonlijke financiën gaan me ook niet aan, maar ik heb gehoord dat je erg rijk bent.'

'Wie heeft je dat verteld?'

'Creedman.'

Hij liet een schelle lach horen. 'Weet je wat Creedman werkelijk voor de kost doet?'

'Hij is geen journalist?'

'O, hij heeft wel als journalist gewerkt. Een paar kleine kranten en zo nu en dan iets voor de kabeltelevisie. Maar de laatste paar jaar schrijft hij kwartaalverslagen voor ondernemingen. Zijn laatste cliënt was Stasher-Layman. Heb je daar ooit van gehoord?'

'Nee.'

'Een groot bouwbedrijf met een hoofdkantoor in Texas. Ze bouwen woningwetwoningen en andere projecten die door de overheid wor-

den betaald. Ze stampen gammele blokkendozen uit de grond, verkopen het managementcontract met hoge winst en lopen weg.
Instant-verkrotting. Als je Creedmans geschrijf over hen leest, lijken
het net heiligen. Als ik die verslagen niet had weggegooid, had je ze
kunnen zien.'

'Je bent dat allemaal nagegaan?'

'Via een firma in Honolulu. Toen we hem op rondsnuffelen hadden
betrapt, leek me dat verstandig.'

'Goed,' zei ik. 'Dus hij werkt als broodschrijver voor ondernemingen. Vergist hij zich in jouw rijkdom?'

Hij trok aan zijn lange, bleke vinger tot die knakte. Schoof zijn bril
recht. Streek denkbeeldig stof van het bureau.

'Ik wil niet beweren dat ik arm ben, maar een familiefortuin wordt
steeds kleiner als de erfgenamen geen zakelijk talent hebben. En ik
heb dat niet. Dat betekent dat ik niet in de positie verkeer om vlieg-
velden aan te leggen of een complete vloot te huren. Ik doe alles
wat ik kan.'

'Goed,' zei ik. 'Dan spijt het me dat ik het ter sprake heb gebracht.'

'Je hoeft je niet te verontschuldigen. Je bent een gepassioneerde jongeman. Gepassioneerd maar doelgericht. Die combinatie komt niet
veel voor: "Ik mag niet hopen uit uiterlijke vormen de passie en het
leven te verwerven waarvan de bronnen innerlijk zijn." Dat zei
Coleridge. Ook een groot denker. Zíjn genie liet zich niet door nar-
cotica tot zwijgen brengen... Jouw passie klinkt zelfs door in je wetenschappelijke publikaties, jonge vriend. Dat is precies de reden
waarom ik je heb gevraagd met me samen te werken.'

'En ik maar denken dat het mijn ervaring met strafzaken was.'

Hij leunde achterover en liet weer een schel lachje horen.
'Gepassioneerd en scherpzinnig. Ja, ik heb onderzoek naar je gedaan. En je ervaring met crimineel gedrag was een extra voordeel,
omdat het in mijn ogen betekent dat je een duidelijk besef van goed
en kwaad hebt en niet overhaast te werk gaat. Ik bewonder je gevoel voor rechtvaardigheid.'

'Wat heeft rechtvaardigheid te maken met het analyseren van medische gegevens?'

'Ik sprak in abstracte zin... dat je de dingen op een ethisch verant-
woorde manier doet.'

'Weet je zeker dat het niet iets anders is?'

'Wat bedoel je?'

'Houdt die kannibalistische moord je nog bezig? Ben je banger voor herhaling dan je wilt toegeven? Want als dat zo is, zul je worden teleurgesteld. Ik heb een paar bloederige dingen meegemaakt, vooral door mijn vriendschap met Milo Sturgis, maar hij is de rechercheur, niet ik.'

Hij wachtte even met zijn antwoord. Keek naar de aquarellen van zijn vrouw. Draaide zijn vingers over elkaar heen alsof het breinaalden waren.

'Bang is een te groot woord, jonge vriend. Laten we zeggen dat de mogelijkheid van herhaling me nooit helemaal loslaat. De moord op Anne-Marie was mijn eerste kennismaking met dit soort dingen. Daarom heb ik er veel over gelezen. Ik ontdekte dat herhaling de norm is, niet de uitzondering. Toen ik hoorde dat jij niet alleen in wetenschappelijk opzicht veel hebt gepresteerd maar ook veel ervaring met moord hebt, kreeg ik het gevoel dat jij precies degene was die ik zocht.'

'In hoeverre lijken deze moord en die vroegere moord op elkaar?'

'Dennis zei dat er... overeenkomsten waren.'

'Is Betty gekannibaliseerd?'

'Nee...' Hij tikte op het bureau. We schrokken allebei van gefladder van vleugels, buiten. Nachtvogels of vleermuizen.

'Nog niet,' zei hij. 'Er ontbrak niets. Ze was...' Hij schudde zijn hoofd. 'Onthoofd en van haar ingewanden ontdaan, maar er is niets meegenomen.'

'En de lange botten?'

'Een van haar benen was gebroken. Er was in gehakt maar het was niet van de romp gescheiden.'

'Wat voor mes is er gebruikt?'

Hij gaf geen antwoord.

'Messen,' zei hij bedroefd. 'Er is een heel stel medische instrumenten aangetroffen.'

'Van Ben?'

Hij schudde zijn hoofd.

'Van jou?'

'Een oud stel instrumenten dat ik vroeger gebruikte.'

'Had je ze aan Ben gegeven?'

'Nee. Ik bewaarde ze hier in het lab. In een la van dit bureau.'

'Waar Ben gemakkelijk bij kon.'

Hij knikte, huilde nu bijna. 'Maar je moet me geloven. Ben zou nooit iets zonder mijn toestemming wegnemen. Nooit! Ik weet dat hij de schijn tegen heeft, maar alsjeblieft, geloof me!'

'Anne-Marie had een alcoholprobleem,' zei ik. 'Je suggereerde dat Betty het ook had.'

Hij keek geschrokken op. 'O ja?'

'In het huis zei je dat ze vroeger rookte en... Toen stierf je stem weg en zei je dat ze zich tijdens haar zwangerschap erg goed had gedragen.'

'Het arme ding is dood. Waarom zou ik haar nagedachtenis besmeuren?'

'Omdat het relevant zou kunnen zijn. Niemand kan haar nog kwaad doen, Bill. Was ze alcoholiste?'

'Nee, geen alcoholiste. Ze was een... blijmoedig meisje. Ze rookte en dronk een beetje.'

'Wat heeft blijmoedigheid hiermee te maken?'

'Vriendelijk,' zei hij. 'Voor de matrozen.'

'Net als Anne-Marie. Een van de meisjes die naar Victory Park gingen. Wist het hele dorp dat?'

'Ik weet niet wat het hele dorp weet. Ik heb het van haar moeder gehoord.'

'Haar moeder klaagde over Betty's promiscue gedrag?'

'Ik was de huisarts. Ida bracht Betty naar me toe om haar voor een geslachtsziekte te laten behandelen.'

'Gonorroe?'

Hij knikte.

'Wanneer?'

'Een jaar geleden. Voordat ze verloofd was. We vertelden het niet aan Mauricio, haar vriendje. Ik heb hem ook getest, onder valse voorwendsels. Hij had het niet. Uiteindelijk zijn ze getrouwd.'

'Misschien is hij er toch achter gekomen en heeft hij gereageerd.'

'Dit? Nee, niet Mauricio. Wat met haar is gedaan, gaat verder dan... Nee, nee, onmogelijk. Mauricio is niet... het calculerende type. Hij zou er nooit aan hebben gedacht Ben verdacht te maken.'

'Niet slim genoeg?'

'Hij is eenvoudig. Net als Betty.'

Ik herinnerde me Betty's openhartige houding en vlotte glimlach. Ze had me nog maar net ontmoet of ze praatte al over zichzelf. Geen beha onder haar blouse...

'Eenvoudig en gemakkelijk van vertrouwen,' zei ik. 'Ze dronk en was erg aardig voor de jongens. Lijkt me het perfecte slachtoffer. Wat was Bens relatie tot haar?'

'Ze kenden elkaar zoals alle mensen op het eiland elkaar kennen.'

'Wist Ben van haar gonorroe?'

Hij dacht na. 'Ik heb het er niet met hem over gehad.'

'Maar hij kan het hebben ontdekt. Hij kan het op haar kaart hebben gelezen.'

'Ben had het te druk om zijn neus in zaken te steken die hem niet aangingen.'

'Misschien stuitte hij er bij toeval op. We weten allebei dat jij je archief niet zo fanatiek bijhoudt.'

Geen antwoord. Hij stond op en liep heen en weer, wrong zijn vingers weer over elkaar, liet zijn hoofd op en neer gaan.

'Toen hij dat las, nam hij misschien aan dat ze gemakkelijk te krijgen was,' zei ik.

'Ik heb de diagnose niet in mijn aantekeningen opgenomen. Ik wilde haar goed beschermen.'

'Wat heb je dan wel geschreven?'

'Alleen dat ze een infectie had waarvoor penicilline nodig was.'

'Iemand met Bens medische kennis kan daar gemakkelijk doorheen kijken, Bill. En de laboratoriumtests? Heb je de resultaten vernietigd?'

'Ik... geloof van niet... maar toch is het niet mogelijk. Niet Ben. Waarom denk je in die richting?'

'Omdat ik me onbevooroordeeld wil opstellen. Als je daar moeite mee hebt, kunnen we een eind aan dit gesprek maken en allebei proberen wat te gaan slapen.'

'Nee, nee.' Hij knarste met zijn tanden. 'Dit is niet de laatste keer dat ik dit soort speculaties te horen zal krijgen. Ik moet er maar aan wennen. Laten we er even van uitgaan dat Ben inderdaad wist dat ze besmet was geweest. Waarom zou hij haar dan willen vermoorden?'

'Zoals ik al zei: het kan hem op het idee hebben gebracht dat ze gemakkelijk te krijgen was. Het zou kunnen dat ze een tijdje een verhouding met elkaar hebben gehad, of zelfs dat ze gisteravond voor het eerst iets met elkaar hadden. In beide gevallen gingen ze naar het park, raakten dronken, en toen liep het uit de hand.'

'Dat is belachelijk! Je hebt hem gisteravond met Claire gezien. Hij houdt van haar, ze hebben zoveel samen – de kinderen.'

'Veel psychopaten leiden een dubbelleven.'

'Nee! Niet Ben! En hij is geen psychopaat. Hij heeft Anne-Marie niet vermoord en hij heeft Betty niet vermoord!'

'Had hij een alibi voor de moord op Anne-Marie?'

'Er is hem nooit naar een alibi gevraagd, maar als ik het me goed herinner, lag hij thuis te slapen. En ik weet nog hoe hij op de moord reageerde. Hij walgde ervan!'

'Heb je hem verteld dat Anne-Marie gekannibaliseerd was?'

'Nee! Alleen Dennis en ik wisten dat. En jij nu ook.'

'Maar nogmaals, Ben had toegang tot de informatie. En Dennis weet dat het dossier van de moord op Anne-Marie hier ligt. Dus ook als Ben een alibi voor de eerste moord kan geven, kan Dennis nog het vermoeden hebben dat Ben alles over die eerste moord heeft gelezen en dat hij die moord heeft geïmiteerd. Om te camoufleren dat hij Betty in een vlaag van woede heeft vermoord.'

'Hij is niet iemand die een moord beraamt! Die hele redenering deugt niet!'

'Niemand anders wist van Anne-Maries wonden.'

'De moordenaar wist ervan, een moordenaar die iemand anders is dan Ben.'

'En de vissers die Anne-Maries lichaam hebben gevonden?'

'Alonzo Rubino en Saul Saentz,' zei hij. 'Die zijn nog ouder dan ik. Saul is erg zwak. En ze kenden de details niet.'

'Dan blijft alleen Ben over. Die kan alles hebben geweten.'

'Jij zat gisteravond ook aan tafel, jonge vriend. Was dat het gedrag van een kannibalistische slachter? Wou je beweren dat hij Claire naar huis reed, haar in bed stopte en daarna een moord is gaan plegen?'

'Hij was in het park. Welke verklaring geeft hij daarvoor?'

'Dennis heeft hem nog niet ondervraagd. Hij wil dat niet doen zolang er geen advocaat bij is.'

'Ben heeft evengoed het recht om een verklaring af te leggen. Dat is toch zo?'

Hij zweeg even. 'Toen Dennis en ik woorden hadden gehad, was hij niet erg toeschietelijk meer.'

'Wanneer heeft Ben een advocaat?'
'Dennis heeft telegrafisch om een advocaat uit Saipan verzocht.'
'Er zijn geen advocaten op het eiland?'
'Nee. Tot nu toe was dat een voordeel.'
'Hoe lang duurt het voor die advocaat hier is?'
'De eerste boot komt over vijf dagen. Als de basis toestemming geeft
voor het landen van een vliegtuig, kan het vlugger.'
'Waarom zou de basis plotseling meewerken?'
'Omdat dit precies is wat ze willen. Weer een nagel aan Aruks dood-
kist.' Hij maakte een vuist en keek ernaar alsof die aan de arm van
iemand anders vast zat. De vingers kwamen langzaam van elkaar.
Het verband op zijn hand was vuil.
'Waarom voert de marine oorlog op het eiland, Bill?'
'De marine maakt deel uit van de overheid, en de overheid wil zich
van de verantwoordelijkheid ontdoen. Bens arrestatie kan de zoveelste aanleiding vormen om het zinkend schip te verlaten: moord-
dadige inboorlingen. Ja, zelfs kannibálen. En als degene die Anne-
Marie heeft vermoord een marineman was, heeft hij nu niets meer
te vrezen. Daarom heeft Ewing er alle belang bij dat Ben wordt ver-
volgd.'
'Jij geloofde toch dat de moordenaar het eiland had verlaten?'
'Misschien is hij teruggekomen. Marinemannen vliegen de hele tijd
af en aan. Ik zou de vluchtgegevens van de basis weleens willen zien,
maar probeer die maar eens in handen te krijgen. Er is meer dan
één soort barricade, Alex.'
'Je zei dat Dennis sinds de moord op Anne-Marie nooit meer iets
over soortgelijke moorden had gelezen.'
'Dat klopt. Voorzover dat iets zegt. Maar er zijn plaatsen in dit deel
van de wereld... Ik heb gehoord dat er in Bangkok een restaurant
is waar je mensenvlees kunt krijgen. Misschien is het maar een ver-
zinsel, misschien niet. Maar het lijdt geen twijfel dat er in de buitenwereld dingen gebeuren die ons diep zouden schokken. Dingen
waar we nooit over horen. In ieder geval zullen we het nooit weten,
hè, nu Ben de hoofdverdachte is?'
Hij zweeg even, wreef over zijn baard, schudde die heen en weer.
'Aruk is opgegeven, maar ik zal Ben niet opgeven.'
'Mag ik aannemen dat je niet op hulp van senator Hoffman kunt
rekenen?'

Hij snoof.

'Heeft hij ook belang bij de achteruitgang van Aruk, Bill?'

'Haal het vernisje van politieke correctheid weg en je krijgt een bouwer van winkelcentra.'

'Goede maatjes met iemand als Creedmans opdrachtgever Stasher-Layman?'

Hij glimlachte. Vaderlijke waardering. Ik verwachtte bijna een schouderklopje.

'Op dat idee was ik ook gekomen, jonge vriend.'

'Creedman is iemand die alvast vooruit is gestuurd?'

'Aan die mogelijkheid heb ik ook gedacht.'

'Onder het diner op de basis gedroegen Creedman en Hoffman zich alsof ze elkaar niet kenden. Maar toen het gesprek op kolonialisme kwam, stelde Creedman zich meteen achter Hoffmans standpunt op.'

'De idioot.' Het leek of hij ging spugen. 'Dat boek van hem. Niemand heeft het ooit gezien en hij wil er niets over vertellen. Waarom zou Hoffman hem anders voor dat abominabele diner uitnodigen? Nicholas doet nooit iets zonder reden.'

'Heb je iets over een connectie tussen Hoffman en Stasher-Layman ontdekt?'

'Nog niet, maar we moeten ons niet laten afleiden. We moeten ons op Ben concentreren.'

'Toen Creedman door Ben werd betrapt, waar zocht hij toen naar?'

'Ik heb geen idee. Er is daar niets te verbergen.'

'En het dossier van Anne-Marie Valdos dan? En dat hoeft niet eens om zulke slechte redenen te zijn. Creedman was degene die me over de moord vertelde. Hij zei dat jij de sectie had gedaan, dat jij over de details beschikte. Hij klonk alsof hij dat jammer vond. Misschien rook hij een goed verhaal – dood in het paradijs – en wilde hij erover schrijven.'

'Nee. Hoe graag ik ook iets slechts aan hem zou willen toeschrijven, hij snuffelde rond voordat de moord op Anne-Marie was gepleegd. En laten we nu...'

'Nog één ding: toen je onder vier ogen met Hoffman had gesproken, maakte je een terneergeslagen indruk. Waarom?'

'Hij weigerde Aruk te helpen.'

'Is dat de enige reden?'

'Is dat niet genoeg?'

'Ik vroeg me af of er niet iets persoonlijks tussen jullie tweeën mee-speelde.'

Hij ging rechtop zitten. Stond op en glimlachte. 'O, dat is inderdaad zo. We hebben een grote hekel aan elkaar. Maar dat is oude ge-schiedenis en ik mag me niet door dingen uit het verleden laten be-heersen. Ik heb Dennis verkeerd aangepakt en nu kan ik niets meer bij hem bereiken. Maar misschien heeft hij er geen bezwaar tegen dat jij met Ben gaat praten. Wil je morgen het politiebureau bellen en om zijn toestemming vragen? Als hij die geeft, kun je Ben psycholo-gische ondersteuning geven. Dit moet een nachtmerrie voor hem zijn.'

Hij kwam naar me toe en legde zijn hand op mijn schouder.

'Alsjeblieft, Alex. Het is het enige dat ik vraag.'

We waren niet aan zijn leugen over de Bikini-uitbetalingen toege-komen, die nachtelijke boottochten. En hij had eromheen gedraaid toen ik hem naar zijn reactie op de vriendschap tussen Pam en Dennis vroeg. Maar aan de blik in zijn ogen kon ik zien dat ik niet meer moest aandringen. Misschien kwam er nog een andere gelegenheid. Of misschien zou ik van Aruk weg zijn voordat het er iets toe deed.

'Goed,' zei ik. 'Maar laat één ding duidelijk zijn: ik geef Ben het voordeel van de twijfel totdat de forensische onderzoekers er zijn. Tenzij ik in die cel kom en hij me vertelt dat hij Betty heeft ver-moord, of Anne-Marie. Als dat gebeurt, ga ik regelrecht naar Dennis' kantoor en leg ik een beëdigde verklaring af.'

Hij liep bij me vandaan en ging met zijn gezicht naar de muur staan. Een van de aquarellen hing op ooghoogte. Palmen aan het strand. Het leek op het strand waar ze verdronken was.

Delicate penseelstreken, bleke kleuren. Geen mensen. Een eenzaam-heid zo intens...

'Ik ga akkoord met je condities,' zei hij. 'Ook op die voorwaarden ben ik blij dat je aan mijn kant staat.'

25

Toen we naar het huis gingen, zag hij een witte bloem met dikke bloemblaadjes en begon over de bestuiving daarvan te vertellen. 'O, hou toch op,' zei hij plotseling tegen zichzelf, en we liepen zwijgend door.

Eenmaal binnen, pakte hij mijn hand vast. 'Bedankt voor je hulp, Alex.'

Ik keek hem na toen hij vlug wegliep. Met nieuwe energie?

Ik zou daar de eer niet voor willen opeisen.

Een man die roofgedrag bestudeerde.

Was hij in de nacht dat ik hem met zijn dokterskoffertje zag ergens vandaan gekomen? Wat had hij in het donkere laboratorium gedaan?

Ik zou de volgende morgen het politiebureau bellen, maar eerst zou ik het vliegveld van Saipan bellen, en ook de rederij van de bevoorradingsboten.

Boven werd ik bij het betreden van onze kamer door Spikes geblaf begroet. Robin was nog niet terug van haar gesprek met Pam. Het was tien voor vijf in de ochtend. Er was nog iemand die ik misschien zou kunnen bereiken.

De verbinding werd een paar keer verbroken voordat ik eindelijk een internationale lijn had. Ik vroeg me af of iemand kon meeluisteren en kwam tot de conclusie dat het me niet kon schelen. Tegen de brigadier van dienst op het bureau West Los Angeles zei ik dat ik rechercheur Sturgis dringend moest spreken. Hij zei: 'Ja, ik geloof dat hij er wel is.'

Een minuut later blafte Milo zijn naam.

'Dokter Stanley? Met Livingstone.'

'Hé,' zei hij. 'Goedemiddag. Hoe laat is het daar, vijf uur in de ochtend?'

'Zo ongeveer.'

'Wat is er?'

'Problemen in het paradijs.'

'Weer een kannibaal?'

'Wel, nu je het zegt...'

'Zeg, ik maakte maar een grapje. Wat is er aan de hand?'

Ik vertelde hem over de moord op Betty en over alle andere dingen die me bezighielden.

'Er komt geen eind aan,' zei hij. 'Toen je me over dat eerste geval vertelde, werd ik nieuwsgierig. Ik heb wat met de computers gespeeld. Gelukkig kun je niet zeggen dat kannibalisme hoogtij viert. Afgezien van die idioot in Milwaukee heb ik alleen een tien jaar oud geval gevonden, in het plaatsje Wiggsburg in Maryland. Het leek niet zoveel anders dan jouw geval – hals doorgesneden, orgaandiefstal, botten in dijbenen gekraakt voor het merg – maar ze hebben de schurken te pakken gekregen, twee jongens van achttien die dachten dat Lucifer hun grote leider was en dat hij hun opdracht had gegeven een plaatselijke topless-dansercs in stukken te snijden en op te eten.'

'Waar zijn ze nu?'

'In de gevangenis, denk ik. Ze kregen levenslang. Hoezo?'

'Er zijn hier twee jonge mannen die destijds een jaar of achttien waren. Ze mogen graag dingen in stukken snijden en ze loeren naar Robin.'

'Maar ze worden niet van de moord verdacht.'

'Nee, Ben heeft de schijn erg tegen. Maar heb je voor alle zekerheid hun namen en signalementen voor me?'

'Ik heb de fax hier liggen... Wayne Lee Burke, Keith William Bonham, allebei blank, bruin haar, bruine ogen. Burke was een meter negentig, tachtig kilo, Bonham een meter vijfenzestig, zeventig kilo. Blindedarmoperatie...'

'Laat maar. Het zijn niet dezelfden.'

'Dat verbaast me niet. We leven in een rare wereld, maar ik kan me niet voorstellen dat jongens die het beenmerg van een jongedame opzuigen voor vervroegde invrijheidstelling in aanmerking komen.'

'Hoe ver ligt Wiggsburg van Washington vandaan?'

'Ongeveer een uur rijden. Hoezo?'

'Er is hier nog iemand anders, hij komt uit Washington en hij maakt ook een louche indruk.' Ik vertelde hem over Creedman.

'Lijkt me een sympathieke kerel,' zei hij. 'Ja, ik heb van Stasher-Layman gehoord, want die hebben jaren geleden woningwetwoningen neergezet in South Central, toen ik patrouilles reed in het zevenenzeventigste district. Slechte afwerking, gangsters die voor de beveiliging waren ingehuurd. Onmiddellijk problemen. Ze verkochten het managementcontract en trokken zich terug. Ze hadden ook een contract om een nieuwe gevangenis in Antelope Valley te bouwen, maar de plaatselijke bevolking kreeg lucht van hun voorgeschiedenis en kwam in protest, en toen ging het niet door. Wat zijn ze van plan daar bij jou te bouwen?'

'Ik weet het niet.'

'Niet dat het iets met kannibalen te maken heeft. Wat is dokter

Frankensteins reactie op de voorkeur van zijn beschermeling voor mensenvlees?'

'Hij ontkent het finaal. Ben was zijn project. Hij rehabiliteerde een jongen met verkeerde achtergronden. Ik zou wel eens willen weten of tot die achtergronden ook ernstige delicten behoorden waar Moreland niets over heeft gezegd. Als je zin hebt om weer achter de computer te kruipen...'

'Goed, geef me de details maar.'

'Benjamin Romero, ik weet niet of hij een tweede voornaam heeft. Hij is een jaar of dertig, hier geboren, ging in Hawaï naar school en diende daar bij de kustwacht. Gediplomeerd verpleegkundige.'

'Ik ga erachteraan. Hoe reageert Robin op dit alles?'

'Ze is ijzersterk, maar ik wil weg. De volgende boten worden over een dag of vijf verwacht. Als politiecommandant Laurent ons van het eiland laat gaan, vertrekken we dan.'

'Waarom zou hij jullie niet laten gaan?'

'De publieke opinie over Moreland en alles wat met hem te maken heeft is momenteel niet zo gunstig. We zijn allemaal onder informeel huisarrest gesteld.'

'Verrekte brutaal van hem, om niet te zeggen illegaal. Wil je dat ik een gesprekje van smeris tot smeris met hem heb?'

'Als ik moet afgaan op wat ik vannacht heb gezien, zou dat de zaak alleen maar erger maken. Moreland probeerde hem te beïnvloeden en toen verhardde zijn standpunt.'

'Misschien omdat hij kwaad op Moreland is. "Blijf van mijn dochter af."'

'Misschien, maar ik kan beter eerst proberen het zelf af te handelen. Als ik problemen heb, kun je eropaan dat ik je weer bel.'

'Goed... Jezus, Alex. Insekten en kannibalen. Dat klinkt bijna net zo erg als Hollywood Boulevard.'

Omdat ik me vies voelde, nam ik een douche. Robin kwam terug toen ik me aan het afdrogen was, en ik vertelde haar over mijn gesprekken met Moreland en Milo. Ik zei ook tegen haar dat ik met de eerstvolgende boot wilde vertrekken.

Ze zei: 'Jammer dat het op deze manier moet eindigen, maar je hebt gelijk.' Ze ging op het bed zitten. 'Hoe heette dat bouwbedrijf?'

'Stasher-Layman.'

'Ik geloof dat Jo iets met hun naam crop in haar kamer heeft. Een stapel computeruitdraaien. Ik nam aan dat het iets met haar onderzoek te maken had. Het is me alleen bijgebleven omdat ze er gauw een boek op legde toen ze me zag kijken. Ik dacht dat ze haar gegevens geheim wilde houden.'

'Hoe zeker weet je dat het Stasher-Layman was?'

Ze dacht na. 'Bijna helemaal zeker. Grote gotische initialen, S.L., en dan de naam. Die kon ik nog net lezen voordat ze hem afdekte.'

'Het oog van een kunstenares.'

'Jo en Creedman,' zei ik. 'Twee mensen die iets met Washington te maken hebben. Twee mensen die vooruit gestuurd zijn. Ik heb mijn twijfels over haar sinds die kakkerlakken. Ik heb het je niet verteld omdat ik dacht dat ik alleen maar paranoïde was, maar het liet me niet los dat ze die avond alleen in het huis was. En ik vond het ook vreemd dat ze er, nadat jij had gegild, zo lang over deed om te komen. Ze zei zelf dat ze suf van de slaappillen was, maar vannacht was ze eerder uit haar kamer dan wij en was ze klaarwakker. Ik kon me geen motief voorstellen, maar als ze vuil werk opknapt voor Stasher-Layman en stoorzenders wil kwijtraken, was dat van die kakkerlakken wel leuk bedacht.'

'Maar waarom verbergt ze haar pistool dan niet, Alex? Ze heeft het boven op haar koffer liggen, bijna alsof ze me wilde laten weten dat ze het had.'

'Misschien was dat inderdaad de bedoeling. Misschien wilde ze je intimideren.'

'Daar leek het niet op. Er hing helemaal geen vijandige sfeer tussen ons. Integendeel, hoe langer ik bij haar was, des te vriendelijker werd ze. Alsof ze me hielp door deze moeilijke dagen heen te komen.'

En ze was er doorheen gekomen. In twee dagen tijd was de gedrogeerde weduwe in een scherpzinnige ondervraagster veranderd.

'Ze had erg veel belangstelling voor de moord,' zei ik. 'Heb je gezien hoe ze Moreland ondervroeg? Dat zou ook begrijpelijk zijn als ze belang had bij de achteruitgang van Aruk.'

'Maar als dat bedrijf dingen bouwt, willen ze toch niet dat Aruk achteruitgaat?'

'Moreland zei dat ze overheidsprojecten bouwen. Dat komt overeen met wat Milo zich herinnerde: goedkope woningen, gevangenissen.

213

Misschien willen ze de grond goedkoop hebben.'
'Het kan niet om woningen gaan,' zei ze. 'Niet als alle mensen vertrekken. Maar een gevangenis zou wel kunnen.'
'Ja, dat zou kunnen,' zei ik. 'Geen plaatselijke bevolking die kan protesteren. En waar kun je misdadigers beter dumpen dan op een afgelegen eiland zonder natuurlijke hulpbronnen? In politiek opzicht zou het een prachtige oplossing zijn. En daar komt misschien Hoffman om de hoek kijken. Denk je eens in: Stasher-Layman stopt hem geld toe om een locatie te vinden, en hij kiest voor Aruk omdat hij zich het eiland herinnert uit de tijd dat hij commandant van de basis was en weet dat hier nauwelijks kiezers zijn. Als hij die gevangenis, of wat het ook is, in een groot opbouwprogramma voor de eilanden in de Stille Oceaan onderbrengt – met investeringen in de grotere eilanden – zou niemand er bezwaar tegen maken. Met uitzondering van Bill, en dat zou lastig kunnen worden, want Bill heeft een groot deel van het eiland in bezit. Dat zou wel eens de echte reden van Hoffmans bezoek kunnen zijn: hij heeft Bill een laatste aanbod gedaan en Bill heeft dat van de hand gewezen. Hoffman zette hem onder druk, bedreigde hem misschien met iets. Na hun gesprek onder vier ogen zag Bill eruit alsof hij door een vrachtwagen was overreden.'
'Bedreigde hem waarmee?'
'Ik weet het niet, maar weet je nog dat ik het gevoel had dat er vroeger iets tussen hen was voorgevallen? Op de avond dat ik Bill ontmoette, zei hij dat schuld een geweldige drijfveer was, of zoiets. Misschien heeft hij jaren geleden iets gedaan dat hij wil vergeten. Iets dat hij in al die jaren probeerde te compenseren door de "goede dokter" uit te hangen.'
Ze legde haar hand op mijn arm. 'Alex, als hij een gigantisch contract tegenhoudt, zou hij in groot gevaar kunnen verkeren. Denk je dat hij beseft waar hij het tegen opneemt?'
'Ik weet niet wat hij beseft en wat hij verdringt. De man is een raadsel en hij is zo koppig als een blok hout.'
'En Pam? Als zijn erfgename zou zij ook in een gevaarlijke positie kunnen verkeren.'
'Als ze zijn erfgename is.'
'Waarom zou ze dat niet zijn?'
'Omdat ze geen echte band met Aruk heeft. Ik heb de indruk dat

Bill het eiland als zijn echte kind beschouwt. Hij voert geen wetenschappelijke gesprekken met Pam en houdt haar ook verder ongeveer overal buiten. Je zag hoe verbaasd ze was toen hij over Bens voorgeschiedenis vertelde. Ze is een buitenstaander. Als ze een test heeft afgelegd, is ze daarvoor gezakt. Daarom zou het me niet verbazen als hij dit alles aan iemand anders nalaat. Iemand die zich nauw bij Aruk betrokken voelt.'

Ze keek me aan. 'Ben?'

'Bill heeft hem gemaakt tot wat hij is. In sommige opzichten is hij Bills zoon.'

'En door hem van moord te beschuldigen maken ze hem onschadelijk.'

'Ja, maar zover wil ik nog niet gaan, want uit wat ik over hem heb gehoord kan ik niet afleiden dat hij géén moordenaar is. Integendeel, alles wat Bill me heeft verteld zou erop kunnen wijzen dat hij de dader is. Hij had toegang tot het moordwapen, tot Betty's medische gegevens en tot Anne-Maries sectierapport. En het was ons al opgevallen dat hij erg hard kan zijn. Geen medelijden toen Picker neerstortte. De manier waarop hij die kinderen inentte, als een robot, zonder medegevoel. Voeg daar alcoholisme en een moeilijke jeugd aan toe en je krijgt het beeld van een psychopaat bij uitstek. Misschien is zelfs alles wat hij voor Bill en het eiland doet een kwestie van berekening. Misschien is het hem alleen om Bills geld te doen.'

'Misschien... Ja, hij toont weinig gevoel. Maar toen hij vanavond bij ons aan tafel zat, meende ik een warmere kant van hem te zien. Alsof Claire iets in hem aan de oppervlakte bracht.'

'Dat zou komedie kunnen zijn. Psychopaten kunnen zich heel anders voordoen dan ze zijn.'

'Jij gelooft echt dat hij zich zo luchthartig kon gedragen terwijl hij van plan was om een paar uur later iemand te vermoorden? Terwijl hij van plan was iemand te verminken?'

'Als hij een diep gestoorde psychopaat is, kent hij erg weinig spanning en angst. Wie weet, hoorde het zelfs bij de kick dat hij op dat terras naar Claires vioolspel zat te luisteren.'

'Bedoel je dat hij beide meisjes heeft vermoord of alleen Betty?'

'Het is allebei mogelijk. Misschien is Anne-Marie vermoord door een marineman en heeft Ben dingen geïmiteerd om zijn eigen moord op Betty te camoufleren.'

'Maar waarom?'

'Hij en Betty kunnen een verhouding hebben gehad. De baby was van hem en hij wilde voorgoed van het probleem verlost zijn. Toen ik haar sprak, leek ze erg blij te zijn met haar zwangerschap, maar wie weet?'

'Als hij zo berekenend was, Alex, hoe kan het dan dat hij zich op zo'n stomme manier heeft laten betrappen?'

'We weten dat hij niet tegen drank kon. Dus wat doet hij? Hij wordt dronken. Want de neiging tot blunderen is ook een trekje van veel psychopaten. Kijk maar eens naar Bundy. Die vluchtte weg uit Washington, waar geen doodstraf is, en moordde in Florida, waar de doodstraf wèl bestaat. Psychopaten leven op het scherp van de snede. Van binnen zitten ze helemaal in de war en naar buiten toe moeten ze zich de hele tijd anders voordoen dan ze zijn. Een zekere Cleckley, een psychiater, heeft dat goed onder woorden gebracht: het masker van een gezonde geest. Uiteindelijk glijdt dat masker af en valt het kapot.'

Ze huiverde. 'Het is nog steeds niet logisch. Ik kan me wel voorstellen dat hij drinkt om niet zo geremd te zijn. Maar waarom zou hij blijven zitten en zich bezatten nádat hij Betty heeft vermoord?'

'Het kan zijn dat hij een beetje dronk voordat hij Betty ontmoette, om een beetje los te komen, dat hij samen met Betty ook nog een beetje dronk, haar doodde voordat de drank een volledig effect had, en dat het daarna helemaal mis ging. Bill zei dat hij altijd bier had gedronken. Misschien kon hij niet tegen wodka.'

'Misschien,' zei ze, over haar ogen wrijvend. 'Maar het is nog steeds moeilijk... ja, hij had een koude kant, maar hij leek me altijd zo fatsoenlijk. Ik klink nu net als een van die mensen die op het journaal worden geïnterviewd: het was zo'n rustige man... Nou ja, in ieder geval kan worden nagegaan wiens baby Betty droeg. Wie doet het medisch onderzoek?'

'Dennis laat een advocaat van Saipan komen. Ik neem aan dat hij ook om een patholoog-anatoom zal vragen.'

Ze leunde tegen me aan. 'Wat verschrikkelijk.'

'Hoe reageert Pam?'

'In het begin had ze het vooral over Bill. Ze maakte zich zorgen om hem. Ze wil hem helpen, maar heeft het gevoel dat hij haar afstoot.'

'Dat doet hij ook.'

'Ze wil het nog niet opgeven. Ze vindt dat ze bij hem in het krijt staat.'

'Waarom?'

'Omdat hij haar is komen halen toen ze in de put zat na haar scheiding. Ze heeft vanavond ook nog wat meer over zichzelf verteld. Zei dat ze voor haar huwelijk ook al problemen met mannen had gehad. Ze voelde zich aangetrokken tot verliezers, tot kerels die haar mishandelden, zowel psychisch als lichamelijk. Na de scheiding was ze er zo slecht aan toe dat ze over zelfmoord dacht. Haar therapeut wilde mensen bij elkaar zoeken die haar konden steunen, ontdekte dat Bill haar enige familielid was en belde hem op. Tot Pams verbazing vloog hij naar Philadelphia, bleef bij haar, zorgde voor haar. Hij zei zelfs dat het hem speet dat hij haar had weggestuurd. Hij zei dat hij de dood van haar moeder niet had aangekund, het was allemaal te veel voor hem geweest. Het was een grote fout van hem geweest, zei hij, en hij wist dat hij die fout nooit zou kunnen goedmaken, maar wilde ze nu dan terugkomen en hem een nieuwe kans geven? Maar nu ze hier is...'

Ze keek op de klok. 'Het is bijna dag. Mijn ogen staan op springen.'

We gingen naast elkaar in de duisternis liggen en ze stopte haar hoofd onder mijn kin. 'Weet je, één ding heb ik van dit alles geleerd. Ik zou nooit therapeut kunnen zijn.'

'De meeste therapiegevallen zijn niet zoals dit.'

'Dat weet ik, maar toch is het niets voor mij. Ik bewonder je.'

'Het is lastig werk, maar iemand moet het doen.'

'Ik meen het, schat.'

'Dank je. Ik bewonder jou ook. En ondanks alles wat er gebeurd is heb ik geen spijt.'

'Ik ook niet.' Ze streek met haar vingers door mijn haar. 'Over een paar dagen, als we in Los Angeles terug zijn, zal ik me herinneren dat ik hier met jou was. Ik onthoud alle mooie dingen van dit eiland. In mijn hoofd lijst ik ze in, als een schilderij.'

Psychische beeldende kunst. Ik betwijfelde of ik daar het talent voor had.

26

Om tien uur die ochtend was het geregeld: we zouden over vijf dagen naar Saipan terugkeren en over een week in Los Angeles terug zijn. Ik zou op een gunstige gelegenheid wachten om het Moreland te vertellen. Deed die gunstige gelegenheid zich niet voor, dan vertelde ik het hem toch.

Ik belde het politiebureau van Aruk. Een man met een sissende stem vertelde me dat de commandant bezet was.

'Wanneer is hij vrij?'

'Met wie spreek ik?'

'Alex Delaware, ik logeer in...'

'... in het messenkasteel, ja, ik weet ervan. Ik zal hem uw boodschap doorgeven.'

Robin sliep nog en ik ging naar beneden om te ontbijten. Jo zat er in haar eentje. Ze at met graagte.

'Morgen,' zei ze. 'Nog geslapen?'

'Niet veel.'

'Het is ook wat, hè? Je komt naar een afgelegen eiland, denkt dat je aan de problemen van de grote stad bent ontsnapt, en nu blijken ze als een dolle hond achter je aan te zijn gekomen.'

Ik smeerde boter op een toostje. 'Het leven kan een gevangenis zijn. Soms zijn afgelegen plaatsen de beste gevangenissen.'

Ze veegde haar lippen af. 'Ja, zo zou je het ook kunnen bekijken.'

'Ja,' zei ik. 'Het isolement en de armoede. Geen politieke macht om verbeteringen af te dwingen. Weten wij veel wat voor afwijkend gedrag je hier allemaal hebt!'

'Is je onderzoek daarop gericht?'

'Ik ben nog niet ver genoeg om hypotheses te ontwikkelen, en dat zal ook wel niet meer gebeuren, want we gaan hier met de eerste boot weg.'

'O ja?' Ze liet een beetje marmelade op een broodje vallen. De zon stond achter haar en legde een veelkleurig aura om haar heen.

'Hoe lang ben je van plan hier te blijven?'

'Tot ik klaar ben.'

'Windonderzoek,' zei ik. 'Wat onderzoek je precies?'

'Stromingen. Patronen.'

'Ooit van de ramp op het atol Bikini gehoord? Kernproef boven de

Marshall-eilanden. De wind draaide en er dwarrelde radioactief stof op de hele regio neer.'

'Ik heb daarvan gehoord, maar ik bestudeer het weer vanuit een theoretisch standpunt.' Ze nam een hap van het broodje en keek naar de lucht. 'Er zijn trouwens natte winden op komst. Veel regen. Kijk maar.'

Ik keek in de richting die ze aanwees. De wolken waren dichterbij gekomen en ik zag zwarte vlekken achter het witte pluis.

'Wanneer is de regen hier?'

'Over een paar dagen. Misschien kunnen jullie pas daarna vertrekken. Als er te veel wind staat, varen de boten niet.'

'Hebben we het over wind of storm?'

'Moeilijk te zeggen. Het huis zal waarschijnlijk niet wegvliegen.'

'Dat is een hele troost.'

'Misschien is het alleen maar wat regen met erg weinig luchtverplaatsing. Als de wind opsteekt, blijven we gewoon binnen. Dan gebeurt er niets.'

'Op de rederij hadden ze het niet over uitstel.'

'Daar hebben ze het nooit over. Ze waarschuwen nooit van tevoren, maar leggen de boten gewoon stil.'

'Fantastisch.'

'Het is een andere manier van leven,' zei ze. 'Mensen hebben niet het gevoel dat ze aan regels gebonden zijn.'

'Lijkt op Washington.'

Ze legde het broodje neer en glimlachte, maar hield haar mes vast.

'Washington heeft eigen regels.'

'Dat wil ik wel geloven. Hoe lang werk je al voor de overheid?'

'Sinds ik ben afgestudeerd.' Ze keek weer naar de wolken. 'Wanneer ze zakken, pikken ze vocht op en dan worden ze pikzwart en barsten opeens los. Het is een mooi schouwspel.'

'Je bent hier al vaker in de buurt geweest?'

Ze keek naar de scherpe kant van het mes. 'Nee, maar ik ben op andere plaatsen geweest met een soortgelijk klimaat.' Ze keek weer naar de lucht. 'Het kan met bakken naar beneden komen. Het enige probleem zijn de drinkwaterreservoirs. Als het peil daar te hoog komt, kunnen de filters het niet meer aan en dan raakt het drinkwater verontreinigd.'

'Ik dacht dat Bill de drinkwatersituatie onder controle had.'

'Alleen wanneer hij in het dorp kan komen. Maar je hebt Dennis Laurent gehoord. Hij zit hier vast. Wij allemaal. Allemaal medeplichtig.'

'Jij hebt in ieder geval nog je pistool.'

Ze trok haar wenkbrauwen op, legde het mes neer en lachte. Ze stak haar vinger naar de koffiepot uit en haalde een denkbeeldige trekker over.

'Scherpschutter?' zei ik.

'Het was van Ly.'

'Hoe heeft hij het door de bagagecontrole gekregen?'

'Dat heeft hij niet. Hij kocht het op Guam. Als hij op reis was, had hij altijd een wapen.'

'Wanneer hij gevaarlijk terrein verkende?'

Ze vulde haar glas met sap, dronk ervan en keek me over de rand aan. 'Zoals je al zei, is het onmogelijk om aan de realiteit te ontkomen.'

'Nou, eigenlijk zei jij dat. Ik zei dat het leven een gevangenis kon zijn.'

'Aha. Je hebt gelijk.' Ze zette het glas neer, pakte het broodje op, beet de helft eraf en begon verwoed te kauwen. 'Het is bijna niet te geloven dat we zo dicht bij een psychopathische moordenaar waren. Ben leek een aardige kerel, misschien een beetje tè *pukka sahib* met Bill, maar niets griezeligs.' Ze schudde haar hoofd. 'Je weet nooit wat er in iemand omgaat. Of misschien weet jij dat wel.'

'Was dat maar waar,' zei ik. 'Dat zou het leven veel gemakkelijker maken.'

Ze stak haar hand in de broodjesmand, pakte er croissants en muffins uit en brak een trosje druiven af.

'Ik lunch onder het werk,' zei ze, en stond op. 'Het was leuk met je te praten. Jammer dat je niet de tijd hebt om de mysteries van de eilandpsyche te ontsluieren.'

'Ook dan zouden er altijd weer nieuwe mysteries zijn,' zei ik. 'Als je met mensen werkt, zijn die er altijd.'

'Dat denk ik ook.' Ze liep naar de deuren van het huis. Toen ze daar was aangekomen, zei ik: 'Over gevangenissen gesproken, dit eiland zou er heel geschikt voor zijn, vind je niet? Het is Amerikaans grondgebied, dus er zouden geen diplomatieke problemen ontstaan. Het is afgelegen, er hoeven maar weinig bewoners naar elders te worden overgebracht, en de oceaan is een perfecte omheining.'

Ze drukte haar lippen even op elkaar. 'Zoiets als Duivelseiland? Interessant idee.'

'En ook erg handig in politiek opzicht. Je verscheept de schurken over de halve wereld en laat ze dan gewoon zitten. Dat zou het in deze tijden van grote criminaliteit goed doen bij de kiezers.'

Er vielen kruimeltjes uit haar hand op de stenen vloer. Ze kneep in de broodjes. 'Denk je erover om in de gevangenisbusiness te gaan?'

'Nee, ik dacht alleen maar hardop.'

'O,' zei ze. 'Nou, je zou een stapje verder kunnen gaan. Als je weer thuis bent, kun je je congreslid schrijven.'

Weer een gevouwen kaartje op mijn bureau:

O laat de tijd je niet misleiden,
De tijd zul je niet overwinnen.

In de holten van de nachtmerrie
Waar gerechtigheid naakt is
Loert de tijd vanuit de schaduw...

W.H. Auden

En daaronder:

A. Denk je niet dat Einstein het daarmee eens zou zijn? B.

Wat bedoelde hij nu weer? De uiteindelijke macht van de tijd... bedrieglijke tijd... Einstein: de relativiteit van de tijd? Die nachtmerrie: de dood? Dreigende sterfelijkheid?

Een oude man die de moed verloor?

Een typische indirecte kreet om hulp?

In dat geval had ik weinig zin om er gevolg aan te geven.

Ik las een paar dossiers door, maar kon me niet concentreren. Toen ik naar het huis terugkeerde, kwam ik Gladys tegen, die juist naar buiten ging. Haar ochtendjas was gestreken, maar ze zag er zelf verkreukeld uit.

'Goed dat ik u tegenkom, meneer Delaware. Dennis... commandant Laurent is aan de telefoon.'

Ik nam in de voorkamer op. 'Met Delaware.'

Stilte, toen geklik en stemmen op de achtergrond. De hardste was die van Dennis, die bevelen gaf.

'Dennis?' zei ik.

'O. Ja. Mijn medewerker zei dat je me iets te zeggen had.'

'Ik vroeg me af of ik naar het dorp kon komen om met Ben te praten.'

Stilte. 'Waarom?'

'Morele ondersteuning. Dokter Moreland heeft het me gevraagd. Ik weet dat het nogal veel gevraagd is...'

'Zeg dat wel.'

'Goed. Dan heb ik het bij deze gevraagd.'

'Je doet het liever niet?'

'Ik wil me er eigenlijk niet mee bemoeien,' zei ik. 'Enig idee wanneer de rest van ons het landgoed weer af mag?'

'Zodra de dingen tot rust komen.'

'Robin en ik willen over vijf dagen met de boot mee. Is dat een probleem?'

'Ik kan niets beloven. Niemand mag van het eiland af tot we dit hebben afgehandeld.'

'Vallen de marinemensen op de basis daar ook onder?'

Hij zweeg. De stemmen op de achtergrond gingen gewoon door.

'Nou,' zei hij, 'misschien zou het inderdaad niet zo'n gek idee zijn als je met hem kwam praten. Hij gedraagt zich alsof hij gek is, en ik wil er niet van worden beschuldigd dat hij onvoldoende medische verzorging heeft gehad. Dat zou een hoop formele problemen kunnen opleveren.'

'Ik ben geen arts.'

'Wat ben je dan wel?'

'Psycholoog.'

'Dat komt er dicht genoeg bij. Onderzoek hem maar.'

'Pam is arts.'

'Ze is geen psychiater. Nu ik jou wil, wil je opeens niet meer?'

'Ben je bang dat hij een zelfmoordpoging doet?'

Weer stilte. 'Laten we zeggen dat ik niet graag zie dat arrestanten er zo aan toe zijn.'

'Wat doet hij?'

'Niets. Dat is het nou juist. Hij beweegt niet, praat niet, eet niet.

Ook niet als zijn vrouw erbij is. Hij laat niet blijken dat hij haar herkent. Ik geloof dat jullie dat catatonisch noemen.'

'Kun je zeggen dat zijn armen en benen wasachtig zijn?'

'Je bedoelt zacht?'

'Als je hem in een bepaalde houding zet, blijft hij dan zo?'

'We hebben niet geprobeerd hem te verplaatsen. Voor je het weet, heb je een aanklacht wegens mishandeling aan je broek. We schuiven alleen zijn dienblad met eten naar binnen en zorgen dat hij genoeg toiletpapier heeft. Ik doe mijn uiterste best om zijn rechten te beschermen tot zijn advocaat komt opdagen.'

'Wanneer is dat?'

'Als Guam iemand kan sturen en als hij via de basis mag binnenkomen, hopelijk over een paar dagen. Wacht even.'

Hij blafte nog meer bevelen en kwam toen weer aan de lijn. 'Zeg, kom je nou of niet? Zo ja, dan stuur ik iemand om je op te halen en terug te brengen. Zo niet, dan is het mij ook goed. Als hij zichzelf iets aandoet, bind ik hem vast.'

'Haal me maar op,' zei ik. 'Wanneer?'

'Zodra ik iemand kan sturen.'

'Bedankt. Tot ziens dan.'

'Je moet mij niet bedanken,' zei hij. 'Ik doe dit niet voor jou. Of voor hem.'

Hij kwam zelf, een uur later. Zijn emoties bleven verborgen achter een zonnebril met gespiegelde glazen. Hij had een geweer vastgeklemd aan het dashboard van zijn kleine politieauto.

Toen ik naar buiten kwam, keek hij op naar het dak van het huis, met de dakpannen en de waterspuwers, en fronste zijn wenkbrauwen. Ik stapte in en hij vertrok meteen. We reden met grote snelheid om de fontein heen en door het open hek. Hij schakelde verwoed terug en reed nogal ruw over bulten in de weg. Zijn hoofd kwam bijna tegen het dak. Ik kon merken dat hij in een erg slechte stemming verkeerde.

Toen we uit het zicht van het huis waren, zei hij: 'Ik geef je een uur. Waarschijnlijk heb je niet eens zo lang nodig, want hij speelt voor standbeeld.'

'Denk je dat hij simuleert?'

'Jij bent de deskundige.' We gingen een scherpe bocht om en hij greep de versnellingspook. Zijn onderarmen waren dik en bruin, gespierd en dooraderd en haarloos. Op zijn mondhoek had hij een wit korstje.

'Hij heeft me verteld dat jullie samen zijn opgegroeid.'

Een bitter glimlachje. 'Hij was een paar jaar ouder, maar we gingen wel met elkaar om. Hij was altijd al klein. Ik beschermde hem.'

'Tegen wie?'

'Tegen kinderen die hem pestten. Hij kwam uit een asociaal gezin. Hij was zelf ook een beetje asociaal, kamde zijn haar niet, waste zich niet graag. Later veranderde hij zo erg dat je het niet kon geloven.'

Hij draaide zich abrupt naar het raam, spuwde, richtte zijn blik weer op de weg.

'Nadat hij bij Moreland ging wonen?'

'Ja. Plotseling werd hij heel erg braaf. Hij zat de hele tijd te studeren, droeg nette kleren, en dokter Bill kocht een catamaran voor hem. We gingen vaak zeilen. Ik nam dan een biertje, maar hij raakte het spul niet aan.'

'Dat kwam allemaal door de invloed van Moreland?'

'Waarschijnlijk kwam het ook door de militaire dienst. Daar zaten we tegelijk in. Ik was MP bij de mariniers, hij was bij de kustwacht. Toen trouwde hij, kreeg kinderen, dat soort dingen. Waarschijnlijk vond hij het wel een goed idee om braaf te blijven leven.'

De volgende zin kwam er gesnauwd uit: 'Ik mocht die schoft graag.'

'Dat gaat moeilijk samen met wat hij heeft gedaan.'

Hij wierp me een blik toe en ging harder rijden. 'Wat probeer je te doen? Mij op de sofa te leggen? Heeft dokter Bill gezegd dat je dat moest doen?'

'Nee. Soms verval ik in de taal van mijn vak.'

Hij schudde zijn hoofd en ging nog wat harder rijden. De laatste bocht voor de haven nam hij zo snel dat het was of ik in een achtbaan zat.

Het water werd groter, alsof er ergens in de hemel een filmoperateur aan het werk was. De weerschijn van hemel en wolken maakte het blauwgrijs gespikkeld.

Laurent ging erg ruw met de versnellingspook om, trok hem in zijn vrij, remde op de motor af en stopte zo abrupt dat ik me aan het dashboard moest vastgrijpen. Mijn vingers kwamen dicht bij het geweer terecht en ik zag hem scherp opzij kijken. Ik legde mijn handen in mijn schoot en hij kauwde op de binnenkant van zijn wang en keek door de voorruit.

Er waren meer mensen dan anders in de haven, vooral mannen. Ze liepen heen en weer en verzamelden zich voor de Handelspost, die dicht was. De enige zaak die open was, was Slim's bar, waar meer drinkers rondhingen dan anders. Ze rookten en namen slokken uit flesjes bier. Ik zag Skip Amalfi's blonde haar in de zee van zwarte hoofden, en toen zag ik ook zijn vader. Die stond nerveus achter in de menigte.

Skip was levendig. Hij praatte en gebaarde en streek het haar uit zijn gezicht. Sommige dorpelingen knikten en maakten wijde gebaren met hun armen, hakten daarmee door de lucht, wezen door Front Street naar de weg die naar Victory Park leidde.

Laurent zette de auto in de versnelling en reed zo snel door dat ik niemands gezicht duidelijk kon zien. Hij negeerde het stopbord in Front Street, sloeg abrupt rechtsaf en reed met grote snelheid naar het politiebureau. De parkeerplaatsen tegenover het witte gebouw waren allemaal bezet. Hij parkeerde dicht achter een aftandse Toyota, rukte de sleutel uit het contact en pakte het geweer. Toen hij uitstapte, hield hij het wapen tegen zijn dij. Omdat hij zo groot was, leek het net een stukje speelgoed.

Hij gooide het portier achter zich dicht en liep met grote passen naar het gebouw. Omstanders gingen opzij en ik liep in zijn kielzog mee. We waren al binnen voordat de menigte op onze aankomst had kunnen reageren.

De voorste kamer was klein, groezelig grijs en erg warm, en er hing de zoute, vette lucht van soep uit blik. Gehavende muren waren bedekt met opsporingsaffiches, Interpol-communiqués, lijsten van de nieuwste federale voorschriften. Twee bureaus, rommelig, met telefoons die op stapels papieren balanceerden. Op een van de bureaus stond een kookplaatje.

De enige kleur in het vertrek was te zien op een kalender van een installatiebedrijf boven een van de bureaus. Het was een afbeelding van een blondje met een lang bovenlijf en een forse boezem. Ze droeg een rode spandex-bikini die ook als zakdoek gebruikt had kunnen worden. Een politieagent van middelbare leeftijd zat onder haar gladde, bruine dijen te schrijven en met een tandenstoker in zijn mond te peuteren. Hij was mager, had een spitse stoppelkin en een verzonken, liploze mond. Hij miste nogal wat tanden. Zijn haar was sluik en grijzend en viel onregelmatig over zijn kraag. Zijn uniform moest nodig eens naar de stomerij, maar zijn metalen naamplaatje glansde. *Ruiz*.

'Ed,' zei Dennis. 'Dit is meneer Delaware, de psycholoog van het kasteel.'

Ed schoof zijn stoel van het bureau vandaan. De poten van de klapstoel gingen kreunend over de linoleumvloer. De huid onder zijn ogen was gevlekt. Bij zijn linkerhand had hij een bergje in plastic verpakte tandenstokers. Hij boog zijn hoofd naar de prullenbak en blies het stokje uit zijn mond, koos een nieuw, scheurde het plastic eraf, zette de punt op een richel van ontbloot tandvlees en vouwde zijn handen achter zijn hoofd.

'Nog iets gebeurd?' vroeg Dennis.

'Nee.' Ed bewoog de tandenstoker met zijn tong. Hij hield zijn blik op mij gericht.

'Die nietsnutten bij Slim's hebben niets ondernomen?'

'Nee, alleen maar grootspraak.' De stem van een oude man. Hij streek met zijn linkerhand over de revolver aan zijn riem. Ik dacht ergens aan en sloeg het op in mijn geheugen.

'Waarom ga je niet een eindje door Front Street lopen? Kijken hoe de dingen zich ontwikkelen.'

Ed haalde zijn schouders op en kwam moeizaam overeind. Hij was een meter zestig, met ingezakte schouders. Hij stak nog wat tandenstokers in zijn zak en slenterde de deur uit.

'Je mag in mijn stoel zitten,' zei Dennis.

Ik nam plaats onder Miss Redi-Lathe, en hij hees zich met één bil op het andere bureau en sloeg zijn armen over elkaar.

'Je zult wel niet van Ed onder de indruk zijn, maar hij is iemand op wie ik kan rekenen. Ex-marinier. In Vietnam heeft hij genoeg medailles gekregen om een juwelierszaak te kunnen beginnen.'

'En hij is ook linkshandig.'

Hij zette zijn zonnebril af. Zijn lichte ogen waren helder en hard als flesseglas. 'Nou en?'

'Dat deed me eraan denken dat Ben linkshandig is. Ik weet dat omdat ik hem in school de kinderen zag inenten. Ik heb het dossier van Anne-Marie Valdos gelezen. Volgens Moreland was de moordenaar waarschijnlijk rechtshandig.'

'Voor mij betekent "waarschijnlijk" dat het niet zeker is. Hoe denk jij daarover?'

Ik zei niets.

Laurents armen verstrakten zich en zijn biceps zwollen op. 'Moreland is geen patholoog-anatoom.'

'Hij was goed genoeg voor de zaak-Valdos.'

Hij kauwde weer op de binnenkant van zijn wang en keek me met een wrang glimlachje aan. 'Heeft hij je die tekst aangeleverd? Ben jij zijn ingehuurde detective en is het de bedoeling dat je mijn werk in twijfel gaat trekken?'

'Het enige dat hij me heeft gevraagd, is dat ik Ben morele ondersteuning geef. Als mijn aanwezigheid hier een probleem is, kun je me terugbrengen en dan ga ik weer in de zon liggen.'

Opnieuw zag ik zijn biceps bewegen. Toen werd zijn glimlach breder en zag ik zijn witte tanden. 'Nee maar, nu heb ik je kwaad gemaakt. Ik dacht dat therapeuten nooit hun geduld verloren.'

'Ik ben naar Aruk gekomen om interessant werk te doen en om ver van het drukke stadsleven vandaan te zijn. Sinds ik hier ben, maak ik alleen maar vreemde dingen mee en nu behandel jij me ook nog of ik een lastpak ben. Ik ben Morelands surrogaat niet en ik vind het niet prettig om onder huisarrest te staan. Als die boot vertrekt, wil ik aan boord zijn.'

Ik stond op.

'Rustig maar,' zei hij, 'ga toch zitten. Ik zal koffie zetten.' Hij zette het kookplaatje aan en haalde pakjes instantkoffie en melk en piepschuimen bekertjes uit zijn bureau.

'Het is geen café au lait à la Beverly Hills. Is dit ook goed?'

'Hangt ervan af wat voor gesprek ik erbij krijg.'

Grijnzend liep hij door een gehavende achterdeur. Ik hoorde water stromen en even later kwam hij terug met een metalen koffiepot, die hij op de kookplaat zette.

'Als je wilt blijven staan, moet je het zelf weten.'

Ik ging pas zitten toen het water aan de kook was.

'Zwart of met melk?'

'Zwart.'

'Flinke vent.' Een diep gegrinnik. 'Sorry hoor, ik probeer alleen de spanning weg te nemen. Het spijt me ook dat ik je daarstraks verkeerd inschatte.'

'Laten we dit nou maar afwerken.'

Hij maakte twee bekertjes koffie klaar en gaf mij er een. Afschuwelijk bocht, maar die bitterheid was precies wat ik nodig had.

'Ik weet verdraaid goed dat Ben linkshandig is,' zei hij. 'Hij zeilde vroeger linkshandig. Maar het enige dat Moreland in het geval van Anne-Marie zei, was dat de moordenaar rechtshandig was àls hij haar van achteren heeft vastgepakt. Kijk, op deze manier.' Hij hield zijn hoofd achterover, met de adamsappel naar voren, en streek met zijn hand over zijn keel. 'Als ze van voren is aangevallen, kan het een linkshandige geweest zijn.'

Hij ging verzitten.

'Ja, ik weet wat je denkt. We hebben de zaak laten rusten voordat we ermee klaar waren. Maar we zijn hier niet in de grote stad, waar ze massa's geld hebben om achter alle sporen aan te gaan.'

'Hé,' zei ik. 'Rechercheurs in de grote stad gaan ook niet achter alles aan. Ik heb gezien hoe vandalen Los Angeles platbrandden terwijl de politie op instructies van hersendode superieuren zat te wachten.'

'Je houdt niet van smerissen?'

'Mijn beste vriend is er een. Serieus.'

Hij roerde melk door zijn koffie en nam er met verrassend genot een slokje van. 'Ik laat een patholoog-anatoom overkomen. Die kan dan ook nog even naar Anne-Maries dossier kijken. Ik weet niet of die nog kan bepalen hoe het in Betty's geval gegaan is, want haar hoofd was er helemaal af. Maar je weet nooit. Ik ben niet deskundig.'

Hij ging weer verzitten, stond toen op en liet zich op de stoel achter het andere bureau zakken, waarna hij zijn voeten op het bureau legde.

'Zegt je intuïtie je dat Ben schuldig is?' vroeg ik.

'Mijn intuïtie? Wat hebben we daar nou aan?'

'Mijn vriend is rechercheur op de afdeling Moordzaken. Zijn intuïtie heeft hem vaak op het goede spoor gebracht.'

'Nou,' zei hij, 'daar mag hij dan blij mee zijn. Ik ben maar een derde van een armzalig driemans-politiekorpsje op een armzalig eilandje. Ed is mijn belangrijkste medewerker en mijn andere agent is ouder dan hij.'

'Je hebt waarschijnlijk nooit meer mensen nodig gehad.'

'Tot nu toe niet... Of ik denk dat Ben schuldig is? Het lijkt er sterk op en hij neemt ook niet de moeite het te ontkennen. Er is er maar één die denkt dat het anders is, en dat is dokter Bill met zijn gebruikelijke...'

Hij schudde zijn hoofd.

'Zijn gebruikelijke rechtlijnigheid?' zei ik.

Hij dwong zich te glimlachen. 'Mijn woord was "fanatisme". Begrijp me goed, volgens mij had hij waarschijnlijk wel een Nobelprijs voor iets kunnen krijgen, als hij zich erop had toegelegd. Hij heeft mijn moeder en mij erg geholpen, vroeg geen huur voor haar restaurant tot het wat beter ging, betaalde voor mijn opleiding. Ik voelde me een klootzak toen ik hem vannacht de les las. Maar je moet begrijpen, hij is net een murene: Als hij iets te pakken heeft, laat hij niet meer los. Wat wil hij dat ik doe? Dat ik Ben op zijn woord geloof en hem vrijlaat en het hele eiland tot een uitbarsting laat komen?'

'Is zo'n uitbarsting dan nabij?'

'De gemoederen zijn meer verhit dan ik ooit heb meegemaakt. Het is veel erger dan toen Anne-Marie was vermoord, en toen waren de protesten ook niet van de lucht.'

'Die mars over South Road?'

'Dat was geen mars, alleen een stel jongelui die liepen te schreeuwen en met stokken zwaaiden. Maar kijk eens wat de gevolgen waren. Nu denken sommige mensen dat hun is wijsgemaakt dat Anne-Marie door een matroos is vermoord, en nu zijn ze dubbel kwaad.'

'Denken ze dat Ben hun dat heeft wijsgemaakt?'

'En dokter Bill. Want Ben wordt beschouwd als een zoon van dokter Bill. En hoewel de mensen bewondering hebben voor dokter Bill, hebben ze ook hun... bedenkingen. Zijn geld, die insekten, zijn onderzoek. Wat voert hij daar precies uit? Je hoort allerlei verhalen.'

'Waarover?'

'Dat hij een gekke geleerde is. Hij kweekt al zijn fruit en groente zelf en brengt het naar het dorp, maar volgens de geruchten hamstert hij het.'

'Is dat waar?'

'Wie zal het zeggen? Kerels die op het landgoed werken, zeggen dat hij met ontwatering aan het klungelen is, en met voedingsonderzoek. Maar wat maakt het uit? Wat is er nou op tegen dat iemand zijn eigen groente kweekt? Mijn moeder doet dat ook. Dokter Bill heeft haar jaren geleden aan aarde en zaden geholpen, en ze kweekt haar eigen Chinese groenten voor het restaurant. Maar als mensen afhankelijk worden, mogen ze graag kankeren. Dan hoeft er niet veel te gebeuren of ze slaan aan het roddelen. Anne-Marie was een nieuwkomer, ze kwam hier niet vandaan, maar iedereen hield van Betty.'

'Inclusief de matrozen.'

Hij draaide zich erg langzaam naar me om. 'Wat bedoel je?'

'Moreland zei dat ze met matrozen omging. Net als Anne-Marie.'

'Omging... ja, Betty ging graag met mannen om, voordat ze zich verloofde, maar ik raad je af dat te herhalen. Daar kun je last mee krijgen.'

'Kunnen Betty en Ben een verhouding hebben gehad?'

'Niet voor zover ik weet, maar wie weet? Aruk gaat 's avonds dicht. Hoe klein het eiland ook is, degenen die niet slapen kunnen privacy vinden. Maar wat Betty ook deed, ze was een leuke meid. Ze verdiende het niet om op die manier kapot te worden gesneden.'

'Dat weet ik. De ochtend voordat ze stierf heb ik haar nog gesproken.'

Hij zette zijn bekertje neer. 'Waar?'

'Op de Handelspost. Ik kocht wat limonade en tijdschriften. Ze vertelde me over haar baby.'

Hij haalde zijn voeten van het bureau en ze kwamen met een plof op de vloer terecht.

'Ja, haar moeder zei dat ze zich erg op de baby verheugde.' Ik zag dat hij oprecht bedroefd was. 'Degene die dat gedaan heeft, moeten ze zijn ballen afsnijden en in zijn keel proppen.'

De telefoon ging. Hij greep hem. 'Ja? Nee, nog niet. Nee, niet voordat zijn advocaat... Ik weet het niet.'

Hij gooide de hoorn op de haak. 'Dat was meneer Creedman. Wil een verhaal schrijven voor de persdiensten.'

'Een buitenkansje voor hem,' zei ik.

'Wat bedoel je?'

'Hij is journalist. En nu heeft hij een verhaal.'

'Wat vind je van hem?'

'Niet veel.'

'Ik ook niet. De eerste keer dat hij hier was, probeerde hij mijn moeder te versieren. Nou, ze heeft het hem meteen afgeleerd.'

Hij keek me weer aan. Hij was een knappe man, maar ik moest nu aan een neushoorn denken die op het punt stond in de aanval te gaan.

'Vertel me eens, Alex, is Ben zo iemand van wie je, als je hoort dat hij een moord heeft gepleegd, zegt: "Onmogelijk, dat kan niet?"'

'Ik ken hem niet goed genoeg om die vraag te kunnen beantwoorden.'

Hij lachte. 'Ik heb wel een antwoord. Niet dat ik een wrok tegen hem koester. Ik heb altijd bewondering voor hem gehad, omdat hij zich uit de rottigheid heeft gewerkt. Ik ben zonder vader opgegroeid, maar mijn moeder was zo goed als tien ouders. Bens moeder was een drankzuchtige slons en zijn vader was een gemene klootzak. Hij sloeg Ben voor de lol. Zijn dat volgens jullie niet precies de achtergronden waar moordenaars uit voortkomen?'

'Het zijn factoren die iemand een eind op weg helpen,' zei ik. 'Maar er zijn massa's mishandelde kinderen die niet gewelddadig worden, en mensen uit goede gezinnen die in de fout gaan.'

'Zeker,' zei hij, 'alles is mogelijk. Maar we hebben het over waarschijnlijkheid. Ik heb psychologie gehad in mijn opleiding, ik weet iets over vroege invloeden. Van iemand als Ben zou je kunnen verwachten dat hij instort. Het is nog verbazingwekkend dat hij zich ertussenin zo lang normaal heeft gedragen.'

'Waar tussenin?'

In plaats van antwoord te geven dronk hij zijn koffiebekertje leeg. Ik had het mijne nog maar nauwelijks aangeraakt, en dat zag hij.

'Ja, het smaakt beroerd – wil je liever thee?'

'Nee, dank je.'

'Het is een verschrikkelijke situatie,' zei hij in zijn lege bekertje. 'Betty's familie, Mauricio. Claire, haar kinderen. De mensen zitten hier op een kluitje. Ze kunnen niet aan elkaar ontkomen.'

De telefoon ging weer. Hij nam op en ontdeed zich van degene die belde door hem af te blaffen.

'Iedereen wil alles weten.' Hij keek over me heen naar het bikinimeisje. 'Ik zou dat ding moeten weghalen. Ed en Elijah vinden het mooi, maar het is vernederend.'

Hij stond op en kwam naar me toe. 'Ik heb veel gezien, dokter, maar nooit zoiets als wat met die twee vrouwen is gebeurd.'

'Eén ding zal je misschien interesseren,' zei ik. 'Toen ik het Valdosdossier had gelezen, belde ik mijn vriend de rechercheur. Hij ging op zoek naar soortgelijke moorden en vond er een van tien jaar geleden in Maryland.'

'Waarom had je hem gevraagd op zoek te gaan?'

'Dat vroeg ik niet. Hij deed het uit zichzelf.'

'Waarom?'

'Hij is nieuwsgierig van aard.'

'Hij wou meer weten over die wilden op dat eiland, hè? Ja, ik ken dat geval. Twee satanisten aten een hoertje op.' Hij ratelde een paar details af. 'Mijn computer werkt bijna nooit naar behoren, maar ik bel weleens iets door naar de MP's op Guam en die loggen dan in op de NCIC.'

'Wat vind je van de overeenkomsten?'

'Die satanische psychopaten hebben een of ander scenario.'

'Zijn er aanwijzingen dat Ben zich met satanisme inlaat?'

'Nee.'

'Heb je hier op Aruk ooit aanwijzingen van satanisme gezien?'

'Nooit iets van gemerkt, iedereen is katholiek. Maar Ben was tien jaar geleden in Hawaï. Wie weet wat voor onzin hij daar heeft opgepikt.'

'Heeft hij ook reisjes naar het vasteland gemaakt?'

'Bijvoorbeeld naar Maryland? Goede vraag. Ik zal dat eens nagaan. Wie weet, heeft hij wel meisjes vermoord in Hawaï en hebben ze hem nooit gepakt. Wie weet, had hij het geluk dat ze hem alleen op potloodventerij betrapten.'

Hij zag me verrast kijken en glimlachte.

'Dat bedoelde ik met normaal gedrag ertussenin.'

'Wanneer?' vroeg ik.

'Tien jaar geleden. Hij gluurde door het raam van een vrouw, met zijn broek omlaag en zijn pik naar voren. Hij was toen bij de kustwacht en die hebben het afgehandeld. Negentig dagen in het cachot. Zo beginnen een hoop lustmoordenaars, nietwaar? Ze kijken en rukken, en dan gaat het van kwaad tot erger?'

'Soms.'

'In dit geval ook.' Op zijn gezicht stond niets dan walging te lezen.

'Goed, je kunt een uur met hem praten. Geef hem zijn morele ondersteuning.'

27

Achter de gehavende deur bevond zich een labyrint van kleine, sche-
merige kamertjes en smalle gangen. Achterin kwamen we bij een ge-
blutste metalen deur die met een stevige ijzeren staaf was afgesloten.
Laurent ontdeed me van mijn horloge en haalde mijn zakken leeg.
Hij legde mijn bezittingen samen met zijn pistool op een tafel, maakte het slot van de staaf los, bracht de staaf omhoog en stopte de sleutel in zijn zak. Nadat hij de deur had opengeduwd, liet hij mij voor-
gaan. Ik stuitte op grauwe tralies en de zwavellucht van uitwerpselen.
Het was een gevangenis van twee cellen die elk groot genoeg waren
om er drie passen in heen en weer te lopen. De cellen hadden een
betonnen vloer, een matglazen raam met tralies, een dubbele brits
die aan de muur was geketend, en een aangekoekt gat met voet-
steunen als toilet.
Het plafond was een meter negentig hoog. In barsten en hoeken
groeide zwarte schimmel. De pleisterkalk was bedekt met de kalli-
grafie van tientallen jaren van nagelgekras.
Laurent zag de walging op mijn gezicht.
'Welkom in Istanboel-West,' zei hij, maar hij glimlachte er niet bij.
'Meestal zijn ze hier niet langer dan een paar uur om hun roes uit
te slapen.'
De dichtstbijzijnde cel was leeg. Ben zat met zijn kin op zijn hand
op de onderste brits van de andere cel.
'Wel, wel, zo te zien is er bewogen,' zei Laurent hardop.
Ben verroerde zich niet.
De sleutels rammelden weer en even later stond ik in de cel, met de
deur achter me op slot, en hoorde Laurent op de gang zeggen:
'Vertrouw je mij je portefeuille en je horloge wel toe?'
Ik glimlachte. 'Heb ik een keus?'
'Bedankt voor die motie van vertrouwen. Eén uur.' Hij tikte op zijn
eigen horloge. 'Ik laat de deur openstaan, dan kun je roepen.'
Hij ging weg. In de cel was de stank nog erger en de hitte bijna on-
draaglijk.
Ik probeerde een plaats te vinden waar ik een eindje van Ben van-
daan stond, maar dat was in de beperkte ruimte niet mogelijk.
Daarom zorgde ik dat ik zo ver mogelijk van de vloerlatrine van-
daan bleef. Ik bekeek de graffiti op de muren. Namen, data, allemaal

van lang geleden. Een overdreven grote afbeelding van vrouwelijke geslachtsdelen boven de brits. Een boodschap: '*Haal me uit dit gat!*'

Ben bewoog niet. Hij staarde voor zich uit.

'Hallo,' zei ik zachtjes. Hoewel ik met mijn een meter vijfenzeventig ruimschoots onder het plafond kon staan, bukte ik me onwillekeurig. Stilte. Het was hier even stil als op het landgoed, maar lang niet zo vredig. Al binnen enkele seconden schreeuwden mijn zenuwen om een geluid.

'Dokter Bill heeft me gestuurd om te kijken of ik iets voor je kan doen, Ben.'

Hij bleef roerloos zitten, zonder zelfs met zijn ogen te knipperen. Zijn haar was vettig en er liepen zweetsporen over zijn gezicht. Mijn oksels waren al drijfnat.

'Ben?'

Ik pakte zijn rechterarm vast en haalde die onder zijn kin vandaan. Dat ging moeilijk, want hij bood weerstand.

Geen catatonie.

Ik liet hem los. Herhaalde mijn begroeting.

Hij bleef doen alsof ik er niet was.

Nog drie pogingen.

Vijf minuten gingen voorbij.

'Goed,' zei ik. 'Je bent een politieke gevangene. Je zwijgt uit protest tegen het onrecht.'

Nog steeds geen reactie.

Ik wachtte nog een tijdje. Zijn wangen waren ingevallen, bijna even hol als die van Moreland, en zijn ogen leken wazig.

Geen bril. Die was hem afgenomen. Net als zijn schoenveters en zijn riem en horloge en al het andere dat harde randen had. Op zijn nek was een steenpuist verrezen.

Ik bleef naar hem kijken, in de hoop dat mijn strakke blik een reactie zou ontketenen. Zijn nagels waren tot op het leven afgebeten en een van zijn duimen bloedde. Was hij altijd een nagelbijter geweest? Het was me nooit opgevallen. Of had Betty Aguilar weerstand geboden en was daardoor een van zijn nagels gescheurd? Iets wat hij probeerde te camoufleren door de rest van zijn nagels ook af te bijten?

Ik keek of er stukjes nagel op de vloer lagen. Niets dan ingewreven vuil en sporen van schoenen, maar hij kon ze in het latrinegat hebben gegooid. Grote zwarte mieren — krenten met poten – liepen in een lange rij onder de kooi door. Na Morelands insektenverzameling waren ze lachwekkend.

Geen schrammen op zijn gezicht en handen.

Hij had een slechte kleur, maar hij had geen verwondingen.

'Hoe goed kun je zien zonder bril?'

Stilte.

Langzaam tot duizend tellen.

'Dit is niet bepaald het gedrag van een onschuldige, Ben.'

Niets.

'Denk eens aan je gezin,' zei ik. 'Claire en de kinderen.'

Geen reactie.

'Ik weet dat dit een nachtmerrie voor je is geweest, maar je helpt jezelf niet erg.'

Niets.

'Je bent een stommeling,' zei ik zo hard als ik kon zonder Dennis' aandacht te trekken. 'Je bent net zo koppig als Moreland, maar soms is het verstandig om je onafhankelijk op te stellen.'

Hij huiverde onwillekeurig.

Toen was zijn gezicht weer onbewogen als steen.

'De zonden van de vader,' ging ik verder. 'De mensen leggen dat verband al.'

Zijn onderlip trilde.

'De mensen nemen het Moreland kwalijk,' ging ik verder. 'Daarom moest ik hierheen komen. Moreland mag zijn landgoed niet af, omdat Dennis bang is voor wat de mensen hem aandoen. Wij hebben allemaal huisarrest. Het is lelijk uit de hand gelopen.'

Stilte.

'De mensen zijn kwaad, Ben. Het is alleen maar een kwestie van tijd voordat ze zich beginnen af te vragen of hij dokter Frankenstein is. En wat hij in dat lab doet. Of Anne-Marie en Betty misschien net zo goed zijn idee waren als het jouwe.'

Zijn mond ging open en meteen weer dicht.

Ik gaf hem nog een paar minuten, kwam toen dichterbij en sprak in zijn linkeroor.

'Als je echt zo loyaal bent als je doet voorkomen, moet je me vertellen wat er gebeurd is. Als je Betty in je eentje hebt vermoord, moet je dat toegeven, dan moet je ze vertellen dat Moreland er niets mee te maken had. Als je een ander verhaal hebt, moet je dat ook vertellen. Op deze manier help je jezelf niet en ook niemand anders.'

Niets.

'Tenzij Moreland er inderdaad iets mee te maken had,' zei ik.

Geen beweging.

'Misschien had hij dat wel. Al die nachtelijke wandelingen. God mag weten wat hij in zijn schild voerde. Ik zag hem een keer 's nachts om twee uur met zijn dokterskoffertje lopen. Wie had hij behandeld? En die chirurgische instrumenten waren van hem.'

Weer een huivering. Heviger.

Een snelle beweging van zijn hoofd.

'Wat?' zei ik.

Hij klemde zijn mond dicht.

'Hij bestudeerde roofgedrag van dieren. Misschien blijft zijn belangstelling niet beperkt tot insekten.'

Hij knipperde snel met zijn ogen. Precies zoals Moreland deed wanneer hij nerveus was.

'Is dit iets van jou en hem samen, Ben? Heeft hij het je geleerd? Aruks eigen dokter Mengele?'

Hij schudde eerst vaag en toen nadrukkelijk met zijn hoofd.

'Goed,' zei ik. 'Waarom blijf je dan zo koppig zwijgen?'

Weer die onbeweeglijkheid.

'Je wilt me laten geloven dat je het alleen hebt gedaan. Goed, dat wil ik voorlopig wel aannemen. Het verbaast me niet, gezien je familieachtergronden.'

Stilte.

'En je criminele voorgeschiedenis,' voegde ik eraan toe. 'Lustmoordenaars beginnen vaak als gluurder. Sommigen van hen zoeken naar nieuwe manieren om met hun impotentie af te rekenen. Anne-Marie was niet seksueel gepenetreerd, en Betty vast ook niet.'

Nog meer geknipper met zijn ogen, alsof hij de verloren tijd wilde inhalen.

'Dennis heeft me over je arrestatie in Hawaï verteld. Binnenkort weet iedereen daarvan, ook Claire en de kinderen. En dokter Bill. Als hij het nu nog niet weet.'

Hij liet een diepe zucht van onaangenaam ruikende adem ontsnappen.

Ik dwong me dicht bij hem te blijven.

'Wat heb je toen nog meer uitgespookt? Ben je, toen je bij de kustwacht was, ooit op het vasteland geweest? Heb je de toeristische attracties bekeken, bijvoorbeeld in Washington?'

Starende blik.

'Een gluurder,' zei ik. 'Dat wis je niet uit met Vivaldi op het terras. Alles wat je daar verder hebt gedaan, zal ook uitkomen, als ze eenmaal gaan informeren.'

Geen reactie.

'Ik noemde Washington, omdat het niet ver is van het plaatsje Wiggsburg, Maryland.'

Hij keek omlaag. Verbaasd? Geschrokken? Toen keek hij weer recht voor zich uit, even strak als toen ik was binnengekomen.

Ik was bedekt met een laagje zweet. Inmiddels was ik aan de zwavelstank gewend geraakt.

'Weet je wat zo gek is, Ben? Het kost me nog steeds moeite om op die manier over jou te denken. Ondanks alle aanwijzingen. Houd jij er nu echt van om mensen te eten? Dat is vreemd voor iemand die als vegetariër is grootgebracht. Tenzij dat juist de reden is.'

Hij begon diep en snel adem te halen.

'Is dit jouw manier om Moreland in zijn gezicht te slaan?'

Hij hield zijn adem in. Zijn handen begonnen zich te krommen en weer strak te trekken. De knokkels waren bijna glazig. Ik ging een stap terug maar bleef praten: 'De hersenen, de lever. Het beenmerg? Hoe begint zoiets? Wanneer is het begonnen?'

Hij had grote moeite om kalm te blijven.

'Moreland heeft je veel over geneeskunde geleerd. Zat daar ook ontleding bij?'

Zijn borst zwol en zijn huid werd zo grijs als de vloer van de cel.

Toen bewoog hij niet meer.

Hij staarde weer voor zich uit.

Ik telde weer langzaam. Tot tweeduizend.

Ik stond daar naar hem te kijken.

Hij drukte een van zijn handen tegen zijn borstbeen.

Zijn ogen waren plotseling helder.

Niet van begrip, maar glanzend van tranen.

Hij begon te beven en stak zijn beide armen opzij alsof hij gekruisigd wilde worden.

Staarde me aan.

Zoveel verdriet. En woede.

Ik ging nog wat verder terug, tot ik met mijn rug tegen de muur stond. Was ik te ver gegaan?

Zijn armen zakten omlaag.

Hij wendde zich af en fluisterde: 'Sorry.'

'Waarvoor, Ben?'

Lange stilte. 'Dit.'

'Dit?'

Hij knikte in slow-motion.

'Stom,' zei hij, nauwelijks hoorbaar.

'Wat was stom?'

'Dit.'

'Dat je Betty hebt vermoord?'

'Nee,' zei hij met plotselinge heftigheid. Hij boog zich zo laag dat zijn voorhoofd tegen zijn knieën kwam. Zijn nek was ontbloot alsof hij hem de bijl van een beul toestak. De steenpuist staarde me aan, een vurig oog, als van een cycloop.

'Je hebt haar niet vermoord?'

Hij schudde zijn hoofd en mompelde iets.

'Wat zei je, Ben?'

'Maar...'

'Maar wat?'

Stilte.

'Maar wat?'

Stilte.

'Maar wat, Ben?'

'Niemand zal me geloven.'

'Waarom niet?'

'Jij gelooft me niet.'

'Ik ken alleen de feiten die Dennis me heeft gegeven. Waarom zou ik iets anders geloven als jij me niets vertelt?'

'Dennis gelooft me niet.'

'Waarom zou hij?'

Hij keek op, nog steeds gebogen, zijn hoofd in een vreemde houding. 'Hij kent me.'

'Nou, als je een alibi hebt, vertel hem dat dan.'

Hij schudde zijn hoofd.

'Wat is er?' zei ik.

'Geen alibi.'

'Wat is dan je verhaal?'

Nog meer hoofdschudden, nog meer stilte.

'Wat is het laatste dat je je herinnert voordat ze je bij Betty vonden?'

Geen antwoord.

'Wanneer ben je gisteravond begonnen met drinken?'

'Ik heb niet gedronken.'

'Maar je was dronken toen ze je vonden.'

'Dat zeggen ze.'

'Je hebt niet gedronken, maar je was wel dronken?'

'Ik drink niet.'

'Sinds wanneer?'

'Sinds lang.'

'Sinds je er als scholier mee opgehouden bent?'

Hij aarzelde. Knikte.

'Was je dronken in Hawaï? Toen je als gluurder werd opgepakt?'

Hij begon weer te huilen. Gromde en verstijfde en zag kans zich onder controle te houden.

'Wat is er in Hawaï gebeurd, Ben?'

'Niets. Het was een grote... vergissing.'

'Je gluurde niet?'

Plotseling lachte hij zo hard dat hij ervan schudde. De brits begon te piepen.

Hij pakte zijn wangen vast, trok ze naar beneden en kreeg zo het gezicht van een trieste clown, in een afschuwelijk contrast met zijn lach.

Was hij ingestort?

Of deed hij alsof?

'Ik begrijp het niet, Ben. Je zegt dat je Betty niet hebt vermoord, maar je schijnt er helemaal geen moeite mee te hebben dat je daarvan verdacht wordt. Misschien heeft het iets met Moreland te maken. Ik ga nu terug naar het huis om met hem te praten.'

Ik begon naar de celdeur te lopen.

'Je zou het niet begrijpen,' zei hij.

'Probeer het maar.'

Hij schudde zijn hoofd.

'Wat zit er zo verdomd diep dat je het niet naar buiten wilt laten komen?' zei ik. 'Het feit dat je uit een zwak sociaal milieu komt en nu weer als het schuim der aarde wordt beschouwd? Ja, dat is een wrede ironie, maar wat met die meisjes is gebeurd, is nog heel wat wreder, dus je moet het me maar niet kwalijk nemen dat ik geen tranen vergiet.'

'Ik...' Hij schudde weer met zijn hoofd.

'Alles komt terug, Ben. Dat is een groot inzicht. Ik ben psycholoog, ik heb het allemaal al vaker gehoord.'

'Je... je verspilt je tijd. Dokter Bill kan me maar beter opgeven.'

'Waarom?'

'Ik... maak geen kans. Door wie ik ben... wat je zojuist hebt gezegd. Foute familie, fout kind. Voordat dokter Bill zich over me ontfermde, wilden ze me naar een tuchtschool sturen. Ik... deed slechte dingen.'

'Slechte dingen?'

'Daarom vindt iedereen het zo vanzelfsprekend. Dennis kent me en hij denkt ook dat ik het heb gedaan. Toen ze me binnenbrachten... hun gezichten... van iedereen.'

Hij keek weer naar de muur. Hield een vinger tegen zijn mond en probeerde greep te krijgen op wat er van de nagelriem over was.

'Wat is er met hun gezichten?' vroeg ik.

Zijn vinger schoot uit. 'Nee! Je verspilt je tijd! Ze hebben me daar gevonden. Bij haar. Ik weet dat ik zoiets nooit zou doen, nooit zou kunnen, maar ze hebben me gevonden! Wat kan ik zeggen? Ik begin het gevoel te krijgen dat ik...'

Ditmaal liet hij de tranen de vrije loop.

Toen er een eind aan zijn snikken was gekomen, vroeg ik: 'Heb je ooit eerder zoiets gedaan?'

'Nee!'

'Heb je Anne-Marie Valdos vermoord?'

'Nee!'

'En toen je op gluren was betrapt?'

'Dat was stom! We waren met een stel kustwachters op weekend-verlof. We gingen naar een club in Waikiki. Iedereen was aan het drinken en feesten. Meestal nam ik cola, maar deze keer dacht ik dat ik... het aankon. Ik nam een biertje. Stom. Stom. En nog een... Ik was een stomme klootzak, ja? We probeerden wat meisjes op te pikken en toen dat niet lukte, gingen we een eind wandelen door

een woonwijk. Ik moest... ik moest pissen. Vond een garagemuur achter een huis. Het raam van dat huis stond open. Ze hoorde het. We werden betrapt. Ik. En nog een jongen. De rest kon wegkomen.'
Hij keek me aan.
'Dat klinkt niet zo verschrikkelijk,' zei ik. 'Als het echt zo gegaan is.'
'Zo is het gegaan. Dat is het enige verkeerde dat ik ooit heb gedaan sinds... ik mijn leven beterde.'
'Wat was je relatie met Betty?'
'Ik kende haar. Kende haar familie.'
'Had ze de reputatie dat ze met mannen uitging?'
'Ja.'
'Heb jij iets met haar gehad?'
'Nee!'
'Geen verhouding?'
'Nee! Ik hou van mijn vrouw. Mijn leven is zuiver!'
'Haar baby was niet van jou?'
'Ik hou van mijn vrouw! Mijn leven is zuiver!'
'Door het te herhalen maak je het niet waar.'
Hij begon op me af te komen, maar hield zich in. 'Het is waar.'
'Wist je dat ze een druiper had?'
Verbazing op zijn gezicht. Gespeeld?
'Daar weet ik niets van. Mijn leven is zuiver.'
'Hoe kwam je dan in het park terecht, met je hoofd op Betty's ingewanden?'
'Ik... het is een... het is een krankzinnig verhaal, je zou het nooit geloven.' Hij deed zijn ogen dicht. 'Ga nou maar. Zeg tegen dokter Bill dat hij mij moet opgeven. Hij heeft belangrijke dingen te doen.'
'Ik heb de indruk dat jij erg belangrijk voor hem bent.'
Hij schudde heftig met zijn hoofd.
'Vertel me het verhaal, Ben.'
Hij bleef met zijn hoofd schudden.
'Waarom niet?'
Hij hield ermee op. Glimlachte weer. Raadselachtig. 'Te stom. Ik kon het niet eens aan Claire vertellen. Ik zou het zelf niet eens geloven.'
'Probeer het dan op mij uit. Ik ben vreemde verhalen gewend.'
Stilte.

'Als je zwijgt, denkt iedereen dat je schuldig bent, Ben.'

'Dat denken ze toch al, wat ik ook zeg,' zei hij. 'Als je je mond dichthoudt, kun je geen vliegen binnenkrijgen.'

'Heeft Moreland dat tegen je gezegd? Zijn citaten zijn meestal wat stijlvoller.'

'Nee,' zei hij op scherpe toon. 'Mijn... vader.'

'Wat had je vader je nog meer aan wijsheid te bieden?'

Hij hield zijn ogen stijf dicht.

Hij ging op de brits liggen, met zijn gezicht naar het dunne stromatras.

'Goed,' zei ik. 'Misschien kun je het beter voor je advocaat bewaren. Dennis laat er een van Saipan komen. Dat duurt minstens twee dagen, misschien langer. Moet ik nog iets van je tegen Moreland zeggen, behalve dat hij je moet opgeven?'

Geen beweging.

Ik riep Dennis' naam.

Agent Ed Ruiz kwam aangeschuifeld en haalde een sleutel te voorschijn. 'Heeft hij iets gezegd?'

'Niets van waarde.'

Hij grijnsde minachtend met zijn tandeloze mond. 'Dat was te verwachten. Zijn ouweheer zei ook nooit wat, als we hem hier opsloten. Die lag daar maar wat, net als hij nu. Als een stuk hout, verdomme. En als de lichten uitgingen, had hij zijn dronkemansdromen en dan schreeuwde hij dat dingen hem levend opvraten.'

Hij stak de sleutel in het slot.

'Als hij zo hard schreeuwde dat we het niet uithielden, spoten we hem nat en dat hielp dan een tijdje. Later viel hij weer in slaap en begon weer te schreeuwen. Zo ging het de hele nacht door. De volgende morgen ontkende hij dat hij iets had gedaan. Een paar dagen later was hij weer dronken, beledigde hij een vrouw of randde hij haar aan, of deelde een stoot uit aan een kerel, en dan was hij hier weer terug, en begon het allemaal overnieuw.'

Hij kwam naar voren, wijzend naar Ben. 'Het enige verschil is dat papa op de bovenste brits sliep. We legden hem op de onderste, maar hij zag altijd kans om in de bovenste te komen, hoe dronken hij ook was. En dan lazerde hij er natuurlijk midden in de nacht uit, op zijn kont of op zijn kop. Maar hij klom altijd meteen weer naar boven, de stomme lul. Koppig stom. Sommige mensen leren het nooit.'

Hij draaide grinnikend de sleutel om.
Achter me zei Ben: 'Wacht.'

28

Ruiz keek hem vol walging aan.
'Hé, moordenaar.' Hij leunde met zijn benige hand tegen de rand van de celdeur. Op de rug van die hand had hij een tatoeage van het Korps Mariniers.
'Hoeveel tijd heb ik nog?'
'Meneer Delaware hier wil net vertrekken.'
'Ik kan wachten,' zei ik. 'Als hij me iets te vertellen heeft.'
Ruiz kauwde op zijn lippen en keek op zijn horloge. 'Zelf weten. Achttien minuten.'
Hij bleef bij de deur staan.
'We nemen de volle achttien minuten,' zei ik. Hij liep erg langzaam weg.
Toen ik me naar Ben omdraaide, was hij opgestaan. Hij stond naast het toiletgat en drukte zich in een hoek.
'Dit is het verhaal,' zei hij met een dode stem. 'Het kan me niet schelen wat je ervan denkt. Ik vertel je dit alleen opdat je het doorgeeft aan dokter Bill.'
'Goed.'
'Al zul je dat waarschijnlijk niet doen.'
'Waarom niet?'
'Ik kan niet op je rekenen.'
'Waarom niet?'
'Jij bent een... gast. Zoals je eerder over hem sprak. Hij is een groot man. Jij hebt daar geen idee van.'
'Hé,' zei ik. 'Als je er niet op vertrouwt dat ik de boodschap overbreng, kun je hem door je advocaat laten overbrengen.'
'Advocaten zijn ook niet te vertrouwen.'
'Die op Hawaï heeft je niet goed verdedigd?'
'Er was geen proces in Hawaï,' zei hij. 'Ik verklaarde me schuldig en de kustwacht heeft me in het cachot gegooid. Ze zeiden dat ik er geen strafblad door zou krijgen. Blijkbaar zijn zij ook niet te vertrouwen.'

'Het leven is hard,' zei ik. 'Zo zal Betty's familie er ook wel over denken.'

Hij keek in het smerige toiletgat.

'Nog zestien minuten,' zei ik.

Zonder van houding te veranderen zei hij: 'Toen we thuis kwamen van dat diner bij dokter Moreland, was Claire kwaad op me. Omdat ik haar had gedwongen te spelen. Ze liet het niet blijken, maar zo is ze nu eenmaal. Ik had het niet moeten doen.'

Hij wrong zijn handen.

'We hadden... een beetje ruzie. Het grootste deel van de tijd was zij aan het woord en luisterde ik. Ze ging naar bed en ik bleef op en probeerde te lezen. Om van mijn woede af te komen. Soms lukt dat me... Niet dat ik vaak woedend ben. En we hebben ook niet vaak ruzie. We kunnen goed met elkaar opschieten. Ik hou van haar.'

Tranen.

'Wat las je?'

'Medische tijdschriften. Dokter Bill geeft me die van hem als hij ze uit heeft. Ik mag graag nieuwe kennis opdoen.'

'Welke tijdschriften?'

'*New England Journal, Archives of Internal Medicine, Tropical Medicine Quarterly.*'

'Kun je je bepaalde artikelen herinneren?'

'Een over pylorusstenose. En een over galblaasaandoeningen.'

Hij ratelde nog wat medische terminologie af. Het leek opeens of hij zich op zijn gemak voelde.

'Hoe lang heb je gelezen?'

'Een uur of twee.'

'Eén uur of twee uur? Er is een groot verschil.'

'Ik... we kwamen om ongeveer tien over halftien thuis. De... ruzie duurde misschien tien minuten. Voor het merendeel was het koude stilte. Toen ging Claire naar bed, om tien uur, dus ik denk iets meer dan een uur. Misschien anderhalf uur. Toen ging de telefoon en zei iemand dat er een spoedgeval was.'

'Hoe laat was dat?'

'Ik weet het niet. Als ik niet werk, kijk ik niet op de klok. Bill heeft me geleerd dat tijd kostbaar is, maar als ik thuis ben, heb ik de vrijheid om niet op de tijd te letten.'

Hij keek me op een nieuwe manier aan. Kinderlijk. Verlangend naar instemming.

'Ik begrijp het,' zei ik. Ik dacht aan het gedicht van Auden dat Moreland voor me had achtergelaten.

O laat de tijd je niet misleiden... holten van de nachtmerrie... naakte gerechtigheid.

Hij krabde over zijn wang en toen over zijn borst. Keek in de latrine alsof hij erin weg wilde kruipen.

'Het zal halftwaalf zijn geweest,' zei hij. 'Of daaromtrent.'

'Wie belde er?'

'Een man.'

'Je weet niet wie?'

Hij schudde zijn hoofd.

'Op zo'n klein eiland,' zei ik, 'zou ik verwachten dat je iedereen kende.'

'Eerst dacht ik dat het een van de hoveniers op het landgoed was, maar die was het niet.'

'Welke hovenier?'

'Carl Sleet. Maar hij was het niet. Toen ik "Carl" zei, reageerde hij niet en zijn stem was ook lager.'

'Toen je "Carl" zei, zei hij niet wie hij wel was?'

'Hij praatte snel, erg opgewonden. En de verbinding was slecht.'

'Alsof het een interlokaal gesprek was?'

Dat verbaasde hem. 'Waarom zou iemand me van buiten het eiland bellen? Nee, de slechtste verbindingen zijn hier op het eiland. De interlokale gesprekken gaan prima, als je eenmaal verbinding met een satelliet hebt. Maar de meeste lijnen op het eiland zijn oud en half vergaan.'

'Goed,' zei ik. 'Dus iemand die je niet kende, belt je op en klinkt opgewonden...'

'Ik heb me suf gepiekerd om erachter te komen wie het was, maar het lukt me niet.'

'Waarom was hij opgewonden?'

'Hij zei dat er een spoedgeval was, een hartaanval op Campion Way, bij het park, en dat ze hulp nodig hadden.'

'Hij zei niet wie die hartaanval had?'

'Nee. Het ging allemaal erg snel, alsof hij in paniek was.'

'Waarom had hij jou gebeld in plaats van Moreland?'

'Hij zei dat hij dokter Bill had gebeld en dat dokter Bill onderweg was en tegen hem had gezegd dat hij mij moest bellen, omdat ik dichter bij Campion Way woonde. Dus ik pakte mijn spullen en ging.'

'Wat voor spullen?'

'De crisisuitrusting. Elektroden, adrenaline, andere middelen om het hart te stimuleren. Ik wilde met reanimeren beginnen tot dokter Bill er was, en dan zouden we samen...'

'Wat gebeurde er toen?'

'Ik ging van huis...'

'Heeft Claire je zien vertrekken?'

'Nee. Ik slo... ging zo zachtjes mogelijk weg. Ik wilde haar of de kinderen niet wakker maken.'

'Had ze de telefoon horen overgaan?'

'Ik weet het niet... Meestal hoort ze het niet. De telefoon staat in de keuken en er is geen aansluiting in de slaapkamer. We zetten de bel van het toestel 's nachts wat zachter.'

'Als je geen toestel in de slaapkamer hebt, hoe hoor je het dan als iemand je belt voor een spoedgeval?'

'Ik slaap licht en we houden de slaapkamerdeur meestal open. Gisteravond was hij dicht. Claire deed hem dicht omdat ze kwaad was. Toen de telefoon ging, rende ik erheen en ik nam op toen hij nog maar één keer was overgegaan.'

Dat betekende dat niemand kon bevestigen dat hij was gebeld en hoe laat dat was gebeurd.

'Dus je ging op weg met je medische spullen,' zei ik.

'Ja.'

'Lopend of met de auto?'

'Met de auto. Ik was een minuut of vijf na het telefoontje in het park.'

'Tegen twaalf uur.'

'Dat moet wel. Het was erg donker. Er zijn geen straatlantaarns op het eiland, behalve in Front Street. Eerst kon ik niets zien en omdat ik bang was dat ik de patiënt zou overrijden, parkeerde ik en ging lopen. Toen ik dichterbij kwam, zag ik iemand langs de kant van de weg liggen.'

'Eén persoon? En degene die belde dan?'

'Verder niemand. Ik nam aan dat degene die had gebeld ertussenuit was geknepen. En omdat ik dacht dat het nog een paar minuten zou duren voordat dokter Bill er was, ging ik erheen en maakte mijn tas open. Ik wilde net beginnen toen iemand me vastgreep.'

'Hoe vastgreep?'

'Zo.' Hij sloeg zijn linkerarm om zijn nek, een ruwe imitatie van de wurggreep zoals die door de politie wordt toegepast.

'Een linkerarm?'

'Eh... nee, het kwam van deze kant.' Hij gebruikte zijn andere arm. 'Ik geloof dat het van rechts kwam. Ik weet het niet zeker, het was zo plotseling en ik ging van mijn stokje. Het volgende dat ik me herinner is dat Dennis met een vreemde blik in zijn ogen op me neerkeek. Woedend. En andere mensen, ze keken allemaal op me neer en mijn hoofd voelde aan alsof het op springen stond en ik had een stijve nek en ik dacht dat me iets was overkomen en dat ze daar waren om míj te redden. Maar hun gezichten, hun ogen waren hard. En toen noemde iemand die ik niet kon zien me "moordenaar". Ze keken allemaal naar me zoals ze naar me keken toen ik... zoals ze keken... voordat ik veranderde.'

Ik wachtte een tijdje en zei toen: 'Verder nog iets?'

'Dat is het... Goed verhaal, hè?'

'Het enige positieve dat je ervan kunt zeggen is dat het, als je haar hebt vermoord, in ieder geval geen moord met voorbedachten rade was. Want in dat geval had je wel iets beters uitgedacht.'

Hij glimlachte zuur. 'Ja, geweldige planning. Nou, wat moet ik nu doen?'

'Je vertelt je advocaat dit verhaal en dan hoor je wel wat hij ervan vindt.'

'Je zult het dokter Bill vertellen? Het is belangrijk voor me dat hij weet dat ik onschuldig ben.'

'Ik zal het hem vertellen.'

'Dank je.'

Ik hoorde voetstappen.

'Verder nog iets dat ik voor je kan doen, Ben?'

Hij beet op zijn lip. 'Vraag dokter Bill of hij tegen Claire wil zeggen dat het me spijt. Dat ik haar onder druk zette om viool te spelen... alles.'

'Wil je haar spreken?'

'Nee. Niet op deze manier. Vraag haar of ze de kinderen iets wil vertellen. Dat ik op reis ben.' Opnieuw sprongen de tranen hem in de ogen.

Ed Ruiz maakte de metalen deur open. 'De tijd is om.'

'En,' zei Ed, terwijl we terugliepen naar het kantoor, 'nog plezier gehad?'

'Een geweldige fuif,' zei ik. 'De volgende keer neem ik serpentines en gekke hoedjes mee.'

Hij liet me binnen. Dennis zat aan zijn bureau. Hij legde de telefoon neer en keek geërgerd op.

'Heb je de tijd nuttig besteed?' vroeg hij me.

Ik haalde mijn schouders op.

'Nou, de radertjes zijn aan het draaien. Dokter Bill is in actie gekomen.'

'Wat heeft hij gedaan?'

'Ik kreeg net een telefoontje uit Oahu. Landau, Kawasaki en Bolt. Een dure advocatenfirma. Ze specialiseren zich in het verdedigen van rijke boeven. Een van de bazen is een man die praat als een motormaaier, een zekere Alfred Landau. Hij komt over een paar dagen overvliegen. Die advocaat waar ik om had gevraagd, hoeft dus niet meer te komen.'

'Hij vliegt naar Stanton?'

'Nee, in een gecharterde jet naar Saipan, en dan met een privé-jacht hierheen. Als dat ding niet in ons haventje past, vinden ze wel een manier om hem aan wal te krijgen.' Hij trommelde met zijn vingers op de telefoon. 'Het lijkt me leuk om rijk te zijn. Ik zal je even terugbrengen.'

Toen we buiten kwamen, werden we meteen door Tom Creedman onderschept. Hij droeg een wit poloshirt, een witte korte broek en tennisschoenen. Het enige dat er nog aan ontbrak, was een racket. In plaats daarvan had hij een dun zwart diplomatenkoffertje in zijn ene en een kleine cassetterecorder in zijn andere hand. Er waren niet meer zo veel mensen op de kade. Op het zuidelijk eind stonden nog een paar achterblijvers, onder wie Skip Amalfi en Anders Haygood. Skip wees naar de plaats waar Anne-Marie Valdos was gevonden.

'Op weg naar Wimbledon, Tom?' zei Laurent.

'Ja, ik en de koningin. Heb je een momentje, Dennis?'

'Nog geen half momentje. Kom, Alex.'

Creedman versperde me de weg. 'Heb je de verdachte gesproken, Alex?'

'Laten we gaan,' zei Dennis. Hij liep naar zijn auto.

Creedman ging niet opzij. 'Trek in een kop koffie, Alex?'

'Ja,' zei ik.

Ze keken allebei verbaasd.

'Prachtig,' zei Creedman. 'Laten we het ervan nemen.'

'Ik breng hem terug,' zei Dennis. 'Voor zijn eigen veiligheid.'

'Ik breng hem wel terug, Dennis.'

'Geen denken aan...'

'Ik neem het risico wel,' zei ik.

'Het is niet aan jou om daarover te beslissen,' zei Dennis.

'O nee?' zei ik. 'Op grond van welke wet wil jij mijn bewegingsvrijheid beperken?'

Hij aarzelde even. 'Je bent een belangrijke getuige.'

'Getuige waarvan?'

'Je hebt met hem gesproken.'

'Met jouw toestemming. Laten we meneer Landau bellen en hem vragen wat hij erover te zeggen heeft.'

Dennis trok zijn brede schouders nog verder naar achteren. Hij tikte tegen zijn riem en keek naar weerskanten door Front Street.

'Goed,' zei hij kwaad. 'Je bent op jezelf aangewezen.'

Creedman en ik liepen langs Campion Way naar de volgende weg zonder naambordje. Langs woedende blikken en nors gemompel.

'O,' zei hij. 'De inboorlingen zijn onrustig.'

'Jij schijnt je er niet druk om te maken.'

'Waarom zou ik? Ik heb niets met die goeie ouwe dokter Bill te maken. Integendeel, het feit dat hij me eruit heeft gegooid werkt in mijn voordeel.'

Hij grijnsde en ging verder. 'Jij daarentegen moet oppassen. Maar ik zal voor je opkomen, vriend.' Hij maakte het diplomatenkoffertje open, trok een flap weg en liet me een groot verchroomd pistool zien.

'Zestien patronen,' zei hij opgewekt. 'Dat moet in het geval van onlusten genoeg zijn. Bijna niemand van die inboorlingen heeft een wapen. Het is toch een veilig eiland?'

'Heb jij altijd een pistool bij je?'

'Alleen in tijden van spanning.'

'Heb je het meegebracht?'

'Ik heb het op Guam gekocht. Het was een koopje. Afkomstig van een legerluitenant met schulden. Hij heeft het altijd goed onderhouden.'

Hij maakte het koffertje weer dicht. 'Ik woon hier in de straat.'

'Nogal dicht bij de plaats van de moord.'

'Niet dichtbij genoeg.'

'Wat bedoel je?'

'Toen ik er kwam, stond er al een grote menigte en kon ik niet dichtbij komen. Ik had het gezicht van meneer Romero wel eens willen zien toen ze hem net te pakken hadden. Hoofdredacteuren houden van dat soort onmiddellijke indrukken. De leegte in de ogen van de psychopaat.'

'Je kunt vast wel iets verzinnen.'

Zijn glimlach stierf weg. 'Dat is niet erg aardig, Alex.'

Ik knipoogde.

Zijn ronde gezicht bleef geërgerd, ook toen zijn glimlach terug was. 'Maar ik begrijp het. Het moet allemaal wel erg schokkend voor je zijn. Je komt hiernaartoe om op een vriendelijk eilandje van de zon te genieten en dan gebeuren de gruwelijkste dingen. Had Ben nog iets tot zijn verontschuldiging aan te voeren?'

'Niets dat een hoofdredacteur zou interesseren.'

'Wat een ziek type,' ging hij verder. 'Dat hij ze in stukken sneed en ze dan opvrat!'

'Heb jij dat ooit eerder meegemaakt?'

De weg was steiler geworden, en hoewel hij er een atletisch tempo in hield, kon ik hem harder horen ademhalen. 'Wat meegemaakt?'

'Kannibalisme.'

'Op andere eilanden? Nee.'

'Ik bedoelde in Amerika, toen je misdaadverslaggever was.'

'Heb ik gezegd dat ik ooit misdaadverslaggever ben geweest?'

'Ik geloof van wel. De eerste keer dat we elkaar ontmoetten.'

'Dat denk ik niet. Het is niets voor mij. Nee, Alex, ik deed politiek. Hond eet hond!' Hij lachte. 'Heb jij het ooit eerder meegemaakt?'

Ik schudde mijn hoofd.

'Voor alles moet er een eerste keer zijn,' zei hij.

We gingen verder de helling op, langs kleine huisjes, kinderen, honden, katten. Vrouwen met angstige ogen trokken hun kinderen naar zich toe als we dichterbij kwamen. Hier en daar werd de luxaflex dichtgetrokken.

'Tss,' zei hij. 'Het verloren paradijs.'

29

Zijn huis stond bovenaan, waar de weg doodliep: een vaalblauw klein huis met een weids uitzicht over de oceaan, omringd door roze oleander en gele hibiscus. Aan het eind van een garagepad van steenslag stond een Volkswagen Kever. Een groot deel van de tuin was overwoekerd door klimop en bloeiende ranken. Het dichtstbijzijnde huis stond op dertig meter afstand, met ertussenin een gehavende houten schutting.

Binnen zag het er heel anders uit: pas gewitte muren, zwartlederen banken, oosterse kleedjes waardoor de vinylvloer er beter uitzag dan hij was, exclusieve posters, meubelen van teakhout en lakwerk, sommige kunstig bewerkt. In de kleine keuken naast het eetgedeelte hingen dure koperen pannen aan een gietijzeren rek. Duitse messen stonden in een houten blok op het aanrecht. Al het keukengerei was Europees en zag er gloednieuw uit.

'Wat wil je drinken?' vroeg Creedman, en hij liep naar een draagbare bar van koper en glas.

'Gewoon een cola.'

Hij schonk een cola in en nam zelf een dubbele whisky. Johnny Black. De ijsblokjes kwamen uit een kleine Zweedse koelkast met een voorkant van chroom.

Ik keek om me heen. De grootste kamer was een kantoor annex huiskamer. Computer en printer, noodaggregaat van duizend watt, koperen spiegeltelescoop, stereo-installatie, cd-rek, een Duitse grootbeeldtelevisie, verbonden aan een dikke kabel die door het plafond ging.

'Ik had een schotelantenne,' zei hij, 'maar die is van het dak gewaaid.'

'Zo te zien heb je je geïnstalleerd om hier lang te blijven.'

'Ik houd van een goed leven. Citroensap erin?'

'Goed.'

Hij bracht de drankjes en we gingen zitten. De oceaan werd schitterend omlijst door het grote raam.

'De beste wraak,' zei hij, en nam een klein slokje. 'Een goed leven.'

'Wraak op wie?'

'Op iedereen die het verdient.' Hij nam een lange, langzame slok en dronk zijn glas leeg om vervolgens een ijsblokje op te zuigen en door zijn mond te bewegen.

'Nou, wat kan ik voor je doen?' zei ik.

'Niets, Alex. Ik wilde alleen maar vriendelijk zijn. Amerikanen onder elkaar, je kent dat wel. Jammer dat we niet meer tijd met elkaar hebben doorgebracht, nu je weggaat.'

'Wie zei dat ik wegga?'

Hij glimlachte. 'Je gaat toch?'

'Uiteindelijk. En jij?'

'Ik heb geen vast plan. Dat is een voordeel van het free-lance bestaan.'

'Klinkt niet gek.'

'Dat is het ook niet.'

We dronken en hij had zijn glas weer leeg. 'Wil je er nog een?'

'Nee, dank je.'

'Ik wil zelf nog wel wat.'

Hij schonk zich een stevige whisky in en kwam terug.

'Het is ook niet niks, hè, zo'n bloedfestijn. In feite ben ik nu in de misdaadverslaggeverij verzeild geraakt. In Washington voelde ik daar nooit veel voor, omdat verreweg de meeste criminelen te stom zijn om voor de duvel te dansen. En de politie en officieren van justitie waren ook geen kerngeleerden.'

'Zijn politici intelligent?'

'Sommigen.' Hij lachte. 'Een paar.'

'Nicholas Hoffman?'

Hij nam een langzaam slokje. 'Intelligent genoeg, schijnt het. Nou, wanneer vertrek je?'

'Dat weet ik nog niet, Tom.'

'En wat moet er dan worden van jouw project met Moreland?'

'Dat project stelt niet veel voor.'

'Wat was het eigenlijk voor project?'

'Zijn dossiers doornemen om te kijken of we thema's konden vinden.'

'Thema's?'

'Ziektepatronen.'

'Geestesziekten?'

'Alle soorten ziekten.'

'Dat is alles?'

'Zo ver zijn we gekomen.'

'En als jullie patronen vinden, wat dan?'

'Dan zetten we het op schrift voor een medisch tijdschrift. Misschien zit er een boek in. Hoe gaat het met jouw boek?'

'Erg goed.'

'Voeg je er een hoofdstuk over de moorden aan toe?'

'Nou en of... En hoe gaat het met Robin?'

'Prima.'

'Met het hondje ook alles in orde?'

'Jazeker.'

'Is het mogelijk dat Ben door Moreland is aangespoord om die meisjes te vermoorden?'

Ik keek overdreven verbaasd. 'Waarom zou Moreland dat doen?'

Hij zette zijn glas neer, nam zijn gekruiste benen van elkaar en boog zich nogal snel naar voren. 'Laten we wel wezen, Alex, die kerel is vreemd.'

'Hij is een beetje anders.'

'Zoals Norman Bates een beetje anders was. Dat huis. Die insekten. En wat spookt hij toch de hele dag uit in dat lab? Het heeft niks met geneeskunde te maken, want Ben doet het meeste dokterswerk, tenminste, dat deed hij. Toen kwam Pam en kreeg zij de rest. Dus wat doet die ouwe kerel daar toch de hele dag?'

'Ik weet het niet.'

'Kom nou, jij hebt met hem samengewerkt.'

'Ieder in een eigen gebouw.'

'Wat houdt hij verborgen?'

'Ik weet niet of hij iets verborgen houdt.'

Zijn snor kwam omlaag. Hij was zo plat en strak als een streep met een vet potlood, maar hij streek hem toch glad.

'Hij zal je wel hebben verteld over dat gedonder dat ik met Ben heb gehad. En toen deed hij het natuurlijk voorkomen alsof ik een dief was.'

'Hij zei dat je iets zocht. Was dat zo?'

'Ja. Het instinct van de verslaggever. Want zodra ik in dat huis kwam, had ik een vreemd gevoel.'

'Wat dan?'

'Gewoon, dat er iets vreemds aan de hand was. En blijkbaar had ik gelijk. Al die liefdadigheid, en zijn beste pupil is een seriemoordenaar! De mensen zijn woedend, Alex. Als je iets om dat mooie vrouwtje en dat lieve kleine keffertje geeft, moet je als de gesmeerde bliksem naar Los Angeles teruggaan.'

Hij had met een diepe, gelijkmatige stem gesproken, maar zijn ogen waren als gaten die in linnen waren gebrand.

'Dat klinkt bijna als een waarschuwing, Tom.'

'Een verstandig advies, Alex. Een strategische beoordeling, gebaseerd op de feiten.'

Ik glimlachte. 'Dat klinkt als bedrijfslevenjargon. Het is net een kwartaalverslag.'

Hij pakte zijn whisky. Greep mis, tastte, kreeg het glas te pakken, dronk. Toen hij het glas liet zakken, was zijn onderlip nat en glanzend. 'Dan zal ik je nu maar terugbrengen naar het spookkasteel.'

'Goed.'

We verlieten het huis. Hij liep voor me uit en stapte in de Volkswagen. De motor piepte maar wilde niet aanslaan.

'Verdomme,' zei hij zonder enige spijt. 'De accu zal wel leeg zijn. Anders zou ik Harry of Skip bellen voor een jumpstart, maar die zijn in het dorp, net als alle andere mensen.'

'Ik loop wel.' Ik begon de weg af te lopen.

'Ik vind dit echt verschrikkelijk,' riep hij me na. Toen ik over mijn schouder keek, zag ik hem glimlachen.

De wolken hingen nu recht boven de kustlijn, en de lucht was warm en plakkerig.

Op mijn weg naar de haven kwam ik niemand tegen, afgezien van een gele bastaardhond met een grijze snuit die een tijdje achter me aan liep maar ervandoor ging toen ik Front Street bereikte. Een stel jongemannen die bij het kruispunt stonden, staarden me al rokend aan. Toen ik voorbijkwam, mompelden ze onder elkaar en negeerden mijn 'Goedemorgen'.

Dennis' politiewagen stond nog voor het politiebureau. Hij zou vast niet voor taxichauffeur willen spelen.

Ik had Creedmans uitnodiging aangenomen om hem te peilen. Om diezelfde reden had hij me uitgenodigd.

En daarna had hij me laten stranden.

Aan de inrichting van zijn huisje te zien was er iemand die hem goed betaalde. En gezien zijn reactie op mijn grapje over kwartaalverslagen was dat waarschijnlijk Stasher-Layman.

Was het fout geweest om hem te laten weten dat ik dat wist? Maar wat maakte het uit? Binnenkort was ik weg.

Ik liep langs de haven en negeerde de starende blikken. De deur van het gemeentehuis stond open en Dennis kwam naar buiten, gevolgd door drie kleine mannen, een van middelbare leeftijd en twee van in de twintig. Ze droegen alle drie een dun overhemd en een spijkerbroek en praatten opgewonden. Dennis probeerde hen te kalmeren. De man van middelbare leeftijd stampvoette, zwaaide met een vuist en schreeuwde. Dennis zei iets en de vuist ging weer door de lucht. De man wees en raakte zijn hartstreek aan. Dennis legde zijn hand op zijn schouder. De man schudde hem woedend af.

De mensen begonnen naar voren te komen.

Dennis keek fel in hun richting en ze verspreidden zich, al deden ze dat erg langzaam.

De oudere man stampvoette weer en raakte zijn hartstreek weer aan. Een van de jongere mannen draaide zich om en ik kon zijn gezicht zien: lelijk, rond, met puisten.

Een onmiskenbare gelijkenis met Betty Aguilar.

Dennis werkte de mannen weer naar binnen en ik liep door in zuidelijke richting. Ik had nog niet ver gelopen of ik hoorde voetstappen achter me. Een snelle blik achterom. Het waren een paar van de jongemannen die op het kruispunt hadden gestaan. Ze waren met zijn vieren en kwamen snel dichterbij. Ze liepen met hun handen in hun zakken.

Ik bleef staan, keek met een vragend gezicht om en probeerde ze, toen dat niets uithaalde, tot staan te brengen door ze strak aan te kijken.

Ze bleven komen.

Ik stak de straat over en kwam voor de Handelspost terecht. Het gebouw was verzegeld met gele politietape. Sommige dingen zijn overal hetzelfde.

Slim's Bar was nu ook dicht, maar in het grindperk dat als parkeerterrein van het café fungeerde stonden nog wat bierdrinkers.

De vier mannen achter me aarzelden en renden toen naar de overkant.

Ik veranderde van richting en ging weer naar het centrum.

De jongemannen gingen vlugger lopen. Een van hen had iets in zijn hand. Een korte houten knuppel, zo'n knuppel als politieagenten hebben, maar dan afgezaagd.

Ik rende.

Zij renden ook. Ze hadden hun mond open en keken strak in mijn richting.

Het politiebureau was niet ver weg, maar de bierdrinkers bij Slim's zouden een probleem kunnen zijn.

Toen ik dichterbij kwam, sloten ze de rijen en vormden een menselijke muur.

Skip Amalfi stond er ook tussen, zijn hoofd rood van opwinding, zijn lippen op elkaar geperst om een boer in te houden. Anders Haygood stond naast hem, kalm en nuchter, een geamuseerde blik in zijn grijze ogen.

De jongens achter me riepen iets.

De jongens van Slim's kwamen naar voren.

Ik kon geen kant op.

Nog meer geschreeuw, luid gemompel, en toen klonk iemands stem boven alles uit: 'Idioten!'

Een scherpe stem. Van een vrouw.

Jacqui Laurent had zich een weg door de bierdrinkers gebaand. Ze droeg een schort met vetvlekken over haar gebloemde jurk. Ze was langer dan de meeste van de mannen en zwaaide ergens mee.

Een grote gietijzeren koekepan.

Een van de bierdrinkers zei iets.

Ze viel hem in de rede: 'Hou je mond, jij! Wat is dit voor onzin?'

De vier jongemannen waren nu zo dichtbij dat ik ze kon horen hijgen.

Ik draaide me vlug om.

De man met de knuppel kwam naar voren en maakte kleine kringen met het wapen. Hij had een vlasbaard en lang haar. Er ontbraken een paar knopen aan zijn overhemd en ik zag zijn ingevallen borst.

Jacqui kwam naast me staan. 'Ignacio!'

Ze greep de knuppel vast. Ignacio liet niet los. Ze trok eraan.
Iemand lachte.

Ze trok haar mondhoek op. 'Grote jongens. Grote helden. Met zijn allen tegen één onschuldige man.'

'Wie zegt dat hij onschuldig is?' zei een van de bierdrinkers. 'Hij woont dáár.'

'Ja!'

'Ja, klootza...'

'Nou en?' zei Jacqui. 'Nou en?'

'Dus hij is...'

'Wat?'

'Een...'

'Wàt, Henry? Dus hij is een gast op het kasteel? En wat betekent dat? Dat wij ons als beesten moeten gedragen?'

'Iemand heeft zich als een beest gedragen,' zei Skip, 'en het is niet...'

'Hou je bek. Hoor wie het zegt!'

Skips neusgaten gingen wijd open. 'Hé...'

'Niks te hé. Hou je bek en luister. Jíj bent een beest, en wel een vàrken.'

Skip kwam naar voren. Haygood hield hem tegen met zijn dikke harige armen.

'Kom maar op, grote man,' zei Jacqui, en ze rukte aan de knuppel. 'Wou je me aanvallen? Een vrouw met een koekepan? Krijg je daar een kick van? Of alleen van glúren naar vrouwen?'

Skips kinloze gezicht verbleekte. Hij probeerde zich uit Haygoods greep los te rukken.

Haygood zei iets en Skip maakte het geluid van een hongerig kind dat geen eten krijgt.

'Grote jongen,' zei Jacqui. 'Grote jongen met een grote blaas. Iedere keer dat een vrouw naar het strand gaat, ga je haar achterna en pis je bij haar deken. Als een hond die een geurvlag zet. Heel dapper.'

Skip rukte nog harder. Haygood hield hem tegen en een paar van de anderen hielpen hem daar nu bij.

'Rustig, man,' zei een van hen.

'Kom maar op,' zei Jacqui, en plotseling wist ze Ignacio de knuppel te ontfutselen en zwaaide ze ermee, met in haar andere hand nog steeds de koekepan. 'Kom maar op, Skip. Jij mag toch zo graag vrouwen slaan? Misschien had jíj wel iets met Betty te maken, lefgozer.'

Skip gromde en Haygood deed iets met zijn schouder waardoor zijn gezicht helemaal slap werd.

'Als een hondje,' zei Jacqui. 'Je loopt achter iedere nieuwe vrouw aan en pist dan in het zand... Vind je dat grappig?'

Ze liet haar blik over de andere mannen gaan. 'Vindt iemand van jullie dat grappig? Op het strand pissen bij de deken van een vrouw? Is het een van jullie zusters overkomen? Of jullie moeder? Want hij heeft het bij mij ook een keer gedaan. Weet je dat nog, Skip?'

En weer tegen de anderen: 'Vinden jullie dat een teken van moed, jongens? Op vrouwen pissen en onschuldige mannen in elkaar slaan?'

Stilte.

'Grote harde macho-mannen! Met zijn allen tegen een gast. Wat is zijn misdaad? Dat hij naar het eiland gekomen is? Hoe denken jullie dat er ooit iets van het eiland kan worden als jullie de mensen zo behandelen?'

De mannen durfden haar niet meer aan te kijken.

Skip wreef over zijn schouder. Haygood draaide hem om en probeerde hem weg te leiden. Skip duwde Haygoods arm weg maar liet zich wel meetronen.

Jacqui keek naar de bierdrinkers, die zich begonnen te verspreiden. Al gauw waren alleen nog de vier jongens over die mij waren gevolgd. De jongen die Ignacio heette keek naar de knuppel in Jacqui's hand. Ze stak hem in haar zak en wees naar hen met de koekepan.

'Schamen jullie je niet? Ik denk er hard over om het aan jullie moeders te vertellen.'

Een van de jongens begon te grijnzen.

'Vind je dat grappig, Duane? Dan vertel ik het jóuw mama eerst.'

'Van mij mag je...'

'Wil je dat ik dat doe? Echt waar, Duane? Dan vertel ik haar eerst wat ik op North Beach heb gezien.'

Duanes mond klapte dicht. De andere jongens staarden hem aan. 'O ja?' zei hij.

'Ja.' Jacqui tikte met de koekepan tegen haar stevige dij. 'Wil je echt dat ik dat doe, Duane?'

Duane haalde zijn schouders op. Zijn bravoure was zo kunstmatig dat het bijna pijn deed om ernaar te kijken.

'Wa...?' zei een van de andere jongens giechelend. 'Wat heb je gedaan, Duane?'

'Niks.'

'Zeg dat wel. Niks,' zei Jacqui, en Duanes neus trilde.

'Ach, verdomme,' zei hij. 'Laten we pleite gaan.'

'Goed idee,' zei Jacqui. 'Jullie allemaal. Oprotten.'

Ze dropen af. De andere jongens liepen om Duane heen terwijl hij hen uitschold. Toen ze het dorpscentrum voorbij waren, keek Jacqui me aan.

'Wat dacht jij dat je aan het doen was?'

'Ik liep naar huis.'

'Het is geen gunstige tijd om de toerist uit te hangen.'

'Dat heb ik gemerkt.'

Ze haalde de knuppel te voorschijn en bekeek hem. Fronste haar wenkbrauwen en deed hem weer in haar zak. 'Wou je het hele eind naar het kasteel gaan lopen?'

'Mijn lift ging niet door.'

Ze keek me verbaasd aan.

Ik vertelde haar over Creedman.

'Wat moest je nou met hèm?'

'Hij nodigde me uit.'

Aan haar gezicht te zien vond ze dat ik niet goed snik was.

'Kom, dan laat ik je door Dennis of een van zijn agenten brengen.'

'Dennis had het al aangeboden,' zei ik. 'Ik wees hem af, dus ik denk niet dat hij nu nog wil.'

Ze krabde iets van de bodem van de koekepan. Hield die pan omhoog alsof ze er serieus over dacht mij de hersens in te slaan.

'Mannen,' zei ze. 'Waarom moet alles altijd een wedstrijd zijn? Kom, dan vragen we hem opnieuw. Hij doet het wel. Hij is opgevoed met het Vijfde Gebod.'

Ze porde met haar vingers tegen de onderkant van mijn rug. Sterke vingers. Haar huid was roomzacht en ongerimpeld, haar lichaam groot en sterk. Ze was achttien geweest toen ze Dennis kreeg, maar zelfs van dichtbij kon ze nog voor zijn zuster doorgaan.

'Kom,' zei ze. 'Ik kan hier niet eeuwig blijven staan.'

Ze liep erg snel, zwaaiend met de koekepan. Haar borsten gingen op en neer en ze had haar mond een beetje open.

'Wat zag je die Duane op het North Beach doen?' zei ik.

Ze grinnikte.

'Ik heb hem helemaal niet gezien. Alleen gehóórd.' Ze grinnikte weer.

259

'Hij was aan het rotzooien met zijn vriendin.'

'Is dat ongewoon?'

'Niet op North Beach. Jongelui gaan daar altijd heen.'

Vermeden ze South Beach vanwege de moord?

'Wat is dan het probleem?' drong ik aan.

Ze lachte hoog en meisjesachtig. Daardoor ontspande haar gezicht en leek ze zelfs nog jonger. Ze kwam dicht bij me lopen en zei: 'Het probleem, Alex, was dat die jongen het niet goed kon. Zijn vriendin was niet erg tevreden over hem.'

Nog meer gelach. Haar heup stootte tegen de mijne. 'Je weet wel, pats, boem en klaar is Kees.'

'Ah,' zei ik.

'Ah.' Ze glimlachte, bewoog de pan dichter langs haar lichaam en liet hem langs haar flank gaan. Haar schort gaf mee en haar jurk schoof omhoog, zodat ik haar bruine been kon zien. 'Ah.'

30

Ze ging als eerste naar binnen. Ik stak mijn hoofd om de deur, zag Dennis bij Betty's familie zitten en trok me meteen terug.

Ik wachtte naast de politiewagen en hield mijn blik op de straat gericht. Bij de haven was het stil geworden. Het was of de regenwolken hun water bijna niet meer konden dragen.

Enkele minuten later kwam agent Ed Ruiz naar buiten. 'Ik zal u brengen,' zei hij.

De rit naar het huis verliep in stilte. Hij stopte voor het grote hek. 'Is dit ver genoeg?'

'Bedankt.' Ik stapte uit.

'Wanneer vertrekt u van Aruk?'

'Zodra er een boot is.'

Hij stak zijn hoofd uit de auto. 'Zeg, ik heb niks tegen dokter Bill. Hij heeft mijn dochter een paar jaar geleden geholpen toen ze er slecht aan toe was. Ze had zich geschaafd aan wat koraal en daar een infectie van gekregen. We waren bang dat ze haar been zou verliezen, maar hij heeft het gered.'

Zijn tandeloze mond vouwde zich naar binnen.

'Ik zal hem de groeten van u doen,' zei ik.

'Maar de dingen veranderen, weet u. Niet iedereen is zo weg van hem. Sommige mensen kennen hem beter dan anderen.'

'Degenen die hij heeft geholpen?'

'Ja. Maar anderen weten het niet.' Hij liet het stuur terugdraaien. 'Ben heeft die meisjes vermoord. Dat weet u net zo goed als wij.'

'Laten we eens veronderstellen dat hij het heeft gedaan. Wat heeft dokter Bill er dan mee te maken?'

Stilte.

'U denkt dat hij er op de een of andere manier bij betrokken is?'

Hij gaf geen antwoord.

'Maar de mensen zeggen van wel.'

'Mensen praten.'

'Misschien,' zei ik, 'wil iemand dokter Bill weg hebben, en dit is een prachtkans om hem weg te krijgen.'

'Waarom zou iemand hem weg willen hebben?'

'Omdat hij te veel van het eiland in eigendom heeft.'

'Dat is het nou juist!' zei hij woedend. 'Hij bezit te veel, verdomme. Er is niet veel voor de rest van ons, en ieder jaar wordt het minder. De mensen krijgen er genoeg van. Mensen die niets hebben, gaan nadenken over mensen die wel wat hebben.'

Gladys ging met een rolveger over de overloop van de eerste verdieping. Ze zag er moe uit maar bewoog zich kwiek. Toen ik de deur van mijn kamer naderde, hield ze haar vinger voor haar lippen.

'Mevrouw Castagna doet een dutje,' fluisterde ze. 'Daarom gebruik ik dit in plaats van de Hoover.'

'Bedankt dat je het me vertelt,' fluisterde ik terug.

'Zal ik middageten voor u maken, meneer Delaware?'

'Nee, dank je. Is dokter Bill er ook?'

'Ergens. Claire kwam hem opzoeken. Ze bracht KiKo mee en vroeg of we voor hem willen zorgen. Ik heb hem in een kooi in de wasruimte. Claire had haar kinderen ook bij zich, de arme kleine dingen, zo bang. Robin liet ze met Spike spelen.'

Zo te zien stond ze op het punt om in huilen uit te barsten. 'Dennis beloofde dat hij iemand zou sturen om ze te bewaken. En wie stuurt hij? Elijah Moon, iedereen noemt hem Moojah. Hij moet voor politieagent doorgaan, maar hij is zo oud als ik en heeft een buik tot hier. Wat kan een dikke oude man nou doen?'

Ik begon de trap af te gaan, maar bleef staan.

'Gladys?'

'Ja, meneer Delaware?'

'Je hebt voor senator Hoffman gekookt toen hij commandant van de basis was.'

'Ik was hoofdkokkin en ik had matrozen onder me werken.' Ze fronste haar wenkbrauwen.

'Lastig werk?'

'Hij hield van bijzonder eten. Met allemaal sausjes – en het moest altijd iets nieuws zijn. We lieten dat hele dure vlees uit Japan komen – koeien die de hele dag niets anders doen dan liggen en rijst eten.'

'Kobe-rundvlees.'

'Ja. En groente waar niemand ooit van gehoord had en oesters en dure vis. Niets van het eiland zelf. Hij liet zijn krabben uit Oregon komen – Dungeness-krabben. Kreeft uit Engeland. Jakobsschelpen uit de Filippijnen. Hij knipte altijd recepten uit bladen en stuurde die dan naar me toe. "Probeer dit eens, Gladys." Waarom vraagt u dat?'

'Ik vroeg me af wat voor relatie hij en dokter Bill hadden. Toen we die avond op de basis waren, hebben ze onder vier ogen met elkaar gesproken en kwam dokter Bill daar in een slecht humeur vandaan.'

'Dat weet ik,' zei ze. 'De volgende dag heeft hij 's morgens en 's middags niets gegeten. En dat terwijl hij al zo mager is.'

'Enig idee waarom?'

'Nee. Maar hij heeft altijd een hekel aan Hoffman gehad.' Ze keek een beetje wazig. 'Ik geloof niet dat Ben iets heeft gedaan, meneer.'

'De mensen in het dorp denken van wel.'

'Dan zijn ze dom.'

'Als je nagaat hoeveel dokter Bill voor de eilanders heeft gedaan, koesteren ze nogal veel wrok.'

Ze greep de rolveger stevig vast. Het zachte vlees van haar armen trilde. 'De ondankbare uitkeringstrekkers! Dokter Bill heeft geprobeerd ze aan het werk te krijgen, maar daar hebben ze helemaal geen zin in. Wist u dat hij gratis stalletjes in de Handelspost heeft aangeboden en dat er toen bijna niemand belangstelling had? Zelfs degenen die wel een stalletje namen, kwamen nauwelijks opdagen, behalve om hun uitkeringscheques te verzilveren. De overheid stuurt iedere maand weer cheques, dus waarom zou iemand zich druk maken? Hoe durven ze een hekel aan hem te hebben!'

In haar woede was ze harder gaan praten. Ze sloeg haar hand voor haar mond.

'Nu Ben in moeilijkheden verkeert, is het jammer dat dokter Bill en Hoffman niet met elkaar overweg kunnen,' zei ik. 'Het zou niet gek zijn om hooggeplaatste vrienden te hebben.'

'Alsof hij zoveel goeds zou doen!' zei ze. 'Die man heeft altijd alleen maar aan zichzelf gedacht. Vroeger kwam hij hier om zich te goed te doen aan dokter Bills eten en dan vals te spelen met kaarten. Stiekeme bridge-signalen, wilt u dat wel geloven? Hij was geen heer.'

'Wist dokter Bill dat Hoffman vals speelde?'

'Natuurlijk, daardoor weet ik het! Hij maakte er altijd grapjes over tegen mij. Dan zei hij: "Nicholas denkt dat hij mij te slim af is, Gladys." Ik zei tegen hem dat het verschrikkelijk was en dat hij er een eind aan moest maken. Hij lachte en zei dat het niet belangrijk was.'

'Vals spelen met bridge,' zei ik. 'Dus Hoffmans vrouw ging daarin mee.'

'Nee, ze... Het was...' Ze kreeg een kleur. 'Wat erg! Om je dood te schamen! De helft van de tijd nodigde Hoffman zichzelf uit. Hij tenniste en lag in de zon, bestelde eten uit de keuken, alsof ik nog voor hem werkte. Alsof alles hier van hem was.' Ze sloeg haar hand weer voor haar mond. Opnieuw kreeg ze een kleur.

'Alles?' zei ik.

'U weet wel, zo'n hoge piet. Hij was gewend altijd zijn zin te krijgen. Ik zal u nog wat anders vertellen, meneer Delaware: de man was harteloos. Toen ik nog zijn kokkin was, stortte er een keer een vliegtuig met marinepersoneel neer, mannen en hun vrouwen en kinderen, op de terugweg naar het vasteland.' Ze bewoog haar hand omlaag.

Dat vliegtuigongeluk waarover Moreland het na Pickers ongeluk had gehad. In 1963.

'Al die mensen,' zei ze. 'Een ramp. En wat deed Hoffman? Die avond stuurde hij me een kistje sint-jakobsschelpen in ijs en gaf me opdracht *coquille Saint-Jacques* voor hem te maken.'

Ze ging verder met de rolveger. 'Mevrouw Castagna zei dat u bin-

263

nenkort weggaat. Dat vind ik jammer. Aan de manier waarop u mevrouw Castagna behandelt, kan ik zien dat u een heer bent. En we
hebben behoefte aan meer vriendelijkheid.'
'Op Aruk?'
'Op de hele wereld, dokter. Maar Aruk zou een goed begin zijn.'

Het verbaasde me Moreland in mijn werkkamer aan te treffen. Hij
zat voorovergebogen in een fauteuil en las een medisch tijdschrift.
Zoals hij daar zat, leek hij net een skelet met een laagje was.
Hij legde het tijdschrift neer en ging met een ruk rechtop zitten. 'Hoe
gaat het met hem?'
Ik bracht verslag uit van mijn bezoek aan de cel.
Hij zei niets. De inhoudsopgave van het tijdschrift stond op het voor-
omslag en hij had een artikel omcirkeld: 'Bloedvlekken als bewijs-
materiaal.'
'Research voor de verdediging?' vroeg ik.
'Had iemand hem voor een spoedgeval gebeld? Iemand die als Carl
klonk?'
'Dat zei hij.'
Zijn vingers leken zo dun als de pootjes van een mus. Ze kraakten
toen hij ze boog. 'Je bedoelt dat je hem niet gelooft?'
'Ik bedoel dat het niet zo'n goed verhaal is, Bill.'
Er ging een heleboel tijd voorbij.
'Wijst dat er voor jou niet op,' zei hij, 'dat hij onschuldig is? Iemand
die zo intelligent is als Ben zou toch wel een veel beter verhaal kun-
nen verzinnen?'
'Hij is intelligent, maar hij is ook niet helemaal in orde,' zei ik. 'De
drank was vroeger een probleem voor hem en hij kan er blijkbaar
nog steeds niet goed mee omgaan. En hij heeft minstens één keer
eerder een seksueel delict gepleegd. Exhibitionisme in Hawaï...'
'Daar weet ik van,' zei hij. 'Dat was onzin. Ik heb dat voor hem ge-
regeld.'
Ik ging niet op het gebrek aan logica in.
Hij zei: 'Dus zelfs nadat je met hem hebt gesproken, denk je nog
dat hij schuldig is.'
'Hij staat er slecht voor, maar ik doe mijn best om niet te oordelen.'
'Ja, ja, natuurlijk. Je bent psycholoog.'
'De vorige keer dat we elkaar spraken, was dat juist de reden waar-

om je wilde dat ik met hem ging praten, Bill.'

Hij pakte het tijdschrift, rolde het op, hield het omhoog. Knipperde met zijn ogen.

'Neem me niet kwalijk, jonge vriend. Ik ben gespannen. Je hebt het volste recht op je mening, al wou ik dat je er anders over dacht.'

'Ik zou graag mijn mening veranderen, Bill. Als je informatie hebt die mij zou kunnen overtuigen, zal ik daar graag naar luisteren. Of nog belangrijker: vertel het aan de advocaat die je in de arm hebt genomen.'

Hij boog zich diep voorover.

'Misschien heb je voorlopig alles gedaan wat je kunt doen,' zei ik. 'Dennis zei dat Landau de beste is. Misschien zou je eens moeten beginnen om aan je eigen belangen te denken. In het dorp zijn ze je niet zo goed gezind.'

'Ja,' zei hij zachtjes. 'Alfred is de beste. Zijn firma heeft Barbara's testament afgehandeld, toen ze was gestorven... Ze was een rijke vrouw. Wat ze me naliet, stelde me in staat om meer percelen grond te kopen. Alfred was... erg behulpzaam.'

'Heeft hij Ben ook verdedigd toen hij in Hawaï was gearresteerd?'

'Nauwelijks. Dat was een militaire aangelegenheid. Ik heb een paar mensen gebeld en gebruik gemaakt van mijn vroegere rang.'

Hij stond op. 'Je hebt volkomen gelijk. Ik kan Alfred beter nu meteen bellen.'

'Je maakt je niet druk om wat ik je zojuist vertelde? De woede in het dorp?'

'Dat gaat wel over.'

Ik vertelde dat ik bijna door die vier jongens was aangevallen, en dat Jacqui me had gered.

'Ik vind het jammer dat je zoiets is overkomen. Goddank ben je ongedeerd gebleven.'

'Maar jij loopt nog steeds gevaar, Bill. Betty's familie is woedend. Er doen allerlei praatjes de ronde over jou.'

Nu keek hij verbaasd op.

'Jij bent een *have* onder *have-nots*, Bill.'

'Ik heb altijd met anderen gedeeld.'

'Desondanks ben je nog steeds heer en meester op het eiland. En de horigen hebben het niet goed.'

'Ik... het is niet bepaald een feodaal systeem zoals...'

'O nee?' zei ik. 'De moord op Betty is de vonk die het vuur kan laten oplaaien, maar al ben ik hier nog maar een paar dagen, het is me allang duidelijk dat de sfeer hier toch al erg verhit was.'

Hij schudde zijn hoofd. 'Het zijn goede mensen.'

'Maar ze gaan naar de bliksem, Bill. Hun hele samenleving verdwijnt. Wanneer heeft het benzinestation voor het laatst gewerkt?'

'Ik heb nieuwe benzine aangevraagd.'

'Is dat benzinestation ook jouw eigendom?'

'En de rantsoenering geldt net zo goed voor mijn eigen auto's als voor die van hen. Dat weten ze...'

'Ze weten ook wat voor leven je leidt, en dat vergelijken ze met hun eigen bestaan. Er gaan meer mensen weg dan er blijven. Betty en haar man waren van plan weg te gaan. Het is het ideale werkklimaat voor provocateurs, en die zijn er dan ook: Skip Amalfi vindt het prachtig om de menigte op te zwepen. En het zou me niet verbazen als Tom Creedman een meer actieve rol ging spelen. Ik ben bij hem thuis geweest nadat ik Ben had bezocht, en hij...'

'Je hebt hem niets verteld, hoop ik.' Hij keek me geschrokken aan.

'Nee,' zei ik. Het kostte moeite me te beheersen. 'Hij stelde vragen, maar ik hield me van de domme.'

'Wat vroeg hij?'

'Of Ben me iets belangrijks had verteld. En waar jij en ik aan werkten. Het was duidelijk dat hij me wilde overhalen weg te gaan, en dat zou ook wel logisch zijn, als hij inderdaad nog voor Stasher-Layman werkt en als ze Aruk in bezit willen krijgen. Heb je de inrichting van zijn huis gezien?'

Hij schudde zijn hoofd.

'Kamers vol gloednieuw meubilair, computer met toebehoren, dure apparaten.'

'Ja, ik weet nog dat hij kort na zijn aankomst een grote zending kreeg. Pallets vol. Meteen nadat ik hem had gevraagd weg te gaan.'

'Je bedoelt dat hij de hele tijd al van plan was geweest zelf een huis te huren en dat hij hier alleen naar toe was gekomen om rond te snuffelen. Waar zocht hij naar, Bill?'

'Ik heb je al gezegd dat ik dat niet weet.'

'Geen flauw idee?'

'Nee.' Hij pakte het tijdschrift, rolde het weer op en liet het open vallen.

'Jo Picker heeft ook iets met Stasher-Layman te maken.'

Nu viel hij van verbazing bijna van de bank. 'Wat... Hoe weet je dat?'

'Robin zag papieren van dat bedrijf in Jo's kamer. Jo komt ook uit Washington en ze was alleen in dit huis op de avond dat die kakkerlakken in onze kamer terechtkwamen.'

'Ik... we hebben al vastgesteld dat het mijn schuld was. Dat ik de kooi open had laten staan.'

'Kun je je herinneren dat je hem open hebt laten staan?'

Hij kreeg weer die peinzende blik in zijn ogen. 'Nee, maar... Ik... Jij gelooft echt dat zij misschien ook voor dat bedrijf werkt?'

'Het lijkt me waarschijnlijk en ik vertel het je om je te waarschuwen. Want als ik weg ben, heb je nog steeds met haar te maken. En dat kwam ik je eigenlijk vertellen: Robin en ik gaan met de volgende boot weg.'

Hij pakte de stoel vast. Die gleed naar voren en hij verloor zijn evenwicht. Ik sprong overeind en greep hem vast, nog net voordat hij op de vloer viel.

'Stuntel die ik ben,' zei hij, en hij trok zich los en rukte aan zijn overhemd alsof hij het aan stukken wilde scheuren. 'Verdomde stuntelaar die ik ben.'

Het was voor het eerst dat ik hem hoorde vloeken. Het lukte me hem achterover te laten leunen.

'Neem me mijn taalgebruik niet kwalijk. Wanneer vertrekt de volgende boot? Over een week?'

'Vijf dagen.'

'Tja... goed,' zei hij met een gesmoorde stem. 'Je moet doen wat je het beste acht. Er is een tijd voor alles.'

'Tijd is belangrijk voor jou,' zei ik.

Hij keek me aan.

'Dat heeft Ben me verteld. Het deed me denken aan je laatste briefje. Dat gedicht van Auden – dat tijd misleiding is. Je vraag over Einstein. Waar doelde je precies op?'

Hij keek naar het plafond. 'Wat denk jij dat het betekende?'

'Dat je de tijd serieus moet nemen maar dat je ook de relativiteit ervan moet inzien? Op wat voor misleiding doelde je?'

Weer die afwezige blik. En toen: 'Einstein... Op zijn eigen manier was hij een tovenaar, vind je ook niet? Hij zette het universum op

zijn kop, alsof de realiteit één grote illusie is. Hij dwong ons allemaal om op een nieuwe manier naar de realiteit te kijken.'
'Ongehinderd door de tijd.'
'Ongehinderd door voorafgaande veronderstellingen.'
Hij sloeg zijn blik neer en keek me aan.
'En jij wilt dat ik dat doe, Bill?'
Hij glimlachte. 'Wat ik wil, doet er eigenlijk niet toe, hè, jonge vriend?
Jij bent een onafhankelijk denkende jongeman.'
'Een nieuwe manier,' zei ik. 'Je sceptisch opstellen tegenover de realiteit?'
'De realiteit is... tot op vrij grote hoogte niets anders dan wat wij willen dat ze is.'
Hij stond op, slaakte een diepe zucht, rekte zich uit en liet nog wat gewrichten kraken.
'De grote denkers,' zei ik.
'Je kunt altijd iets van ze leren,' zei hij, alsof we een zangstuk opvoerden.
'Ik begrijp dat briefje nog steeds niet, Bill.'
Hij kwam naar me toe en stond toen net zo dicht bij me als hij bij Dennis had gestaan. Een grote, stuntelige, opdringerige vogel die ieder moment met zijn snavel naar me kon pikken. Ik moest me beheersen om geen stap terug te doen.
'Het briefje,' zei hij. 'Eigenlijk heb je dat briefje vrij goed begrepen, jonge vriend. Dat geeft me moed. Goede reis.'

31

De regen kwam kort voordat Milo belde.
Robin en ik lagen in bed te lezen toen ik plotseling voelde dat de lucht zwaar werd. Ik zag dat de hemel zich opende.
De ramen stonden open en er kwam een vage brandlucht door het lattenscherm. Een fractie van een seconde dacht ik aan brand, maar toen keek ik naar buiten en zag de eerste zware druppels.
Gordijnen van water die alles aan het zicht onttrokken. De brandlucht werd zoet – gardenia's en oude rozen en kruidnagels. Spike begon te blaffen en rond te lopen en het werd donkerder en warmer in de kamer. Ik deed de ramen dicht en het geluid werd zwak-

ker maar was nog steeds goed te horen.

Robin stond op en keek door de ruit, waar meteen een vlies van water overheen liep.

De telefoon ging.

'Niet te geloven,' zei Milo. 'Na twee pogingen al verbinding. Hoe staan de zaken?'

'Slecht, en steeds slechter.' Ik vertelde hem over mijn belevenissen in het dorp. 'Maar we hebben een plaats op een boot geboekt.'

'Slimme zet. Jullie kunnen altijd nog even in Hawaï blijven voor een korte vakantie.'

'Misschien,' zei ik, maar ik wist dat we zo gauw mogelijk naar Los Angeles terug zouden gaan.

'Is Robin daar? Ik heb haar iets over het huis te vertellen.'

Ik gaf de telefoon over en Robin luisterde. Aan haar glimlach kon ik zien dat alles goed ging.

Toen ik de hoorn weer had, zei hij: 'Nu jouw dingen, al ga je daar toch weg en kan het je misschien niet meer schelen.'

'Vertel het me toch maar.'

'Ten eerste zitten die twee kannibalen in Maryland allebei nog achter slot en grendel. De klootzak die het slachtoffer alleen maar heeft opengesneden, kwam voor voorwaardelijke invrijheidstelling in aanmerking, maar zijn verzoek is afgewezen. De klootzak die heeft gesneden èn gegeten, komt nergens voor in aanmerking. Goddank was het geen jury uit Los Angeles. Een jury uit Los Angeles zou zelfs Adolf Hitler niet hebben veroordeeld. Wat is dat voor geluid? Statisch geruis aan jouw kant van de lijn?'

'Regen,' zei ik. 'Stel je een douche voor, met de kraan wijd open, en verdriedubbel dat dan.'

'Een tyfoon?'

'Nee, gewoon regen. Het schijnt dat ze hier geen tyfoons hebben.'

'Het schijnt dat ze daar ook geen misdaad krijgen.'

Ik ging dichter bij het raam staan. In de stortregen waren alleen de toppen van de bomen zichtbaar. Boven de regenwolken was de lucht melkwit en vredig.

'Nee, geen wind. Alleen een heleboel water. Ik hoop dat er op tijd een eind aan komt en dat de boot ons kan komen halen.'

'Je wilt zo langzamerhand wel graag naar huis, hè? Nou, als je de rest hoort, zul je daar nog meer naar verlangen. Wie denk je dat die kannibalenzaak voor een plaatselijk krantje heeft verslagen?'

'Creedman.'

'Ik hoefde niet eens naar hem te zoeken. Zijn naam stond boven de artikelen. Hij schrijft beroerd. Midden in de zaak nam iemand anders het over. Ik werd een beetje nieuwsgierig en spitte wat dieper. Niemand bij de krant kan zich Creedman persoonlijk herinneren, maar ik heb ontdekt dat er in de tijd dat hij over die zaak schreef wat gedonder was met de plaatselijke politie: agenten die voor geld informatie doorspeelden aan zijn krant en aan andere kranten. Er zijn een paar smerissen ontslagen.'

'Zijn er ook journalisten ontslagen?'

'Dat kon ik niet ontdekken, maar het zit er wel in. Hoe dan ook, Creedmans volgende baan was bij een kabelstation in Washington, een of ander programma voor zakenmensen. Hij ondervroeg managers of zoiets. Hij deed dat maar drie maanden en werd toen ingehuurd door het kantoor in Washington van Stasher-Layman Construction. Public-relations-functionaris. Het bedrijf gaf een persbericht uit waarin het grote problemen met de balans beschreef. Hun aandelen kelderden en de eigenaars kochten ze allemaal op. Het jaar daarop was de winst veel en veel hoger.'

'Manipulatie?'

'Misschien hebben die eigenaars alleen maar geluk gehad. En misschien gaan advocaten naar de hemel.'

'Wie zijn die eigenaars?'

'Twee broers uit Oregon. Ze erfden het bedrijf van hun vader en verhuisden naar Texas. Op papier zijn het vooruitstrevende types. Ze financieren milieuonderzoek, menselijke preventie van misdrijven.'

'Oregon,' zei ik. 'Hoffmans kiesdistrict. Nam hij ook deel aan die *buy-out*?'

'Als dat zo was, is het niet in het nieuws gekomen, maar de broers hebben wel een grote bijdrage geleverd aan zijn vorige verkiezingscampagne.'

'Hoeveel?'

'Driehonderdduizend – wat ze zacht geld noemen, het gaat buiten de officiële limieten om. Omdat Hoffman niet veel hoefde uit te geven – hij kon niet verliezen – was dat erg aardig van ze. Daarom zou het me niet verbazen als hij ze helpt met een of ander eiland-

project. Hij is voorzitter van een commissie dic grote overheidsprojecten beoordeelt. Hij heeft de macht om dingen te laten doorgaan
of tegen te houden. Maar ik kan niets verdachts vinden.'

'De politiemensen die werden ontslagen,' zei ik. 'Hadden die lekken
rechtstreeks met de kannibalenmoord te maken?'

'Het kostte me moeite om bijzonderheden te krijgen. De pers gelooft
niet in openbaarheid als het op de pers zelf aankomt. Maar die ontslagen vielen kort na de arrestatie.'

'Heb je namen van ontslagen politiemensen?'

Ik hoorde papier ritselen. 'White, Tagg, Johnson, Haygood, Ceru...'

'Anders Haygood?'

'Ja, dat staat hier.'

'Hij woont hier. Een van de kerels die graag in dingen mogen snijden. Zijn vriendje heeft de mensen tegen Ben opgehitst. Houdt ervan te pissen als cr vrouwen kijken.'

'Geweldig.'

'Dus hij en Creedman vlogen er tegelijk uit. Ze kennen elkaar. Tien
tegen een dat ze allebei op de loonlijst van Stasher-Layman staan.
En dat geldt ook voor mijn buurvrouw hier. Ze zegt dat ze meteorologe is, maar zij en Creedman hebben pistolen die ze op Guam
hebben gekocht.'

'Jezus, Alex. Hou je gedeisd totdat die boot er is. Probeer niet nog
meer te ontdekken.'

'Goed,' zei ik. 'Maar nu begin ik het gevoel te krijgen dat Moreland
gelijk heeft als hij zegt dat Ben onschuldig is. Niet dat Bens verhaal
veel voorstelt.'

'"Ze hebben me erin geluisd?"'

'Tien punten voor de rechercheur.'

'Het is altijd "ze hebben me erin geluisd", als het niet "ik had een
black-out" of "hij begon" is.'

'Ben heeft twee van de drie. Hij ging van zijn stokje en weet verder
niets meer.'

'Briljant.'

Ik vertelde hem de rest van Bens verhaal.

'Meer dan seniel,' zei hij. 'Heeft een looprekje nodig. Weet je, Alex,
er komt nu echt een lelijke stank door de lijn. Zelfs als Creedman
en Haygood onder één hoedje spelen om een of ander project van
de grond te krijgen, wil dat nog niet zeggen dat Ben onschuldig is

– ach, weten wij veel, misschien staat híj ook op de loonlijst van Stasher. Pas jij maar goed op.'

'Wat moet ik met die informatie over Creedman en Haygood doen?'

'Niets. Als de advocaat die door Moreland is ingehuurd echt zo goed is, kan hij er wel iets mee doen. Ik zal het hem vertellen, jij niet. Landau, zei je?'

'Alfred Landau. Honolulu.'

'Wanneer is hij op Aruk?'

'Over twee of drie dagen.'

'Dat komt dan mooi uit. Ik wacht tot jullie weg zijn.'

'En intussen laten we Ben wegrotten in die cel?'

'Ben komt heus niet vrij, wat we ook zeggen of doen. Toen ze hem vonden, lag hij op het lijk, verdomme nog aan toe!'

'Handig, hè?'

'Of stom,' zei hij. 'Maar dat zul je altijd zien. Ik had hier vorige maand een idioot die een auto had gestolen en de eigenaar had gedood. Hij reed een paar dagen in die auto rond en ging er toen mee naar de dealer om over de remmen te klagen. Heel grappig, al is die eigenaar daarom natuurlijk niet minder dood. Hou je erbuiten, Alex. Ik bel Landau zodra jullie van het eiland weg zijn. En je moet je niet schuldig voelen wat Ben betreft. Als ik jou zo hoor, is die cel op dit moment misschien wel de veiligste plaats waar hij kan zitten.'

'Dat weet ik nog zo net niet. We hebben het nou niet bepaald over een maximaal beveiligde inrichting. Het is niet meer dan een hok aan de achterkant van het gebouw. De familie van het slachtoffer was vandaag op het politiebureau. Ik zag de blik in hun ogen. Als je hem eruit wilde halen, zou je niet zoveel mensen nodig hebben.'

'Dat is dan jammer, maar waar zou hij anders heen kunnen gaan? Hoe staat het met de beveiliging van Morelands huis?'

'Die is er niet.'

'Blijf waar je bent, Alex. Blijf nou in die kamer van je. Doe alsof het een tweede huwelijksreis is en jullie die kamer niet meer uit willen.'

'Goed.'

'Jullie hebben definitief geboekt voor die boot?'

'Definitief.' Als de storm niet voor vertraging zorgde.

'Tot gauw. Zul jij even blij zijn dat je weg bent uit het paradijs!'

Cheryl bracht het avondeten naar onze kamer en we aten er nauwelijks van. De duisternis viel bijna ongemerkt. De regen werd heviger, meedogenloos, sloeg tegen de muren van het huis.

Maar het was nog warm. Geen bliksemschichten. De lucht was leeg, ontdaan van alle energie.

Terwijl ik daar zat en niets deed, smolten de grenzen van de tijd.

Tijd... *Einstein een tovenaar... buigende realiteit.*

Relativiteit – Moreland, een *morele* relativist?

Probeerde hij zich voor iets te verontschuldigen?

Schuldgevoel kan een krachtige drijfveer zijn.

Had hij na al die jaren, na alles wat hij had bereikt, nog last van een slecht geweten?

Milo had gelijk. Het waren mijn zaken niet.

Robin glimlachte naar me. Ik had haar verteld wat Milo had ontdekt en ze had gezegd: 'Dus het is goed dat we weggaan.'

Ze zat nu op de bank met een paar oude tijdschriften die in de kamer hadden gelegen. Spike lag aan haar voeten te snurken. Een vredig tafereel, een en al huiselijkheid. Het was leuk om te doen alsof.

Ik wees naar een van de natte ramen. 'Moet je horen.'

Ze liet haar hand naar Spikes kop zakken. 'Het was een donkere nacht. Het stormde...'

Ik lachte, ging naar haar toe en kuste haar haar.

Ze legde de *Vogue* op haar schoot en stak haar hand uit om mijn gezicht te strelen. 'Zo erg is dit niet, hè? In feite is dat de kern van creativiteit: dat je het beste kunt maken van een onaangename situatie.'

Ze drukte haar mond tegen de mijne. Onze tongen raakten elkaar. Alle elektriciteit was aanwezig.

We dansten in slow-motion naar het bed en frunnikten aan knopen, toen er plotseling op de deur werd geklopt. Het leek op het rommelen van de donder.

32

Pams stem aan de andere kant. 'Is daar iemand?'

We maakten de deur open.

'Is pa bij jullie?' Ze stond druipend op de gang, in een kaki regenjas die zwart van de regen was, haar gezicht glanzend nat met vegen van doorgelopen make-up.

'Nee,' zei Robin.

'Ik kan hem nergens vinden! Alle auto's zijn er, maar hij is er niet. We zouden een uur geleden bij elkaar zijn gekomen. Omdat het zulk noodweer is, maak ik me grote zorgen.'

'Misschien heeft Dennis of een van de agenten hem opgepikt,' zei ik.

'Nee, ik heb Dennis gebeld. Pa is niet in het dorp. Ik heb alle buitengebouwen en iedere vierkante centimeter van het huis doorzocht, behalve jullie kamer en die van Jo.'

Ze ging naar de kamer naast ons. Jo deed meteen open toen ze aanklopte. Ze droeg een ochtendjas maar was zo te zien klaarwakker.

'Is pa bij jou?'

'Nee.'

'Heb je hem vanavond gezien?'

'Sorry. Ik ben de hele dag op mijn kamer geweest. Last van mijn maag.' Ze legde haar hand op haar buik. Haar haar was netjes gekamd en haar teint was gezond. Toen ze zag dat ik haar bestudeerde, keek ze strak terug.

'O, god,' zei Pam. 'Als hij nu eens ergens is gevallen, buiten?'

'Ja, oudere mensen vallen nog weleens,' zei Jo. 'Wacht, dan help ik je zoeken.' Ze ging naar binnen en kwam een minuut later terug. Ze droeg een tentachtige, doorzichtige regenjas over een zwart shirt en zwarte jeans, met een bijpassende hoed en rubberen laarzen.

'Wanneer heb je hem voor het laatst gezien?' vroeg ze. Ik zag haar naar de hal kijken. Daar had zich een plasje water gevormd. Gladys en Cheryl stonden ernaast en keken nogal hulpeloos.

'Om een uur of vijf,' zei Pam. 'Hij was in zijn werkkamer, zei dat hij nog wat werk te doen had en gauw zou komen. We zouden om zeven uur samen eten en het is nu al halfnegen.'

'Ik heb hem kort daarvoor gesproken,' zei ik. Ik dacht aan Morelands val in het lab.

'Hmm,' zei Jo. 'Nou, het spijt me, maar ik heb niets gemerkt. Ik ben sinds het begin van de middag uit de roulatie.'

'Last van je maag,' zei ik.

'Misselijkheid.' Ze keek me weer uitdagend aan. 'Kan hij van het terrein af zijn gegaan?'

'Nee,' zei Pam handenwringend. 'Hij moet ergens buiten zijn. Gladys, ga een zaklantaarn voor me halen. Een grote met een krachtige straal.'

Ze begon naar de trap te lopen.

'Laten we met een groep naar hem gaan zoeken,' zei ik. 'Is hier verder nog iemand?'

'Nee, pa heeft het personeel vroeg weggestuurd, dan waren ze voor de regen thuis.' En tegen Gladys en Cheryl: 'Is er iemand achtergebleven?'

Gladys schudde haar hoofd. Cheryl keek naar haar moeder en imiteerde het gebaar. Zo stoïcijns als ze anders was, zo onrustig was ze nu: ze snoof, wreef haar vingers over elkaar, tikte met haar voet op de vloer.

Een scherpe blik van Gladys bracht haar tot rust.

'Goed,' zei Jo. 'Laten we het systematisch doen...'

'Heb je in het insectarium gekeken?' vroeg ik.

'Daar wilde ik naartoe gaan,' zei Pam, 'maar dat kon niet. De nieuwe sloten. Heb jíj de sleutels?'

'Nee.'

'De lichten waren uit en ik heb hard op de deur gebonkt. Geen antwoord.'

'Werkt hij niet in het donker, soms?' vroeg Jo. 'Houdt hij de zaak daar niet donker voor de insekten?'

'Ik geloof van wel,' zei Pam. De paniek stond levensgroot in haar bedroefde ogen te lezen. 'Je hebt gelijk, daar zou hij inderdaad kunnen zijn. Als hij nu eens gewond op de vloer ligt? Gladys, enig idee waar we een reservesleutel kunnen vinden?'

'Ik heb aan het rek gekeken, mevrouw, maar hij is er niet.'

Cheryl bromde iets en liet toen haar hoofd zakken.

Gladys keek haar aan. 'Wat?'

'Niets, mama.'

'Weet jíj waar dokter Bill is, Cheryl?'

'Nee.'

'Heb je hem gezien?'

'Vanmorgen.'

'Wanneer?'

Cheryl trok een grimas. 'Voor het middageten.'

'Heeft hij jou verteld dat hij vanavond ergens heen ging?'

'Nee, mama.' Haar stem sloeg over.

Gladys legde haar vinger onder de kin van haar dochter en dwong haar op te kijken. 'Wat, Cheryl?'

'Niets, mama. Ik was in de keuken. Ik maakte de oven schoon. Toen maakte ik limonade. Jij zei dat er te veel suiker in zat, weet je nog?'

Gladys' gezicht verstrakte van ergernis, en toen keek ze berustend. 'Ja, ik weet het nog, Cheryl.'

'Verdomme, verdomme,' zei Pam. 'Weet je zeker dat die sleutels niet aan het rek hangen?'

'Ja, mevrouw.'

'Hij is het waarschijnlijk vergeten. Zoals gewoonlijk.'

'Hij gaf hem aan Ben,' zei Cheryl. 'Dat heb ik gezien. Ze glommen.'

Gladys glimlachte naar haar en gaf een klopje op haar rug.

'Daar hebben we nogal veel aan,' zei Pam. 'Goed, ik ga naar het insectarium en probeer door een van die ramen binnen te komen.'

'Die ramen zijn hoog,' zei Jo. 'Dan heb je een ladder nodig.'

'Gladys?' zei Pam. Haar stem klonk zo gespannen dat het woord er als een pieptoon uitkwam.

'In de garage, mevrouw. Ik haal hem wel.'

'Ik ga met je mee,' zei Jo. 'Dan kan ik de ladder vasthouden of zelf naar binnen gaan.'

'Jij bent ziek,' zei ik. 'Laat mij.'

Ze deed haar deur dicht en ging tussen Pam en mij in staan. 'Ik voel me prima. Het was iets dat maar vierentwintig uur duurde.'

'Evengoed...'

'Geen probleem,' zei ze op besliste toon. 'Jij hebt waarschijnlijk geen regenkleding bij je. Of wel? Kom, laten we geen tijd meer verspillen.'

Zij en Pam gingen haastig de trap af, pikten Gladys op en liepen door naar de keuken.

Cheryl bleef alleen in de hal staan. Ze stond weer nerveus te friemelen. Keek in alle richtingen behalve naar ons.

Toen keek ze ons recht aan.

Mij.

'Wat is er, Cheryl?'

'Eh... kan ik u iets brengen? Limonade... nee, te zoet... koffie?'

'Nee, dank je.'

Ze knikte alsof ze dat antwoord al had verwacht. Haar hoofd bleef op en neer gaan.

'Is alles goed, Cheryl?' vroeg Robin.

De jonge vrouw schrok. Dwong zich om stil te blijven staan, alsof ze een stilzwijgend bevel opvolgde.

Robin ging naar haar toe. 'Wat is er, meisje?'

Cheryl ontweek haar blik. Bleef naar mij opkijken.

'Het is nogal griezelig,' zei ik. 'Dokter Bill die ineens verdwenen is.'

Ze begon over haar dijen te wrijven, keer op keer. Nog meer geknik met haar hoofd. Ik had autistische kinderen zulke bewegingen zien maken. Ik ging bij Robin staan.

'Wat is er, Cheryl?' vroeg Robin.

Cheryl keek haar schuldbewust aan. Keek toen mij weer aan. Haar ene hand bleef over haar been wrijven. Haar andere hand klopte op een zak.

'Ik heb u nodig,' zei ze, op het punt in tranen uit te barsten.

Ik keek Robin aan en ze liep door de hal naar het achterste eind van de voorkamer. De regen sloeg in een snel ritme op de ramen en vormde een vlies van water op het glas.

Cheryl wreef steeds heviger over haar been en haar gezicht was samengetrokken van opwinding.

Ze zweette.

Een conflict.

Toen herinnerde ik me dat Moreland haar had gebruikt om het briefje over Milo's telefoontje naar me toe te brengen.

'Heeft dokter Bill je iets voor mij gegeven, Cheryl?'

Ze keek weer wild in het rond en haalde toen een gevouwen wit kaartje uit haar broekzak en stak het me toe. Het was bij alle vier hoeken dichtgeniet.

Ik begon het open te trekken.

'Néé! Hij zei dat het geheim is!'

'Goed. Dan kijk ik er in het geheim naar.' Ik stak het briefje bij me.

Ze maakte aanstalten om weg te gaan, maar ik hield haar tegen.

'Wanneer heeft dokter Bill je dit gegeven?'

'Vanmorgen.'

'Om het vanavond af te geven?'

'Als hij niet naar de keuken kwam.'

'Als hij op een bepaalde tijd nog niet in de keuken was geweest?'

Ze begreep het niet.

'Waarom zou hij naar de keuken komen, Cheryl?'

'Thee. Ik zet de thee.'

'Je zet iedere avond op een bepaalde tijd thee voor hem?'

'Néé!' Ontredderd probeerde ze zich weer los te trekken. Ze staarde naar mijn zak, alsof ze verwachtte dat het papier erdoorheen zou barsten.

'Ik moet gaan!'

'Nog even. Vertel me wat hij tegen je heeft gezegd.'

'Dat ik het aan u moest geven.'

'Als hij geen thee wilde.'

Ze knikte.

'Wanneer zet je meestal thee voor hem?'

'Als hij het tegen me zègt.'

Ze begon te snikken. Keek naar mijn hand op haar arm.

Ik liet haar los. 'Goed, bedankt, Cheryl.'

In plaats van weg te rennen bleef ze staan. 'Zegt u het niet tegen mama?'

Morelands trouwe koerierster. Hij had gedacht dat haar beperkte intelligentie haar op het juiste spoor zou houden, dat ze niet door morele dilemma's op andere gedachten zou worden gebracht.

Mis.

'Goed,' zei ik.

'Mama zal kwáád zijn.'

'Ik zal het haar niet vertellen, Cheryl. Dat beloof ik je. Ga nu maar. Je hebt dit goed gedaan.'

Ze liep vlug weg en ik ging met het kaartje naar Robin. Het was te donker om te lezen en ik wilde de lichten niet aandoen. Nadat we vlug naar onze kamer waren gelopen, maakte ik de nietjes los.

Morelands vertrouwde handschrift.

DISR. 184: 18

'Wat?' zei Robin. 'Een catalogusnummer van een bibliotheek?'

'Het is een of andere verwijzing, waarschijnlijk naar een boekdeel of paginanummer. Hij laat kaartjes achter sinds we hier zijn aangekomen. Citaten van grote schrijvers en denkers: Stevenson, Coleridge, Auden, Einstein – in het laatste geval was het iets obscuurs over tijd en gerechtigheid. De enige grote denker die ik ken, met een naam die begint met DISR is Disraeli. Heb jij hier een boek van hem gezien?'

'Nee, alleen die bladen. Misschien staat er een artikel over Disraeli in.'

'In *Architectural Digest*?' zei ik. '*House and Garden*?'

'Ik weet het, maar soms hebben ze artikelen over voorvaderlijke huizen van beroemde mensen.'

Ze verdeelde de tijdschriften en we begonnen de inhoudsopgaven door te kijken.

'De Franse *Vogue*,' mompelde ik. 'Ja, dat zal het zijn. Wat Disraeli droeg als hij het parlement toesprak. Nu verkrijgbaar in Boutique Armani. Wat bedoelt hij toch? Zelfs in zijn duisterste uur moet die ouwe mafkees nog spelletjes spelen.'

Ze legde een *Elle* weg en begon een *Town and Country* te bestuderen.

'En hij gebruikte die arme Cheryl om de boodschap over te brengen,' zei ik. 'Als hij me iets te vertellen had, waarom kwam hij dan niet gewoon naar me toe?'

'Misschien vindt hij dat te gevaarlijk.'

'Of misschien heeft hij ze niet meer allemaal op een rijtje.' Ik pakte een *Esquire* van zes jaar oud op. 'Alles wat hij doet, is zorgvuldig uitgedacht. Ik voel me net een personage in een stuk. Zijn scenario. Zelfs zijn verdwijning. Midden in de nacht. Het is allemaal zo verrekte theatraal!'

'Je denkt dat hij het in scène heeft gezet?'

'Wie weet wat er omgaat in dat grote, kale hoofd? Ik kan meevoelen met het feit dat zijn leven uit elkaar valt, maar het zou veel logischer zijn geweest als hij de beveiliging had versterkt en gewoon had afgewacht tot Bens advocaat er was. In plaats daarvan stuurt hij het personeel vroeg naar huis en laat hij zijn dochter dit doormaken.'

De regen sloeg zo hard tegen het raam dat het kozijn ervan trilde. Ik liet mijn vinger weer over een inhoudsopgave gaan, gooide het blad weg. 'Waarom kiest hij mij voor zijn spelletjes uit?'

'Blijkbaar vertrouwt hij je.'

'Ben ik even blij. Het is zo onlogisch, Robin. Hij weet dat we weggaan. Ik heb het hem vanmiddag verteld. Tenzij hij met zijn gekke kop denkt dat hij ons hiermee op het eiland kan houden.'

'Misschien, of anders is er misschien wat anders aan de hand. Maar hij zou ook echt in moeilijkheden kunnen verkeren. Hij wist dat hij gevaar liep en liet een boodschap voor je achter, omdat jij de enige bent die hij nog heeft.'

'Wat voor moeilijkheden?'

'Iemand kan hier zijn binnengedrongen en hem hebben ontvoerd. Dat is niet zo moeilijk.'

'Of hij is gewoon gevallen, zoals in zijn lab.'

'Ja,' zei ze. 'Ik heb gemerkt dat hij vaak zijn evenwicht verliest. En dan die verstrooidheid. Misschien is hij ziek, Alex.'

'Of gewoon een oude man die te veel van zichzelf vergt.'

'In beide gevallen is het geen prettig idee dat hij in een nacht als deze ergens buiten is.'

De regen bleef met bakken uit de hemel komen. Spike luisterde er gespannen en gefascineerd naar.

We waren klaar met de tijdschriften. Niets over Disraeli.

'Er zijn boeken in jouw werkkamer,' zei ze. 'Achterin, waar de dossiers zijn.'

'Maar die zijn niet systematisch ingedeeld,' zei ik. 'Duizenden boeken zonder systeem. Niet erg efficiënt, als hij ons echt iets probeert te vertellen.'

'En de bibliotheek naast de eetkamer dan?' zei ze. 'Waarvan hij zei dat we ons er niet voor zouden interesseren. Misschien zei hij dat omdat hij iets verborgen houdt.'

'Een boek van of over Disraeli?'

'Laten we tenminste gaan kijken. Dat kan toch geen kwaad, Alex? Als we één ding hebben, is het tijd.'

We gingen weer naar beneden. Het huis was leeg en nog donker, een wirwar van lichtstrepen en schaduwen, duistere kamers en blinde hoeken, een en al geladenheid.

We liepen door de voorkamer en de eetkamer. De deur van de bibliotheek was dicht, maar niet op slot.

Eenmaal binnen, deed ik een kristallen lamp aan. Zwak licht. De wanden van zalmroze moiré leken bruin en de donkere meubelstukken doemden dreigend voor ons op.

Er was meer meubilair dan boeken. Er stonden niet meer dan zo'n honderd boeken in de twee kasten.

In tegenstelling tot de grote bibliotheek was deze alfabetisch geordend: links fictie, rechts non-fictie. De eerste categorie bestond grotendeels uit verkorte *Reader's Digest*-edities van bestsellers, de tweede vooral uit kunstboeken en biografieën.

Ik vond de Disraeli vlug: een oude Britse editie van een roman met de titel *Tancred*. Er stond een boekwerk in met een roze, bewerkte rand: EX LIBRIS: *Barbara Steehoven Moreland*. Het was een fraai handschrift, veel eleganter dan dat van Moreland.

Ik sloeg meteen bladzijde 184 op.

Er stond niets aangestreept of genoteerd.

Er was niets bijzonders aan de achttiende regel of het achttiende woord of de achttiende letter.

Er was niets bijzonders aan het hele boek.

Ik las de bladzijde opnieuw, en toen een derde keer, en gaf het boek aan Robin.

Ze keek het door en gaf het terug. 'Misschien is DISR een afkorting van iets anders. Zou het iets medisch kunnen zijn?'

Ik haalde mijn schouders op en pakte een willekeurig ander boek van de plank. *Gone With the Wind*. En *Forever Amber*. Een paar Irving Wallaces. Allemaal met Barbara Morelands boekmerk.

'Haar bibliotheek,' zei Robin. 'Dus waarschijnlijk beschouwt hij de grote als de zijne. Je zou eerder verwachten dat hij daar iets achterliet. Het is achter jouw werkkamer. Misschien heeft hij iets van de plank genomen en voor je achtergelaten.'

'Dit is nou niet bepaald wandelweer.'

Ze hield me bestraffend haar vinger voor. 'En iemand heeft vergeten zijn regenjas mee te nemen!'

'In tegenstelling tot de op alles voorbereide mevrouw Picker. Ik vraag me af of ze haar pistooltje ook onder dat gigantische condoom heeft. Ik had erop moeten staan dat ik met haar en Pam meeging. Misschien moet ik, voordat ik aan mijn speurtocht in de bibliotheek begin, even naar het insektenhuis gaan om te kijken wat die twee aan het doen zijn.'

'Nee,' zei ze. 'Als Jo inderdaad gewapend is, wil ik je daar niet in het donker hebben. Als ze jou nu eens voor een indringer aanziet?'

'Of doet alsof.'

'Je verdenkt haar echt?'

'Op zijn minst werkt ze voor Stasher-Layman.'

Ze fronste haar wenkbrauwen. 'En Pam is daar bij haar. Laten we allebei gaan kijken of Bill iets voor je heeft achtergelaten. Misschien wordt het ons dan wat duidelijker.'

'Twee doelwitten in het donker? Vergeet het maar.' Ik zette de kraag van mijn overhemd rechtop en maakte het boordknoopje dicht. 'Jij gaat terug en sluit jezelf in de kamer op, en ik ren erheen. Ik maak een omtrekkende beweging vanaf de achterkant van het huis, dan kom ik niet in de buurt van het insektenhuis.'

Ze pakte mijn arm vast. 'Denk maar niet dat je mij alleen laat. Als ik moet wachten tot jij terugkomt, word ik gek.'

'Ik ga vlug. Als ik binnen tien minuten niets vind, geef ik het op.'

'Nee.'

'Je wordt drijfnat.'

'We worden samen drijfnat.'

'Laten we de hele zaak nou maar vergeten, Robin. Als Moreland ons iets wilde vertellen, had hij een telegram moeten sturen.'

'Alex, alsjeblieft. Je weet dat je, als ik er niet was geweest, nu al op weg naar die bungalow zou zijn.'

'Dat weet ik helemaal niet zo zeker.'

'Kom nou.'

'Maar je bent er nu eenmaal wèl. Laat mij er vlug even naartoe gaan, en daarna denken we er niet meer aan.'

'Alsjeblieft, Alex. Als hij nu eens in gevaar verkeert en als het nu eens een tragedie wordt omdat wij hem niet helpen?'

'Er is hier op het eiland al genoeg tragedie, en wat kan Disraeli er nu mee te maken hebben dat wij hem helpen?'

'Ik weet het niet. Maar zoals je zei, hij heeft voor alles een reden. Hij mag dan spelletjes spelen, het zijn wel serieuze spelletjes. Kom, laten we er hard naartoe lopen.'

'Je vat kou, jongedame.'

'Integendeel. Het is een warme regen. Je moet het zien als samen onder de douche. Dat mag je altijd graag doen.'

We waren onmiddellijk doorweekt. Ik hield haar arm vast. Verblind door de regen en glibberend door de nattigheid probeerden we op de paden te blijven.

We hoefden ons niet druk te maken over onze voetstappen op het grind. De bulderende regen overstemde alle geluiden.

Verticaal zwemmen, een nieuw olympisch nummer.

Als de regen van onze huid afrolde, voelden de druppels olieachtig aan.

We kwamen langzaam vooruit, tot ik het gele licht bij de deur van mijn werkbungalow zag. Ik bleef staan en keek om me heen. Er was niemand te zien, maar er zou zich daar een leger kunnen verbergen en ik wist dat als Moreland daar was, het nagenoeg onmogelijk zou zijn hem te vinden voordat het licht werd.

Ik keek naar het insectarium. De lichten waren nog uit. Pam en Jo waren nog niet binnen.

De regen sloeg tegen onze nek en onze rug. Intensieve massage. Op een andere plaats en een andere tijd zou ik ervan genoten hebben.

Ik tikte op Robins schouder en we renden samen naar de bungalow. Toen ik daar voor het laatst was geweest, had ik de deur niet op slot gedaan. Ik leidde Robin naar binnen, ging toen zelf en deed het zwakste licht in de kamer aan, een bureaulamp met glazen kap. Het water liep over de hardhouten vloer. Onze kleren plakten als tricots aan ons vast en als we bewogen, maakten we het geluid van ruitewissers.

Boeken en tijdschriften op mijn bureau.

Stapels die er 's middags nog niet waren geweest.

Medische teksten. Maar niets van of over Disraeli.

Geen verwijzingen die met DISR begonnen.

Toen vond ik het, een zwaar blauw boek onder in een stapel. Een citatenboek.

The Oxford Dictionary of Quotations.

Ik sloeg bladzijde 184 op. Proeven van de wijsheid van Benjamin Disraeli.

Regel 18:

Gerechtigheid is waarheid in actie.

Al die moeite voor dit? De gekke oude rotzak.

Robin las het citaat hardop voor.

Ik probeerde me het citaat van Auden te herinneren. *naakte gerechtigheid, gerechtigheid is waarheid.*

Wilde hij dat ik iets deed om voor gerechtigheid te zorgen?

Maar wat?

Plotseling voelde ik me moe en nutteloos. Ik liet mijn natte mouw op het bureau vallen en wilde het boek al dicht doen, maar zag opeens een heel klein met de hand getekend pijltje onder aan bladzijde 185. Het wees naar rechts.

Een instructie om de bladzijde om te slaan?

Ik deed het.

Een notitie in Morelands handschrift, evenwijdig met de rug van het boek. Ik draaide het boek een halve slag:

214: 2

Ik kwam bij de wijsheid van Gustave Flaubert uit.

Twee citaten.

Een over het laten groeien van baarden, het ander over de beperkte waarde van boeken.

Nog meer spelletjes. Op de dag dat Moreland me de werkkamer had laten zien, had hij Flaubert gelezen. *L'Education sentimentale.* In het Frans. Sorry, dokter Bill, ik heb op de middelbare school voor Latijn gekozen... Ik tikte op het boek en voelde iets hards onder de rechter bladzijde.

Tien bladzijden verder. In de rug geklemd en aan het papier geplakt. Een sleutel. Van koper, fonkelnieuw.

Ik haalde hem weg. Er zat weer een met de hand geschreven boodschap onder. De letters waren zo klein dat ik ze nauwelijks kon onderscheiden:

> *Bedankt voor je volharding,*
> *Gustave's meisje zal je helpen.*

'Gustave's meisje?' zei Robin.

'Gustave Flaubert,' zei ik. 'Het meisje waar ik dan meteen aan moet denken, is Madame Bovary.'

'Wat betekent dat dan?'

'Madame Bovary was getrouwd met een arts, verveelde zich, had verhoudingen, verwoestte haar leven, nam gif in en stierf.'

'De vrouw van een arts? Barbara? Probeert hij ons te vertellen dat ze zelfmoord heeft gepleegd?'

'Hij heeft me verteld dat ze is verdronken, maar misschien... Maar waarom zou hij daar nu mee komen?'

'Zou dat het zijn waar hij zich schuldig over voelt?'

'Ja, maar dan begrijp ik nog steeds niet waarom hij daar nu zo'n drukte om maakt.'

Het was jaren geleden dat ik *Madame Bovary* had gelezen. Ik probeerde het verhaal van het boek door mijn hoofd te laten gaan.

Toen drong de waarheid zich onverwachts en onverbiddelijk aan me op, als een dronken automobilist.

'Nee, niet zijn vrouw,' zei ik. Ik liet de sleutel in mijn natte broekzak glijden en sloot het boek.

Mijn maag dreigde zich om te keren.

'Wat is er, Alex?'

'Een andere Emma,' zei ik, 'zal ons helpen.'

33

'Iets dat bij haar kooi verborgen ligt?' zei Robin. 'Of erin?'

'Als het erin is, zullen we het nooit weten. Misschien heeft hij het in het insectarium verstopt om te zorgen dat Jo er niet bij kon. Ze zei dat ze bang was voor insekten en vanmiddag heb ik hem verteld dat ik haar van duistere praktijken verdenk.'

'Ze is daar nu.'

'Ze houdt de ladder voor Pam vast. Ik vraag me af of ze echt naar binnen gaat.'

'Wat zou hij kunnen verbergen?'

'Iets dat met de moorden of met het plan van Stasher-Layman te maken heeft. Door Bens arrestatie is hij zich gaan realiseren dat de zaken er erg slecht voorstaan en dat hij de kaarten die hij heeft moet uitspelen.'

Op dat moment ging de deur open en kwamen Jo en Pam druipnat binnen. Ik sloot het citatenboek en probeerde nonchalant uit mijn ogen te kijken. Terwijl de twee vrouwen het water uit hun ogen veegden, liet ik de glimmende sleutel in mijn zak glijden.

Pam schudde moedeloos met haar hoofd.

Jo richtte haar blik op mij en sloot de deur.

'Wat doen jullie hier?'

'We wilden helpen,' zei Robin. 'We begonnen te zoeken op het terrein, maar het werd ons te erg en daarom gingen we maar naar binnen. Nog iets gezien in het insectarium?'

Pam schudde weer met haar hoofd.

Jo keek spiedend om zich heen. 'De ramen zijn vergrendeld en van draadglas. Ik zag kans het glas met de zaklantaarn kapot te slaan, maar het draad wou niet meegeven. Daarom kon ik alleen wat in het rond schijnen. Voorzover ik kon zien, is hij daar niet.'

'Ik riep hem maar kreeg geen antwoord,' zei Pam. 'We konden vrij goed naar binnen kijken.'

'De deur is ook niet te forceren,' zei Jo. 'Hij is van plaatstaal en de hengsels zitten aan de binnenkant.'

Ze zette haar hoed af. De regen was eronder gekomen en haar haar hing er slap bij.

'Ik ga weer naar buiten,' zei Pam.

'Zou je dat nou wel doen?' zei Jo. 'Zelfs als hij buiten is – je kunt bijna geen hand voor ogen zien. Je zou hem nooit vinden.'

'Dat kan me niet schelen.'

Pam liep vlug naar de deur en Jo keek mij aan. 'En jullie?'

'Wij blijven hier nog even, en dan gaan we terug naar het huis. Laat het ons weten als jullie hem vinden.'

De deur ging dicht. Jo zette haar hoed weer op.

'Ben je gewapend?' vroeg ik.

'Pardon?'

'Heb je je pistool bij je?'

Ze glimlachte. 'Nee. In dit weer zou hij vollopen met water en vastraken. Waarschijnlijk zou ik mijn eigen hand afschieten. Hoezo? Denk je dat ik bescherming nodig heb?'

'Je weet nooit wie er buiten is. De vijandigheid in het dorp... De regen houdt de mensen hier waarschijnlijk wel vandaan, maar wie weet? Als we daar gaan rondstampen, zijn we nogal kwetsbaar.'

'Dus?' zei Jo.

'Dus moeten we voorzichtig zijn.'

'Goed, ik zal voorzichtig zijn.' Ze gooide de deur open en was weg.

Ik zette de deur op een kier en zag haar in de stortregen verdwijnen.

'Waarom deed je dat?' zei Robin toen ik hem dichtdeed.

'Om haar te laten weten dat ik haar doorheb. Misschien weerhoudt dat haar ervan iets te proberen, maar misschien ook niet.'

We stonden daar en ik zette de deur weer op een kier en keek naar buiten. Niets, niemand. Voorzover dat iets zei.

'Wat nu?' zei Robin.

'We kunnen twee dingen doen. We kunnen naar onze kamer teruggaan en wachten tot het licht is. Of jij gaat terug en ik gebruik de
sleutel om te kijken wat Gustaves meisje voor ons kan doen.'

Ze schudde haar hoofd. 'Derde optie: we gaan samen bij Emma op
bezoek.'

'Niet nog een keer.'

'Ik ben degene die een tarantula als huisdier had.'

'Een mooie kwalificatie is dat.'

'En wat is de jouwe?'

'Ik ben gek.'

Ze streek over mijn arm. 'Denk eens na, Alex: waar heb je liever
dat ik ben? Bij jou, of alleen met Jo in de kamer naast me? Ze heeft
geen enkele reden om aan te nemen dat we daar binnen kunnen komen. Het is de laatste plaats waar ze ons zal zoeken, zeker als ze
echt zo bang voor die insekten is.'

Ik keek haar hoofdschuddend aan.

'Zo is het toch?' zei ze. 'Hij is een vreemde oude man, Alex, maar
op een gekke manier heeft hij wel een logisch spoor achtergelaten.
Misschien moeten we nu de rest eens gaan bekijken.'

Ik keek nog een keer. Wachtte. Keek nog eens. Tenslotte glipten we
naar buiten.

We bleven zo veel mogelijk buiten de lichtkring van de lampen langs
het pad en maakten een langzame, omtrekkende beweging naar het
grote gebouw. Meermalen stopten we om er zeker van te zijn dat
we niet gevolgd werden.

De regen bleef op ons neerslaan. Ik was zo nat dat ik er niet meer
aan dacht.

Eindelijk waren we er.

De sleutel paste op alle drie de sloten.

Nog een laatste, verkennende blik om ons heen.

Ik duwde de stalen deur open en we gingen vlug naar binnen.

We kwamen in volslagen duisternis – de raamloze voorkamer.

Het was veilig om het licht aan te doen.

Het vertrek was precies zoals ik het me herinnerde: leeg, de witte te-
gels smetteloos.

En droog.

Niemand was hier kort geleden binnengekomen.

We wrongen ons uit de kleren. Ik deed het licht uit en duwde de deur naar het hoofdvertrek open.

Koude metalen leuningen.

Robins hand nog kouder.

Een zachtere duisternis in het insectarium, met lichtblauwe spikkels in sommige bakken.

Een gedempt maanlicht schemerde door de twee ramen die Jo en Pam hadden kapotgeslagen. Die ramen bevonden zich beide in het midden van de lange muren. Het glas was weggeslagen, maar het draadgaas zat er nog. Het water gutste er aan beide kanten doorheen en viel op de vensterbank, om vervolgens naar de betonnen vloer te stromen en daar glanzende plassen te vormen.

Er glansde nog iets anders: glasscherven, scherp en puntig als splinters ijs.

We wachtte tot onze ogen aan de duisternis gewend waren geraakt.

Diezelfde lucht van rottende levensmiddelen. Veenmos, overrijp fruit.

Een trap omlaag. Dertien treden, had Moreland gezegd.

Ik keek naar het middenpad, de rijen tafels aan weerskanten, de werkruimte aan het eind, waar hij delicatessen voor insekten bereidde.

Beweging in sommige terraria, maar de regen overstemde alle geluiden.

Dertien treden. Hij had het twee keer gezegd en ze vervolgens hardop geteld.

Bedoelde hij daar iets mee? Wist hij dat deze avond uiteindelijk zou komen en bereidde hij ons voor op een afdaling in de duisternis?

Ik pakte Robins hand. Wat ik van haar gezicht kon zien, zag er vastberaden uit. Trede nummer een.

Nu kon ik het horen. Het ritselde en glibberde toen we dichter bij de bakken kwamen.

We zochten wel naar Moreland, maar ik wist dat we hem niet zouden vinden. Hij had iets anders uitgedacht.

Welkom in mijn kleine diergaarde.

Gustaves meisje zal je helpen...

De kleine glazen huisjes waren donker en allemaal gelijk. Waar was de tarantula? Aan de linkerkant, verder naar achteren.

Terwijl ik nog op zoek was, leidde Robin me ernaartoe.

De kooi was donker, de mulbodem roerloos.

Niets op de tafel ernaast.

Misschien had Moreland het beest weggehaald en er iets anders voor in de plaats gelegd.

Ik bukte me en keek door het glas.

Eerst zag ik niets. Misschien had ik het verkeerd begrepen. Ik begon te hopen, maar toen schoot Emma uit het mos en de bladeren omhoog. Ik deinsde terug.

Acht behaarde poten trommelden koortsachtig op het glas.

De segmenten van het spinnelichaam pulseerden.

Een lichaam van vijftien centimeter lang.

Langzame, zelfverzekerde bewegingen.

Ze is verwend... eet kleine vogels, hagedissen... verlamt ze... verbrijzelt ze.

'Goedenavond, Emma,' zei ik.

Ze bleef op het glas trommelen, ging toen bliksemsnel omlaag en liet zich in de mul zakken. Het licht uit een andere bak kwam in haar ogen en maakte er zwarte krenten van.

Doelgerichte zwarte krenten.

Ze keek naar Robin.

Robin drukte haar gezicht tegen het glas. De liploze mond van de spin werd samengeperst en vormde toen een ovaal, alsof ze een geluid uitstootte.

Robin tikte met haar vingertop tegen het glas.

De spin keek toe.

Robin maakte een beweging in de richting van het deksel en ik pakte haar pols vast.

De spin schoot weer omhoog.

'Laat me maar, Alex.'

'Ik denk er niet aan.'

'Maak je geen zorgen. Hij zei dat ze niet giftig was.'

'Hij zei dat ze niet giftig genoeg was om haar prooi te doden. Daarom verbrijzelt ze haar slachtoffers.'

'Ik ben niet bang. Ik heb het gevoel dat ik van haar niets te vrezen heb.'

'Vrouwelijke intuïtie?'

'Wat is daar mis mee?'

'Ik geloof niet dat dit het moment is om een theorie uit te testen.'

'Waarom jij en niet ik?'

'Wie zegt dat het iemand moet zijn?'

'Waarom zou Bill ons in gevaar brengen?'

'Ik ben liever niet afhankelijk van zijn redelijkheid.'

'Maak je geen zorgen.'

'Maar je hand...'

'Er gebeurt niets met mijn hand. Al doe jij mijn pols nu wel erg pijn.'

Ik liet haar los en voor ik haar kon tegenhouden, schoof ze het glas twee centimeter open en liet ze haar vingers in de bak bungelen – die verrekte behendigheid van haar.

De spin keek, maar bewoog niet.

Ik vloekte op mezelf en bleef roerloos staan. De regen op mijn huid raakte vermengd met zweet. Ik had jeuk.

De spin pulseerde sneller.

Robins hele hand hing nu slapjes in de bak. De spin streek weer over haar eigen mond.

'Nu is het genoeg. Haal je hand eruit.'

Met een onbewogen gezicht liet Robin haar vingers dicht bij de onderbuik van de spin tot rust komen.

Ze streelde de spin eerst aarzelend en toen met meer zelfvertrouwen. Aaide het beest.

De tarantula draaide zich loom om, alsof ze van de strelingen genoot.

Drukte zich tegen Robins bewegende vingers.

Bedekte ze.

Omvatte Robins hand.

Robin liet het dier enkele ogenblikken zo liggen en nam toen langzaam haar hand uit het terrarium weg.

Ze droeg de spin als een groteske harige handschoen.

Ze boog haar knieën en legde haar hand plat op de tafel. De spin stak een poot uit, en toen nog een poot. Rekte zich weer uit... beproefde het tafeloppervlak. Gluurde achterom naar haar huis en liep toen van de hand af. En er weer op.

Snuffelde aan Robins vingertoppen.

Robin glimlachte. 'Hé, harig beestje. Je voelt een beetje aan als Spike.'

Alsof dat een aanmoediging was, liep de spin over Robins onder-

arm en kwam tot rust op haar korte mouw. Met haar gewicht trok
ze de stof omlaag.

'Hé, Emma, jij hebt goed gegeten.'

De spin sloeg zijn poten om Robins bovenarm, drukte zich tegen de
arm aan, en schuifelde toen naar voren, als een hoogtewerker die
een fabrieksschoorsteen beklimt.

Kwam tot stilstand op Robins schouder.

Snuffelde aan de zijkant van Robins hals.

Stopte bij de halsslagader. Al die tijd bleef Robin haar aaien en tegen haar praten.

'Kijk maar, Alex, we zijn de beste maatjes. Als jij nou eens ging kijken of er iets in de bak ligt?'

Ik begon mijn hand erin te steken, maar aarzelde. Zat er nog een
in? Een menéér Emma?

Maar ach, had ik niet ergens gelezen dat de wijfjes het gevaarlijkst
waren? Ik nam het glazen deksel helemaal weg, tuurde in de bak,
zag niets en stak mijn hand erin. Ik voelde bladeren en takjes en de
bodem. En toen iets hards en korreligs. Lavagesteente.

Er lag iets onder. Papier.

Ik trok het eruit. Weer een gevouwen kaartje.

Te donker om te lezen. Ik vond een bak waarvan het blauwe licht
sterk genoeg was.

Hoe indrukwekkend Emma ook mag zijn.
Alles is relatief – niet alleen tijd maar ook grootte.

Relatief.

Iets dat groter was dan de tarantula?

Ik keek naar de laatste rij bakken.

Een van de terraria was groter dan de andere.

Twee keer zo groot.

Op het deksel lag een groot stuk leisteen.

Wat daarin leefde, was twéé keer zo groot als Emma.

Mijn brontosaurus... veel giftiger.

Een leren zweep met een plat lichaam van meer dan dertig centimeter lang, een staart met stekels, voelsprieten zo dik als spaghetti-
slierten.

Tientallen poten... Ik herinnerde me dat de voorste poten verwoed door de lucht hadden gegraaid toen we dichterbij kwamen.

Die doffe, koude vijandigheid.

Ik heb hem nog niet geleerd van me te houden.

De sadistische oude rotzak.

Robin las over mijn schouder mee, met Emma nog steeds bij haar hals.

'O,' zei ze.

Voordat ze weer moedig kon worden, rende ik naar het achterste deel van de ruimte.

Het ding zat waar het de eerste keer ook had gezeten, half uit zijn grot, zijn achterste aan het zicht onttrokken.

Het zag me al voordat ik er was. Zijn voelsprieten trilden als kabels die onder stroom stonden.

Ditmaal graaide het met al zijn voorpoten.

Het sloeg door de lucht.

Alles is relatief.

Dat gold ook voor mijn bereidheid om Morelands spelletje mee te spelen.

Ik wilde net weggaan toen me nog iets anders aan het grote terrarium opviel.

Het hele terrarium stond een eindje boven de tafel.

Het rustte op iets. Nog meer stukken leisteen.

Toen ik hier een paar avonden eerder was geweest, stond de bak gewoon op de tafel.

Ik streek met mijn hand over het oppervlak van de tafel. Stof en houtsnippers.

Moreland had iets veranderd.

Hij had een kleine kruipruimte gecreëerd, net hoog genoeg voor mijn hand.

Toen ik mijn arm uitstak, trok de duizendpoot zich samen. Toen mijn vingers de rand van het leisteenplatform aanraakten, viel het wezen op het glas aan. Het ging gepaard met een krakend geluid, en ik deinsde meteen terug.

De ruit was intact, maar ik kon zweren dat ik het glas had horen zoemen.

Robin stond nu achter me.

Ik probeerde het nog een keer, en opnieuw deed het monster een uitval.

Het bleef aanvallen.

Het gebruikte zijn knobbelige kop om tegen het glas te beuken en vormde dan telkens een dertig centimeter lange krul met zijn lichaam. Er liep iets olieachtigs over het glas.

Het was te vergelijken met wat je wel eens in westerns ziet: een spel met een ratelslang in een glazen pot. Ik wist dat ik veilig was, maar iedere klap van het beest joeg een schok door mijn hart.

Robin liet een klein, hoog geluidje ontsnappen. Ik draaide me om en zag de spin *push-ups* doen op haar schouder.

Mijn hand zat onder de leisteen en bleef daar.

De duizendpoot bleef tegen het glas slaan. Nog meer krakende geluiden. Nog meer giftige afscheiding.

Toen kwam er een schor, diep geluid uit de bak. Ik had kunnen zweren dat het een grommend geluid was. Ondanks de bulderende regen was het duidelijk te horen.

Ik tastte uit alle macht. Raakte iets wasachtigs aan en trok mijn hand van schrik terug.

De duizendpoot hield op met aanvallen.

Was hij eindelijk moe?'

Het leek of hij woedend naar me keek. Toen begon hij opnieuw.

Krak, krak, krak... Ik had mijn hand weer onder de bak. Het wasachtige ding voelde onbeweeglijk aan, maar god wist... *roofzuchtige insekten*... Ik probeerde het weg te trekken. Het zat klem.

Krak.

Rechte hoeken... nog meer papier? Dikker dan het kaartje.

De duizendpoot bleef aanvallen en gif spuiten.

Ik graaide naar het wasachtige ding, kreeg het met mijn nagels te pakken en trok er zo hard aan dat ik het in mijn schouder voelde.

Het wasachtige ding gleed buiten bereik. Ik viel bijna achterover, hervond mijn evenwicht en hurkte neer, oog in oog met de duizendpoot. Alleen door een halve centimeter glas, dat trilde bij iedere schok, was ik gescheiden van dat maniakale beest.

Zijn primitieve gezicht was zo dood als steen. Toen maakte een woedeaanval het bijna menselijk.

Menselijk als een moordenaar in een dodencel.

Krak. Kràk.

De bak schommelde.

Ik vond de hoek van het wasachtige ding terug, kneep erin, graaide, schraapte... kràk... verloor het, probeerde het nog een keer. Het bewoog, maar bood toen weerstand.

Zat het aan het tafelblad vast? Met tape. De schoft.

Ik stak mijn nagel onder de tape, trok omhoog en voelde dat de tape meegaf.

Nog één rukje en toen had ik het verrekte ding los.

Een dik pak wasachtig papier waarvan de randen tussen mijn vingers verkruimelden. Ik deed zo snel mogelijk een stap terug.

Robin volgde me. Emma's zwarte ogen volgden me ook.

Krak, krak... Het beest steigerde tegen het deksel, probeerde het weg te drukken. Op zijn manier was het wel een nobel dier, dacht ik. Een duizendpotige Atlas die voor zijn vrijheid vocht. Ik kon zijn woede rúiken, bitter, dampend, hormonaal geladen.

Weer een duw. De leisteen op het deksel wipte op en neer en ik was bang dat het glas ervan zou breken.

Ik zag een bloempot aan het eind van het gangpad, gevuld met aarde. Die zette ik op het deksel om het extra te verzwaren.

De duizendpoot bleef aanvallen doen. De hele voorkant van het terrarium was bedekt met een vlies van slijm.

Krak.

'Welterusten, mispunt.'

Ik nam Robin bij de hand en we liepen naar de voorkant van het insectarium. We bleven staan op een plaats waar licht door een van de kapotte ramen viel. Toen realiseerde ik me dat Emma nog bij ons was. Waarom had ik me ooit druk gemaakt om háár?

Alles is relatief... ook de tijd.

Dat wilde Moreland zeggen: niets was zoals het leek... Ik vouwde het waspapier open. Er kwamen nog meer stukjes los.

Droog. Oud. Donker papier, zwart of donkerblauw, groot formaat, met dunne lijntjes.

Blauwdrukken.

Vierkanten en cirkels, halve cirkels en rechthoeken. Symbolen die ik niet begreep.

Lijnen met pijlpunten op het eind. Om een richting aan te geven?

Een plattegrond. De rechthoeken en vierkanten waren waarschijnlijk gebouwen.

Het grootste gebouw stond aan de zuidkant. Bij een rond ding met golfjes erin.

De fontein.

Het grote huis.

Nu ik een oriëntatiepunt had gevonden, vond ik ook het insectarium met zijn dertien traptreden en middenpad, en met de vele kleine rechthoekjes aan weerskanten.

De baden...

Ik vond mijn werkbungalow, die van Moreland, de andere bijgebouwen.

In het oosten zag ik een massa vormloze figuren die elkaar overlapten. Dat moesten boomtoppen zijn. De randen van het banyanwoud.

Een kaart van het midden van het landgoed.

Maar wat wilde Moreland me laten zien?

Hoe langer ik de plattegrond bestudeerde, des te verwarrender werd het. Netwerken van lijnen, zo dicht opeen als de straten op een stadsplattegrond. Figuren die geen betekenis hadden.

Woorden.

In het Japans.

34

'De oorspronkelijke bouwplannen,' zei Robin.

'Begrijp jij er wat van? Waar zouden we naar moeten zoeken?'

Ze nam de blauwdrukken en bestudeerde ze. Al die maanden dat ze in Los Angeles op de bouwplaats dit soort blauwdrukken had gelezen...

Ze knikte, volgde lijnen met haar vinger.

'Misschien dit?'

Ze leidde mijn hand naar een ruwe plek – een oneffenheid in het papier, als braille.

'Een speldegaatje,' zei ik.

'Precies in het midden van dit gebouw hier – zijn werkruimte. En kijk eens hier. Dat leidt het gebouw uit.' Ze streek met haar vinger over een dikke streep die tot de rand van het papier ging.

Pal naar het oosten. Uit zijn bungalow, door de naburige gebouwen, voorbij de grens van het landgoed, recht het banyanwoud in.

'Een tunnel?' zei ik.

'Of een ondergrondse energiekabel,' zei ze. Ze sloeg het papier om en bekeek de achterkant. 'Dit moet het zijn.'

Er was een kring om het speldegaatje getekend.

'Een tunnel onder zijn werkruimte,' zei ik. 'Dat verklaart dat ik hem op een avond daar naar binnen zag gaan en de lichten zag uitdoen. Hij ging onder de grond.'

Ze knikte. 'Hij heeft een geheime schuilplaats, en nu deelt hij het geheim met ons.'

Ze pakte Emma van haar schouder, sprak de spin sussend toe, streelde haar buik. Acht poten ontspanden zich. Ze zette het dier in zijn bak terug, bleef nog even staan èn glimlachte.

'Er gaat niets boven nieuwe vrienden,' zei ik.

'Pas maar op, anders neem ik haar met ons mee naar huis.'

Ik vouwde de blauwdrukken op en stak ze achter mijn broeksband, onder mijn jasje. Toen verlieten we het insectarium.

Weer een warme douche. De regen was wat minder hevig geworden en ik kon nu struiken en bomen onderscheiden.

Niets dat op twee benen liep... en toen hoorde ik iets achter me en verstijfde meteen. Geschraap – een boomtak die tegen iets aan wreef. Geen menselijke beweging.

We drukten ons tegen de muur en wachtten af.

Het was maar een klein stukje naar Morelands bungalow, onder deinende bomen door. In de verte was het grote huis zichtbaar. Er brandde licht. Waren Pam en Jo terug?

We zetten het op een lopen.

De deur was niet op slot, waarschijnlijk omdat Pam in de bungalow was geweest toen ze haar vader zocht. Of had Moreland hem met opzet niet op slot gedaan, zodat wij naar binnen konden?

Een slot met aan weerskanten een sleutelgat. Toen we binnen waren, probeerde ik de deur op slot te doen met de sleutel van mijn kantoor, en toen die niet bleek te passen, met de nieuwe. Dat lukte ook niet. We zouden hem open moeten láten.

En de lichten uit.

De deur naar het lab was dicht. Morelands bureau was leeg, zoals het die middag ook was geweest, afgezien van een enkel glanzend voorwerp.

Zijn zaklampje.

Robin pakte het op. We hurkten achter het bureau neer. Afgeschermd door het bureau spreidden we de blauwdrukken op de vloer uit. Robin scheen met het zaklampje op de plattegronden. De inkt was doorgelopen. Onze handen waren donkerblauw.

'Ja,' zei ze. 'Het is duidelijk daarachter.' Ze wees naar de deur van het laboratorium.

Ze glimlachte nerveus.

'Wat is er?'

'Ik heb plotseling sterk het gevoel dat er aan de andere kant iets afschuwelijks is.'

'Ik ben er geweest, en er zijn alleen maar reageerbuizen en bakjes voedsel. Zijn voedingsonderzoek.'

'Of,' zei ze, 'hij voert er iets.'

Het lab zag er nagenoeg onaangeroerd uit. Het enige dat was veranderd, was dat er een bril van Moreland naast een schrijfblok lag. Weer een boodschap van de wijze man?

Maar alle vellen van het schrijfblok waren leeg.

Robin liep, met de zaklamp op de vloer gericht, door het lab. Zo nu en dan bleef ze even staan om op de blauwdrukken te kijken, en dan ging ze weer verder.

Tenslotte bleef ze midden in de kamer staan. Ze keek aandachtig naar een laboratoriumtafel met een zwart blad en een kast eronder.

'Wat er beneden ook is, het moet daar beginnen.'

Op de tafel stonden een rek vol lege reageerbuizen en een leeg bekerglas. Ik zette het glaswerk op een bankje en duwde tegen de tafel. Hij wilde niet wijken.

Wielen op iedere hoek, maar die waren niet te gebruiken.

Geen spoelbak, dus geen buizen.

De tafel was op de een of andere manier aan de vloer vastgemaakt. Ik maakte het kastje onder de tafel open en Robin lichtte me bij met haar zaklamp. Er lagen alleen dozen met papieren handdoekjes in. Toen ik ze weghaalde, zag ik langs de bovenkant van de achterwand een metalen stang lopen.

Een hendel.

Ik trok hem omlaag, voelde enige weerstand, maar toen ging de stang moeiteloos met een klik naar beneden.

De tafel verschoof, reed opzij en Robin kon hem met gemak wegduwen.

Er zat een betonnen vloer onder. Met een rechthoek van ongeveer een meter vijftig bij zestig centimeter. Met diepe lijnen eromheen.

Een betonnen luik?

Maar geen hendel.

Ik ging op een hoek van de rechthoek staan, drukte erop, haalde mijn voet weg. De plaat bewoog een fractie van een centimeter en viel toen weer op zijn plaats. Het maakte een diep resonerend geluid, als van een kolossale tol.

'Misschien moet er meer gewicht aan te pas komen,' zei Robin. 'Laten we het samen doen.'

'Nee. Als Moreland het in zijn eentje kan, kan ik het ook. Ik wil niet te veel druk uitoefenen, want dan smakt dat ding misschien in ons gezicht.'

Ik drukte met de punt van mijn schoen tegen een andere hoek. Die gaf een beetje meer mee, maar de plaat viel weer terug.

Toen ik op de derde hoek drukte, bewoog de plaat nog wat meer en ving ik een blik op van wat zich eronder bevond. De plaat was minstens vijftien centimeter dik en er zat nog meer metaal onder: een of ander katrolsysteem.

Ik ging naar de vierde hoek en voelde dat ik werd opgetild. Ik sprong er meteen af.

De plaat schommelde hevig, kwam weer stil te liggen en begon toen erg langzaam te draaien. Hij beschreef bijna een hele boog en ging toen verder omhoog tot hij verticaal stond.

Toen de plaat tot stilstand kwam, trilde de hele vloer. Ik probeerde hem te verplaatsen, maar hij zat muurvast.

Het was een rechthoekige opening van ongeveer een meter twintig bij zestig centimeter.

Donker, maar niet zwart. Er was daar beneden ergens verlichting.

Ik ging op mijn buik liggen en tuurde omlaag. Betonnen traptreden, zoals die in het insectarium. Het waren er weer dertien, maar hier zat een groen laagje op.

Kunstgras.

De treden leidden naar grijsheid.

'Daarom noemen ze spionnen zeker "mollen",' zei ik.

Robin glimlachte vaag. Ze streek natte krullen van haar gezicht weg en haalde diep adem.

Ik keek haar aan. Ze knikte en stapte op de opening af.

Ik versperde haar de weg en ging als eerste naar binnen.

De buisvormige tunnel was een meter tachtig hoog. De wanden waren van gewapend beton, met stalen bouten op de afdekking van de naden. Het licht dat ik van boven af had gezien, kwam van een mijnlamp die zo'n veertig meter in de verte aan het plafond hing.

Het kunstgras lag op zand en eindigde aan het begin van een enkelspoor dat de buis in tweeën deelde.

Een smal spoor met glimmende vurehouten bielzen. Te klein voor een trein. Waarschijnlijk ontworpen voor een handkar, maar die was nergens te zien.

Geen regengeluiden. Ik raakte de grond aan. De bodem was aangestampt en droog. Een hermetische afsluiting.

Toen ik op de muren tikte, leverde dat geen toon op. Het beton moest meters dik zijn.

Ik zei tegen Robin dat ze moest wachten en ging naar het begin van de tunnel terug. De betonnen plaat stak als een gigantische stijve bovenlip omhoog. Van beneden af was het lab een zwart gat.

Ik beklom de trap en bevoelde de plaat nog een keer. Hij was nog even onbeweeglijk, op zijn plaats gehouden door een groot aantal takels en tegengewichten, reagerend op druk die op verschillende plaatsen achtereen werd uitgeoefend.

Het Japanse leger zou wel een veiligheidsmechanisme hebben ingebouwd om te voorkomen dat iemands vingers verpletterd werden of dat iemand per ongeluk gevangen kwam te zitten. Waarschijnlijk was er een manier om het luik veilig van beneden af te sluiten, maar ik wist dat niet en er zat niets anders op voor ons dan onze toegangsweg open te laten staan.

Misschien konden we het beste maken dat we wegkwamen en tot de volgende morgen wachten.

Ik ging naar Robin terug en liet haar de keuze.

'We zijn al zover gegaan, Alex. Laten we op zijn minst kijken waar de tunnel heen gaat.'

'Als hij voorbij de terreingrens gaat, komen we onder de banyans. Landmijnen.'

'Als er mijnen zijn.'

'Twijfel je daaraan?'

'Als je iets wilt verbergen, hoe kun je indringers dan beter afschrikken dan met zo'n gerucht?'

'Je denkt dat Bill het heeft verzonnen?'

'Het is mogelijk.'

'Ik weet niet of ik die hypothese op de proef wil stellen.'

'Maar hij is hier beneden. Ergens.' Ze keek in de tunnel. 'En het is duidelijk dat hij ons daar ook wil hebben. Waarom zou hij ons kwaad willen doen?'

'Hij wil míj,' zei ik. 'Hij heeft me hiervoor laten overkomen.'

'Wat het ook is, het is belangrijk voor hem. Daarom heeft hij al die voorzorgsmaatregelen genomen.'

'Cryptische boodschappen. Woorden van wijze mannen... insekten. Hij is net een jongen die spelletjes speelt.'

'Verstoppertje,' zei ze. 'Misschien zit ik er ver naast, maar ik geloof niet dat hij een slecht mens is, Alex. Hij houdt alleen van geheimen.'

Ik dacht aan Moreland en Hoffman en hun vrouwen, bridgend op het terras. Hoffman die vals speelde. Moreland die nooit liet blijken dat hij het wist.

'Goed,' zei ik. 'Laten we het meespelen.'

We liepen langs het spoor, onder het schijnsel van de mijnlamp door, de duisternis in. Honderd passen later kwam het schijnsel van nog zo'n lamp in zicht. En daarna weer een.

De monotonie van die lampen deed ons goed. De tunnel was aangenamer dan ik me had voorgesteld: warm, droog, stil. Geen insekten.

'Wat denk je dat het oorspronkelijk was?' zei Robin. 'Een vluchtweg voor de Japanners?'

'Of een bevoorradingsweg.'

We kwamen bij de volgende lamp en waren bijna uit het schijnsel vandaan toen we iets tegen de muur zagen staan.

Kartonnen dozen. Tientallen, in keurige stapels. Net als de dozen met dossiers in de opslagruimte.

Vertrouwelijke dossiers? Had Moreland me daarvoor hierheen laten komen?

Ik pakte een doos van de stapel. De flappen waren dichtgevouwen maar niet dichtgeplakt.

Er zaten gesealde plastic zakken in.

Groente en fruit, gedroogd.

Ik probeerde nog een doos. Nog meer voedsel.

Een derde doos bevatte farmaceutische monsters en flesjes met pillen – antibiotica, middelen tegen schimmelinfecties, vitaminen, mineralen, voedingssupplementen. En flessen met iets helders: een tonicum. De malariabestrijdende eigenschappen van kinine.

De volgende doos. Nog meer gedroogd fruit.

'Dokter Bills geheime voorraad,' zei ik. 'Hij verbouwt dingen in zijn tuin, conserveert ze en brengt ze hierheen. Misschien hebben we te maken met iemand die rampen wil overleven. De vraag is: wat is zijn armageddon?'

Robin schudde haar hoofd en pakte conservenblikken uit een andere doos. Cornedbeef, kip en rijst.

'Dat noemt zich vegetariër,' zei ik.

Ze keek triest. 'Misschien heeft het met de vernietiging van het eiland te maken. Misschien wil hij onder de grond blijven.'

'Onder het woud,' zei ik. 'Beschermd door die mijnen, of ze nu echt of verzonnen zijn. Het is nogal idioot, maar in de hele Verenigde Staten zijn er bunkers vol met dat soort mensen. Het probleem is dat ze ook tot gevaarlijke paranoia geneigd zijn. Ze verlangen naar het grote gevecht.'

'Dat lijkt me niets voor Bill.'

'Waarom niet? Omdat hij zegt dat hij een hekel aan wapens heeft? Alles wat de man heeft gezegd of gedaan is verdacht, inclusief zijn altruïsme. Aruk importeert voedsel voor twee- of driemaal de normale prijs. Bill helpt door zo nu en dan wat uit te delen, maar hamstert al dit voedsel voor zichzelf. Als hij van plan was om een tijdje onder te duiken, zou dat verklaren waarom hij zich niet meer voor de zakelijke vooruitgang van het eiland heeft ingezet. Misschien ziet hij niets meer in Aruk, in de realiteit. Misschien concentreert hij zich op het scheppen van zijn eigen kleine ondergrondse wereld. Misschien is hij op dat idee gekomen toen hij die blauwdrukken ergens in het huis vond. Uiteindelijk ontdekte hij de tunnel en werd het zijn ambitie om holenmens te worden.'

Ze haalde iets anders uit de doos. Een foliepak met een wit etiket.

'"Gevriesdroogde noodrantsoenen," las ze hardop. 'Segment B: wortelen, bieten, erwten, kratokbonen en snijbonen, soja-eiwit... en dan een hele rits vitaminen... verstrekt door de marine van de Verenigde Staten... allemachtig.'

'Wat?'

'De datum.'

Kleine cijfertjes onder op het etiket. Februari 1963.

'Hij heeft me verteld dat hij in 1963 bij de marine vandaan is gegaan. In dat jaar kocht hij het landgoed. God, misschien doet hij dit al dertig jaar.'

'Arme man,' zei ze.

'Misschien is hij heel tevreden. Trots op wat hij gedaan heeft.'

'Waarom zeg je dat?'

'Misschien wil hij er nu mee pronken.'

Nog zes mijnlampen, twee bergplaatsen van voedsel en medicijnen. We liepen door zonder ergens aan te denken, als soldaten. Gehypnotiseerd. Rails en bielzen gleden voorbij.

Ik begon me vormloos en gewichtloos te voelen. Volgens mijn horloge waren we bijna een halfuur onder de grond, maar het voelde tegelijk langer en korter aan.

De misleiding van de tijd.

Weer een mijnlamp.

Toen een stuk groen, daarachter.

Weer een strook kunstgras.

Weer een trap. Zo'n vijftig meter voor ons uit.

Dertien treden omhoog naar een metalen deur.

Geen kruk of slot. Ik duwde en verwachtte een groot gewicht, weer zo'n lastig hefboomsysteem. De deur ging zo gemakkelijk open dat ik bijna vooroverviel.

Aan de andere kant bevond zich een oplopend betonnen looppad, verlicht door een zwak gloeilampje.

We klommen tot we bij weer een deur kwamen.

Metalen rasterwerk – concentrische cirkels van ijzer, met spaken er dwars overheen. Daarachter heerste volslagen duisternis.

Ik klopte en duwde, maar deze deur gaf niet mee. Toen begreep ik de betekenis van het rasterpatroon.

Een web.

Genoeg.

Ik draaide me om en liep het looppad af.

Zag de eerste deur achter ons dichtgaan, rende om hem tegen te houden, maar kwam te laat.

De deur sloeg dicht en gaf niet meer mee.

We zaten gevangen.

Verstrikt in het web.

Morelands magere gezicht dook voor mijn geestesoog op. Slungelige ledematen, vlezige snuit, wallen onder de ogen, grote stappen – de manier van lopen van een spin.

Geen kameel of flamingo.

Roofzuchtige wezens...

Robin hield haar hand voor haar mond. Ik hield op met ademhalen. De paniek sloeg als een strakke stropdas om mijn keel.

Toen verscheen er licht achter het web en drong er een zucht erg koele lucht tot ons door.

Dezelfde kilte die ik had gevoeld toen ik aan de rand van het banyanwoud stond.

De webdeur zwaaide open. Ik zag muren van uitgehakte steen en daarachter duisternis.

Een grot.

We konden kiezen: daar blijven en riskeren dat we weer gevangen kwamen te zitten, of doorlopen en het erop wagen.

Ik liep door en de gewichtloosheid kwam meteen terug.

Nog intenser – ik voelde me duizelig, zoals ik me ook in de tunnel had gevoeld.

'Robin?'

Geen antwoord.

Ik voelde de lichte druk van een hand op mijn schouder.

Ik draaide me met een ruk om. 'Verdomme, Bill!'

Maar de ogen die terugkeken, waren niet van Moreland.

Donkere spleten – tenminste, het linkeroog. Het andere oog was een wijd open, melkwitte bol, die zwaar omlaag hing en aan een gehavend ooglid trok.

Geen iris. Het wit was doorschoten met haarvaten.

De huid rond de bol was ook wit.

De ogen waren lager dan de mijne. Het hoofd was elliptisch en rustte zonder hals op magere, aflopende schouders.

Misvormd en haarloos, afgezien van drie plekken van kleurloos dons. Huidrichels in plaats van oren.

De mond ging open. Nog geen tien tanden en kiezen, sommige niet meer dan gele stompjes. Daaromheen een zakachtige, getuite opening: geen onderlip, de bovenlip dik, gebarsten, leverkleurig – een glimlach? Waarom schreeuwde ik niet?

Ik glimlachte terug. Die hand zo licht op mijn schouder... een paar
centimeter donzige huid scheidde de mond van een neus die uit twee
zwarte gaten onder een knobbel van rozewit vlees bestond, verwrongen als de staart van een varken.

Puisten en korsten, putjes en littekenweefsel dansten over het gezicht, een maanlandschap van heel dichtbij gezien. De huid verspreidde een scherpe geur. Een bekende geur... ziekenhuisgangen –
antibiotische zalf.

De hand op mijn schouder lag daar zo losjes dat ik hem nauwelijks
voelde.

Ik keek naar de hand.

Vier stompe vingers met brede toppen, de duim dik en spatelvor-
mig, geen nagel op de wijsvinger. Nog meer van dat zachte, donzige haar. Knokkels met kuiltjes erin.

De pols, dun en zwak, met babyblauwe aderen en vooral veel korsten, verdween in de mouw van een wit overhemd.

Een schoon, wit overhemd met knoopjes op de punten van de boord.
Een kaki broek, strak aangetrokken om een smalle taille, de pijpen
meermalen omgeslagen.

Een man, veronderstelde ik... Onder de broekspijpen zag ik bruine
schoenen die nieuw leken.

Een man ter grootte van een jongen, een meter vijftig op zijn hoogst,
een kilo of veertig.

'Hhh,' zei hij. 'Hhhallo.'

Een schurend gefluister. Ik had zulke stemmen vaker gehoord: slachtoffers van branden, het strottehoofd en de stembanden geschroeid.
Ze moesten leren praten vanuit hun buik.

De zakachtige mond bleef open, alsof het spreken grote moeite kostte. Weer een medicinale geur: mondspoelwater. Het ene oog keek
naar mijn gezicht. De zak draaide zich omhoog. Het zou een glimlach kunnen zijn.

'Hallo,' zei ik.

Het oog bestudeerde me nog even. Knipperde – knipoogde? Geen
wenkbrauwen, maar de huid boven de kassen vormde twee diepe bogen die op wenkbrauwen leken.

Zonder hals, zonder kin, dat gezicht als van gestold vet. Maar zacht...
Ik dacht aan de kleine octopus...

De hand gleed van mijn schouder, langzaam, gracieus.

De mond ging dicht en stak naar voren – verdrietig?
Had ik iets verkeerds gedaan?
Ik probeerde weer te glimlachen.
De arm hing losjes.
Erg losjes. De gratie van een ongewervelde.
Vingers die zich kromden zoals normale vingers zich niet konden krommen.
Slangachtig – nee, zelfs een slang had meer stevigheid.
Wit en slap...
Wormachtig.

35

Hij krabde over zijn dij, een van de broekspijpen kwam omhoog en ik zag iets glanzends op zijn schoen. Een gloednieuwe penny.
Hij zag iets achter me en boog schuchter zijn hoofd.
'Hallo,' hoorde ik Robin zeggen.
Toen zag ik iets achter hèm.
Een tweede man dook op uit de schaduw, nog kleiner, zo krom dat het was of zijn hoofd uit zijn borst naar voren stak.
Rood-met-zwart geruit overhemd, blauwe spijkerbroek, hoge tennisschoenen.
Twee goede ogen. Eén oor. Geen kin. De ogen zacht.
Onschuldig.
Hij kromde zijn vinger, keerde ons zijn rug toe en liep verder de grot in.
In het voorhoofd van de eerste man kwamen weer rimpels. Hij volgde de andere man.
We liepen mee, strompelend en struikelend over stukjes rots.
De kleine zachte mannen hadden helemaal geen moeite met lopen.
Geleidelijk ging de grot van zwart in houtskoolgrijs over, en toen in duifgrijs, en uiteindelijk in goud. We kwamen in een kolossale koepelgrot, verlicht door nog meer van die mijnlampen.
Rotsformaties, te stomp om stalagmieten te kunnen zijn, verhieven zich uit de bodem. Langs een van de wanden stond een rij koelkasten. Tien stuks, tamelijk klein, een willekeurige verzameling kleuren en merken. Avocado. Goud. Kleuren die dertig jaar geleden in

de mode waren. De snoeren gingen naar een verdeelkast, waaruit een dikke zwarte kabel kwam die achter een hoek van de rots verdween.

In het midden van de grot stonden twee picknicktafels en twaalf stoelen. Hoogpolige karpetten lagen verspreid over een smetteloze stenen vloer. Van achter de verdeelkast kwam een ronkend, snorrend geluid: een generator.

De regen was vaag hoorbaar. Een getinkel. Maar alles was droog.

Moreland kwam binnen en ging aan het hoofd van de tafel zitten, achter een grote schaal met vers fruit. Hij droeg zijn gebruikelijke witte overhemd en zijn kale hoofd leek geolied. Hij nam een grapefruit in zijn handen.

Vier andere kleine, zachte mensen kwamen binnen en gingen om hem heen zitten. Twee van hen droegen een katoenen jurk en hadden fijnere gelaatstrekken. Vrouwen. De anderen droegen geruite overhemden en spijkerbroeken of kaki broeken.

Een van de mannen had helemaal geen ogen, alleen strakke vliezen van glanzende huid, strak over de kassen gespannen. Een van de vrouwen was erg klein, niet groter dan een kind van zeven.

Ze keken naar ons, toen weer naar Moreland, hun verwoeste gezichten nog witter in het volle licht.

Voor elk van hen was gedekt. Fruit en koekjes en vitaminepillen. Glazen met oranje en groene en rode vloeistof. Limonade. Midden op de tafel stonden lege flessen, en ook borden vol schillen en pitten en klokhuizen.

De twee mannen die ons hadden gebracht, stonden er met gevouwen handen bij.

Moreland zei: 'Dank je, Jimmy. Dank je, Eddie.'

Hij rolde de grapefruit weg en maakte een gebaar. De mannen namen hun plaatsen aan de tafel in.

Sommige anderen begonnen te mompelden. Misvormde handen beefden.

'Het is in orde,' zei Moreland. 'Het zijn goede mensen.'

Vochtige ogen keken weer naar ons. De blinde man wuifde en klapte in zijn handen.

'Alex,' zei Moreland. 'Robin.'

'Bill,' antwoordde ik. Ik wist niet goed wat ik voelde.

'Het spijt me dat ik jullie dit alles heb laten doormaken – en ik wist ook niet dat jíj zou meekomen, Robin. Al verbaast het me eigenlijk niet. Voel je je goed?'

Robin knikte vaag, maar ze keek ergens anders naar.

De kleine vrouw had haar aandacht getrokken. Ze droeg de feestjurk van een kind, met witte kant langs de zomen. Aan haar verschrompelde onderarm had ze een witte metalen armband. Ze had de nieuwsgierige ogen van een kind.

Robin glimlachte naar haar en sloeg haar armen om zichzelf heen. De vrouw likte op de plaats waar haar lippen hadden moeten zitten en bleef staren.

De anderen zagen haar kijken en beefden nog wat meer. De generator ging door met zijn lied. Ik nam details in me op: ingelijste affiches van reisbureaus aan de wanden: Antigua, Rome, Londen, Madrid, het Vaticaan. De tempels van Angkor Wat. Jeruzalem, Cairo. Tegenover de koelkasten stonden nog meer dozen met voedsel, keurig opgestapeld. Kastjes, een paar verrijdbare plateaus.

Zoveel koelkasten omdat ze klein genoeg moesten zijn om door het luik te kunnen. Ik stelde me voor hoe Moreland ze op een karretje door de tunnel reed. Nu wist ik waar hij die nacht met zijn zwarte koffertje naartoe was gegaan. Waar hij zoveel nachten naartoe was gegaan, al die jaren, bijna zonder te slapen, werkend tot hij erbij neerviel. Die val in het laboratorium...

Boven een spoelbak in de hoek hing een tank met gezuiverd water. Grote flessen stonden ernaast.

Geen gasstel of oven – vanwege de slechte ventilatie?

Nee, de lucht was hier koel en fris, en het geluid van de regen was zwak maar onmiskenbaar te horen. Er moest dus een schacht zijn die naar het bos omhoog leidde.

Geen vuur omdat de rook hen zou verraden.

Ook geen magnetron, waarschijnlijk omdat Moreland dat niet veilig vond. Hij maakte zich zorgen over mensen die al beschadigd waren.

Was zijn leugen over de rol die hij bij de uitbetalingen op Bikini had gespeeld toch een gedeeltelijke waarheid geweest?

Er waren zoveel gedeeltelijke waarheden. Van het begin af aan had hij de waarheid in leugens verpakt.

Gebeurtenissen die zich wel hadden voorgedaan, maar dan op andere plaatsen, in andere tijden.

Einstein zou het ermee eens zijn... het is allemaal relatief... de tijd is misleiding.

Alles een symbool of metafoor.

Die andere citaten... allemaal omwille van de gerechtigheid?

Om me op de proef te stellen.

Ik keek naar de gehavende gezichten om me heen.

Wit, wormachtig.

Joseph Cristobal, die dertig jaar geleden ranken aan het opbinden was bij de oostelijke muur, had niet gehallucineerd.

Ze hadden zich dertig jaar schuilgehouden en het was maar één keer misgegaan?

Had een van hen het onder de grond niet meer uitgehouden? Was hij naar boven gegaan en naar de stenen muren gelopen?

Cristobal ziet hem, schrikt zich een ongeluk.

Moreland stelt als diagnose dat het hallucinatie was.

Hij loog tegen Cristobal... omwille van de gerechtigheid.

Kort daarna geeft Cristobal een laatste schreeuw en sterft.

Net als de katvrouw... wat had zij gezien?

'Alsjeblieft,' zei Moreland. 'Ga zitten. Ze zijn goedaardig. Het zijn de goedaardigste mensen die ik ken.'

We ontdeden ons van onze drijfnatte kleren en gingen aan de tafel zitten. Moreland vertelde de anderen hoe we heetten. Sommigen keken aandachtig naar ons. Anderen bleven onbewogen.

Hij sneed fruit voor hen en herinnerde hen eraan dat ze moesten drinken.

Ze gehoorzaamden.

Niemand sprak.

Na een tijdje zei hij: 'Klaar? Goed. En veeg nu jullie gezicht af – prima. En dan kunnen jullie de borden weghalen en naar de speelkamer gaan om plezier te maken.'

Een voor een stonden ze op en verlieten de ruimte. Ze gingen achter de koelkasten langs en verdwenen om een hoek van de rotswand.

Moreland wreef over zijn ogen. 'Ik wist dat het je zou lukken me te vinden.'

'Met Emma's hulp,' zei ik.

'Ja, ze is een schat...'

'De tijd is misleiding. Inclusief de misleiding waarmee je mij naar het eiland hebt gehaald. Je hebt hier naartoe gewerkt vanaf de dag dat ik hier aankwam, nietwaar?'

Hij knipperde meermalen met zijn ogen.

'Waarom nu?' vroeg ik.

'Omdat de dingen een kritiek punt hebben bereikt.'

'Pam is boven naar je aan het zoeken. Ze staat grote angsten uit.'

'Dat weet ik. Ik zal het haar vertellen... binnenkort. Ik ben ziek, waarschijnlijk stervende. Mijn zenuwstelsel gaat achteruit. Nek- en hoofdpijn, dingen die wazig worden. Ik vergeet steeds meer, kan mezelf niet goed in evenwicht houden... Weet je nog dat ik viel in het lab?'

'Misschien was dat alleen maar slaapgebrek.'

Hij schudde zijn hoofd. 'Nee, nee, zelfs wanneer ik wíl slapen, lukt me dat maar zelden. Mijn aandacht... dwaalt af. Het kan Alzheimer zijn of zoiets. Ik weiger me de vernedering van een diagnose aan te doen. Wil je me helpen voordat er niets meer van me over is?'

'Hoe zou ik je kunnen helpen?'

'Documentatie. Dit moet voor de eeuwigheid worden vastgelegd. En voor hen zorgen... Er moet voor hen worden gezorgd als ik er niet meer ben.'

Hij strekte zijn armen uit. 'Jij hebt de opleiding en ervaring, jonge vriend. En het karakter. Je zet je in voor gerechtigheid.'

'Disraeli's gerechtigheid? Waarheid in actie?'

'Precies... er bestaat geen waarheid zonder actie.'

'De grote denkers,' zei ik.

Zijn ogen werden dof. Hij legde zijn hoofd in de nek en keek naar het plafond van de grot. 'Ooit dacht ik dat ik misschien een groot denker zou worden. Schaamteloze jeugdige arrogantie was dat. Ik hield van muziek, wetenschap, literatuur, wilde een *uomo universale* worden, iemand uit de renaissance.' Hij lachte. 'Een middeleeuwer, dat lijkt er meer op. Altijd middelmatig, soms kwaadaardig.'

Hij dacht nog even na, keerde toen terug naar het heden, likte over zijn lippen en keek ons aan.

Robin had al die tijd om zich heen gekeken. Ze deed dat met grote ogen. Ik wist dat ze nooit meer dezelfde zou zijn.

'De waarheid is relatief, Alex. Een waarheid die onschuldigen schade berokkent en onrechtvaardigheid in de hand werkt, is helemaal geen waarheid. Een misleidende daad die in mededogen is geworteld en tot genade leidt, kan gerechtvaardigd zijn – begrijp je dat?'

'Heeft de tweede serie kernproeven plaatsgevonden in de buurt van Aruk? Want ik weet dat je over Bikini hebt gelogen. Zo ja, hoe heeft de overheid ze dan verborgen kunnen houden?'

'Nee,' zei hij. 'Zo is het helemaal niet.'

Hij stond op en liep om de tafel heen. Keek naar de stapels dozen die tegen de muur stonden.

'Jij doet nooit iets zomaar,' zei ik. 'Je had een reden om me over de kernproef en Samuel H. te vertellen. Je had een reden om Samuels dossier te bewaren. "Schuldgevoel kan een krachtige drijfveer zijn." Wat ben jij aan het goedmaken, Bill?'

Hij hield zijn handen achter zijn rug en verstrengelde zijn vingers. Lange armen. Spinachtige armen.

'Ik was ten tijde van de explosie op de Marshalls,' zei hij. 'Misschien is dat de reden waarom ik stervende ben.'

'Maar je hebt niet aan de uitbetalingen meegewerkt. Dat weet ik. Ik heb gesproken met iemand die er wel bij was.'

'Zeker,' zei hij.

'Maar wat bedoelde je dan? Waar staan die kernproeven dan symbool voor?'

'Precies,' zei hij. 'Een symbool.'

Hij leunde weer achterover. Pakte de grapefruit weer op. Rolde hem heen en weer.

'Injecties, jonge vriend.'

'Medische injecties?'

Hij knikte langzaam. 'We zullen nooit precies weten wat ze gebruikten, maar ik denk dat het een combinatie van toxische mutagenen, radioactieve isotopen en misschien cytotoxische virussen was. Dingen waarmee het leger al tientallen jaren experimenteerde.'

'Wie zijn "ze"?'

Hij kwam met een ruk naar voren. Zijn magere borst drukte tegen de tafelrand.

'Ik! Ik stak de naald in hun arm. Toen ik hoofd van de geneeskundige dienst op Stanton was. Ze hadden me verteld dat het een onderzoeksproject was, gericht op vaccinatie. Het was vertrouwelijk en op basis van vrijwilligheid en ik was als hoofd van de geneeskundige dienst verantwoordelijk voor de uitvoering. Proefdoses van levende en gedode virussen en bacteriën en spirochaeten, in Washington ontwikkeld met het oog op de burgerbescherming in het geval van een kernoorlog. Het officiële doel was het ontwikkelen van een supervaccin tegen nagenoeg iedere infectieziekte. De "paradijsnaald", noemden ze het. Ze beweerden dat ze het hadden teruggebracht tot een serie van vier injecties. Gaven me gegevens van experimenten. Onderzoeken die op andere bases waren gedaan. Allemaal vals.'

Hij nam de witte pluisjes boven zijn oren tussen zijn vingers. Vergeleken met de zachte mensen had hij een weelderige haardos.

'Hoffman,' zei hij. 'Hij gaf me die gegevens. Bracht de flessen en naalden persoonlijk naar mijn spreekkamer. De patiëntenlijst. Achtenzeventig mensen, twintig gezinnen op de basis. Matrozen, hun vrouwen en kinderen. Hij vertelde me dat ze zich bereid hadden verklaard in het geheim mee te werken, in ruil voor extra loon en privileges. Het was een veilig onderzoek, maar het was geheim vanwege de strategische waarde van zo'n krachtig medisch hulpmiddel. De Russen mochten het nooit te pakken krijgen. Van militaire mensen kon je gehoorzaamheid verwachten. En gehoorzaam waren ze. Ze kwamen precies op tijd hun injecties halen, stroopten zonder klagen hun mouw op. De kinderen waren natuurlijk bang, maar hun ouders hielden ze stil en zeiden tegen ze dat het in hun eigen belang was, en in het belang van het land.'

Hij trok weer aan zijn haar en er kwamen plukjes los.

'Wanneer is dat precies gebeurd?' vroeg ik.

'In de winter van 1963. Ik zou zes maanden later de dienst verlaten en was verliefd geworden op Aruk. Barbara en ik besloten wat grond te kopen en een huis aan het water te bouwen. Ze wilde de zee schilderen. Ze vertelde dat aan Hoffman en hij vertelde ons dat de marine van plan was het landgoed te verkopen. Het was niet aan het water, maar het was prachtig. Hij zou zorgen dat we voorrang kregen en dat we niet veel hoefden te betalen.'

'In ruil voor het heimelijk uitvoeren van het vaccinatieproject.'

'Zo heeft hij het nooit gesteld, maar hij liet het wel blijken en ik ging er graag op in. Wat was ik gelukkig in mijn onwetendheid, tot een maand na de injecties, toen een van de vrouwen die zwanger was geweest te vroeg beviel, van een doodgeboren anencefale baby zonder armen en benen. Op dat moment vermoedde ik eigenlijk nog niets. Zulke dingen gebeuren. Maar ik had wel het gevoel dat we de zaak in het oog moesten houden.'

'Waren er ook zwangere vrouwen in het project opgenomen?'

Hij sloeg zijn ogen neer. 'Dat zat me meteen al niet lekker, maar toen ik Hoffman over die doodgeboren baby vertelde, stelde hij me gerust. Hij hield vol dat de paradijsnaald veilig was. Dat bleek uit de wetenschappelijke gegevens, zei hij.'

Hij boog zich diep voorover, sprak tegen de tafel. 'Die baby... geen hersenen, slap als een weekdier. Hij deed me denken aan dingen die ik op de Marshalls had gezien. Toen werd een van de kinderen ziek. Een kind van vier. Lymfoom. Hij was blakend gezond geweest, en opeens was hij ongeneeslijk ziek.'

Hij keek op. De tranen stonden in zijn ogen.

'Toen kwam er een matroos. Opgezette schildklier en neurofibromen, en toen een snelle omzetting in anaplastisch carcinoom – dat is een zeldzame tumor, je ziet hem normaalgesproken alleen bij oude mensen. Een week later had hij ook myelogene leukemie. Dat ging verbijsterend snel. Ik begon steeds meer aan die kernproeven te denken.'

'Waarom vertelde je mij dat je aan die uitbetalingen had meegewerkt?'

'Om uiting te geven aan mijn schuldgevoel... Mijn commandant had me trouwens gevraagd eraan mee te werken, maar ik had kans gezien eronderuit te komen. Ik vond het een walgelijk idee dat aan het menselijk leven een geldswaarde werd toegekend. Uiteindelijk is het gedaan door mensen met een administratieve functie. Ik denk niet dat ze precies wisten hoeveel schade er was aangericht.'

Jarenlang had hij ernaar gehunkerd om het te bekennen. En van mij had hij een soort absolutie verlangd.

Maar hij had me niet genoeg vertrouwd om alles te vertellen. In plaats daarvan had hij mij gebruikt zoals een wantrouwende patiënt een nieuwe therapeut gebruikt: hij had dingen laten doorschemeren, en met nuances en symbolen gewerkt, feiten in misleiding verpakt.

'Vermoedelijk,' zei hij peinzend, 'hoopte ik dat dit moment uiteindelijk zou komen. Dat jij iemand zou zijn met wie ik kon... communiceren.'

Zijn ogen smeekten om aanvaarding.

Mijn tong voelde bevroren aan.

'Het spijt me dat ik tegen je heb gelogen, jonge vriend, maar echt, ik zou het opnieuw zo doen als het betekende dat het tot dit moment leidde. Alles op zijn tijd – alles heeft een tijd en een plaats. Het lijkt misschien of het leven niets dan toeval is, maar je kunt patronen zien. Als een kind dat steentjes in een vijver gooit. De golven vormen zich op een voorspelbare manier. Er is iets dat gebeurtenissen in gang zet en dan krijgen ze een eigen ritme. De tijd is als een hond die achter zijn eigen staart aan rent – veel eindiger dan wij ons kunnen voorstellen, en toch oneindig.'

Hij veegde zijn ogen af en hield nog meer tranen in.

'Ik begrijp het,' zei ik, en pakte Robins hand. 'Na die andere ziekten ging je naar Hoffman terug?'

'Natuurlijk. En ik verwachtte dat hij hevig zou schrikken en meteen iets zou ondernemen. In plaats daarvan glimlachte hij. Hij was dertig jaar oud, maar hij had de glimlach van een verdorven oude man. Een vuil glimlachje. Ik nam een slokje martini en zei: "Misschien begrijp je het niet, Nick. We hebben iets met die mensen gedaan waardoor ze ongeneeslijk ziek worden. We hebben ze gedóód." Hij klopte me op de rug, zei dat ik me geen zorgen moest maken, mensen werden nu eenmaal weleens ziek.'

Hij keek plotseling haatdragend uit zijn ogen. De spin die zijn prooi ziet.

'Een baby zonder hersenen,' zei hij. 'Een kleuter met kanker in het laatste stadium, die arme matroos met een oudemensenziekte, maar Hoffman deed of ze kou hadden gevat. Hij zei dat het vast en zeker niets met de vaccins te maken had, want die waren uitgebreid getest. Toen glimlachte hij weer. Precies zoals hij glimlachte wanneer hij vals speelde met kaarten en dacht dat niemand het merkte. Hij wilde me laten weten dat hij het de hele tijd al had geweten.

Ik was van plan geweest de volgende dag sectie op de baby te verrichten, maar besloot het nu direct te doen. Maar toen ik op het pathologisch lab kwam, was het lichaam verdwenen. Alle gegevens waren ook verdwenen, en de matroos die me had geassisteerd was vervangen door een nieuwe man – van Hoffmans staf. Ik ging meteen naar Hoffman terug en eiste dat hij me vertelde wat er aan de hand was. Hij zei dat de ouders van de baby opdracht hadden gegeven tot een snelle begrafenis. Hij had hun verlof gegeven en hen de vorige avond naar Oahu laten overvliegen. Ik ging naar de verkeerstoren om na te gaan of er vliegtuigen naar Hawaï waren vertrokken. Geen enkel vliegtuig in de afgelopen drie dagen. Toen ik in mijn kantoor terug was, was Hoffman daar ook. Hij wandelde met me over de basis en begon over het landgoed te praten. Het bleek dat er plotseling andere kopers waren gekomen, maar het was hem gelukt mijn naam boven aan de lijst te houden èn de prijs omlaag te krijgen. Het scheelde niet veel of ik had hem gekeeld.'

Hij zette zijn bril op.

'In plaats daarvan...' zei hij. Zijn stem zakte weg. Hij legde zijn hand op zijn borst en haalde een paar keer diep adem. 'In plaats daarvan bedankte ik hem en glimlachte terug. Nodigde de schoft en zijn vrouw uit om de volgende avond bij mij te komen bridgen. Nu ik wist waartoe hij in staat was, had ik het gevoel dat ik Barbara moest beschermen. En Pam – die was zelf toen nog maar een baby. Maar in het geheim begon ik onderzoek te doen naar de anderen die een injectie hadden gekregen. De meesten leken niets te mankeren, maar een paar van de volwassenen voelden zich niet goed – algeheel malaisegevoel, lage koorts. En toen begonnen sommige van de kinderen hoge koorts te krijgen.'

Hij drukte met een nagel in zijn slaap. 'En ik, de aardige dokter, moest die mensen geruststellen. Ik gaf pijnstillende middelen en gaf ze opdracht zoveel mogelijk te drinken, in de hoop dat een deel van het gif zou worden weggespoeld. Maar de waarheid kon ik ze niet vertellen – wat zouden ze daarmee zijn opgeschoten? Welke vloek is erger dan weten dat je dood nabij is? Toen stierf een kind plotseling aan een beroerte. Opnieuw kreeg ik te horen dat het gezin van de ene op de andere dag naar elders was overgevlogen, en ditmaal vertelde Hoffman me dat ik me niet meer met de paradijsnaald mocht bezighouden. Ik zou voortaan het hele basispersoneel behandelen behalve de gevaccineerde gezinnen. Voor hen kwamen er nieuwe artsen, drie witjassen uit Washington. Toen ik protesteerde, beval Hoffman me om aan een nieuw project te beginnen. Ik moest twintig jaargangen medische dossiers bestuderen en een gedetailleerd rapport schrijven. Druk werk.'

'Komt me bekend voor.'

Hij glimlachte zwakjes. 'Ja, ik ben altijd erg omslachtig. Het heeft me altijd moeite gekost om recht op mijn doel af te gaan. Vroeger verklaarde ik dat met het feit dat ik als enig kind in een erg groot huis was opgegroeid. Je zwerft in je eentje rond, krijgt een voorkeur voor spelletjes en intriges. Maar misschien is het gewoon een karakterfout.'

'Wat is er met de rest van de gevaccineerde patiënten gebeurd?' vroeg Robin.

'Er werden er steeds meer ziek en tenslotte deden er op de basis geruchten de ronde over een mysterieuze epidemie. Het waren te veel gevallen om geheim te houden en daarom publiceerden de artsen uit Washington een officieel memorandum: Stanton was getroffen door een onbekend eilandorganisme en er werd een strikte quarantaine opgelegd. De zieke mensen werden geïsoleerd in het hospitaal en er werden quarantaineborden op de deuren gespijkerd. Natuurlijk liep iedereen met een wijde boog om dat gebouw heen. Toen hoorde ik een gerucht dat alle gevaccineerde gezinnen voor onderzoek en behandeling naar het Walter Reed Ziekenhuis in Washington zouden worden overgebracht. Ik kon me wel voorstellen wat dat betekende.'

Hij trok een van zijn wangen omlaag, een treurende flamingo.

'Op een nacht sloop ik naar het hospitaal. Er stond een matroos op wacht bij de voordeur. Hij rookte en nam zijn taak niet erg serieus. Dat was niets bijzonders op de basis. Er gebeurde hier nooit iets. Ik zag kans om via de achterdeur naar binnen te sluipen en gebruikte daarbij een loper die ik uit Hoffmans kantoor had ontvreemd. De arrogante klootzak had niet eens de moeite genomen een goed slot te laten aanbrengen.'

Hij stak zijn hand uit, pakte de grapefruit en kneep er zo hard in dat het sap tussen zijn vingers door liep.

'Sommigen,' zei hij, bijna onhoorbaar, 'waren al dood. Anderen lagen bewusteloos op hun bed. Weer anderen stonden op het punt het bewustzijn te verliezen. Overal zag ik dood weefsel... armen en benen... de zaal stonk naar gangreen.'

Hij begon te huilen, probeerde ermee op te houden, probeerde daarna het te verbergen. Het duurde even voor hij verder ging, en toen kon hij alleen nog maar fluisteren.

'Bed na bed, tegen elkaar aan gezet als open doodkisten... Ik kon nog een paar van de gezichten herkennen. Er was geen enkele poging gedaan hen te behandelen – geen eten of medicijnen of infuuslijnen. Ze lagen daar opgeslagen.'

De grapefruit was tot moes geknepen, een moes van schil en vruchtvlees.

'De laatste zaal was de ergste: tientallen dode kinderen. En toen een wonder: sommige van de baby's leefden nog en zagen er relatief gezond uit. Huidletsel, ondervoeding, maar bij bewustzijn en goed ademhalend – hun oogjes volgden me als ik me over hun bedjes boog... Ik telde ze. Negen.'

Hij stond weer op en liep wankelend door de kamer.

'Ik begrijp het nog steeds niet. Misschien waren ze tegen de relatief lage dosis bestand geweest, of misschien zat er iets in hun pasgeboren immuunsysteem. Of misschien is er een God.'

Handenwringend liep hij naar de koelkasten en bleef tegenover een koperkleurige Kenmore staan.

'Soms is het goed om zo'n stiekemerd te zijn als ik. Ik kreeg ze eruit. De eerste keer vier, twee baby's onder elke arm. Gehuld in dekens om hun kreten te dempen, maar dat was niet nodig. Ze konden niet huilen. Het enige dat eruit kwam was een soort geknars.'

Hij draaide zich naar ons om.

'Je moet weten, het vaccin had hun stembanden verbrand.'

Hij ging vlugger lopen, alsof hij een onzichtbaar slachtoffer besloop.

'Ik kon ze nergens anders heen brengen dan het bos. Goddank was het winter. De winter is hier mild, hoge temperatuur, droog. Ik had de grotten ontdekt toen ik wandeltochten maakte. Ik had altijd van grotten gehouden.' Glimlach. 'Geheime plaatsen. In Stanford deed ik aan speleologie, en ik schreef een scriptie over vleermuizen... Ik geloofde niet dat iemand anders van die grotten wist, en ik kon nergens anders heen.'

'En de landmijnen?' zei ik.

Hij glimlachte. 'De Japanners waren van plan mijnen te leggen, maar ze zijn er nooit aan toegekomen.'

'De nacht van de messen?'

Hij knikte.

'Jij hebt dat gerucht verspreid?' zei ik.

'Ik legde de kiem. Als het op geruchten aankomt, is er nooit een tekort aan zaaiers... Waar was ik? ... Ik legde ze in een grot. Niet in deze, ik wist nog niet van deze af. Of van de tunnel. Toen ik ze eenmaal in veiligheid had gebracht, onderzocht ik ze. Ik gaf ze water en elektrolyten, ging naar het hospitaal terug, sloopte hun bedjes en verspreidde de onderdelen, in de hoop dat ze niet gemist zouden worden. En ze werden niet gemist. Het hele gebouw was een knekelhuis, lijken en stervende mensen die op de vloer waren gegleden, op elkaar lagen, druipend van de lichaamsvochten. Altijd wanneer het motregent, moet ik weer aan dat geluid denken...'

Hij kreeg die wazige blik weer in zijn ogen en ik dacht dat hij zou wegzakken. Maar hij begon weer te praten, ditmaal luider:

'Toen deed zich een complicatie voor: een van de volwassenen had het ook overleefd. Een man. Toen ik die kinderbedjes aan het wegwerken was, kwam hij binnen. Hij stak zijn hand naar me uit, viel tegen me aan. Ik ging bijna dood van angst. Hij was... verschrikkelijk vies. Maar ik wist wie hij was. Een vliegtuigmonteur, grote kerel, enorm sterk. Misschien had hij daardoor nog niet zo veel last van de symptomen. Evengoed was hij wel ernstig ziek. Zijn huid was spierwit, alsof hij gebleekt was, en hij was een arm kwijtgeraakt en had geen gebit, geen haar. Maar hij kon nog wankelen. Hij was geen goed mens geweest. Nogal een bullebak, met een gemeen karakter. Ik had mannen opgelapt die door hem in elkaar geslagen waren. Ik was bang dat hij genoeg kracht zou hebben om een of ander alarm te laten afgaan. Daarom sleepte ik hem ook mee. Het werd bijna mijn dood. Hoe uitgehongerd hij ook was, hij woog nog minstens tachtig kilo. Het kostte me een groot deel van de nacht om hem over de basis te krijgen. Ik was doodsbang dat een schildwacht me zou zien, maar uiteindelijk heb ik het gered.

Ik bracht hem naar een andere grot, bij de baby's vandaan, en verzorgde hem zo goed als ik kon. Hij rilde en zijn huid begon af te vallen. Probeerde te praten en werd kwaad toen hij dat niet kon... Hij keek steeds weer naar het stompje waar zijn arm had gezeten en schreeuwde – een geluidloze schreeuw. Rabiate woede. Zijn ogen waren woest. Zelfs in die erbarmelijke conditie maakte hij me bang. Maar ik ging ervan uit dat het alleen maar een kwestie van uren was.'

Hij wankelde naar een stoel toe en ging zitten.

'Daar vergiste ik me in. Hij hield het nog vijf dagen vol, afwisselend bewusteloos en opgewonden. Soms stond hij op en strompelde door de grot. Hij verwondde zich dan afschuwelijk maar bleef op de been. Zijn vroegere kracht moet buitengewoon zijn geweest. Op de vijfde dag lukte het hem te ontsnappen. Ik was op de basis geweest en toen ik 's avonds terugkwam, was hij er niet. Eerst raakte ik in paniek omdat ik bang was dat iemand alles had ontdekt, maar de baby's waren nog in hun grot. Ik vond hem tenslotte onder een van de banyans. Hij was half bewusteloos. Ik sleepte hem terug. Hij stierf twee uur later.'

'Maar inmiddels had Joseph Cristobal hem gezien,' zei ik.

Hij knikte. 'De volgende dag kwam Gladys naar mijn spreekkamer en vertelde me over Joseph. Een van de andere arbeiders op het landgoed had haar verteld dat Joseph een toeval had gehad. Joe beweerde een of andere bosduivel te hebben gezien.'

'Een Tutalo.'

'Nee.' Hij glimlachte. 'Dat heb ik ook verzonnen. *Tootali* is inderdaad het oude woord voor "worm", maar er is geen mythe.'

'Je legde de kiem,' zei ik. 'En Josephs verhaal werd niet serieus genomen?'

'Joseph was altijd al vreemd geweest. Een teruggetrokken man, praatte in zichzelf, vooral wanneer hij dronk. Wat mij dwars zat, was die pijn in zijn borst. Het leek verdacht veel op angina, maar in combinatie met spanning is het moeilijk na te gaan. Het bleek later dat zijn slagaderen er afschuwelijk slecht aan toe waren. Ik had niets kunnen doen.'

'Je bedoelt dat zijn waarneming er niets mee te maken had?'

'Misschien,' zei hij, 'heeft de schrik het erger gemaakt.'

'Heb je hem in de waan gelaten dat er inderdaad monsters waren?' Hij knipperde met zijn ogen. 'Als ik het met hem probeerde te bespreken, drukte hij zijn handen tegen zijn oren. Hij was een erg koppige man. Erg rechtlijnig. Niet schizofreen, maar misschien wel schizoïde.'

Ik gaf geen antwoord.

'Wat had ik moeten doen, jonge vriend? Tegen hem zeggen dat hij echt iets had gezien en daardoor de baby's in gevaar brengen? Zij waren mijn hoogste prioriteit. Al mijn vrije ogenblikken bracht ik bij hen door. Ik verzorgde ze, bracht dekens, eten, medicijnen. Hield ze in mijn armen... Ondanks alles wat ik deed gingen twee van hen steeds meer achteruit. Maar iedere nacht die voorbijging zonder dat een van hen stierf was een overwinning. Barbara vroeg me steeds wat er aan de hand was. Iedere nacht verliet ik haar... een lichte dosis slaapmiddel in het water op haar nachtkastje was genoeg... Dan ging ik heen en weer naar de grot en wist nooit wat ik er zou aantreffen. Begrijp je dat?'

'Ja,' zei ík, 'maar ze zijn al die jaren niet boven de grond geweest?'
'Niet zonder toezicht. Ze moeten uit het zonlicht blijven, want ze zijn uiterst lichtgevoelig. Ongeveer zoals je bij sommige porphyria-patiënten ziet, maar ze hebben geen porphyria en ik heb nooit een diagnose kunnen stellen, heb nooit kunnen ontdekken wat ze... waar was ik?'
Hij keek verbaasd.
'Je ging heen en weer,' zei Robin.
'O ja. Na een week of zo kon ik het niet meer aan. Ik viel in slaap aan mijn bureau en schrok wakker van een hard gebulder. Ik kende dat geluid goed: een groot vliegtuig dat opsteeg. Enkele seconden later volgde er een ontzaglijke explosie. Een transportvliegtuig van de marine was boven de oceaan neergestort. Er was iets met de brandstoftanks.'
De vliegramp van 1963. Hoffman die wilde dat Gladys die avond *coquille Saint-Jacques* klaarmaakte. Om het te vieren...
'Met de quarantainepatiënten aan boord,' zei ik. 'Om alle getuigen te elimineren.'
'De artsen uit Washington ook,' zei Moreland. 'Plus drie matrozen die het hospitaal hadden bewaakt en nu als begeleiders meegingen, en twee ziekenbroeders.'
'Allemachtig,' zei Robin.
'De patiënten zouden toch zijn gestorven,' zei Moreland. 'De meesten waren waarschijnlijk al dood toen ze in het vliegtuig werden geladen. Het was een lijkwagens met vleugels. Maar de artsen en de ziekenbroeders en de bemanning werden opgeofferd – dat alles in de naam van God en vaderland, hè?'
'Waarom ben jij niet geëlimineerd?' zei Robin.
Hij drukte zijn handen tegen elkaar en sloeg zijn ogen neer.
'Ik heb daar vaak over nagedacht. Ik denk dat ik in zekere zin een soort verzekering had afgesloten. Op de dag van de vliegramp nodigde ik Hoffman uit om iets te komen drinken. Zonder de vrouwen erbij, alleen wij twee kerels in wit galatenue, samen aan de dry martini – in die tijd dronk ik nog. Terwijl hij piment uit zijn olijf peuterde, vertelde ik hem dat ik precies wist wat hij had gedaan en dat ik een gedetailleerd rapport had geschreven dat ik ergens veilig had opgeslagen met instructie het openbaar te maken als mij of een van mijn gezinsleden iets zou overkomen. En dat ik bereid was al-

les te vergeten en gewoon verder te gaan, als hij daar ook toe bereid was.'

'Daar ging hij op in?'

'Het was een nogal theatrale stunt. Ik was op het idee gekomen door een van die stomme detectiveseries waar Barbara altijd naar keek. Maar blijkbaar was het goed genoeg. Hij glimlachte en zei: "Bill, je fantasie speelt je parten. Schenk me er nog een in." En toen dronk hij en ging hij weg. Die nacht sliep ik met een pistool onder mijn kussen – het rotding, ik heb er nog steeds een hekel aan. Maar hij heeft nooit iets tegen me ondernomen. Ik denk dat hij me met rust liet omdat hij me geloofde en omdat het hem de gemakkelijkste weg leek. Het kost slechte mensen weinig moeite om te geloven dat alle andere mensen ook slecht zijn. Twee uur later bracht een matroos een dichte envelop: mijn ontslagpapieren, drie maanden te vroeg, en de koopakte van het landgoed. Voor een buitengewoon goede prijs, inclusief al het meubilair. De marine heeft ons verhuisd en we kregen een jaar gratis elektriciteit en water. De komedie ging door. Zelfs onze bridgepartijtjes gingen door.'

'En ook dat hij vals speelde,' zei ik.

'Dat hij vals speelde èn dat ik deed alsof ik het niet merkte. Daarmee is de beschaving goed samengevat, vind je niet?'

Hij lachte nerveus.

'Intussen ging mijn echte leven 's nachts door, en ook op andere momenten dat ik weg kon komen zonder te veel aandacht te trekken. Ik had de tunnel nog niet ontdekt en ik verstopte een ladder om over de muur te klimmen. De twee baby's met wie het slecht ging, zijn overleden, en nog een derde. De eerste was een klein meisje dat Emma heette. Haar naam was de enige die ik kende, want ik had haar als pasgeborene behandeld voor een navelbreuk. Haar vader had er grappen over gemaakt hoe ze er in bikini zou uitzien en ik had tegen hem gezegd dat als dat zijn grootste probleem zou zijn…'

Het leek of hij weer ging huilen, maar hij knipperde het weg.

'Ze stierf aan ondervoeding. Ik kon haar er niet meer bovenop helpen. Ik begroef haar en hield een soort begrafenisdienst. Een maand later verloor ik nog een klein meisje. Haar beenmerg was aangetast. Toen een jongetje. Hij stierf aan een longontsteking die niet op antibiotica reageerde. De andere zes hebben het overleefd. Jullie hebben ze zojuist ontmoet.'

'Hoe staat het met hun gezondheid?' vroeg ik. 'Lichamelijk en geestelijk?'

'Ze hebben geen van allen een normale intelligentie, en ze kunnen niet
praten. Ik heb mezelf de beginselen van i.q.-tests eigen gemaakt en
maakte gebruik van de niet-verbale componenten van de Wechsler-
en Leiter-tests. Ze hebben allemaal een i.q. van tussen de vijftig en
zestig, al zijn Jimmy en Eddy een beetje pienterder. Hun zenuwstel-
sels zijn erg abnormaal: beroerten, motorische stoornissen, zintuiglij-
ke gebreken, afwijkende reflexen. Een lage spierspanning, zelfs als ik
ze aan het oefenen kan krijgen. En dan is er hun lichtgevoeligheid.
Een klein beetje ultraviolette straling is al genoeg om hun huid weg
te vreten. Zelfs hier beneden heb ik ze niet volledig kunnen beschermen. Jullie hebben hun ogen, oren, vingers gezien. Verregaande fi-
brose, waarschijnlijk iets auto-immuuns – het proces lijkt wel wat op
lepra. Op korte termijn lopen ze geen gevaar, maar de erosie gaat ge-
staag door. Ze zijn steriel, en dat is een zegen, denk ik. En ze hebben ook niet veel libido. Dat heeft mijn leven gemakkelijker gemaakt.'

'Ik begrijp nog steeds niet hoe het je is gelukt ze hier al die jaren te
houden.'

'In het begin was het moeilijk, jonge vriend. Ik moest ze... opsluiten. Tegenwoordig is dat geen groot probleem meer. Ze mogen dan
niet normaal zijn, ze weten inmiddels wat de zon met ze doet. Een
half uur buiten en ze lijden dagen pijn. Ik heb alles in het werk gesteld om hun leven zo aangenaam mogelijk te maken. Kom, dan
laat ik het jullie zien.'

Hij ging met ons naar een ander vertrek, iets kleiner dan de eetzaal.
Zitzakken en zelfgemaakte kasten vol speelgoed en prentenboeken.
Een platenspeler die met een batterijvoeding was verbonden.
Daarnaast een stapel oude 45-toerenplaten. De bovenste: Burl Ives
zingt kinderliedjes. 'Jimmy Crack Corn...' Een spoortrein, chaotisch
uitgelegd op het hoogpolig tapijt. Een paar van de zachte mensen
zaten op de vloer met de rails te spelen. Anderen zaten in de stoelen, met poppen in hun armen.

Ze begroetten hem met glimlachjes en schorre kreten. Hij ging naar
elk van hen toe, fluisterde iets in hun oor, drukte ze tegen zich aan
en gaf ze schouderklopjes en kietelde ze.

Toen hij aanstalten maakte om weg te gaan, pakte een van hen, de
grotere vrouw, zijn hand vast en trok eraan.

Hij trok terug. Ze bood weerstand.

Er werd alom gegiecheld. Een bekend spelletje.

Tenslotte kietelde Moreland haar onder haar arm en liet ze hem na een geluidloos lachje met open mond los en viel achterover. Moreland ving haar op, kuste haar boven op haar hoofd, pakte een Barbie-pop uit de kast en gaf hem aan haar.

'Kijk, Suzy: Filmster Barbie. Kijk eens wat een mooie jurk ze aan heeft.'

De vrouw draaide de pop in haar handen rond en keek er gefascineerd naar. Haar gelaatstrekken waren reptielachtig, maar haar ogen waren warm.

'Ik ben zo terug, jongens,' zei Moreland.

We verlieten de kamer en liepen door een smalle stenen gang.

'Hoe vaak kom je hier?' vroeg ik.

'In het gunstigste geval twee tot vijf keer per dag. Als ik minder vaak kom, loopt de zaak uit de hand.' Hij liet zijn magere schouders zakken.

'Het lijkt bijna onmogelijk,' zei Robin.

'Het is... een uitdaging. Maar ik zorg dat ik zo min mogelijk andere verplichtingen heb.'

Bijna geen slaap.

Geen vrouw.

Hij had zijn eigen dochter weggestuurd toen ze nog een peuter was. Hij had het eiland verwaarloosd... Zijn enige ontspanning was het insectarium geweest. Een klein wereldje dat hij kon beheersen.

Hij bestudeerde roofzuchtige insekten om niet aan slachtoffers te hoeven denken.

We kwamen in een derde kamer: zes chemische toiletten en twee wasbakken, verbonden met grote watertanks die van zuiveringsinstallaties waren voorzien. De ruimte werd door een gordijn in tweeën gedeeld. Drie latrines en een wasbak aan weerskanten. Afbeeldingen van mannen op de hokjes links, van vrouwen op de hokjes rechts. Een sterke lucht van desinfecterende middelen.

Moreland zei: 'Ik heb ze stuk voor stuk zindelijk gemaakt. Het kostte tijd, maar het gaat nu vrij goed.'

Daarnaast bevonden zich de slaapvertrekken, drie kleinere grotten, elk met twee bedden. Ook hier boeken en speelgoed. Stapels vuile kleren op de vloer.

'Wat netheid betreft, hebben we nog een lange weg te gaan.'
'Wie doet hun was?' zei Robin.
'We wassen met de hand, alles is van katoen. Ze vinden het leuk, ik heb er een spelletje van gemaakt. Hun kleren zijn oud maar goed. Brooks Brothers en vergelijkbare kwaliteit, jaren geleden met verschillende boten binnengebracht. Ik kon niet te veel tegelijk bestellen, want dat zou misschien de aandacht trekken... Kom, kom, er is nog meer.'

Hij leidde ons de gang weer op. Die werd smaller en we moesten zijdelings voortschuifelen. Aan het eind kwamen we weer bij een deur met een webmotief. Hij zag me ernaar kijken.

'Japans smeedwerk. Mooi, hè?'

Aan de andere kant bevond zich een steil oplopende gang. Het eind was niet te zien. De deur was voorzien van een kolossaal slot.

De zachte mensen waren voor altijd opgesloten.

Moreland haalde een sleutel te voorschijn, stak hem in het slot, duwde de deur open en we betraden de oplopende gang.

'Soms, als het erg donker is en ik zeker weet dat ze zich zullen gedragen, neem ik ze mee naar het bos voor een nachtelijke picknick. Het maanlicht doet ze goed. Ze houden veel van die picknicks. In geestelijk opzicht zijn het kinderen, maar hun lichaam veroudert vroegtijdig. Artritis, bursitis, scoliosis, osteoporosis, staar. Een van de jongens heeft ernstige atherosclerose. Ik behandel hem met bloedverdunners, maar dat is nogal problematisch, want hij krijgt om de haverklap een bloeduitstorting.'

Hij zweeg. Keek ons aan.

'Ik heb meer over geneeskunde geleerd dan ik ooit voor mogelijk had gehouden.'

'Heb je enig idee van hun levensverwachting?' vroeg Robin.

Moreland haalde zijn schouders op. 'Dat is moeilijk te zeggen. Ze gaan achteruit, maar ze zijn al zo veel crises te boven gekomen dat er niets over valt te zeggen. Met een beetje goede zorg zullen ze me allemaal waarschijnlijk overleven, of in ieder geval de meesten.'

Hij leunde tegen de muur. 'En dat is het probleem. Daarom moet ik iets voor hen regelen.'

'Waarom heb je het niet in de openbaarheid gebracht? Dan zouden ze verzorgd zijn,' zei ze.

'Wat zou ik daarmee bereiken, Robin? Moet ik ze aan de hoede van wetenschappers en artsen overlaten? Dat ze dit leven leidden, komt door wetenschappers. Hoe lang zouden ze het uithouden in de monstruositeit die wij de echte wereld noemen? Nee, dat kan ik niet toestaan.'

'Maar ze zullen toch wel...'

'Ze zouden wegkwijnen en doodgaan, Robin,' zei Moreland een beetje geërgerd.

Hij stak zijn hand uit naar de open deur en pakte een van de tralies vast. 'Wat zij nodig hebben, is continuïteit. Dat de zorg aan een ander wordt overgedragen.'

Hij keek van Robin naar mij. Aandachtig. Afwachtend.

Ik hoorde muziek uit de speelkamer. Een krassende plaat. *Lou, Lou, kom bij me, Lou.*

'Laat me het zonder omhaal stellen: ik wil dat jullie voor hen zorgen, als ik er niet meer ben.'

'Ik ben geen arts,' zei ik. Alsof dat de enige reden was.

'Ik kan je leren wat je moet weten. Zo moeilijk is het niet, echt niet. Ik heb een handboek opgesteld...'

'Je hebt me er net op gewezen hoe moeilijk het...'

'Je kunt het léren, jonge vriend. Je bent intelligent.'

Hij sprak met stemverheffing. Toen ik geen antwoord gaf, wendde hij zich tot Robin.

'Bill,' zei ze.

'Laat me uitspreken,' zei hij. 'Sluit je er niet bij voorbaat voor af. Alsjeblieft.'

'Maar waarom ik?' zei ik. 'Geef me deze keer het echte antwoord.'

'Dat heb ik je al gegeven... Je toewijding aan...'

'Je kènt me niet eens.'

'Ik ken je goed genoeg. Ik heb je bestudéérd! En nu ik Robin heb ontmoet, ben ik nog meer overtuigd. Twee mensen die het samen doen, zouden...'

'Hoe heb je me werkelijk gevonden, Bill?'

'Toeval. Of het lot. Zo mag je het ook noemen. Ik was in Hawaï om wat juridische kwesties te regelen met Al Landau. In mijn hotel kreeg ik de krant. Ondanks mijn afkeer van wat voor nieuws doorgaat keek ik hem door. De gebruikelijke corruptie en verdraaiingen, en toen stuitte ik op een artikel over een geval in Californië. Een klein meisje in een ziekenhuis, vergiftigd om ziekte te simuleren. Jij hielp de zaak tot een oplossing te brengen. Er werd verwezen naar andere gevallen waar jij bij betrokken was geweest – misbruikte kinderen, moorden, allerlei gruweldaden. Je leek me een interessante man. Ik deed research naar je en ontdekte dat je een serieuze wetenschapsman was.'

'Bill...'

'Alsjeblieft, jonge vriend, luister: denkkracht en menselijkheid gaan niet altijd samen. Je kunt een heel goede leerling maar een middelmatig mens zijn. En jij hebt energie. Ik heb iemand met veel energie nodig. Ik schreef je een brief. De toon van je antwoord gaf me hoop. Toen ontmoette ik je. En jou, Robin. Jij bent zijn zielsvriendin in alle opzichten.'

Ik zocht naar woorden. Aan de uitdrukking van zijn gezicht kon ik zien dat er geen taal bestond die ik zou kunnen gebruiken.

'Let wel, het hoeft niet van één kant te komen. Als jullie goed voor mijn kinderen zorgen, gaat het hele landgoed en al mijn andere bezittingen op Aruk naar jullie, en ook waardevol onroerend goed in Hawaï en Californië, effecten, wat geld. Toen ik zei dat mijn familiefortuin was afgenomen, sprak ik de waarheid, maar het is nog erg groot. Natuurlijk moet ik een aanzienlijk bedrag aan Pam nalaten, en ook legaten aan mensen die iets voor me betekenen, maar de rest zou voor jullie zijn. Op een dag zijn de kinderen allemaal dood. Jullie begrijpen dat ik iemand nodig heb die integer is. Iemand die ze niet zal doden om aan het geld te komen. Ik vertrouw jullie allebei. Als jullie plichten erop zitten, zijn jullie rijk en kunnen jullie van jullie rijkdom genieten zoals jullie maar willen.'

'Pam is arts,' zei Robin. 'Waarom wil je niet dat zij het overneemt?'

Hij schudde zo heftig met zijn hoofd dat zijn bril van zijn neus viel. Hij pakte de bril op en zei: 'Pam is een geweldige meid, maar niet geschikt. Ze is... kwetsbaar. Dat is mijn schuld. Ik verdien de benaming "vader" niet. Ze moet de wereld in. Ze moet iemand vinden die haar op juiste waarde weet te schatten – het soort relatie dat jullie hebben. Maar jullie zullen hulp hebben. Van Ben.'

'Ben weet het?'

'Ik heb hem vijf jaar geleden in vertrouwen genomen. De kinderen zijn gek op hem. Hij heeft me ontzaglijk geholpen en neemt het, nu ik zwakker word, steeds vaker van me over.'

'Je hebt nooit gewild dat hij het overneemt?' zei Robin.

'Ik heb erover gedacht, maar hij heeft zijn gezin. Mijn kinderen hebben full-time ouders nodig.'

Doelbewuste, geïsoleerde ouders. Zoals hij was geweest toen Barbara was gestorven en Pam was weggestuurd.

Wat hij wilde, was een *filosofische kloon*. Ik voelde me verbijsterd en misselijk.

'Ben zal blijven bijspringen,' zei hij. 'Met zijn drieën kunnen jullie het wel aan.'

'Ben verkeert niet in de positie dat hij iemand kan helpen,' zei ik.

'Wel als we deze onzin achter de rug hebben. Al Landau is briljant, vooral wanneer hij een onschuldige verdedigt. Alsjeblieft. Neem mijn aanbod aan. Ik heb jullie in vertrouwen genomen. Ik ben nu overgeleverd aan jullie goede wil.'

Hij nam Robins hand in zijn beide handen.

'Een vrouwelijke benadering,' zei hij. 'Daar zouden ze zo veel baat bij hebben.'

Hij glimlachte. 'Nu weten jullie alles.'

'O ja?' zei ik.

Hij liet haar hand los. 'Wat is het probleem, jonge vriend?'

'Het rapport waarmee je Hoffman bedreigde. Bestaat dat nog?'

'Natuurlijk.'

'Waar is het?'

Hij knipperde met zijn ogen. 'Op een veilige plaats. Als we verder gaan, krijgen jullie te horen waar het ligt.'

'En we moeten geloven dat het de enige reden is waarom hij je al die jaren in leven heeft gelaten?'

Hij wees met zijn duim naar zichzelf en glimlachte. 'Ik ben er nog.'

'Ik denk dat er meer aan de hand is, Bill. Ik denk dat Hoffman altijd heeft geweten dat je hem niet aan de kaak zult stellen omdat hij iets van jóu weet.'

Zijn glimlach verdween. Hij zette een stap in de oplopende gang en streek met zijn hand over de ruwe stenen muur.

'Ik denk dat jullie aan elkaar gebonden zijn,' zei ik. 'Als rammen, met de hoorns in elkaar. Hoffman kan Aruk niet van de ene op de andere dag vernietigen, want jij zou hem aan de kaak kunnen stellen. Maar hij kan het eiland geleidelijk achteruit laten gaan, omdat hij jonger is dan jij. Hij denkt dat hij jou zal overleven en uiteindelijk zijn zin zal krijgen. En ik wed dat er twee redenen zijn waarom

Aruk belangrijk voor hem is: hij wil het geld van het ontwikkelingsproject en hij wil wat hij dertig jaar geleden heeft gedaan uit zijn geheugen wissen.'

'Nee, nee, nu overschat je hem. Hij heeft geen geweten. Het gaat hem alleen om winst.' Hij draaide zich plotseling om. 'Je hebt geen idee van wat hij met Aruk van plan is.'

'Een strafkolonie als Duivelseiland?'

Zijn mond bleef open en hij zag kans weer te glimlachen. 'Erg goed. Hoe weet je dat?'

'Hij is goede maatjes met Stasher-Layman, en die bouwen niet alleen krotwoningen maar ook gevangenissen. Aruk is perfect gelegen. Je zou het uitschot van de samenleving ver weg kunnen opbergen. Ze zouden niet kunnen ontsnappen, want waar zouden ze heen moeten?'

'Erg goed,' herhaalde hij. 'Erg, erg goed. Die schoft heeft me op die avond na het diner alles verteld. Hij wil het "Paradijseiland" noemen. Slim, hè? Maar dat is nog niet alles. Ze willen de zee rondom Aruk gebruiken om iets anders te dumpen dat de samenleving kwijt wil: vaten met radioactief afval. Hij denkt dat hij een milieuvergunning krijgt, omdat Aruk zo onbekend is en omdat er, als de economie hier helemaal is ingestort en alle eilandbewoners wegtrekken, niemand overblijft om te protesteren.'

'Een nucleaire dumpplaats,' zei ik. 'Een perfecte combinatie met een gevangenis: radioactief water als extra omheining. Als het Hoffman lukt, bestrijdt hij de criminaliteit en de vervuiling op het vasteland en krijgt hij kapitalen aan smeergeld van Stasher-Layman. Leuk.'

'"Leuk" is niet een woord dat op hem van toepassing is.'

Er drong andere muziek van de speelkamer tot ons door. Een vrouw zong: *Die oude man, hij speelt twee...*

'Wanneer vermoedde je voor het eerst dat hij er iets mee te maken had?'

'Toen de marine ons anders begon te behandelen. Ewings voorganger was geen heilige, maar hij was menselijk. Ewing heeft het karakter van een moordenaar. Wisten jullie dat hij hierheen is gestuurd als straf voor ontuchtig gedrag? Hij bond een vrouw vast en maakte foto's... Vanaf het moment dat ik hem ontmoette, wist ik dat hij hierheen was gestuurd om Aruk te straffen. En dat Hoffman daar achter moest zitten. Wie anders wist zelfs maar van het eiland af?

Ik schreef hem, maar hij gaf nooit antwoord. Toen zag Ben dat Creedman aan het rondsnuffelen was. Ik vroeg Al Landau wat research te doen. Hij ontdekte dat die schooier voor Stasher-Layman had gewerkt, en wat die firma zoal deed. Maar ik wist niet precies wat ze met dit eiland van plan waren, tot Hoffman er na het diner over pochte. Hij verontschuldigde zich voor het feit dat hij nooit antwoord had gegeven, maar hij had het ook zó druk gehad! En weer met diezelfde glimlach.'

'Waren je brieven dreigend?' vroeg ik. 'Herinnerde je hem aan wat hij had gedaan?'

'Hé, nu doe je me te kort, mijn zoon. Ik was discreet. Nuances, geen bedreigingen.'

'Nuances die hij negeerde.'

'Hij zei dat hij niets op schrift had willen stellen. Daarom was hij persoonlijk gekomen.'

'Waarom nodigde hij ons allemaal op het diner uit?'

'Camouflage. Maar je weet dat hij onder vier ogen met mij wilde spreken. Toen pochte hij over zijn plannen en deed hij zijn aanbod.'

'Om je af te kopen?'

'Voor een belachelijke prijs. Ik weigerde en herinnerde hem aan mijn kleine kroniek.'

'Wat zei hij?'

'Hij glimlachte alleen maar.'

'Als hij bang was voor die papieren, waarom kun je hem dan niet zover krijgen dat hij het hele project stopzet?'

'Ik... we onderhandelden. Hij wees erop dat het onpraktisch zou zijn om alles helemaal stop te zetten. De dingen zijn te ver gegaan. Als hij terug zou draaien wat hij al had gedaan, zou hij daarmee de aandacht op Aruk vestigen.'

'En jij wilde zijn aanbod in overweging nemen vanwege de kinderen.'

'Precies! Al denkt de schoft dat ik mijn eigen luxe leventje niet in gevaar wil brengen.' Hij trok een grimas. 'Je hebt gelijk. Het was een patstelling tussen ons. Hij wil geen publiciteit en ik wil dat ook niet. Ik heb maar één doel en dat is dat de kinderen in vrede kunnen leven tot ze er niet meer zijn. Hoe lang zouden ze nog hebben? Vijf jaar, misschien zes of zeven. Zelfs onder gunstige omstandigheden gaan er jaren overheen voordat Hoffmans project voltooid is – je weet hoe de overheid werkt. Daarom kunnen hij en ik hopelijk een soort

compromis sluiten. Ik zal symbolische stukjes land aan de overheid verkopen en de zaak vertragen zonder dat het echt op obstructie lijkt.'
'De Handelspost, en je andere bezittingen aan de haven.'
Hij knikte.
'Een compromis,' zei ik. 'En jullie samen laten Aruk sterven.'
Hij zuchtte. 'Aruk is goed voor me geweest. Ik zou het eiland graag willen redden. Maar ik ben een oude man en ik ken mijn beperkingen. Ik moet prioriteiten stellen. Ik heb van Hoffman gevraagd dat hij de zaak vertraagt.'
'Ging hij akkoord?'
'Hij zei niet nee.'
'De man heeft in koelen bloede zestig mensen vermoord. Waarom zou hij jou je zin geven?'
'Vanwege mijn verzekering.'
'Ik begrijp nog steeds niet waarom je, als je hem te gronde kunt richten, niet meer macht hebt.'
Hij krabde over de punt van zijn neus. 'Ik heb je alles verteld, jonge vriend.'
Hij stak zijn hand uit om me een schouderklopje te geven en ik ging een stap terug.
'Nee, ik denk van niet. Toen je van je gesprek met hem terugkwam, maakte je een diep geschokte indruk. Je zag er niet uit als iemand die een compromis had gesloten. Hoffman heeft jóu aan iets herinnerd, nietwaar?'
Geen antwoord.
'Wat weet hij van jou, Bill?'
Hij ging een stap verder de gang in.
'Alles in de juiste volgorde,' zei hij. 'Mijn aanbod.'
'Geef eerst antwoord op mijn vraag!'
'Die dingen doen niet ter zake!'
'Eerlijkheid doet niet ter zake? O ja, dat was ik vergeten, de waarheid is relatief.'
'De waarheid is gerechtigheid! Het is misleidend om irrelevante zaken aan te roeren die tot onrecht leiden!'
Ik hoorde de plaat in de speelkamer. *Die oude man, hij speelt tien…*
'Goed,' zei ik. 'Je hebt recht op je privacy.'
Ik keek Robin aan. Ze hield haar hoofd erg schuin, in de richting van de grot.

'Vaarwel, Bill.'

Hij hield me tegen. 'Alsjeblieft! Alles op zijn tijd! Alsjeblieft, je moet geduld hebben.'

Zijn gerimpelde kin ging zo heftig heen en weer dat zijn tanden op elkaar sloegen. 'Ik zal jullie alles vertellen als de tijd er rijp voor is, maar eerst moet ik jullie toezegging hebben. Dat heb ik, geloof ik, wel verdiend! Wat ik jullie aanbied, zou jullie leven verrijken!'

'Wat jij aanbiedt, zou ons leven voorgoed veranderen. We kunnen je niet zomaar een antwoord geven.'

Hij liep weer een eindje door. 'Je bedoelt dat je mij voor een gek aanziet en dat je antwoord nee is.'

'Laten we teruggaan en zorgen dat we wat helderheid in ons hoofd krijgen. Jij ook. Pam moet weten dat je veilig bent.'

'Nee, nee, dit is niet goed, jonge vriend. Een oude man in het ongewisse laten nadat ik... mijn ziel voor je heb opengelegd!'

'Het spijt me...'

Hij greep mijn arm vast. 'Waarom ga je niet gewoon akkoord? Je bent jong en sterk, je hebt nog zo veel jaren voor de boeg! Denk eens aan alles wat je met al die rijkdom kunt doen.' Zijn ogen begonnen te stralen. 'Misschien kun jij een manier bedenken om Aruk te redden! Denk eens aan de betekenis die je leven daardoor zou krijgen! Wat zou belangrijker kunnen zijn dan dat je je leven een betekenis geeft?'

Ik trok zijn vingers van mijn arm weg. De plaat in de speelkamer was blijven steken. *Die oude man, hij speelt tien...*

'Ik heb me vergist,' zei hij achter me. 'Jij bent niet zo'n barmhartige jongen als ik had gedacht, mijn zoon.'

'Ik ben geen jongen,' zei ik. 'En ik ben niet je zoon.'

Die woorden kwamen me over de lippen voordat ik er erg in had, zoals Dennis Laurent ook was overkomen.

Die blik in zijn ogen... Ik voelde me een slechte zoon.

Een man om gek van te worden. Gek of op de grens daarvan.

Hij had iets dat je woede aan de oppervlakte kon brengen.

'Nee, dat ben je niet,' fluisterde hij. 'Dat ben jij inderdaad niet.'

Robin pakte mijn hand vast en we verlieten de gang. Moreland keek naar ons maar kwam niet in beweging.

Toen we een paar stappen hadden afgelegd, keerde hij ons zijn rug toe.

Robin bleef staan, met tranen in haar ogen.

'Bill,' zei ze, maar op hetzelfde moment was er boven aan de oplopende gang een geluid te horen.

Moreland keek en verloor bijna zijn evenwicht.

Er kwam weer een geluid – hol, metaalachtig – van boven, terwijl Moreland zich weer oprichtte.

Toen hoorden we snelle, gedempte voetstappen.

Twee mannen in zwarte regenjassen kwamen door de gang gerend. Een van hen greep Moreland vast. De ander bleef een fractie van een seconde staan en kwam toen op ons af.

Glanzende natte regenjassen, overschoenen. Al dat rubber glom van het vocht.

Als gigantische zeehonden.

Anders Haygood liet waterspatten op ons neerkomen terwijl hij met zijn pistool zwaaide.

36

Zijn gezicht was kalm, de onderste helft donker van de baardstoppels. Hij had de lippen van zijn brede mond op elkaar geklemd en zijn grijze ogen waren zo dood als kiezelstenen.

'Tegen de muur.' Geroutineerde verveling. Een ex-politieagent die zich het oppakken van verdachten herinnerde.

Hij fouilleerde eerst mij en toen Robin. Ze gaf een kreet van schrik. Het was afschuwelijk dat ik niet kon reageren.

Vanaf de plaats waar ik stond kon ik zien dat Creedman zijn arm nog om Moreland heen had. Aan de manier waarop hij zijn vingers hield, kon ik zien dat het pijn moest doen, maar Moreland liet daar niets van blijken. Hij keek naar Creedman alsof hij zijn ogen wel uit hun kassen wilde rukken. Creedmans gezicht was verregend en bezweet. Hij hield zijn pistool tegen Morelands ribbenkast.

'De jongens uit Maryland,' zei ik. 'Op karwei in de Stille Zuidzee.'

Creedman trok verbaasd zijn zwarte snor op. Haygood liet me met een verrassend soepele beweging omdraaien. Zijn kin leek scherp genoeg om er een mes op te scherpen.

Ik glimlachte. 'Waarom hebt u me aangehouden, agent?'

Een spiertje in zijn wang versprong.

Hij drukte zijn pistool tegen mijn hart en gaf een kneepje in Robins kin. Zijn hand zakte loom naar haar borst. Streek daarover. Kneep erin.

Robin deed haar ogen dicht. Haygood bleef haar betasten en keek intussen aandachtig naar mij.

Ik keek Creedman aan. Het water viel van zijn hoed in zijn ogen. Hij huiverde, en Haygood liet Robin eindelijk los.

'Nooit eerder een kannibaal ontmoet,' zei ik. 'Wie deed het snijwerk? Of deden jullie het samen?'

'Lazer op,' zei Creedman.

'Hou je bek,' zei Haygood, maar het was niet duidelijk tegen wie hij het had.

Creedman fronste zijn wenkbrauwen maar hield zijn mond.

De regen klonk harder. Ze hadden een of ander luik boven de grond opengemaakt. Natuurlijk hadden ze de tunnel gevonden met behulp van alle deuren die ik noodgedwongen open had gelaten. De plaat beton die uit de vloer van het laboratorium omhoog stak.

Waarschijnlijk waren ze naar beneden gegaan en hadden ze een eind gelopen, totdat ze wisten waar de tunnel ongeveer heen ging. Omdat ze de deur met het web niet konden passeren, waren ze teruggekeerd en over de muur geklommen en nu waren ze van de andere kant gekomen.

De regen overstemde de muziek uit de speelkamer. Ik kon het indringend ronken van de generator nog horen.

'De jongens uit Maryland,' herhaalde ik. 'Journalist koopt informatie over moordzaak van smeris en dan worden ze allebei ontslagen. Journalist vindt baan bij Stasher-Layman en helpt smeris daar ook aan een baan. Dat moet wel een hechte vriendschap zijn.'

Creedman wilde iets zeggen, maar een blik van Haygood bracht hem tot zwijgen. Haygood de professional... Hij hield zijn pistool in dezelfde positie en keek in de grot om zich heen met de hartstocht van een camera.

'Jullie hebben een hoop leuke dingen voor de firma gedaan,' zei ik, 'en daarom hebben ze jullie nu een karweitje op een zonnig eiland te doen gegeven. Maar weet het hoofdkantoor wel dat jullie dat karwei hebben geklaard door de moord te imiteren waardoor jullie in eerste instantie in de problemen waren gekomen? Vrouwen stuksnijden en dan doen alsof je ze opeet? Of misschien deden jullie niet alsof. Je zei dat je een gourmet-kok was, Tom.'

'Wat is dit?' vroeg Haygood niet onvriendelijk. 'Een schuilkelder of zoiets?'

'Als ik van Maryland weet, zouden anderen er dan ook niet van weten?'

Creedman keek Haygood aan.

Haygood bleef in de grot om zich heen kijken.

'Wat ze niet weten,' zei ik, 'is het deel waarbij de wens de vader van de gedachte is, Tom. Dat je mij vertelde dat het slachtoffer eerst nog was verkracht, terwijl dat niet zo was. De wens de vader van de gedachte? Heb je problemen onder de gordel?'

Creedman liep rood aan en verstrakte zijn greep op Moreland.

Haygood herhaalde: 'Een schuilkelder?'

'Een Japanse bevoorradingstunnel,' zei Moreland. 'Mijn kleine heiligdom.'

Hij keek opzettelijk niet in de richting van de speelkamer.

'Wat heb je hierbeneden?'

'Oude meubelen, kleren, een paar boeken.'

'Laten we eens gaan kijken.'

'Er is niets interessants, meneer Haygood.'

'Laten we toch gaan kijken.' Haygood gaf ons met zijn pistool een teken dat we moesten doorlopen en zei tegen Creedman: 'Breng hem hierheen.'

Creedman gaf Moreland een por en de oude man strompelde naar voren.

'Jullie twee, lopen,' zei Haygood, toen ze ons voorbij waren. Hij keek in de smalle opening en fronste zijn wenkbrauwen. 'Probeer me niet te verrassen, Delaware. Jij gaat voorop, Tom. Als er wat gebeurt, dood je het meisje.'

Creedman sprak hem niet tegen. Ik zou hebben verwacht dat hij de leiding had. Een kwestie van standsverschil. Maar met zijn politie-ervaring had Haygood overwicht.

Ik dacht weer aan de dag waarop we op het eiland waren aangekomen. Haygood op de steiger, waar hij kalm en efficiënt die haai in stukken had gesneden.

Haygood en Skip Amalfi.

Was Skip alleen maar een dekmantel, door Haygood gebruikt om voor een zorgeloze strandschooier te kunnen doorgaan? Al die tijd had Haygood hem met een mengeling van geduld en minachting behandeld. Hij had geamuseerd toegekeken toen Skip op het strand piste. Hij was op de achtergrond gebleven toen Skip de dorpelingen ophitste.

Hij had hem getolereerd zoals je een dommer broertje tolereert.

Skip, dom genoeg om zich te laten meeslepen door een fantasie over een toeristencentrum. Die droom had hij waarschijnlijk van Haygood.

Skip die piste in het bijzijn van vrouwen... Was hij ook bij de kannibaalmoorden betrokken geweest? Waarschijnlijk niet. Hij was te onevenwichtig.

Maar hij was wèl van nut geweest in de nacht dat Betty Aguilar werd vermoord. Hij had in de haven zitten vissen, zoals hij iedere nacht deed. Haygood wist dat. Skip had Bernardo Rijks' geschreeuw gehoord en was naar het Victory Park gerend om Ben in bedwang te houden.

Haygood en Creedman hadden beide meisjes vermoord. Eerst Anne-Marie Valdos op het strand, als generale repetitie voor Betty, en ook om Ben in de val te lokken. En om de onlusten in de hand te werken waarmee de blokkade kon worden gerechtvaardigd.

En toen Betty in Victory Park – wat hadden ze gebruikt om haar daarheen te lokken? Drugs? Geld? Een laatste avontuurtje voor het moederschap?

Ze hadden haar keel doorgesneden en haar verminkt. Ze hadden Ben er met een smoes naartoe gelokt, hem gesmoord tot hij bewusteloos was, wodka door zijn keel gegoten en hem op het lijk gelegd.

Een ex-politieman zou weten hoe je de perfecte wurggreep moest gebruiken.

Een ex-politieman zou weten hoe je een lijk neerlegt.

Ze hadden voor het park gekozen, omdat het afgelegen was en omdat er vaak mensen heen gingen om te vrijen. En omdat ze wisten dat Rijks aan slapeloosheid leed en daar iedere nacht langskwam.

Zelfs als Rijks het gekreun niet had gehoord, zou hij naar het park zijn geleid door Creedman, die ook een ommetje maakte. Dat zou minder elegant zijn geweest, maar niemand zou er iets achter hebben gezocht.

Want Ben kwam uit een slecht milieu en Betty had het met veel mannen aangelegd.

Ben die lag te slapen op het bloederige lijk. En die een absurd alibi had.

Skips oprechte verontwaardiging. Hij had een hekel aan Moreland omdat zijn vader wrok koesterde tegen de oude man. Daarom had hij de dorpelingen opgezweept tot vijandigheid.

Door Ben voor de moord te laten opdraaien hadden ze drie vliegen in één klap geslagen: ze hadden Moreland onherstelbare schade toegebracht, ze hadden zich van zijn beschermeling ontdaan en ze hadden weer een diepe scheur in het sociale weefsel van Aruk gemaakt. En dus de uittocht van de eilanders versneld.

De slijtageslag van Hoffman en Stasher-Layman. Misschien had Hoffman na zijn ontmoeting met de koppige oude man besloten de zaken te versnellen…

Hoffman had gedacht dat Moreland veel om het eiland gaf, terwijl de oude man alleen maar een paar jaar rust voor de kinderen wilde.

Moreland had alles wel willen doen om te voorkomen dat Hoffman de kinderen ontdekte. Hij was bereid geweest Aruk te laten sterven als dat hem tijd opleverde.

Twee mannen die als pitbulls om elkaar heen liepen, wachtend op een kans.

Toch bleef datzelfde me dwars zitten: als Moreland zoveel macht over Hoffman had, waarom had hij zich dan niet harder opgesteld?

Creedman ging voor me staan. 'Daar blijven.' Zijn dunne snorretje glom van het zweet. Gangster van niks, hij was doodsbenauwd.

'Ja, Tom. Maar als dit voorbij is, wil ik graag wat gourmet-recepten van je hebben. Wat zou je zeggen van *femme bourguignon*?'

Creedmans neusgaten verwijdden zich. Achter ons schraapte Haygood zijn keel. Creedman greep Moreland vast en porde hem door de smalle doorgang. Toen draaide hij zich opzij en perste zich er zelf ook doorheen. Toen hij enkele passen voor ons was, legde Haygood zijn hand op Robins billen, kneep erin en gaf haar een duwtje.

'Toe maar, schat.'

Meteen daarop porde hij met de muis van zijn hand tegen mijn rug. We schuifelden achter elkaar door de gang. Toen die breder werd, bleef Creedman staan en stelde Haygood ons in het midden op. Zijn dode ogen bewogen toen hij iets hoorde.

Muziek uit de speelkamer. De plaat met de barst was weggehaald en er kwam nu iets nieuws boven het ronken van de generator uit.

De wielen van de bus gaan rond en rond

'Wat is....?' zei Creedman, aandachtig luisterend.

De speelkamer was nog geen tien meter van ons vandaan en de deur stond half open.

Andere deuren waren nog dichterbij. Zoals de deur die naar de toiletten leidde.

Haygood zei: 'Wat is dat voor muziek?'

'Ik hou van muziek,' zei Moreland. 'Zoals ik al zei, dit is mijn toevluchtsoord.'

'Kindermuziek?' zei Creedman. 'Jij bent inderdaad een raar oud mannetje.' Zijn ogen begonnen te schitteren: 'Misschien breng je hier kleine meisjes heen?'

Moreland knipperde met zijn ogen. 'Dat niet.'

'Dat niet,' imiteerde Creedman hem. 'Misschien breng je hier de hele tijd kindertjes naar toe. Om doktertje te spelen.'

De deuren van de bus gaan open en dicht...

'Projectie,' zei Moreland.

'Wat?'

'Een freudiaanse term. Je projecteert je eigen aandrang op iemand anders. Dat heb jij zojuist gedaan, Tom.'

'O, rot op, zelfingenomen zak stront.' En tegen ons: 'Jullie wisten vast niet dat dokter Bill vroeger de geile bok van de marine was.' Creedman knipoogde. 'Groot neuker, zat achter alles aan wat een rok droeg, hoe jonger hoe beter. Weet je nog wel, dokter Bill? Alles versieren en naaien, donker vlees, licht vlees, wat voor vlees dan ook? Altijd achter je pik aan lopen. Zo erg dat mevrouw Bill een enkele reis naar de zeebodem nam.'

Moreland zei niets, deed niets. Die doffe blik...

'Ze maakte haaievoer van zichzelf,' zei Creedman, 'omdat dokter Bill het niet kon laten om doktertje te spelen met kleine bruine meisjes. Altijd handig als je dokter bent. Je neukt het kleine ding, doet je eigen abortus...'

'Jij doet dat anders,' zei ik. 'Jij gaat met een dood wapen in de aanval.'

Creedman gromde. Haygood klakte met zijn tong en zei: 'Achter al die deuren kijken.'

'Misschien kun jij dat beter doen,' zei Creedman. 'Jij bent de expert.'

Haygood haalde zijn schouders op en duwde Robin, Moreland en mij dicht naar elkaar toe. Hij liep achteruit bij ons vandaan en zei: 'Niet de buik. Het hoofd.' Creedman bracht zijn pistool omhoog tot het tien centimeter van Robins rechteroog vandaan was.

'Als ze iets flikken,' zei Haygood, 'wil ik haar hersenen op de muur zien.'

Hij ging nog een paar stappen achteruit, bleef op een meter van de ingang van de toiletten staan, drukte zich toen tegen de muur zoals politieagenten doen en schuifelde met zijn pistool in de aanslag naar de opening.

Hij wachtte. Keek weer naar ons. Wachtte nog even.

Hij gluurde naar binnen. Keek langdurig naar binnen.

Er kwam een vragende uitdrukking op zijn brede gezicht.

'Wacht,' zei ik. 'Er is mee geknoeid – met die deur en met de andere. Hij heeft booby-traps gemaakt.'

Haygood draaide zich om.

'Hij is echt gek,' zei ik. 'Hij hamstert eten en kleren en overlevingsspullen om zich op het einde van de wereld voor te bereiden. Wat mij betreft, mag jij aan flarden worden geknald, maar hij heeft daar zo veel explosieven zitten dat we er allemaal aan gaan.'

'Is dat waar?' zei Haygood.

'Vertel het hem, Bill.'

'Onzin,' zei Moreland. 'Klinkklare onzin.'

Haygood dacht een tijdje na. 'Met welke deuren is volgens jou geknoeid?'

'In ieder geval met die,' zei ik. 'In de kamer waar de muziek vandaan komt zit er een pakje dynamiet aan de platenspeler vast. De draad loopt naar een andere kamer. Die is verbonden met een generator. Luister.'

Het ronken.

'Als je de arm van de platenspeler omhoogbrengt, gaat het van boem! Zo heeft hij dat afgesteld. Waarschijnlijk zijn er nog meer boobytraps, maar deze heeft hij ons laten zien.'

'Belachelijk,' zei Moreland. 'Ga maar kijken, Anders.'

'Als jij nu eens naar binnen ging?' zei Haygood tegen hem. 'Zet die muziek af terwijl ik naar je kijk.'

337

Moreland knipperde met zijn ogen. 'Dat doe ik liever niet.'

'Waarom niet?'

'Omdat het idioot is,' zei Moreland.

'Kom hier,' zei Haygood.

Moreland negeerde hem.

'Kom hier, zeiklul.' Hij zag kans de nadruk op het laatste woord te leggen zonder zijn stem te verheffen.

Moreland deed zijn ogen dicht en bewoog geluidloos zijn lippen.

Creedman greep zijn overhemd vast en trok hem naar voren. 'Lopen, gekke klootzak!'

Moreland kwam binnen bereik van Haygood en Haygood ging achter hem staan.

'Toe dan,' zei hij, en hij gaf de oude man een duw.

Moreland strompelde en bleef staan. 'Liever niet.'

'Doe het of ik schiet je dood.'

'Ik zou liever...'

'Goed,' zei Haygood, glimlachend naar mij. 'Bedankt voor de tip, Delaware. Wat heeft hij nog meer gedaan dat we moeten weten?'

'Ik wou dat ik het wist.'

Doorlopen! zegt de buschauffeur...

'Ouwe idioot,' zei Creedman. 'Laten we ze allemaal meteen overhoop schieten en dan maken dat we wegkomen, Anders.'

'Lijkt me niet zo'n goed idee,' zei Haygood.

Zijn bazen hadden hem opdracht gegeven Moreland in leven te laten. Totdat de verzekeringspolis was gevonden... Hoffman leefde al dertig jaar met een patstelling. Hij wilde nog wel even wachten.

Na dertig jaar zwijgen van Moreland had hij geloofd dat de paradijsnaald vergeten was. Daarom had hij weer het plan opgevat om iets met Aruk te doen. Hij wilde het eiland verwoesten, ontvolken en naar zijn eigen ideeën weer opbouwen.

Moreland zei dat het alleen maar hebzucht was, maar dat betwijfelde ik.

Ik stelde me Hoffman voor op een lunch met de broers van Stasher-Layman, in een duur restaurant in Washington. 'Zacht geld' dat van hand tot hand gaat, een gesprek over mogelijke locaties voor een miljardenproject, waarbij Hoffman een deel van de winst zou krijgen.

De opslag van menselijk uitschot, samen met plutonium en kobalt en strontium.

Ze hadden behoefte aan een geïsoleerde plaats. Een afgelegen oord zonder kiezers.

Ik zag al voor me hoe Hoffman had geglimlacht en zo'n plek had genoemd.

Hij had ontdekt dat Moreland nog op Aruk woonde, maar ook dat hij oud en zwak was, niet in staat of bereid om iets aan de economische problemen van het eiland te doen. De bevolking liep terug en bijna iedereen leefde van een uitkering. Het beetje middenstand dat er nog was, was afhankelijk van de marinebasis.

Hij stuurde een klein team vooruit: Creedman, Haygood, de Pickers. Waarschijnlijk ook nog wel anderen. Hun doel: het verval van het eiland te versnellen en Moreland zodanig te isoleren dat de oude man zijn landgoed voor weinig geld zou willen verkopen. Of zich aan veroordeling door de overheid zou blootstellen.

Toen begon Moreland brieven te schrijven en kreeg het team opdracht er nog meer vaart achter te zetten.

Creedman en Haygood bedachten een gruwelijk plan waarmee ze op een perverse manier wraak konden nemen voor de zaak die hun beider carrière had verwoest. Een nevenvoordeel: ze haatten vrouwen en konden die haat botvieren.

Het team... Was Lymans dood een ongeluk of had hij met zijn grote mond hooggeplaatste figuren beledigd?

Haygood, die op Harry Amalfi's vliegveld woonde, had alle gelegenheid gehad om aan het vliegtuig te knoeien.

Creedman... het ongeluk was gebeurd nadat Robin en ik even tevoren met hem op het terras van het Palace hadden gezeten. Creedman en Jacqui waren allebei het restaurant ingegaan, maar na de explosie was alleen Jacqui naar buiten gekomen.

Creedman had die moeite niet genomen, want hij wist al wat er aan de hand was.

Iemand anders had het ook geweten: Jo, die op het laatste moment besloot niet mee te gaan. En die ook niet naar het diner op de basis was gegaan. Ze was erg handig in het vermijden van vervelende dingen. En nu was ze daarboven met Pam...

'Goed, we gaan hier weg,' zei Haygood, en hij wees terug naar de oplopende gang aan de achterkant.

'Die dozen in de tunnel,' zei Creedman. 'Daar zou iets belangrijks in kunnen zitten.'

'Het zouden ook booby-traps kunnen zijn. Dat zoeken we later wel uit.'

'Ik heb een paar dozen opengemaakt,' zei ik. 'Er zaten alleen levensmiddelen en geneesmiddelen en mineraalwater in. Zoals ik al zei: hij bereidt zich voor op het einde der tijden.'

'Doe niet zo behulpzaam, zak,' zei Creedman. 'Daar schiet je heus niets mee op.'

Haygood zei: 'Kom, mensen. We gaan weg.' Het leek wel of hij een toeristengezelschap begeleidde.

Hij keerde de muziekkamer zijn rug toe en begon ons terug te dirigeren.

'Weet je,' zei ik. 'Hij heeft daar inderdaad een paar kinderen.'

Er kwam een gesmoord geluid uit Morelands keel.

Haygood bleef staan. 'O ja?'

'Daarbinnen.' Ik wees naar een van de slaapvertrekken. Haygood keek in die richting. 'Wil je ze zien?'

Voordat hij antwoord kon geven, schreeuwde ik: *'Kinderen! Kinderen! Kinderen!'* Zo hard als ik kon.

Creedman vloekte en Haygood verstrakte zijn hand rond het pistool. Maar hij bleef kalm en hield zijn blik op de ingang van het slaapvertrek gericht.

Er gebeurde niets. Haygood glimlachte. 'Erg grappig, meneer. Doorlopen.'

Toen verscheen er een klein gezicht in de deuropening van de muziekkamer. En nog twee gezichten.

Drie, vier, vijf, zes. Allemaal, met open mond en grote ogen van verwondering.

Behalve de blinde. Die bewoog zijn handen in kringetjes.

Schaafwonden en littekens, zo fel afstekend als neonlicht in een striptent.

Haygood was eindelijk verrast.

Creedman werd zo wit als een vaatdoek. 'Verdomme,' zei hij, en hij nam zijn blik van me weg. Ik sloeg hem hard onder zijn neus en greep naar zijn pistool toen hij viel, maar greep mis. Ik duwde Robin opzij en stortte me op Creedman.

Haygood draaide zich met een ruk om. De zachte mensen begonnen schorre geluiden te maken. Ze keken naar Moreland en kreunden met hun kapotte stembanden.

Moreland rende op hen af. Haygood richtte zijn pistool op de rug van de oude man. De zachte mensen bleven dichterbij komen en Haygoods verbijstering maakte plaats voor walging en angst. Hij ging een stap terug.

Ik had inmiddels Creedmans pistool te pakken gekregen en sloeg blindelings naar zijn gezicht.

Haygood vloog op Moreland af, duwde hem tegen de grond, schopte naar zijn hoofd, mikte op mij. De zachte mensen bevonden zich tussen ons in. Ik maakte me zo klein mogelijk. Ze bleven op Haygood afkomen en hij sloeg wild naar ze. Ze doken kreunend ineen. Toen ze naar de deur toe gingen waarvan hij dacht dat er een booby-trap op was aangebracht, bleef hij staan. In het nauw, niet wetend wat hij moest doen. Ik zag zijn haar boven de zachte mensen uit. Ik richtte Creedmans pistool erop.

Maar ik was zelf ook een gemakkelijk doelwit. Hij bracht zijn arm met het pistool omhoog, terwijl hij met zijn andere hand de zachte mensen afweerde. Hij deed dat met verrassende nuffigheid – de angst. Ik dook naar rechts en probeerde van de zachte mensen vandaan te blijven, opdat zij niet midden in de vuurlinie terecht zouden komen. Haygood, die nog tegen de zachte mensen duwde en zich omdraaide, verloor me uit het oog.

Moreland stond op en stortte zich op Haygood.

Haygood draaide zich in een reflex om en vuurde. Morelands linkerarm werd rood en hij viel.

De zachte mensen kwamen allemaal op de gevallen Moreland af. Haygood zocht naar mij, maar ik was achter hem.

Ik schoot vijf keer op hem.

Zijn zwarte regenjas explodeerde. Hij bleef nog een seconde staan. Zakte toen in elkaar.

De zachte mensen hadden zich op Moreland gestort. Ze kreunden en stootten schorre kreten uit terwijl hij daar lag te bloeden.

Robin riep mijn naam en wees.

Creedman probeerde overeind te komen, met zijn handen tegen zijn gezicht. Het bloed gutste tussen zijn vingers door. Zijn ene oog was zo opgezwollen dat het dicht zat en zijn neus begon al donkerpaars aan te lopen.

Ik drukte het pistool tegen zijn voorhoofd. Hij liet zich weer zakken. Robin drukte zich tegen de muur en staarde me aan. Al dat bloed.

Moreland probeerde overeind te komen. Zijn gewonde arm bungelde er druipend van het bloed bij. Met zijn andere arm probeerde hij de zachte mensen van zich af te houden.

Ze keken gefascineerd naar Haygoods lijk. Grauwe huid, ogen die nu echt dood waren, zo dof en leeg als die van een haai. Uit zijn wijd open mond kwam roze braaksel.

Het bloed vormde een steeds grotere plas onder hem, zocht de holten in de stenen vloer op.

Ik had een zeef van hem gemaakt.

Ik voelde me zo groot als een gebouw, en tegelijk kotsmisselijk.

Ik had nooit een vuurwapen bezeten en ook nooit gedacht dat ik iemand zou doden.

En Robin had het me zien doen.

37

Morelands bloed leidde me van die gedachten af. Zijn mouw was vuurrood en rode druppels spatten op de vloer.

Het leek wel of hij het zelf niet merkte. Hij bleef maar proberen zijn kinderen gerust te stellen.

Toen Robin op hem afrende, zei hij: 'Het is niet erg, meisje. Dwars door de spier, de *latissimus*. Geen beschadiging van het bot en het bloed spuit er niet uit, dus de slagader is ook niet geraakt. Het zal een gewone ader zijn... Ik kom er wel bovenop. Pak een schoon overhemd voor me uit die mand daar, dan stelp ik het.'

Hij glimlachte naar de kleinste van de twee mannen die ons aan het eind van de tunnel hadden opgewacht. 'Een beetje bloed, Eddie. Het komt wel goed met papa. Ga Gordon helpen.' Hij wees naar de blinde man die tegen een muur stond en rare gezichten trok en door de lucht sloeg.

'Ga naar hem toe, Eddie. Zeg tegen hem dat alles goed is.'

De kleine gebochelde man gehoorzaamde. Robin kwam met een geruit overhemd terug en Moreland drukte het tegen zijn arm. Hij glimlachte naar me en zei: 'Wat konden we bluffen. We zijn een goed team.'

Een van de zachte vrouwen keek naar Haygoods lichaam en begon te jengelen.

'Slechte man,' zei Moreland. 'Slechte, slechte man. Allemaal weg, Sally. Hij komt nooit terug.'

Creedmans mond viel open. Zijn hele gezicht was gezwollen. Ik trok hem overeind.

'Laten we hier weggaan,' zei Robin.

'Jo is er ook nog,' zei ik. 'Waar is ze, Tom?'

Creedman staarde me aan. Niet uitdagend, maar verbijsterd. Zijn ogen waren glazig. Had ik hem zo hard geslagen?

Ik herhaalde de vraag. Hij gaf een schreeuw van pijn en drukte zijn handen tegen zijn hoofd. Hij had zichzelf niet meer onder controle. Toen ik zijn ogen terug zag rollen, ondersteunde ik hem.

Het was Moreland gelukt de zachte mensen tot bedaren te brengen. Hij leidde ze naar de speelkamer terug. Ondanks zijn wond leek het of hij nieuwe energie had opgedaan.

'Draai nog maar wat muziek, kinderen. Wat doen de papa's in de bus?'

Stilte.

'Kom nou. "De papa's in de bus doen..."'

'*Ee ee eeze.*'

'Goed zo! Lezen, lezen, lezen – jullie moeten ook lezen. Daar worden jullie slim van. Ga wat boeken halen, Jimmy. Geef iedereen een boek. Ik ben gauw terug.'

Hij glimlachte, sloot de deur van de speelkamer, vergrendelde hem. Binnen begon de muziek weer.

'Goed,' zei hij, zijn ogen vol angst.

'Is er nog een andere uitweg dan deze twee?' vroeg ik.

'Ik ben bang van niet.'

'Dus in beide gevallen zouden we op iets kunnen stuiten.'

'Maar hierbeneden zitten we ook niet goed,' zei Robin. 'Hoe langer we beneden blijven, des te gevaarlijker wordt het, en je bloedt nog steeds, Bill.'

'Met mij komt het wel goed, Robin.'

'Als we de achteruitgang nemen,' zei ik, 'komen we in het bos, waar we geen hand voor ogen kunnen zien. Ik ben voor de tunnel.'

Moreland sprak me niet tegen.

Ik schudde Creedman heen en weer tot hij bij bewustzijn was, greep hem bij zijn kraag en duwde hem langs de kleinere kamers naar de grot aan het begin. Hij sleepte met zijn voeten. De hand waarmee ik hem had geslagen, begon pijn te doen.

'Blijf achter me,' zei ik tegen Robin en Moreland. 'Als ze bij het luik op ons wacht, wordt meneer Gourmet hier haar eerste hapje.'

De terugweg leek lang niet zo veel tijd in beslag te nemen. Ondanks zijn leeftijd en zijn verwondingen hield Moreland het tempo erin. Hij zweeg, deed geen pogingen ons van iets te overtuigen.

Toen we elkaar een keer aankeken, had hij een smekende blik. Smeekte hij me om niet meer aan te dringen? Om niet meer te beginnen over de dingen die hij niet had verteld?

Creedman was zwak van moedeloosheid, maar bij bewustzijn. Hij probeerde mij al het werk te laten doen en ik moest hem een duw geven bij iedere stap. De stilte van de tunnel verdreef al mijn gedachten, tot ik aan de doorzeefde Haygood dacht.

De herinnering aan wat hij met Anne-Marie en Betty had gedaan hielp me het te verwerken... en de haai, de gebleekte witte haaietanden op het deurkozijn.

Trofeeën. Ik hoefde ze niet.

We kwamen langs de eerste verzameling dozen. Moreland keek ernaar maar zei niets.

Creedman kreunde. Ik duwde.

Vijftien meter voor het luik gaf ik Creedman bevel geen geluid meer te maken. Zijn gezicht was zo opgezwollen dat zijn ogen nauwelijks open konden, en uit zijn neus kwam een dik slijm, vermengd met bloed.

We kwamen bij de dertien treden en het open luik. Het lab boven ons was een rechthoekige gele zon.

Iemand had de lichten aangedaan.

Er zat niets anders voor ons op dan verder te gaan. Ik gaf Moreland en Robin een teken dat ze achter moesten blijven en duwde Creedman naar boven, tree voor tree. Zijn regenlaarzen piepten, maar hij hield zich stil. Toen we bijna boven waren, begon hij verzet te bieden. Een venijnige por van het pistool in zijn rug bracht hem weer in het gareel.

Nog drie treden. We wachtten.

Boven was het stil.

Nog twee treden. Nog een.

Geen teken van Jo.

We waren boven.

Het lab was precies zoals we het hadden achtergelaten. Afgezien van de deuropening naar de voorkamer.

Daar zat een man. Hij zat vastgebonden op een stoel, met een prop in zijn mond.

Een dunne, onverzorgde, grijze baard, piekharen.

Carl Sleet. De tuinman wiens stem Ben naar het park had gelokt.

Zijn ogen richtten zich op Creedman, met samengetrokken pupillen.

Zijn vingers bewogen zich onder polsen die met plastic banden aan de stoelpoten waren vastgemaakt. Het soort band dat politieagenten gebruikten. Had Haygood zich eerst over hem ontfermd?

Maar nee: Creedman keek net zo verbaasd als ik.

Ik stond daar en vroeg me af wat ik nu moest doen.

Jo verscheen in de deuropening, met haar handen omhoog. Geen wapen.

'Niet schieten,' zei ze opgewekt. 'Dank je. Nou, zullen we dan nu even míjn stuk uitschot weghalen, opdat jij er met jóuw stuk uitschot langs kunt?'

Haar pistool lag op de boeken op Morelands bureau, ver buiten bereik.

Ze toverde opeens iets te voorschijn en hield het omhoog.

Een wit kaartje in een kunstleren houder, en een zilverkleurig insigne. Op het kaartje stond het logo van een of andere overheidsdienst, maar ik stond te ver weg om de woorden te kunnen lezen.

'Waar zijn Robin en dokter Moreland?' vroeg ze.

'Die staan beneden te wachten tot ik zeg dat ze boven kunnen komen.'

'Ik hoorde schoten. Is er iemand geraakt?'

'Moreland is gewond.'

'Ik hoorde zes schoten. Eén, en toen nog vijf.'

Ik zei niets. Ze lachte en wuifde met het kaartje. 'Maak je geen zorgen, het is echt. Afgezien van de naam.'

Ik ging wat dichter naar haar toe.

Ministerie van defensie, een met een nummer aangeduide divisie die me niets zei, JANE MARCIA BENDIG, OPSPORINGSAMBTENAAR.

Ik stond daar en greep Creedman vast. Ik wou dat ik drie handen had en een pistool in elk van die handen.

345

'Hoor eens, ik begrijp dat je het niet vertrouwt,' zei ze. 'Voor tien dollar kun je zo'n ding laten vervalsen, maar als ik op je wilde schieten, zou je nu dood zijn. Ik bèn scherpschutter.'

Ik reageerde niet.

'Goed,' zei ze. 'Ik kan hierdoor in grote moeilijkheden komen, maar ik denk dat je je beter zult voelen als ik je mijn pistool geef.'

'Ik pak het zelf wel.'

'Zoals je wilt.' Ze deed een stap terug en het lukte me mijn eigen pistool op Creedman gericht te houden en intussen het hare te pakken.

'Tevreden?' zei ze.

Ik schrok van mijn eigen lach. 'Enorm tevreden.'

'Goed, jij hebt nu de leiding. Waarom laat je je vrienden niet boven komen?'

Moreland en Robin kwamen naar boven.

Jo zei: 'Zo te zien heeft die arm verzorging nodig, dokter.'

'Ik voel me goed.'

'Het ziet er anders niet zo goed uit.'

'Jij bent geen arts.'

Carl Sleet maakte een geluid.

'Klep dicht,' zei ze, en Sleet gehoorzaamde.

Moreland zei: 'Carl?'

'Carl is ondeugend geweest,' zei Jo. 'Hij pikte geld, gereedschap, je oude instrumenten. Zette kakkerlakken in de kamers van mensen. Als hij denkt dat niemand kijkt, gaat hij naar plaatsen waar hij niet zou moeten zijn. Ik hou hem al een hele tijd in de gaten. Vanavond bleef hij, in plaats van met de andere personeelsleden weg te gaan, in een van de bijgebouwen. Hij dacht dat hij mij schaduwde.'

Ze glimlachte.

'Toen ik Pam naar huis had gebracht, ging ik terug en hield ik hem nog een tijdje in de gaten. Wist je dat je neuriet als je je verveelt, Carl? Dat is niet slim, als je stiekeme dingen doet.'

Sleet kronkelde op de stoel.

Ze keek mij aan. 'Toen jij en Robin naar de insekten gingen, zat hij in de struiken naar jullie te kijken. Toen jullie naar binnen waren gegaan, wachtte hij nog even en gebruikte toen de telefoon in het lab, deze hier, om te bellen. Zijn vriendjes waren er in een wip. Waarschijnlijk stonden ze op de weg te wachten, bij de poort. Ze

346

lieten hem hier de wacht houden, gingen het lab in, waren een hele tijd weg en kwamen terug. Toen gingen ze naar de muur, en daarna heb ik ze niet meer gezien. Ik besloot de plaats van Carl in te nemen. En mag ik nu mijn pistool terug? Ik heb een ander in mijn kamer, maar zoals ik al zei: ik zou in moeilijkheden kunnen komen.'

De rouwende weduwe vertoonde opeens weer de nuchterheid waardoor ik haar was gaan verdenken.

'Alsjeblieft?' zei ze met een hardere stem.

Ik gaf haar het pistool.

'Dank je. En zal ik dan nu jouw stuk uitschot van je overnemen?' Ze haalde nog meer van dat plastic band te voorschijn.

Ik droeg Creedman aan haar over, en ze bond zijn polsen op zijn rug en duwde hem naar Carl Sleet toe.

'Carl,' zei Moreland bedroefd.

Sleet weigerde hem aan te kijken.

'Goed,' zei Jo. 'Laten we die kerels opsluiten en dan naar die arm kijken.'

'Na al die jaren, Carl,' zei Moreland.

'Al die jaren heeft Carl een wrok tegen je gekoesterd, dokter. Tenminste, dat is zijn excuus. Ik denk dat hij ook wel blij was met het geld dat ze hem betaalden.'

'Een wrok?' zei Moreland.

Sleet wilde hem nog steeds niet aankijken.

Jo zei: 'Iets met een neef die een monster zag en aan een hartaanval is gestorven. Carl zegt dat jij tegen die man zei dat hij gek was, in plaats van hem een medicijn voor zijn hart te geven.'

'Dat is niet waar. Zijn slagaders zaten dicht. Verregaande athero...'

'Je hoeft mij niet te overtuigen.' Ze maakte Sleets armen en benen los, liet hem rechtop staan, zette hem met zijn gezicht tegen de muur en liet Creedman zich omdraaien tot hij naast Sleet stond.

'Heeft Sleet gezegd dat hij Ben naar het park lokte?' vroeg ik.

'Nee.'

Ik vertelde haar wat Bens alibi was.

'Nou,' zei ze. 'Ik denk dat onze vriend Carl wel wat mededeelzamer wordt als hij beseft wat het is om van meervoudige moord te worden beschuldigd.'

Creedman verstijfde, en ze zei: 'Pas op.' Ze glimlachte naar me. 'Dit sujet is een gevangene en Haygood is er niet. Mag ik aannemen dat

een paar van die zes kogels in hem terecht zijn gekomen?'
'Vijf,' zei ik.
'Dood? Of heb je hem bloedend achtergelaten?'
'Dood.'
'Niets is erger dan een slechte smeris,' zei ze. 'Al voordat hij werd ontslagen, werd hij verdacht van een stuk of wat inbraken. Hij en meneer Creedman waren al een hele tijd op het verkeerde pad.'
'Wie betaalt de rekeningen?' vroeg ik. 'Stasher-Layman?'
'Je zult hun naam niet op cheques tegenkomen. Het gaat allemaal met baar geld. Meneer Creedman hier is de penningmeester. Haygood is echt dood?'
Gedurende een fractie van een seconde lag er een brede grijns op haar gezicht, maar toen keek ze weer ernstig. Heel even had ze haar professionele houding laten varen. Dit was iets persoonlijks geweest. Haygood had aan het vliegtuig geknoeid.
'Je man...'
'Hij was mijn man niet. Al hadden we een... relatie.'
'Was hij ook....'
'Hij was botanist, precies zoals hij zei. Hij hield me gezelschap.'
Ze fouilleerde Creedman. 'Ik probeerde hem ervan af te brengen om met dat gammele ding de lucht in te gaan. Hij had er altijd moeite mee om met mij op reis te zijn... Goed, laten we deze etterbakken veilig opbergen en naar die arm kijken. Gaat die tunnel helemaal het bos in?'
'Ja,' zei Moreland.
'Wat heb je daarbeneden, dokter Moreland?'
Moreland gaf geen antwoord.
Ze fronste haar wenkbrauwen. 'Kom nou, ik sta aan de goede kant.'
'Het is een lang verhaal,' zei ik. 'Het is een erg lang verhaal.'

We brachten Sleet en Creedman naar het huis en sloten ze in aparte souterrainkasten op. Vervolgens zetten we Moreland op een bank in de voorkamer. Gladys kwam uit de keuken aangesneld, zag de bloederige mouw en sloeg haar hand voor haar mond.
'Hij is door een kogel geraakt, maar het is niet ernstig,' zei Jo. 'Zeg tegen Pam dat ze haar medische spullen moet meebrengen.'
Gladys rende de trap op en Pam kwam enkele seconden later met een zwarte tas naar beneden.

Moreland wuifde naar haar vanaf de bank. 'Hallo, katje.'

Ze onderdrukte een kreet, maakte de tas open en hurkte bij hem neer.

'O, papa.'

'Het is niet ernstig, katje.'

Ze haalde een schaar uit de tas en begon in de mouw te knippen.

'Dwars door de latissimus, katje. Geen slagader...'

Jo kromde haar vinger naar Robin en mij.

Toen we weggingen, riep Moreland mijn naam.

Ik bleef staan.

'Dank je, Alex.' Maar hij keek me weer smekend aan.

Toen we in de huiskamer waren, liet Jo zich in een fauteuil onder Barbara Morelands mooie, droevige gezicht zakken.

'Vertel me wat er daar beneden is,' zei Jo.

We vertelden het.

Ze probeerde kalm te blijven, maar iedere nieuwe onthulling verraste haar. Toen we klaar waren, was ze bleek. 'Ongelooflijk. Zes van die mensen, al die jaren lang!'

'Opgesloten voor hun eigen bestwil,' zei Robin.

'In die schemerwereld... ongelooflijk. Denk je dat hij gek is? Ik vraag dit aan jou als psycholoog.'

'Obsessief,' zei ik. 'Een soort held. Alle anderen zijn met dat vliegtuig neergestort.'

'Dat vliegtuig... ze zijn gek op vliegtuigongelukken, nietwaar? Ze zullen wel hebben gehoord dat Defensie hier iemand heen stuurde en dachten dat het Ly was. Het enige dat hij wilde doen, was de bomen bekijken en wat foto's maken om aan zijn vrienden te laten zien. Ze dachten dat híj de agent was en dat ik was meegekomen. Naast al het andere zijn het ook nog seksistische klootzakken.'

Een koud lachje.

'Zes mensen,' zei ze. 'Idioot... Zijn ze... Is het gevaarlijk om naar beneden te gaan?'

'Ze doen geen vlieg kwaad,' zei Robin. 'Maar ze zijn aandoenlijk.'

Ze beschreef enkele van hun fysieke afwijkingen.

'En hoe noemde hij die giftige injectie?'

'De "paradijsnaald".'

Ze herhaalde het. 'Over een extraatje gesproken. Al jaren letten we

349

op de financiële aspecten, maar dit is prachtig... Heeft Moreland gegevens van de injecties bijgehouden?'
'Dat zegt hij.'
Haar ogen fonkelden. 'Die... mensen. Zijn ze allemaal achterlijk?'
'Ja.'
'Maar geen zombies.'
'Nee. Je kunt ze met kleine kinderen vergelijken.'
'Zouden ze als getuige kunnen optreden in een rechtszaak?'
'Ik denk het niet. Afgezien van hun geestelijke onvolkomenheden kunnen ze niet praten. Hun stembanden zijn beschadigd.'
Ze huiverde. 'En toch... alleen al de indruk die ze maken... We kunnen ze op video opnemen, en dan laten we Moreland een opsomming geven van al hun gebreken. Een heel andere invalshoek in de bewijsvoering. Dank je, dokter Moreland.'
'Zitten jullie achter Hoffman aan?' vroeg ik. 'Of achter de hele Stasher-Layman-organisatie?'
Ze glimlachte. 'Je zou het niet willen weten. Laten we zeggen dat we hier al een hele tijd aan werken.'
'Een grote financiële invalshoek.'
'Het soort dingen waardoor iedereen een paar dollar meer belasting moet betalen maar waar de belastingbetalers nooit iets over te weten komen... Ik moet nu naar beneden gaan om het met mijn eigen ogen te zien. Dan kan ik beginnen met de documentatie. Ik ga eerst even mijn camera halen en dan zou ik het op prijs stellen als een van jullie met me mee teruggig.'
'Ik zou niet zonder Moreland naar ze toe gaan,' zei ik. 'Afgezien van wat ze zojuist moesten doormaken, hebben ze allerlei lichamelijke problemen – gevoeligheid.'
'Zoals?'
'Hij had het over zonlicht, maar dat hoeft niet het enige te zijn.'
'Wat gebeurt er als ze in de zon komen?'
'Dan gaat hun huid kapot.'
'Mijn flitser is niet ultraviolet.'
'Voor zover ik weet, is gewoon licht slecht voor hun ogen. Ze zullen op zijn minst in paniek raken als ze je zien. Ze zijn al zo lang daarbeneden. Laten we nou even wachten tot we er zeker van zijn dat we ze geen kwaad doen.'
Ze dacht na. 'Goed... maar ik moet dit zien. Als hij gelijk heeft en

die arm is alleen maar een vleeswond, moet hij me er zelf naartoe kunnen brengen.'

Ze tikte erg vlug op haar been, keek op haar horloge en stond op. 'Laten we gaan kijken hoe het met hem is.'

'Hij heeft al die tijd maar één doel in het leven gehad: hen te beschermen,' zei Robin. 'Hij zal geen gebruik van hen willen maken, zelfs niet om tegen misdadigers te getuigen.'

'Ik weet dat de man principes heeft. Maar als de dingen veranderen, moet je je aanpassen.'

Er viel een haarlok over een van haar ogen en ze streek hem weg. Het pistool zat achter haar broeksband. Ze streek met haar vinger over de kolf. 'De dingen veranderen snel.'

38

Morelands arm was verbonden en rustte op zijn borst. Uit zijn mond stak een thermometer.

Pam las de temperatuur af. 'Achtendertig. Lig je daar goed, pa, of moeten we proberen je de trap op te helpen, naar je bed?'

'Zo is het goed, katje.' Hij zag ons. 'Toen ze klein was, noemde ik haar altijd zo.'

Aan Pams gezicht te zien kon ze zich daar niets van herinneren. Ze klapte de dokterstas dicht.

'Hoe gaat het ermee?' zei Jo. Ik realiseerde me dat ze boven was blijven wachten, terwijl ze wist dat wij met Creedman en Haygood beneden waren.

Ze had ons gebruikt. Maar ik had net iemand in zijn rug geschoten en had geen woede meer over.

'Ik overleef het wel,' zei Moreland. Hij wierp me een snelle blik toe. 'Ik weet wat je daar beneden hebt, Bill,' zei Jo. 'Als je zover bent, kun je het me laten zien.'

'Hij gaat nergens heen,' zei Pam.

'Dit is nogal een spoedsituatie. Er staat veel op het spel. Nietwaar, Bill?'

Moreland gaf geen antwoord.

'Waar hebben jullie het over?' zei Pam.

'Het is ingewikkeld,' zei Jo. 'Ik denk dat ik je vader erg kan helpen, als hij van zijn kant mij wil helpen.'

'Wat is er aan de hand, papa?'

Moreland stak zijn hand naar haar uit en greep haar vingers vast.

'Het is ingewikkeld, katje. Ze heeft gelijk, ik moet naar beneden...'

'Wáár naar beneden?'

Moreland knipperde met zijn ogen.

Pam zei: 'Waarom laat je je door haar zeggen wat je moet doen, papa?'

Geen antwoord.

'Wie ben jij, Jo?'

Jo liet haar het legitimatiebewijs zien.

Pam keek ernaar.

'Lang verhaal,' zei Jo. 'Kom even met me mee.'

Ze sloeg haar arm om Pam heen, zoals ze een paar uur geleden ook had gedaan. Pam schudde haar woedend van zich af.

'Ik laat hem niet alleen.'

'Het is goed, katje,' zei Moreland. 'Ik dank je voor je goede zorgen. Ga met haar mee. Alsjeblieft. Doe het voor mij.'

'Ik begrijp het niet, papa.'

'Robin,' zei Moreland, 'kun jij meegaan en helpen de dingen uit te leggen?'

'Goed,' zei Robin.

'Waarom kun jíj het me niet vertellen, papa?'

'Dat zal ik doen, katje, als het daar de tijd voor is. Maar op dit moment moet ik rusten. Ga met ze mee. Alsjeblieft, meisje.'

De drie vrouwen gingen weg en Moreland gaf me een teken dat ik dichterbij moest komen. De regen sloeg hard tegen de grote ramen, als hagelkorrels op metaal.

Hij keek naar me op. Kauwde op zijn lip. Knipperde met zijn ogen.

'De vragen die je beneden stelde, over de macht die Hoffman over me had... de dingen die Creedman beneden over me zei. Daar zit enige waarheid in.'

Met moeizame bewegingen draaide hij zich om naar de rugleuning van de bank.

'Ik was toen een andere man, Alex. Vrouwen – het hebben van vrouwen – betekende zoveel voor me.'

Hij dwong zich me aan te kijken en zei: 'Ik heb fouten gemaakt. Grote fouten.'

352

'Ik weet het. Dennis denkt dat de man die op zee is omgekomen zijn vader is, maar hij vergist zich.'

Hij probeerde te spreken, maar kon het niet.

'Ik oordeel niet over jou, Bill.'

Hoewel het schemerig in de kamer was, kon ik donkere vlekken op de witte bank zien. Vlekken van zijn bloed. Zijn ogen waren droog en diep in hun kassen verzonken.

'Sinds wanneer weet je dat?'

'Je betaalde voor Dennis' opleiding – ook voor die van Ben, maar Ben gaf je er iets voor terug. En je was er zo op tegen dat Dennis en Pam met elkaar omgingen. Dat ging zover dat je er met Jacqui over sprak en toen heeft zij Dennis de mantel uitgeveegd. Ik geloofde niet dat je een racist was. En toen Creedman die dingen zei, begon ik het te begrijpen. Het moet moeilijk voor je zijn geweest, sinds ze terugkwam.'

'O,' zei hij, meer een zucht dan een woord. 'Als vader ben ik een aanfluiting. Ze zijn allebei veel betere mensen geworden dan ik verdien. Ik stuurde haar weg omdat ik niet... ik kon het na Barbara's dood niet meer aan.'

Moeizaam richtte hij zich enigszins op.

'Nee, dat is niet alles. Ik stuurde haar weg omdat ik me schuldig voelde.'

'In verband met Jacqui?'

'En de anderen. Veel anderen. Ik was mijn eigen aborteur. Barbara was nooit gelukkig geweest. Ik maakte haar nog ongelukkiger dan ze al was.'

Hij liet zich weer zakken.

'De schoft had gelijk, ik was een walgelijke geilaard. Een geilaard met een medische opleiding... maar Jacqui weigerde... Door Barbara's dood kwam ik tot het inzicht... Hoe zou ik ooit een dochter kunnen grootbrengen?'

'En je had al kinderen.'

Hij sloot zijn ogen. 'Ik stak de naald in hun arm... Sindsdien is mijn leven één zoeken naar verlossing geweest, maar ik denk niet dat er verlossing voor mij is... Jacqui was zo mooi. Amper achttien, maar volwassen. Ik was altijd... begerig – niet dat het een excuus is, maar Barbara was... een dame. Ze had... andere interesses.'

Een vrouw alleen op het zand, de dag voordat ze stierf. Trieste ogen

– die had Pam geërfd.

'Het was de baby die haar ertoe bracht,' zei hij. 'Het feit dat ik het zover had laten komen.'

'Hoe was ze erachter gekomen?'

'Iemand heeft het haar verteld.'

'Hoffman?'

'Dat moet wel. Hij en Barbara waren goede maatjes – bridgepartners. Een jongere man die aandacht voor haar had. Ik speelde met zijn vrouw en hij speelde met Barbara.'

'Dus Barbara deed mee aan het vals spelen.'

Hij glimlachte. 'Ik geloof dat we haar die kleine wraak wel kunnen vergeven.'

'Speelden ze ook andere dingen dan bridge?'

'Ik weet het echt niet. Alles is mogelijk. Maar zoals ik zei, Barbara was niet geneigd tot fysieke... Tot aan het eind heeft ze me gehaat. En ze heeft altijd een zwak gehad voor hèm – vond zijn belangstelling voor de cuisine en de mode zo *charmant*.'

'Waarom heeft hij het haar dan verteld?'

'Om mij schade toe te brengen. Na ons diner op de basis spraken we over allerlei dingen. Ook over het feit dat hij Barbara in Honolulu had ontmoet op de dag voordat ze stierf. Hij maakte de foto die ik je heb laten zien. Ik wist dat niet. Die foto werd me gestuurd door het hotel. Ik heb altijd gedacht dat het een attentie van het hotel was.'

'Ging ze naar Honolulu om bij hem te zijn?'

'Hij beweerde van niet, zei dat ze elkaar toevallig tegen het lijf waren gelopen. In de hotelbar. Hij was daar voor marinezaken, zei hij. Misschien is het waar, Barbara mocht graag drinken... Hij vertelde haar over Jacqui en Dennis, ze huilde op zijn schouder uit over mijn hoer en mijn bastaard. Verpletterd, dat was het woord dat hij gebruikte. Toen glimlachte hij – die glimlach van hem.'

'Maar hoe was híj erachter gekomen?'

'In die tijd was ik niet zo discreet. Discretie is geen eigenschap die je als eersterangs versierder goed kunt gebruiken. Daarom kunnen Hoffman of een van zijn ondergeschikten gemakkelijk iets hebben gehoord of gezien. Er was een lege hangar aan het noordelijk eind van de basis. Kleine leegstaande kantoorkamers die we allemaal gebruikten – geen gewone matrozen, alleen officieren. En meisjes uit

354

het dorp. "Speelkamers", noemden we ze. Matrassen en drank en transistorradio's voor de muziek om in de stemming te komen. We beschouwden onszelf nog als oorlogshelden.'

'Bracht Hoffman daar ook meisjes naartoe?'

'Niet dat ik heb gezien. Hij geilde alleen op macht.'

'En toen Jacqui het leven schonk aan een baby met blond haar, begreep hij hoe de vork in de steel zat.'

'Een prachtige baby – een prachtige vrouw.'

'Was het alleen Aruk waar je verliefd op werd, Bill?'

Hij glimlachte. 'Jacqui en ik... Ze is een erg sterke vrouw. Onafhankelijk. In de loop van de jaren hebben we een bepaalde verstandhouding opgebouwd. Een mooie vriendschap. Ik denk dat we daar beiden veel aan hebben gehad.'

Ik dacht aan het schilderij op de schoorsteenmantel en zei: 'Sterk, in tegenstelling tot Barbara. Had die een voorgeschiedenis van depressies?'

Hij knikte. 'Ze was jarenlang chronisch depressief geweest, had meermalen shockbehandelingen ondergaan. Ze ging trouwens naar Honolulu om haar zoveelste psychiater te bezoeken. Maar ze kwam niet op haar afspraak. Waarschijnlijk heeft ze in plaats daarvan met Hoffman zitten drinken. Hij voelde aan dat ze kwetsbaar was, vertelde haar wat ik had gedaan, en de volgende morgen liep ze de zee in.'

Een deel van zijn gewicht kwam op zijn gewonde arm te rusten en hij slaakte een diepe zucht. Ik hielp hem in een comfortabele houding.

'Dus je ziet, die macht heeft hij over me: dat Pam het niet te weten komt. Ik heb haar moeder gedood en hij heeft dat ook gedaan. In dat opzicht zijn we aan elkaar gebonden. Rammen die met de hoorns aan elkaar vast zitten, zoals jij zei. Een prachtige beeldspraak, mijn vriend – voel je je beledigd wanneer ik je als vriend beschouw?'

'Nee, Bill.'

'Al die jaren heb ik ernaar verlangd hem aan de kaak te stellen. Ik overtuigde mezelf ervan dat ik dat alleen vanwege de veiligheid van de kinderen niet heb gedaan. Maar toen jij vanavond vragen begon te stellen, moest ik de realiteit onder ogen zien. Ik berustte in de situatie, omdat ik wist dat het anders Pams ondergang zou worden. En de mijne. Ik stuurde haar weg omdat ik het niet meer aankon en me schuldig voelde, maar ook omdat ik haar niet hier op het eiland wilde hebben, waar altijd de kans bestond dat zij en Dennis... En wat gebeurt er? Ze komt terug. En het begint...' Hij pakte mijn arm stevig vast. 'Wat moet ik doen? Er is geen uitweg.'

'Vertel het haar.'

'Hoe kan ik dat doen?'

'Na verloop van tijd zul je het kunnen.'

'Mannen hebben haar mishandeld! Omdat ik haar in de steek had gelaten. Ze zal me verachten!'

'Je moet haar niet te kort doen, Bill. Ze houdt van je, wil een nauwere band met je hebben. Dat ze dat niet kan, is de grootste bron van haar verdriet.'

Hij sloeg zijn handen voor zijn gezicht. 'Mijn god, mijn god. Er komt nooit een eind aan, hè?'

'Ze houdt van je,' herhaalde ik. 'Als ze eenmaal beseft wat voor goede dingen je hebt gedaan, als ze je eenmaal goed leert kennen, is ze misschien wel bereid de prijs te betalen.'

'De prijs,' zei hij zwakjes. 'Alles heeft zijn prijs... De micro-economie van wat wij het bestaan noemen.'

Hij keek naar me op. 'Nou, dat is het dan. Is er nog iets anders dat je wilt weten?'

'Niet tenzij er nog iets anders is dat jij me wilt vertellen.'

Lange stilte. Zijn ogen dicht. Toen bewogen zijn lippen. Onsamenhangend gemompel.

'Wat zei je, Bill?'

'Vreselijke dingen,' zei hij met een amper luidere stem. 'De tijd misleidt.'

'Je hebt fouten gemaakt,' zei ik, 'maar je hebt ook goede dingen gedaan.' Altijd de therapeut.

Zijn gezicht verwrong en ik pakte zijn koude, slappe hand vast. 'Bill?'

'Vreselijke dingen,' herhaalde hij.

Toen viel hij in slaap.

39

Het was een grote mooie zaal in een groot, mooi hotel. Een enorm raam bood uitzicht over een wit strand en een schuimende branding. De vorige dag had ik dolfijnen zien springen.

De drie andere wanden waren bedekt met koahout in zulke fijne patronen dat het was of ze een verhaal vertelden. Kristallen kroonluchters hingen boven zwarte granieten vloeren. Voorin stond een bankettafel vol papaja's en mango's, bananen en druiven, en dikke, natte schijven van het soort oranjegele, honingzoete ananas dat je alleen krijgt als je hem rijp oogst.

Om de twee meter stonden zilveren koffiepotten, die blauwwit op het televisiescherm glansden.

Er stonden nog veel meer tafels voor tien personen in de zaal. Honderden mannen en een paar vrouwen aten en dronken koffie, en luisterden.

Robin en ik keken er boven naar, op de televisie. We hadden room service en zonnebrandolie en alle kranten en tijdschriften die we maar te pakken konden krijgen.

'Daar heb je hem,' zei ze.

Hoffman stond aan het hoofd van de grootste tafel. Hij droeg een mokkabruin pak dat hem vijf kilo slanker liet lijken, een wit overhemd en een gele das.

Achter hem hing een spandoek.

Hij sprak, wachtte op applaus, glimlachte.

Op het spandoek stond: VOORUITGANG IN DE PACIFIC: EEN NIEUWE DAGERAAD.

Weer een grapje. Gelach.

Hij bleef praten en glimlachen en op applaus wachten.

Toen zweeg hij en glimlachte alleen nog maar.

Opeens veranderde er iets in zijn ogen. Een flikkering van verwarring.

Als ik er niet naar had uitgekeken, zou het me waarschijnlijk niet zijn opgevallen.

Als ik er niet naar had uitgekeken, zou ik niet eens op dit programma hebben afgestemd.

De camera verliet hem en richtte zich op het achterste deel van de zaal.

Een lange, magere oude man in een gloednieuw houtskoolgrijs pak kwam naar voren lopen.

Naast hem liep een vrouw die ik eerst had gekend als Jo Picker en later als Jane Bendig. Ze was nogal formeel gekleed in een marineblauw pakje en een witte blouse met hoge kraag. De afgelopen drie dagen had ze bijna vierentwintig uur per dag gewerkt. Het gemakkelijkste deel van haar werk: Tom Creedmans computer gebruiken om valse boodschappen te versturen. Het moeilijkste deel: Moreland ervan overtuigen dat hij verlossing kon vinden.

De artsen en psychologen in het ziekenhuis hadden ook geholpen. Ze hadden de kinderen met veel zorg en medegevoel onderzocht en de oudere man verzekerd dat ze helpers waren, geen technocraten.

Jane deelde haar verdriet met hem en sprak over aantallen, moraliteit, absolutie.

Uiteindelijk had ze hem, door maar te praten en te praten, zover gekregen.

En nu liep hij voor haar uit.

Achter hen beiden liepen zes mannen in blauwe pakken naast iets zwarts, als dragers van een doodkist.

Een zwart ding met poten, een schuifelende variant van het circuspaard.

Aan de andere tafels heerste ook verwarring.

Moreland en Jo liepen door. De zwarte doek leek in de lucht te zweven.

Sommige mannen naast Hoffman wilden opstaan, maar andere mannen hielden hen tegen.

De camera zoomde in op Hoffmans gezicht. Hij glimlachte nog.

Hij zei iets – een bevel – tegen een man die achter hem stond, maar de man kwam niet in beweging.

Moreland kwam bij Hoffman aan.

Hoffman begon te spreken, maar glimlachte in plaats daarvan.

Iemand riep: 'Wat is er aan de hand?' En nu kwam Hoffman blijkbaar bij zijn positieven.

'Het spijt me, dames en heren, deze man is een beetje gestoord. Hij valt me al een hele tijd lastig en...'

De mannen in blauwe pakken maakten een snelle beweging met hun pols en het was of de zwarte doek wegvloog.

Zes zachte, mismaakte mensen stonden daar in de zaal, hun handen langs hun zij, zo kalm als van melk verzadigde baby's. Een verwoeste huid waar de kroonluchter een genadeloos licht op wierp. De artsen in het ziekenhuis hadden vastgesteld dat alleen ultraviolette straling een bedreiging vormde. Het zwarte laken had hen alleen tegen de nieuwsgierige blikken van de mensen beschermd.

Er ging een zucht door de hele zaal.

De blinde begon te huppelen en met zijn handen te wapperen. Hij staarde met lege oogkassen omhoog naar het licht.

'Mijn god!' riep iemand.

Een glas viel kapot op de granieten vloer.

Twee mannen in blauwe pakken pakten Hoffmans armen vast.

Moreland zei: 'Ik ben Woodrow Wilson Moreland. Ik ben arts. Ik heb een verhaal te vertellen.'

Hoffman hield op met glimlachen.

40

Een paar dagen later, in het vliegtuig terug naar Los Angeles, schoot me iets te binnen.

We reisden eerste klas, zaten op stoelen als clubfauteuils en kregen voortreffelijk eten. Dank zij de gulheid van het ministerie van defensie had Spikes reismand ook een eigen zitplaats gekregen.

Het diner had bestaan uit zalm, gevuld met tongmousse. Ik had me een halve fles Chablis gegund en was in slaap gevallen. Robin had maar een derde van een glas gedronken, maar ze was ook ingedommeld. Haar hoofd lag nu zwaar op mijn schouder.

Ik sliep lekker, maar toen ik wakker werd, dacht ik aan Haygood – hoe hij als kind was geweest. Was er ergens een moeder die om hem rouwde?

Domme, maar onvermijdelijke gedachten. Ik probeerde ze uit mijn hoofd te zetten, dacht aan de goede dingen waar ik ook bij betrokken was geweest.

Ben was in vrijheid gesteld. Er was weer enige hoop voor Aruk.

De 'kinderen' bevrijd en goed verzorgd.

Moreland ook in het ziekenhuis opgenomen, en onderzocht. Geen Alzheimer, geen obscure neurologische aandoening, gewoon een vermoeide oude man.

Een uur voor ons vertrek had ik hem opgezocht. Hij had het Pam of Dennis nog niet verteld.

Hij hield het achter. Na de paradijsnaald was zijn hele leven een strijd tegen impulsen geweest.

De heroïek was hem opgedrongen en hij had zichzelf gevonden. Zichzelf opnieuw gevormd.

Of ontdekt dat hij zichzelf opnieuw had gevormd... een transformatie van dertig jaar. De wrede rokkenjager was veranderd in de patroonheilige van Aruk.

Toch voelde hij zich schuldig.

Had hij nog andere zonden?

Dingen waarvoor hij nooit voldoende boete zou kunnen doen?

Toen ik de ziekenhuiskamer uitging, had hij geroepen: 'De tijd misleidt.'

Dat had hij ook op die avond in de voorkamer tegen me gezegd, toen hij bloedend op de witte bank lag.

Een bekentenis.

Nou, dat is het dan. Is er nog iets anders dat je wilt weten?

Koude handen... nog steeds bang.

Vreselijke dingen... De tijd misleidt.

Hij bood zich aan – liet al zijn verweermiddelen schieten. Zijn hele wereld werd ontrafeld.

De eerste keer had ik hem getroost in plaats van er nader op in te gaan. De tweede keer was ik gewoon doorgelopen.

De impuls van een psycholoog, of wilde ik het gewoon niet weten?

Vreselijke dingen.

De misleiding van de tijd.

Zijn unieke soort misleiding. Hij liet je een versluierde waarheid zien, veranderde de tijd en het verband.

Vertelde me over cargo cults onder kannibalen, omdat hij vermoedde dat Anne-Maries dood te maken had met een door geld beheerst komplot.

Vertelde over de kernproef omdat hij betrokken was geweest bij een andere technologische verschrikking.

Sprak over Joseph Cristobals visioen en *A. Tutalo*, omdat hij ernaar hunkerde het geheim van zijn kinderen te vertellen.

En nog iets anders. De eerste zaak die hij met me had besproken.

De eerste keer dat hij mij ontmoette.

Hij besprak die zaak tot in details, maar kon het dossier niet vinden. Omdat er nooit een dossier was geweest?

De katvrouw.

Een 'aantrekkelijke vrouw... vriendelijk karakter... een gezond leven'. Dertig jaar oud, haar moeder was neerslachtig.

Misbruikt en vernederd door een schuinsmarcherende man – gedwongen om toe te kijken terwijl hij het met een andere vrouw deed. De man dood, jaren later. Weggevreten door longkanker.

Een verwoeste borst.

Het is niet erg, katje.

Katje, katje... Zo noemde ik haar altijd toen ze nog klein was.

Pam die het zich niet herinnerde.

Te jong van huis weggestuurd om zich iets te kunnen herinneren.

Maar Moreland herinnerde zich iets.

Hij had haar naar de beste kostscholen verbannen, had een weeskind van haar gemaakt, en dat weeskind was een vrouw geworden die door mannen werd vernederd.

Die met een schuinsmarcheerder trouwde die haar mishandelde. Een vrouw die haar seksuele interesse verloor.

Vernederd... Had zij ook gezien dat haar man het met een ander deed?

Die trieste ogen. Tot depressie gedreven. Op de rand van zelfmoord, had ze Robin toegegeven.

Ze was zo kwetsbaar. Haar therapeut had gezocht naar steun die ze van haar familie kon krijgen. Hij had Moreland gevonden en hem opgebeld.

Tot Pams verbazing vloog hij naar Philadelphia. Bood hij haar zijn schouder om op uit te huilen – en nog meer?

Had ze hem de details van de vernedering verteld?

Of had hij haar een van zijn advocaten toegewezen, opdat die de feiten zou achterhalen?

Het katje... die haar hart uitstortte bij papa.

De waarheid die papa kwelde. Hij voelde zich schuldig omdat hij haar had weggestuurd.

Hij voelde zich schuldig omdat hij zelf ooit het soort man was geweest dat haar had gekwetst.

Een paar dagen later kwam de schuinsmarcherende echtgenoot door een buitenissig ongeluk om het leven.

Een halter die op hem viel.

Zijn borst verwoest.

En 'katje' kwam naar haar geboorteplaats terug.

Is er nog iets anders dat je wilt weten?

Niet tenzij er nog iets anders is dat jij me wilt vertellen.

Had Moreland die jonge arts vermoord? Of had hij iemand inge-huurd om het te doen? Hij was een rijk man, die over de middelen beschikte om dingen gedaan te krijgen. Hij bezat het talent van de geobsedeerde om extreme maatregelen voor zichzelf goed te praten...

Die halter die boven die arrogante borstkas hing...

De man die zijn 'katje' zo diep had gekwetst.

Of misschien was het inderdaad een ongeluk geweest en liet ik me door mijn fantasie meeslepen.

Vreselijke dingen, had hij gezegd.

Het moest wel...

Ik zou het nooit weten.

Kon het me iets schelen?

Op dat moment kon het me wel iets schelen. Misschien komt er nog eens een dag dat het me niets uitmaakt.

Robins adem drong tot mijn neusgaten door, een zweem van koffie en wijn.

Een knappe, donkerharige stewardess liep glimlachend door het mid-denpad.

'Alles naar wens, meneer Delaware?'

'Jazeker, dank u.'

'U gaat naar huis?'

'Ja.'

'Nou, dat is mooi – tenzij u liever op vakantie zou zijn.'

'Nee,' zei ik. 'Ik ben er klaar voor om naar de realiteit terug te ke-ren'.

Jonathan Kellerman

BREEKPUNT

Morton Handler heeft een heel eigenzinnige opvatting over psychiatrie. Tot zijn specialiteiten behoren fraude, afpersing en seksuele manipulatie.

Maar Handlers praktijken worden hem uiteindelijk noodlottig. Hij en zijn vriendin, Elena Gutierrez, worden op gruwelijke wijze vermoord in zijn luxueuze appartement vlak bij Sunset Boulevard. De politie heeft weinig aanwijzingen, maar wel een mogelijke getuige: de zevenjarige Melody Quinn.

Rechercheur Milo Sturgis roept de hulp in van kinderpsycholoog Alex Delaware. Maar als Alex Melody onder hypnose brengt, maakt hij veel meer los dan hij kan vermoeden...

Jonathan Kellerman

NOODGREEP

Eigenlijk neemt kinderpsycholoog Alex Delaware geen particuliere
patiënten meer aan, maar als zijn beste vriend, politieman Milo
Sturgis, hem vraagt de vijfentwintigjarige Lucy Lowell te helpen, kan
hij niet weigeren.

Sinds Lucy jurylid is geweest tijdens een proces tegen een psychopathische seriemoordenaar, wordt ze gekweld door een telkens te-
rugkerende nachtmerrie. Een nachtmerrie waarin een kind 's nachts
in een donker bos iets geheimzinnigs en angstaanjagends ziet.

Als deze nachtmerrie ook overdag Lucy's leven gaat beheersen,
maakt Alex zich grote zorgen. Hij vermoedt dat Lucy's nachtmerrie geen gewone angstdroom is, maar de harde werelijkheid...

Jonathan Kellerman

GESMOORD

Het zat in een eenvoudig bruin pakje, zonder afzender – een cassettebandje met daarop een hartverscheurende schreeuw, gevolgd door een kinderlijk liedje: *Bad love. Bad love. Don't give me the bad love...*
Voor kinderpsycholoog Alex Delaware is dat bandje nog maar het begin van de nachtmerrie. Spoedig volgen er meer pesterijen: boosaardig gelach over de telefoon, vernieling van zijn bezittingen. Alex wordt het doelwit van een zorgvuldig geplande actie waarbij vage intimidaties escaleren tot serieuze bedreigingen.
Samen met een goede vriend, rechercheur Milo Sturgis, probeert Alex de rode draad te vinden in een reeks verdachte ongevallen. Als zij er niet in slagen de verwrongen logica van de anonieme kwelgeest op tijd te ontrafelen, zal Alex waarschijnlijk het volgende slachtoffer worden.

Jonathan Kellerman

HET SCHERP VAN DE SNEDE

Midden in de nacht krijgt de kinderpsycholoog Alex Delaware een verward telefoontje van zijn ex-patiënt Jamey Cadmus, een jonge man met een beangstigend hoog I.Q. en een lange geschiedenis van emotionele problemen. Voordat Alex hem kan bereiken verdwijnt hij – om weer op te duiken op de plek van een gruwelijke moord op een homoseksuele bankier en een prosititué. Jamey zal zeker veroordeeld worden tot levenslang tenzij Delaware in staat is ontoerekeningsvatbaarheid te bewijzen.
Maar is Alex Delaware bereid zijn reputatie – en misschien wel zijn leven – te riskeren om een wanhopige jonge man te verdedigen of gaat het toch om een koelbloedige psychopatische moordenaar...?